目录
CONTENTS

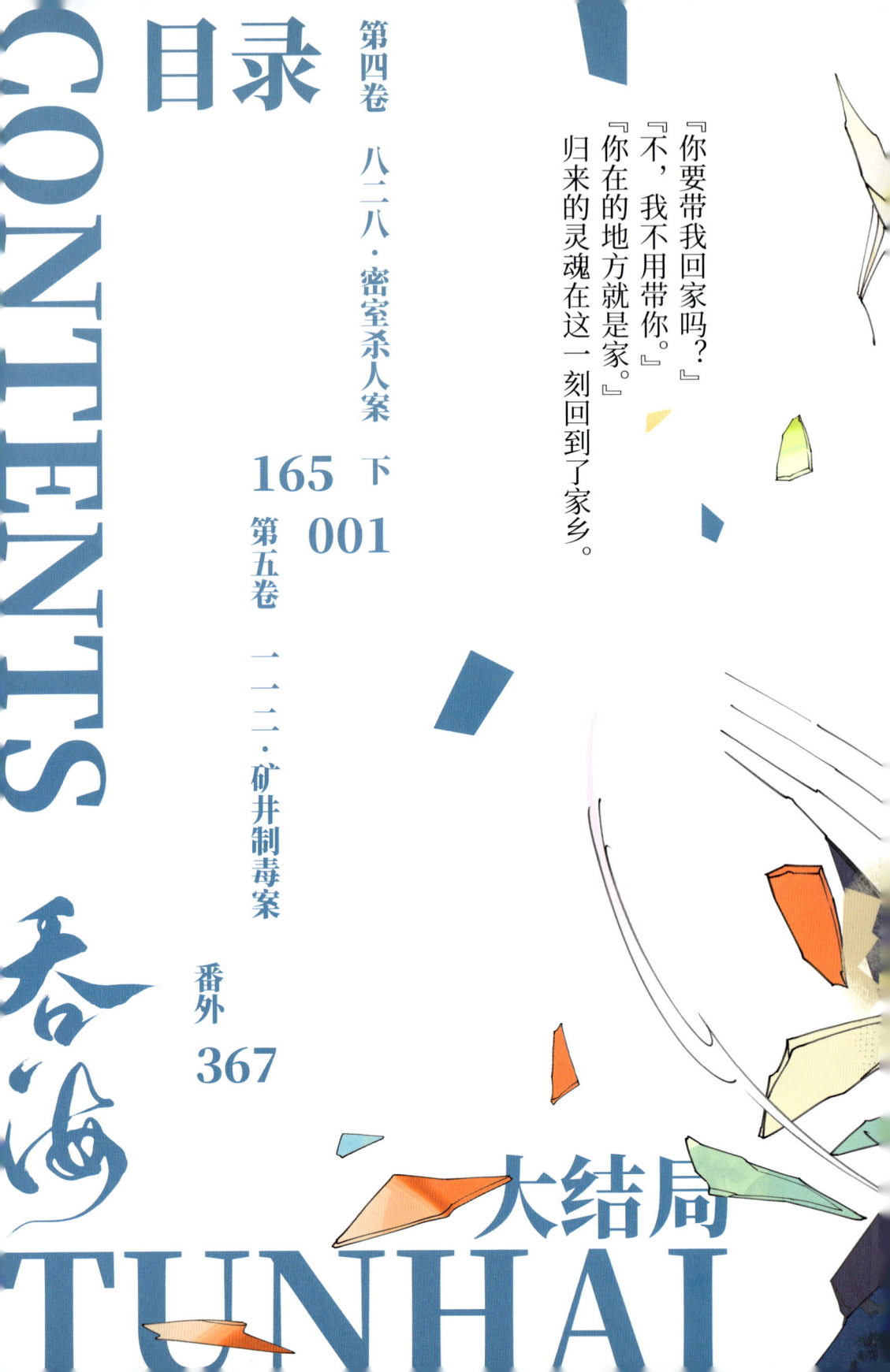

第四卷 八二八·密室杀人案 下
165

001

第五卷 一一三·矿井制毒案

番外
367

『你要带我回家吗？』
『不，我不用带你。』
『你在的地方就是家。』
归来的灵魂在这一刻回到了家乡。

吞海

大结局

TUNHAI

"对不起,那天骗了你。
"其实我只是不敢承认。"

"如果我回不来,你一定要好好活下去……
"活下去为我报仇。"

"吴雩,
"别过去,吴雩……"

你的名字永刻地底，
我的灵魂向死而生。
总有一天我们都将得到永远的
光明和自由。

第 1 章

暴雨终于停了。旷野上橡胶燃烧过后刺鼻的气味早已被冲刷干净，但路面上烧焦的巨大黑印却很清晰，歪斜斑驳的电线杆还在无声诉说着撞击那一刻的惊险惨烈。前后两公里内拉了六道警戒线，各分局紧急抽调的上百名技侦人员匆匆来回奔走，现场弥漫着一股紧绷而压抑的味道。

"三二一！""起！"

几名全副武装的法医协同把烧焦扭曲的司机尸体从悍马里"扯"出来，小心翼翼抬上了现勘车。

远处高速公路护栏外，宋平、许祖新、林烶、王九龄、廖刚几个人围成一圈，站在 G63 扭曲翻倒的车架前，难以言喻的冰冷气氛冻结了每个人的肺，许久才听到许祖新胸腔急促起伏的声音。

众人噤若寒蝉，两秒钟后，他终于再也没法抑制住沸腾气血，甩手大骂。

宋平脸上每一寸皱纹都在凌晨的天光中晦暗不清，在场没人敢吭声，甚至连偷觑打量他脸色都不敢，全都心惊胆战望着自己脚下的泥土，半晌才听到他出乎意料冷静的声音响起来："第一拨搜救结果怎么样了？"

王九龄眼角瞟向林烶，只见林烶脸色出乎意料地苍白，嘴唇紧闭，没有血色，直勾勾盯着 G63 一动不动，只得收回目光勉强咳了一声："返回很多线索，但……但目前还没出现特别有价值的情报。我跟林科已经做好了信号跟踪的一切准备，另外交管所和市局两头的监控录像已经全部到位了，今晚之前一定能完成初步过滤。除此之外我们还申请了谈判专家，万一有……有绑匪扣着人质……要求与市公安局谈判……"

那就是最坏的情况。

功勋卧底画师竟然在津海市阴沟里翻船了，还搭上了一个支队长。

"是谁向步重华泄密，告诉他港口区这回事的？！"许局暴怒厉吼。

林烂还是那副灵魂出窍般的状态，王九龄觉得自己要哭了："没……没人。经过检查发现，步支队私自连接了对丁盛、邓乐两名绑匪的手机信号追踪设备，他大学时电子信息工程专业课是满分，而且又在侦查一线干了这么多年……"

许局简直要犯高血压了："这事有诈！绝对有诈！谁能预料到步重华会单独行动！谁能预料到吴雯也在这辆车上！为什么不杀他们又绑他们走！肯定是万长文！上报公安厅下达全津海，所有车站、码头、机场、公路——"

"不，老许。"宋平声音低沉道，"应该不是万长文。"

许局一下被哽住了："怎么不……"

"万长文那一批几十年前从大陆潜逃出境的毒枭，我曾经跟他们打过很多年交道，他们很少敢深入北方腹地，更没有在境内挟持刑警来当人质的胆子。何况对万长文来说，尽快偷渡出境才是燃眉之急，而想偷渡就必须做到绝对的安静低调，他现在应该恨不得把自己埋进土里去藏着，威胁警方这种事对他来说不仅没必要，而且是大忌。

"更重要的是，吴雯上哪辆车是随机的，步重华这辆车本身却高调显眼，也就是说对方目标锁定步重华的概率远远大于吴雯。而有能力劫持刑警的悍匪都应该知道，绑架步重华这个级别的警察是绝对的弊大于利。"

许局愣在原地，好几秒才反应过来："那对方干吗还把他俩带走？"

"我也不知道。"宋平摇摇头，声音沙哑地说，"我忍不住在想另一种可能性。"

"什么？"

周围一圈都不是外人，几道视线齐齐对着宋平，连林烂都脸苍白着望过来，不知道心里在想什么，瞳孔缩得极其紧，流动着幽幽的寒光。

"我在想，"宋平抬头望向凌晨青灰色的天穹，轻轻道，"会不会是他在做的事情或调查的东西，挡了谁的路呢？"

一阵风掠过平原，刮过一副副神情各异的面孔，穿过支离破碎的G63车厢，远远消失在了旷野上。

"许局！王主任！"这时小桂法医远远奔来，跑得上气不接下气，"涉事悍马车内发现死者指纹，数据库系统比对出了前科！"

一时众人皆尽变色，宋平疾步上前，一把拿过小桂法医手里的平板电脑："2005年云滇省来州市大兴县特大运毒案？"

众人蜂拥而上，谁都没注意到林烂动作猛然停住。

"对，当时发现毒贩运送半卡车鸦片跨境，与边防战士展开激烈交火，击毙五人，脱逃四人，脱逃的全是跟在运毒车后另一辆车上沿途护送的保镖马仔，身份清一色边境黑户，身份名字都没查出来。但现场提取记录在案的指纹中有一枚与悍马车司机指纹对上了，确定是同一人！"

许局愕然失声："绑架他俩的是当年脱逃的那批毒贩？怎么可能？根本没关系啊！"

宋平回过头："林炡，这个案子当年发生在你们云滇，你有没有……林炡？"

众人纷纷望去，这时才见林炡猝然回神："怎么？"

宋平目力何其敏锐，刹那间就看出了他眼底一闪即逝的惊悸和不自然，眯起眼睛缓缓问："你是不是想起了什么线索？"

线索。

两人相距不过半步，这个距离连宋平眼角细微的皱纹都清晰可见，电光石火间，林炡耳边响起另一道更加沧桑衰老的声音，那是他动身来津海之前冯厅沉沉的嘱咐——

"宋平这个人，你知道他是什么来历和身份，但你也许还不知道他有多厉害。从二十多年前收养烈士遗孤，到这么多年来一步步往上爬，他没有一步走错，没有一句话说错，没让任何人挑出毛病或提出过异议，履历完美得堪称罕见……"

"林科？"宋平加重语气。

"哦，2005年。"林炡顿了顿，像是在斟酌什么似的，皱眉打量平板电脑上的指纹，"当时我才刚去云滇，对这件事的印象不是很深……"

"——2005年大兴县运毒案。"特情组办公室里烟雾缭绕，张博明手里夹着根云烟，指关节在电子地图上哐哐地敲了敲。

"在这起案子里，画师第一次向我们提到了暗网的存在，也是我们第一次发现暗网在境内参与的贩毒案例。本案缴获熟鸦片一百八十余公斤，击毙毒贩五人，脱逃四人，双方互射子弹一百二十余发；在跨境运毒案中看似规模很小，但对特情组来说，却有着里程碑式的意义。"

年轻的林炡从电脑后抬起头："因为那是我们第一次发现暗网在境内活动？"

"不。"张博明顿了顿，说，"因为那是我们第一次发现暗网建立起了中文电商平台，它的名字叫'茶马古道'。"

…………

"确实不清楚。"林炡抬头望向宋平，面色如常地摇了摇头，"这种运毒案跟我们网侦没太多关联，不过我赞成许局的意见，同一批毒贩潜入内地作案的可能性不大。"

宋平不动声色地打量他片刻，点了点头，回手把电脑塞给许祖新："有可能是拿人钱财替人办事，说不定还有幕后黑手。不过不管怎么说都是条重大线索，立刻成立专案组，从全市抽调警力，顺着这条线开始调查！"

许祖新上火上得喉咙嘶哑："明白！"

茫茫天幕之下，警灯闪烁，无数警力以出事地点为中心散向四面八方。

失踪的吴雩和步重华到底是否还活着？还能坚持多久？

滚滚阴云聚拢在城市上空，沉甸甸压在了每个人心底。

"妈……妈……"

"宝，"彭宛无力地搂着她的孩子，把脸贴在孩子头顶柔软的头发上，喃喃声沙哑得连她自己都听不见，"我的宝、我的宝……"

吴雩感觉自己仿佛躺在酸热的水里，全身上下没有一丝力气，疲惫、痛苦、干渴和饥饿都消失了，麻木得没有一丝知觉。木板条中透出的天光由暗转明又由明转暗，漫长的煎熬让所有人都失去了对时间的概念，分不清是过去了几个小时还是几天，甚至会产生已经在这里静静待了一辈子的错觉。

彭宛的拍抚已经虚弱得有气无力了："宝宝不要怕，我的宝宝不要怕……"

步重华一动，下一秒手腕猛然被抓紧，回头只见吴雩不知何时竟然睁开了布满血丝的眼睛，正直直盯着他，半晌视线投向他的裤袋，极其艰难而轻微地摇了摇头，眼底充满一丝无声的恳求。

那裤袋里装着绑匪递进来的字条。

那张字条只有他俩看到了，当时彭宛发疯一样挣扎也要上来看，但被步重华手疾眼快地一把撕碎装进了裤兜，从此就再也没有拿出来，甚至他都没再把手伸进裤袋里去，仿佛已经遗忘了它的存在。

——然而他们都知道没有。

道德与生存的天平只暂时维系着微妙的平衡，那颗定时炸弹始终都吊在他俩头顶，发出嘀嗒嘀嗒的倒计时声，越来越紧促，越来越险恶吊诡，像魔鬼的狞笑渐渐从黑暗中逼近耳边。

步重华久久凝视着吴雩虚弱的双眼，两人的距离不过数寸，半晌他终于俯身在吴雩凌乱的鬓边轻轻抚了一下，小声说："我只是去看看有没有办法出去。"

"……"

吴雩满是干结血痂的唇角浮起一丝微不可见的笑纹，点点头松开了手。

其实没什么好看的，这整座废弃仓库已经被他们来回翻过无数遍了，正中间对着门的是一块空地，门对面的高墙顶端是一扇被木条封死、铁栏焊死的窗，窗边的墙上有一根被漆成红色的排水管，从屋顶直通地面；空地左右两侧分别有十多排错乱摆放的空铁架，落满了浮灰，也不知道已经被空置了多久。

整座仓库面积有三百多平方米，除了内、外双封闭的铁皮门，四面实墙，毫无缝隙，通风管直径仅有十多厘米，排水管粗细只够钻耗子。

步重华第无数次摸遍整面满是黑霉的墙，绝望到尽头只剩一片麻木的冷静，刚要扶着身侧铁架站起身，突然一股腥甜直冲喉头："——喀！喀！喀喀……"

一股股血沫从五脏六腑绞上来，仿佛连胸腔都要震成碎肉喷出喉咙，但他的手指死死捂着嘴，不敢咳得太大声，不敢发出让远处吴雩能听见的动静，只感觉喷在手心的热流随着掌纹一滴滴掉在地上，散发出浓重的血腥。

"呼……呼……"

不知过了多久，步重华粗喘着止住咳嗽，天旋地转眼前发黑，半跪在地足足好几分钟，才全凭意志力抠着墙砖站起来，一步步走出那几排空铁架，没有看排水管边那对母子一眼，挪到门边的空地墙边。

吴雩昏昏沉沉地蜷缩在地上，不论是生理机能还是神志意识都濒临极限了，但感觉到步重华的脚步，吴雩还是费力地睁开眼，仰望着他："你……"

"我没事。"步重华声音沙哑道，坐下靠在他身边，"就是有点渴，放心。"

吴雩点点头，片刻后才呢喃问："你能听我说句话吗？"

一股比刚才还剧烈的酸楚直顶上咽喉，沿着鼻腔直上眼眶，但步重华发不出声。他伸手把那瘦削滚烫的身躯靠向自己，让吴雩的后脑枕着自己肩窝。

他们曾经天天晚上一起坐着看书，灯光温暖昏黄，手边放着各种吴雩喜欢的糖、点心和切成块、插着牙签的水果，他逼着吴雩吃完这些零嘴之后一定要在入睡前再刷一次牙。

但现在他什么都做不到，只能竭尽全力让吴雩在高烧和内出血的痛苦中，稍微感受到一丝微不足道的安宁。

"步重华……"

"嘘，"步重华强抑着咽喉酸热的痉挛，"别乱动，你可能有点颅内出血。"

但吴雩却非常坚持，尽管轻得只剩气音："不，你听我说，趁我还能说的时候。"

"……"

"我年轻的时候，曾经想过以后可能会怎么死。我见过女孩子被拖出去活埋，见过人被绑在木头上烧死，他们都死得很惨，没有一个死的时候不在哭，没有一个死在自己家人的怀里。"

"但我都可以。"他轻轻地说，"因为我有你。"

步重华发着抖喘了口气："别说了……"

"我不在意死后皮囊是否完整,我只想让你活下去。"吴雩合上眼睛,似乎想短促地笑一下,但那弧度非常细微就消逝了,"我想让你们再坚持几天,我想让你们都等到救援来临,不管稍后发生什么……"

"我叫你别说了!"步重华声嘶力竭地怒吼。

吴雩说:"想让你活着。"

他用尽全身力气扭过脸。

步重华紧紧抱着吴雩,牙关都在不住战栗,他从来没有像现在这样清清楚楚地意识到眼前这一切都是自己造成的:如果他没有在暴雨夜开上那条无人的公路,如果他没有出于私心让吴雩上自己这辆车,甚至如果更早一些的时候,他没有把吴雩强行拉进自己的世界……

那么现在的一切,都可能会有所不同。

"我们一定会等来救援,再多坚持一会儿,最多再……吴雩?"

步重华瞳孔急速扩张,嘶哑的喃喃声突然变了:"醒醒别睡,吴雩!"

——昏暗中吴雩全身烫手,无力仰在他臂弯中,双眼紧闭,无声无息,鼻腔里赫然涌出了一股血!

那鲜烈至极的血倒映在步重华瞳孔深处,仿佛宣告最后一声倒计时结束,虚空中炸弹引爆,将沉重的天平轰然压向一端!

步重华双手止不住发抖,喘息着抬起头,对上了不远处彭宛惊惧的眼神。

第 2 章

墙上的时针正渐渐指向十点，窗外夜色如漆如墨，但整个南城区分局仍然灯火通明。一条条线索从搜救前线汇聚上来，一道道命令从专案组向四面八方散发，无数人不眠不休，杂乱脚步声响彻整栋大楼……但无济于事。

案发当时的天气和路面状况成了绑匪最好的掩护，失踪者如泥牛入海，杳无音信。

"我回建宁这才几天，我活生生的表弟能在出现场的路上被绑架了？——姓宋的！当年是谁在我曾家大门前指天画地，对着我曾家祖宗牌位发誓不让步重华考警校的！……"

严郦的怒吼隔着会客室厚厚的木门震动走廊，外面没人敢出声，甚至没人敢稍做停留，所有人经过时都贴着墙根一溜烟过去，老远才敢稍微议论几句："那是谁啊？""我们步队他亲表哥！""嘻，真是，现在拍桌板骂人也没用啊。""可家属除了拍桌板骂人还能怎么办呢……"

…………

"严支队，我理解你的心情，但请你相信我也是一样地忧心如焚。"会客室里宋平脸黑得可怕，但还是勉强保持着冷静，"你要知道，现在一味发泄情绪是没用的，外面所有人都在为找回他俩而奔波努力……"

"滚你的没用！我来这里的目的就是把你看死在这屋里！"严郦劈头盖脸大骂，"待会儿绑匪一打电话来我立刻拿枪顶着你，不管什么要求都必须给我无条件答应！只要我在这里盯着，谁也别想从这事儿里择出去！"

严郦的重点抓得一针见血，但他抓的根本就是另一个重点。宋平喘了好几口气才勉强压下蹿升的血压，把目标转向了长桌另一侧："江教授，你也说句话，现在我们最关键最紧要的任务明明是——"

江停倒了杯茶，一下下拍着严郦的背："你先喝口水，喘口气……"

宋平的血压当场就冲破了一百八。

严峫就着江停的手把茶一饮而尽，扭头红着眼睛瞪着宋平："不用跟我套官话，从现在开始我就守在南城区分局，你上哪儿我上哪儿。不管绑匪的目的是什么，是要钱还是要人，哪怕要你头上这顶乌纱帽！——"

哐当！

会客室门应声而开，狠撞上墙，只见王九龄满脸青筋鼓胀，急促地喘着气："汇、汇、汇报宋局，基站交换信号显示步重华的手机开机了！"

严峫的怒吼戛然而止，跟宋平异口同声："在哪儿？！"

王九龄张了张口，颤声道："港口区。"

港口区——死者丁盛微博上线，暴雨夜警方尽数出动，步重华、吴零撞车后离奇失踪的港口区。

冥冥中似乎有一双看不见的鬼手布好了陷阱，正缓缓向警方敞开鬼气森森的大门。

严峫毫不犹豫拔脚往外奔，这时只听身后："给我站住！"

宋平紧紧抓着椅背喘了口气，面色阴沉铁青，大步向外走去："立刻调港口区公安分局、巡警大队和最近搜救小组赶往信号出现地点，告诉老许我这就亲自过去。姓严的！"

严峫一回头，宋平呼地与他擦肩而过，冷冷道："我不管你开的是什么豪车，从现在开始你跟我一起坐警车行动。否则要是今天翻一辆G63明天翻一辆G65，我怕你俩外公半夜拿绳子站我床头！"

"吴零、吴零？"

"……"

"吴零，醒醒！"恍惚中有人喊他，声音渐渐清晰起来，"太阳都这么高了！快起床！"

吴零睁开眼睛，随即被落地窗外耀眼的晨曦刺得抬起手臂，半晌才揉着眼睛慢吞吞爬起来，看了眼床头柜上的闹钟："这么早你就……哈——哈欠——"

他没精打采地站起身，光脚踩在地毯上，只听卧室门外传来步重华匆忙的脚步声："早饭在桌上，你自己吃，车已经加满油了，钥匙在鞋柜的碟子里。家里放钱的那张卡你收着了对吧？过两天账单来的时候记得交，每周保洁上门的现金放在书房抽屉里，我那一阳台的绿植你别忘浇了啊。"

"步重华？"吴零站在床边愣住了，"你要上哪儿去？"

"晚上吃完零嘴一定要刷牙，洗完澡头没吹干别到处乱跑，老了得风湿你就知道厉害了。"厨房微波炉传来叮咚的一声,大概安静两秒,随即只听步重华扬声,"哎!你的汤热好了!快出来喝吧!"

落地窗外灿烂的阳光不知何时失去了温度,变得灰白阴惨,鸟叫声也消失在了吹哨般尖厉的风中。寒风透过窗缝席卷室内,将积灰呼啸扬起,纷纷扬扬落在昏暗中安静的家具上。

"你要上哪儿去?"吴雩机械地向前走了一步,"步重华?"

外间仍然传来步重华正常的声音,像是对一切变化都毫无觉察:"快来喝!你的汤好了!"

吴雩恍恍惚惚地,一步步向前走出敞开的主卧门,下一刻脚步突然僵住。只见瓷砖地面上满是浸透血迹的凌乱脚印,他顺着那脚印往前看,地上、墙上、落地窗上满是触目惊心的血,步重华背对着他站在开放式厨房中,闻声回过头,手里端着一碗热气腾腾的液体。

"你怎么了?"他莫名其妙地问。

吴雩张了张口,被无形的东西堵住了咽喉,发不出声音。

"来啊,"步重华微笑起来,终于转过身,露出了被捅了无数刀的身体,脖颈、手臂还流着鲜血,然后绕过橱柜向他走来,"快、快来喝汤。"

不,你怎么会变成这样?

"我特地为你准备的汤。"

谁把你变成这样的?

"喝完我就要走了,以后你好好照顾自己啊。"

你要到哪里去?

吴雩一步步向后退,但敞开的卧室门却仿佛被无形透明的墙堵上了,他根本没有地方躲。只见步重华那带着笑意的、陌生的面孔已经近在眼前,将那碗血红血红的液体抵到了他嘴边,笑吟吟道:"来,喝一口——"

不要!拿走!

让步重华回来!——

吴雩蜷缩在冰凉发霉的地面上,昏沉中听见周围响起杂乱声响:铁架哐当撞击,隐约争执扭打,女人凄厉惨叫,小孩嘶哑大哭……这动静持续了仿佛很久,然后一切都突然安静下来,就像电影突然被按下了暂停键,静得令人心悸,静得毛骨悚然。

发生了什么?步重华在哪里?

吴雯的灵魂仿佛已经脱离了身体，飘浮在黑暗的幽空中，本能地感觉到一丝不安。

就在这个时候，脚步声终于再次响起，然后停在他身边，随即把他从地上半扶起来，一滴滴温热腥甜的液体沿着他干涸的嘴唇流进咽喉。

他在给我喝什么？

吴雯仿佛被锁在了眼皮之后黑沉的世界里，大脑凝滞住一样无法思考，只能凭生存的本能吞咽喉咙，将那断断续续几十滴液体咽下去，少顷虚软得早已感觉不到的四肢终于生起一丝热量。

"没事了、没事了……"他听到步重华的声音在耳边呢喃，不断重复，"很快就会没事的，放心……"

吴雯忽略了潜意识最深处隐约的恐惧与心惊，他全身重量倾注向步重华，最后一丝神志无声断裂，坠向了黑不见底的深渊。

至少在这一刻，他们还是紧紧依靠着彼此的。

如果永远都可以这样无间无隙就好了。

…………

时间一分一秒流逝，突然毫无预兆地，地面隐约传来了震动！

"信号在那边……"

"这边有扇门，有门！……"

开始是轻微仿佛错觉一样的动静，随即越来越清晰，越来越响亮，似乎有很多杂乱脚步匆匆集聚在门外，然后响起了哐哐哐砸门和铁链哗啦挣动声："里面有人吗？喂！""有人吗？我们是警察！"

哐哐哐，哐哐哐！

"警察！""有人吗？""退后退后退后！"

一名配了枪的巡警队长示意其他人都远远退开，对准门上紧锁的"铁将军"果断就是砰的一枪，挂锁的厚木门闩应声而断，弹壳叮当掉地，但再推门还是不动。

"这里面还上着锁，哪个单位有破门器？"

"我我我！"后面有人立刻反应过来，"我们派出所车里有，车就停在外面！"

"去拿！"

"快快快，在这儿在这儿在这儿！"

"小心！所有人退后！三二一——"

嘭！

铁皮门被撞开，飞弹上墙，被人一把撑住，久违的新鲜空气一拥而入。紧接着十来道手电光束同时挤进门晃动，混乱中当头只见门边空地上两道彼此紧靠的黑影，再定睛一看，人们顿时七嘴八舌："真有人！""是步支队！"

杂乱人声一拥而上，但昏迷中的步重华、吴零两人都无法知晓。他们被人七手八脚扶起来，手电筒一照就有人说："他俩都不行了，快打120！通知市局！"

"配电箱在哪儿配电箱在哪儿？这鬼地方是被拉闸了吗？"

惊恐尖叫平地炸起："排排排水管，有有有小孩要死了！"

小孩？！

几个人同时冲向排水管，晃动的手电光下，赫然见一名幼童一动不动趴在地上，满脸青灰，生死不知。所有人都只觉头皮噌地一麻，巡警队长把手电往地上一放，发着抖抄手抱起小孩，这时却见手电在地上骨碌转了几圈，突然晃出远处一道影子——

他动作像被雷劈中一般定住了。

光束延展向前，尽头几排空荡荡的铁架之后，一个女人正侧躺在地上，大张的双眼犹如两盏青灯，与空地上的众人幽幽对视。

她胸口插着一把匕首，血流满地，早已死透了。

第 3 章

"伤者血压 80/40mmHg，还在往下掉！"

"立刻准备手术，通知血室备血！"

"护士！护士！两台吸引器不够，再加一台！"

…………

一名护士在前狂奔开路，身后医护人员推着急救推车，轰然冲进门早已大敞的手术室，随即亮起了抢救中的红灯。值班医生头发早已被汗湿透，摘下口罩问："两位就是两名伤者的家属吧？"

几名南城支队刑警站在手术室门外走廊上，严峫、江停守在门边，两人脸色都被惨白灯光映得极不好看。

"步重华，肝脏挫伤，腹腔内多器官多发挫裂伤，腹腔内出血，需要立刻进行手术。"医生抽出知情书塞给严峫，又转向江停："伤者吴零，情况比较复杂，家属要做好心理准备。"

江停一动不动，数秒后才吐出两个字："你说。"

"伤者在车祸中颅底骨折，骨折端口划破了动脉血管颅底段，本应立刻造成颅内大出血，但出血点被凝血块及时堵住了，因此奇迹般多坚持了好几天。但不幸的是，几天后因为凝血块开始溶解和伤者擅自移动，血管再次产生破裂，形成出血，送院时口鼻出血量太大，再晚半小时可能连抢救都来不及了。"

医生顿了顿，同样抽出一张知情书递给江停："我们已经为伤者建立了输血补液通道，准备尝试在伤者股静脉插入导管，看能否对颈动脉破裂处成功实施栓塞。但因为已经拖了超过七十二小时，手术成功率并不高，希望家属做好准备并全力配合。"

江停手指紧紧攥着那张纸，纸甚至被抓出了几道皱褶，但他声音还保持着强压着的平稳："一切听医生的。"

值班医生点点头，没有精力多说，转身拔腿冲回了手术室。

"宋局！""宋局来了！"

宋平没来得及坐电梯，自己跑着奔上楼道，市一院副院长正快步跟在他身边低声解释什么，应该是在用比较委婉些的言语重复刚才值班医生的话，末了只见他铁青着脸一点头："知道了，请务必全力施救。"

然后他没看周围警察，径直大步走上前，站定在严峫和江停两人面前，似乎不知该如何组织语言，张了张口，最终呼出一口滚烫的气，言简意赅道："现场发现了彭宛的尸体，是他杀。"

空气倏地一凝。

"她儿子也死了，不过是因为严重虚脱缺水，五分钟前刚宣布抢救无效。"

周遭霎时鸦雀无声，没人能相信自己的耳朵，半晌严峫才僵硬地蹦出三个字："谁干的？"

谁干的？

宋平摇着头，嘴角似乎要提起一个充满了苦涩和嘲讽的弧度，但又虚脱得连力气都没有，半晌才直视着他们两人的眼睛，极其难看地挤出一笑："你们最好先弄清一件事。

"囚禁步重华、吴雩、彭宛、陶泽四人的地方是港口区废工业集装箱集散地一座废弃已久的仓库，绑匪在仓库大门外部上了铁锁，而四名人质在大门内部上了门闩。也就是说，在被囚禁的这七十二小时内，绑匪进不去，人质出不来，现场几十名技侦人员经过仔细勘查，确定没有发现任何可以进出的地道或暗门。

"凶案现场是一间内外双密室，而杀死她的，是密室里的人。"

"不可能，"严峫颤声道，"不可能，他们没有动机，干吗要这么做？"

宋平声音沙哑道："他们有。"

他从衣兜里拎出一个小型物证袋，严峫一把拿过来，赫然见物证袋里是被技侦人员拼凑起来贴好的字条，字条上两行红字依稀可辨："这——"

"这是从步重华裤兜里发现的，推测是绑匪的命令，字条上只有步重华和吴雩两人的指纹。"

严峫神情一片空白，看向江停，正对上了江停同样空白的脸。

"必须是'一个人杀了另一人'，才'你们都可以出去'。也就是说自杀是不行的，虚脱致死也不行，绑匪的目的就是要逼囚徒犯下谋杀罪。"宋平沉声道，"我也不愿意相信是他们俩当中的任何一个杀了人，但事实就是如此，法医确定彭宛死于他杀，一把匕首刺破了她的心脏。"

"……"

在极端走投无路的绝望中，在对获救丧失最后一丝希望的绝境下，如果你是步重华，而对面是屠杀你家满门的大毒枭的女儿，你会怎么做？

即便你有绝对的正义感、精密的自控力、机械般收放自如的恩怨爱恨，宁愿自己死也绝不打破心中的原则和信仰；但如果你最在意的人正在你怀里大出血走向死亡呢？

原则还那么坚不可摧吗？

正义还那么黑白分明吗？

"我不相信这世上有绝对的密室。"江停突然开了口，语调喘息而斩钉截铁，"多少密室最终都被证明只是谋杀伎俩，机关、地道、门锁、障眼法……有些密室确实没人能进出，但凶器却可以，只要仔细找总能找到破绽！"

"那你告诉我破绽在哪里？"宋平反问，"几十个技侦员把整座仓库都翻遍了，每一寸砖缝都摸过了，唯一能跟外界相通的确定只有那个排水管，长9.3厘米，宽6.5厘米，连成了年的耗子都钻不过去，绑匪如何利用这根排水管把刀插进彭宛胸腔里？"

江停罕见地抬高了音量："我请求亲自勘查凶案现场！"

"不行！你是嫌疑人亲友！现在我告诉你案情都算是违规！"

"那是不是只要证明吴零没有杀人嫌疑，我就不用回避本案了？"

宋平怒吼："你怎么证明吴零没有杀人嫌疑？！"

周遭空气骤然死寂。

是啊，两人都在紧急手术，吴零生死未卜；如果技侦人员不能从那内、外双封死的密室中凭空变出一个监控摄像头来还原案发过程，那么就只有抓住绑匪这一条路可走了。

可是上哪儿去抓绑匪？

迷雾一团接着一团，这血腥离奇的绑架密室凶杀案，警方真有把它彻底捋清楚的一天吗？

叮一声走廊尽头的电梯开了，圆乎乎的许局脚步踉跄地冲出来，满面苍白，满头虚汗，挥退了急忙来扶的手下，跌跌撞撞奔到宋平身边一把抓住了他的手，挤出两个字："老宋。"

"怎么？"宋平见势不对，立刻反搀住他摇摇欲坠的身体，"凶器指纹验出来了吗？"

许局摇摇头。

"难道现场发现密道了？！"

许局又摇摇头。

"那是怎么回事？！"宋平简直要吼起来了。

许局干瞪着眼却说不出话，喘了半响才靠近宋平耳边，尽管发抖的声音压得极低，但周围都能听见："王九龄从彭宛牙齿和指甲缝里验出了步重华的血迹。

"她死前最后一个挣扎反抗的人……是步重华。"

窗外轰隆惊雷炸破天际，映出所有人同时勃然色变的脸。

那是夏末最后一场倾盆暴雨。

狂风从远方浩荡而来，卷起街道边的落叶，刮过高处变换的红绿灯，淹没了摩肩接踵的行人和来来往往的车流，裹着巨大的城市气息冲上高空，消失在了层层阴云叵测的天穹下。

秋雨下过一场，又下了一场。

市中心橱窗里的夏裙换了秋装，环卫工唰唰扫去人行道边的枯叶，公园里晨练的老人穿上了开衫和长裤。

气温一天天变凉。

出租车停在市一院门口，司机啪地打下计价器："二十八元，谢谢！支付宝还是微信？"

后座上戴帽子和口罩的宋平递过两张钞票，示意不用找了，蹒跚地下了车，穿过马路向住院部大楼走去。

就在这时，他身后有人快步赶上，扬声道："宋局！"

宋平闻声回头，帽檐下眉峰一紧，赫然见是林烓。

顶层单间病房安静无声，走廊光可鉴人。电梯门缓缓打开，宋平率先抬脚走了出去，淡淡道："不愧是搞网络安全工作的，你的鼻子可是够灵的啊。"

"我也是听说昨晚吴雯从昏迷中清醒了，今早步支队也终于醒了，所以才赶来看看。"林烓跟在他身后，微笑道，"不过比不上宋局——我听说宋局从半个月前就开始天天跑医院守着步支队，这频率连步支队亲表兄都比不上，真是慈父心肠啊。"

他们两人的脚步错落踩在空旷的长廊上，宋平头也没回："你想多了。严娜来不了是因为市局下了禁止令，只有我们几个老头子能亲自来医院询问步重华的苏醒情况，其中我又比别人多来了三五次而已。"

林烓笑了笑，若无其事地话锋一转："不过这世上的缘分还真巧。"

"怎么？"

"听说步支队手术非常成功，偏偏就是一直醒不过来。直到上个星期医生说吴雾状态好转,步支队也突然被宣告脱离了危险;昨晚吴雾彻底清醒,于是今天凌晨步支队也就跟着醒了。"林炡眨巴眨巴眼睛,似乎感觉挺有意思,"大概是步支队冥冥中能隔着两层楼感应到吴雾的状态吧,传说中的心有灵犀也不过如此了。"

两人一前一后走到病房门前,宋平突然停下脚步,回头看着林炡,上下打量他。

林炡礼貌地:"您——?"

宋平问:"你跟吴雾认识了多久?"

林炡不知道他为什么突然问这个:"十年了吧。"

"有的人相处十年,白首如新;有的人甫一相见,便倾盖如故。"宋平拍拍他肩,悠然一笑,"所以世上才会有'心有灵犀'这个词,明白了吧?"

林炡:"……"

宋平推开病房门走了进去。

杨成栋正带着手下守在病床边,见门被推开,立刻呼地站了起来:"宋局!"

"情况怎么样?"

病床上步重华沉沉躺在被褥里,输液袋正一滴滴往他手臂静脉输送药物,仪器上显示着平稳的心跳。他双眼紧闭、脸色平静,除了面色还有些苍白之外,比之前已经好了很多。相比之下杨成栋反而熬得形容憔悴:"报告宋局,上午又醒了一次,已经能开口说话了,就是说一句要喘三下,还非要管我叫张小栎,听着感觉是在骂我。医生给了点药,说吃完要睡四个小时,醒来再看情况判断能不能下床活动——我算算这时候该醒了,正打算去叫人呢。"

宋局说:"甭叫了,我已经打了招呼,你们侯局带着那帮老头儿待会儿就到,你先出去准备迎他们吧。"

杨成栋正巴不得出去抽根烟:"是!"

一拨人都奉命走了,病房门关上,恢复了安静。宋平缓缓坐在病床边,又把椅子挪近了点,端详着雪白枕头上步重华平静的脸,半响才喃喃道:"他小时候睡觉也这么老实。"

林炡垂手站在边上没吭声。

"他满十岁那年,我俩刚结伴北上。那时候与其说是我收养他,不如说是一个大单身汉带着一个小单身汉搭伙过日子,彼此学着在漫长的时光里互相安慰,互相治愈。那个时候没有'应激障碍'那么时髦的说法,我们都感觉自己病了,但不知道病在哪里,有个孩子是我生活的指望。"

宋平垂下头，深深叹了口气。

"直到后来遇到秀娟，有了卉卉和小远，我还是觉得他像我的大儿子。我曾经想过以后留下的东西要平均分给他们三个，尽管他可能并不需要，尽管他外公和母亲留给他的已经很多很多了……但我却没想到，世间缘分如此短暂，分离总是那么轻易，叫人连准备一下都来不及。"

林烓目光在步重华沉睡的脸上一瞟，又望向宋平，微微笑道："您这半个月来天天守在病床前就是为了念叨这个吗？"

宋平扭头与他视线一对，反问："不然呢？"

"哦，没什么。"林烓笑道，"我只是觉得，您这话说得好像已经确定杀死彭宛的是步支队了，叫人听着心里真不是滋味。"

宋平淡淡笑了一下，意味深长道："如果杀人的不是步重华，恐怕才会有人心里不是滋味吧？"

霎时林烓神情有些微妙的变化，但那只是眨眼间的事。只听病床咯吱咯吱响了两声，步重华缓缓睁开眼睛，恍惚动了动手臂："宋……"

"你终于醒了？别乱动！"宋平起身一把按住他的手，立刻按下护士铃，"好好躺着，感觉怎么样？"

步重华闭上眼睛，少顷复又睁开，视线略微清明了些，就着宋平的手喝了两口水，长长吁了口气，像是忍着眩晕一样费力地坐起身靠在病床头，茫然望着病房："我这是……"

"这是市一院。你还记得发生了什么吗？车祸，密室，彭宛跟她儿子，已经过去了一个多月，你知道吗？"

——彭宛。

步重华在听到这两个字的时候乍看没什么反应，但几秒钟后突然像被针扎了似的，瞳孔霎时放大："彭……宛……"

宋平急切道："你还记得发生了什么吗？车祸后是谁把你们转移到废弃仓库去的？你有没有看见绑匪的脸？"

"我……"

"密室里到底发生了什么？有没有人进去过？彭宛有没有跟绑匪接触过？"

"……"

步重华痛苦地撑住额角，手指深深插进头发，仿佛无数画面正像井喷一样从脑海深处爆发出来。林烓狐疑地眯起眼睛，这时病房门被值班医生、护士哐当推开了，一拨人同时拥进来："醒了吗醒了吗？""感觉怎么样？""别乱动别乱动！"

问话局面骤然被打破，宋平想把步重华按回病床接受检查，这时突然啪的一声被横里伸来的一只手挡住了，只见林炟丝毫不放地紧紧盯着步重华："步支队，彭宛死了。"

步重华蓦然定住。

但林炟没有给他反应的时间，更没有给宋平阻止的余地，下一句更直接的问话已当头砸下："是谁杀了她？吴雩还是你？！"

宋平怒道："林炟！"

满屋子护士不敢动，只有步重华不住喘息，直勾勾盯着面前的空气。墙上挂钟的秒针只移动了短短几格，但时间却漫长得令人瞠目，终于他抬起头，却谁也没有看："吴雩呢？"

宋平咽喉吞咽了一下："在楼下病房，已经脱离危险了。"

众目睽睽之下，步重华点点头，用尽全身力气般用后脑勺抵住墙壁，仿佛凭借这个动作终于做出了什么无法回头的决定，半晌终于发出嘶哑而平静的声音："我想再看看他。

"让我再看他一眼，我就告诉你们答案。"

宋平无声地闭上了眼睛。

吴雩睡在特护病房里，身上插满了管子，气色远不如步重华，脸颊苍白瘦削得甚至有一点脱了形。

只有床边仪器上平稳的曲线和无声闪烁的绿灯，能体现出他已经安然过了危险期。

"医生说恢复得还不错，但半年内不能做剧烈运动，而且可能会留下某些后遗症，具体是什么要等以后慢慢观察。"江停站在病床边，手里端着保温杯，眼底隐约有些倦容，"幸运的是活动能力没有受到长期影响，再睡几天应该就可以下床走动了。"

步重华坐在病床边的椅子上，眼睛一眨不眨地看着吴雩。

"昨晚醒来第一句话是问步支队你，我说你没大事，已经出院了，也不知道他听懂没。"江停意味不明地向后瞟了宋平和林炟一眼，然后才转向步重华，"他要是知道你今天来看他，应该会很高兴吧。"

步重华轻声说："谢谢你，江教授。"

"'谢谢'这两个字留到曲终人散时再说比较好。"江停拎起椅背上挂着的外套，说，"那我先出去了，你们慢慢聊。"

步重华却平淡地道："不用，我不会耽误很久。"

江停正准备自然地把宋局和林烶也顺出去,闻言脚步一顿。只见步重华站起身,一只手肘撑在枕边,另一只手仔仔细细把吴雩凌乱柔软的黑发理顺,指尖从他的头上划过,就像要借由这个动作把眼前这张面孔永远烙印在自己灵魂深处,永远鲜明清晰,永远不会随着时光流逝而蒙尘。

"还记得那天晚上在分局楼下,你问我为什么从不抽烟吗?"半晌他低声问,出乎意料地柔软温情,"对不起,遇到你以前,我也以为我这辈子都不会有后悔的那一天。"

吴雩面容平静,胸腔微微起伏。

步重华的手抵在他冰凉的额头上,病床另一侧窗口投射进来的光线勾勒出他们面对面的剪影。病房一时安静无声,不知过了多久,只见步重华的喉结上下一滚,闭上了眼睛。

他说:"从今以后真的要自己照顾自己啦。"

江停双眼难以遏制地微微张大了,蓦然瞟向宋平,却只见宋平一点点强迫自己扭过脸,手在身侧紧紧握成拳,手指头都没进了掌心皮肉——

这时步重华直起身,最后看了吴雩一眼,回头向他们平淡一笑:"是我杀了彭宛。"

——他真的说出来了。

他就这么说出来了!

江停心神俱震,宋局脸色苍白,但反应最快的却是林烶。病房空气只冻结了瞬间,下一刻宋平刚拔脚,被林烶断然拦住,声色俱厉,毫不留情:"宋局留步!"

"你……"

"从现在起你是嫌疑人家属,必须回避本案,将步重华送出津海接受公安部审查!"

第4章

"当时我们都严重脱水，干渴，出现了阶段性昏迷。

"吴雩情况非常紧急，他在流血，我知道再耽误下去他可能会死，我不想看到那种情况发生。

"我非常紧张，已经不记得凶器是什么时候出现在手里的了。

"对，我只记得她在惨叫，一直在惨叫，声音非常大……我记不清后来发生了什么。"

…………

"步重华！"惨亮灯光从审讯室房顶垂直打下来，光束之后是被挤得满满当当的审讯桌，各级领导在昏暗中犹如一道道山峦矗立的黑影，不知是谁一字一句振聋发聩，"你父母是光荣牺牲的烈士，你自己是一名公安干警，你怎么能做出那样的事？你下手杀人之前难道就没考虑过会造成怎样的后果？！"

步重华向后仰到审讯椅背上，半边脸隐没在阴影中，另外半边脸被光线映出似笑非笑的神情："考虑了啊。"

"考虑过你还——"

步重华真的笑了起来，手腕上铁铐随动作发出声响："我倒是希望能信任你们，能让我信任吗？"

"你！"

"警方是什么时候找到关押地点线索的？绑匪把我的手机开机之后，警方是什么时候冲进密室里救出我们的？绑匪杀人的要求得到满足之后，在我不得不动手之前你们在哪里？在我做完这些之后你们抓住绑匪这个始作俑者了吗？我不想除掉彭宛，可我不这样，谁来救我们？"

"你这么说简直……"

"我父母是怎么成为烈士的？他们被杀的时候警车在哪里？非要坐以待毙才

能成全忠义？！"

一字一句回荡在高高的审讯室上空，周遭昏暗中充斥着压抑的愤怒、怀疑的议论、为难的嘀咕……但步重华并不在意，嘴角凉薄讥诮的弧度甚至更深了。

那长年累月掩盖在精英面具之下的暴戾和阴霾，终于第一次毫不掩饰地展露在人前，像深渊中的怪兽挣脱铁锁，发出了痛快的长啸。

"这种忠义不要也罢。"他就带着这样的笑容望着乌压压无数人，一边眉角微微挑起，眼底带着一丝凉薄的悲悯。

"听说他上次毫不犹豫就杀死了女毒贩……""对，上级审查期间他态度极其不好，不请假不上班，还大闹五桥分局……""原来一切都是有迹可寻的！"……

嗡嗡声响逐渐汇聚成洪流，刚才发声的那名老领导重重一拍桌案，怒吼震人发怵："安静！安静！"

"冰冻三尺非一日之寒哪！""是啊是啊……"

窃窃私语声止住，众人心惊胆战坐直，审讯室终于恢复了死亡般的沉凝。老领导站起身，居高临下面对着不远处戴着手铐的步重华："彭宛被杀一案物证、口供俱在，但仍有诸多疑点需要重审。现将原南城区分局刑侦支队支队长步重华停职，暂时收押到津海市长义区看守所，由公安部及津海市公安局……"

"我反对。"

长桌角落里突然响起一道人声，众人纷纷望去，连步重华眉角都微微一跳。

——是林炡。

老领导眯起眼睛，老花镜后隐隐射出威严锐利的光："你反对什么？"

椅子腿与地面摩擦发出声响，那是林炡站起了身，一向以温和儒雅面目示人的他此时脸上却一丝表情也没有："津海市公安局局长宋平与嫌疑人步重华是养父子关系，因此有必要依从回避原则，将步重华押出津海异地审查，或申请公安部专案组入驻津海，否则无法完全断绝本案中徇私包庇、走漏情报的可能。"

周围又响起极其轻微的动静，众人纷纷交换着隐蔽而惊愕的目光。

这个林科长是想干什么，为何一力将步重华送出津海？

这是项庄舞剑意在沛公，借着查步重华的机会，彻底查清宋平？

"宋平与嫌疑人没有合法收养手续，且分别居住、无经济来往，不存在法律意义上的亲属关系。"老领导的回答清楚而决绝，顿了顿沉声问，"你还有什么想说的？"

林炡深吸一口气，那瞬间步重华微微眯起眼睛，心里蓦然浮现出了即将发生什么的预感——

果不其然，只见林烓俯身拎起他从不离身的笔记本电脑，放在桌上，环视众人，每个字都清晰到了冷酷的地步："有——我举报步重华利用职务之便，通过'马里亚纳海沟'暗网平台，与全球通缉的毒枭'鲨鱼'相互勾结，兜售北方黑市上的新型芬太尼化合物蓝金。

"暗网贩毒是公安部交与云滇省公安厅多年挂牌督办的重案，此事决不能捂在津海，我要求成立专案组严查到底！"

"林烓举报步重华贩毒？！"

"对。"手机里传来严峫弓弦般绷紧到极致的声音，"审讯过程高度机密，但有人出来后偷偷把消息漏给了宋平，宋平再当面转告给了我。"

病房外走廊尽头的窗户玻璃上映出江停半边侧脸，好几秒后他才消化掉这个爆炸性的消息："有证据吗？"

"有。"

"……"

"大概从玛银死后开始，'马里亚纳海沟'突然陆续上线一批发货地址为中国大陆的蓝金零售商，这批货虽然小，但立刻得到了鲨鱼的注意，接着得到了暗网平台的大力推广。林烓首先发现了这个情况，经过排查后发现这批蓝金货物似乎是从北方地下毒品市场流出的，再往深里查的话，这十几个蓝金拆家都跟步重华这些年来经手过的案子有着多多少少的联系。"

"更能钉死他的一点是，"严峫顿了顿，几乎是强迫自己继续道，"网侦部门从步重华名下查出了空壳公司和离岸账户，其中牵涉大笔不明资金进出，他名下的比特币账户也多出了上百笔零散交易记录，时间和金额都与蓝金在'马里亚纳海沟'上线的情况高度符合。"

江停几乎是从牙关里硬挤出几个字："有没有可能是被人构陷？"

"如果是被人构陷，那么这个人必须跟步重华非常亲近，亲近到足够以他的名义接触所有毒品案的卷宗和实际侦办过程；而且更可怕的一点是，"严峫每个字都带起彻骨的寒意，"这张专门针对步重华的天罗地网，已经在暗处埋伏了好几年。"

病房走廊空空荡荡，没有一丝声音，安静得令人不寒而栗。

真能有一批内鬼在步重华身边埋伏数年而不被发现吗？

这么刻毒的计划、致命的构陷、精密的布置，又完美到无懈可击的实际操作，真是人力所能办到的？

又或者——

确实没有人能办到，这张几乎不可能的天罗地网确实根本不存在。

那么，参与贩毒的就确实是……

江停一手紧紧按着窗台。当年爆炸对他的听力造成了一定影响，神经紧绷时耳膜深处仿佛嗡嗡在震，他深吸一口气才压下去："步重华认了？"

"我不知道，"严峨艰涩道，"但我知道在审讯室里他说了什么话。"

"他说什么？"

"'我以为这副面具能戴一辈子，谁知这么短短十多年就露了馅，看来确实假的东西长久不了'。"

江停闭上眼睛，玻璃模糊映出他无声的口型，仿佛是骂了一声。

"吴雩还没恢复，这个消息不能直接捅给他，想个办法缓缓。"严峨在电话对面的声音也很压抑，像是竭力扼制着即将爆发的焦躁，"宋平可能也会受牵连，但现在还不知道下一步动向，目前上头只下了批示，把步重华从长义区看守所转移出津海，由部里牵头调查他涉嫌贩毒和杀死彭宛的事情，今天下午出发。"

江停终于睁开眼睛，低声说："知道了。"

他摁断电话，转过身，下一秒僵在那里。

——吴雩不知什么时候站在了他身后，就在数米之外的病房门口，阴天光影中只见面孔苍白如纸，但一双眼睛却瘆人地幽亮。

仿佛周围一切都失去了声音，静默如恐怖的喧嚣一般吞没了头顶。窗户边只有他们两人相对而立，不知过了多久，吴雩才终于一字字缓慢而费力地开了口："我不相信彭宛是步重华杀的，我不相信他会贩毒杀人。"

江停艰难道："我知道，但……"

吴雩直勾勾盯着他，声音嘶哑道："押运车下午几点走？"

长义区看守所。

远处铁镣与钥匙碰撞的清脆声响随脚步穿过长廊，近而又远，渐渐消失。深秋凉意已然四起，惨淡光亮被铁窗分割成数块，映出空气中细微的浮尘，如模糊的光点静静悬浮在虚空中。

远方阴灰天穹下划过几个小黑点，那是飞鸟冲破云层，很快消失在一方小小的铁窗框后，再也看不见了。

原来蹲班房是这样的滋味，步重华坐在硬板床边静静地想。

这时那清脆声复又响起，几道脚步声杂乱停在囚室前，紧接着铁门被打开了，一个熟悉的声音颤抖道："步队！"

步重华一扭头，两名狱警带着负责押送的杨成栋钻进囚室，几个人神情都很复杂,边上跟着的赫然是廖刚!

"你花多少钱'贿赂'杨成栋才跟来这里的?"步重华眯起眼睛。

杨成栋冷笑一声,一言未发,廖刚冲动地要上前但被狱警紧紧拉住了:"步队你告诉我,是他们冤枉你的对不对?彭宛不是你杀的对不对?暗网上贩卖蓝金那回事跟你无关,都是有人栽赃是不是?!只要你发一句话,不管发生什么兄弟们都能帮你去查,上刀山下火海都能还你清白!决不让你被人泼一点脏水!……"

步重华说:"没人冤枉我,林烃说的都是真的。"

"你——"

"这年头网侦还是厉害,如果不是林烃,老曹他们还不知道要拖泥带水查多久。"步重华笑了笑。

廖刚像被人抽掉了最后一点力气似的,一动不动站在那里,半晌茫然蹦出几个字:"我不相信……"

步重华嘲讽而无奈地摇摇头,起身走到他面前,拍拍他的肩。

"以这种方式暴露确实运气不太好,我一度以为这种左右逢源的日子起码还能持续好几年呢。"

"你……不……"

步重华好似没听见廖刚艰难的嗫嚅,略微俯在他耳边,微笑道:"不过还是很轻松的。因为终于可以不用每天对着一群蠢货虚与委蛇了。"

杨成栋眼睁睁盯着那张陌生的脸,所有怒吼咆哮全被堵在了喉咙口——直到这一刻,他才终于从步重华瞳孔深处看见了一丝令人不寒而栗的邪性与凶戾。

"时间到了!快别拖拉!""快上押运车!"

看守所外的天空阴霾铅灰,沉沉压在高速公路尽头。一辆蓝白色押运车已经停在了大门外,车上配备一名司机、四名持械人员,副处级的杨成栋亲自负责整趟押送。

廖刚没有跟出来,因为被看守所领导拉住了,怕他眼睁睁看着步重华被押进囚车时忍不住闹出事来。

押运车缓缓发动,在门前空地上掉了个头,朝北驶向省际高速公路。灰色的看守所大楼渐渐消失在了笔直的水泥路尽头,步重华的视线终于从固定着铁丝网的车窗外收了回来,他神情平淡毫无波澜,靠在了椅背上。

除了车辆行驶时的引擎声,车厢里闷得连空气都沉沉坠着不动。

"这车油是满的吗?"杨成栋低声问。

司机有点局促："报告杨副，是满的。"

杨成栋点点头，身体随车辆行驶微微晃动，阴沉的目光瞪着前方，紧咬的牙关使腮边鼓出两块肌肉。

步重华打量着他，似乎感觉挺有意思，突然开口问："有件事我一直很好奇，杨成栋。"

杨成栋连目光都没偏分毫。

"你这么讨厌我，到底是因为那些陈谷子烂芝麻的小事，还是因为当年孟昭她老公去外地出事失联时，你打报告申请把孟昭调去五桥区分局，而我没有立刻答应？"

几道目光同时明里暗里投过来，杨成栋脸色一下黑了："你胡扯什……"

"我不是故意的。"步重华悠然道，"我当年只是想让孟昭在南城支队多留半年，平复下心情，也给我们自己队里人一个机会。我也没想到她爱人三个月之后又回来了。"

杨成栋连手都在裤袋里攥成了拳头，双肩绷得微微发抖。有那么一会儿其他押运员甚至担心他会突然暴怒跳起来与步重华大打出手，但谁也没想到片刻后他竟然控制住了，涨红的脸色一分分退去，咬着牙冷冷道："我要是你，现在就不会再提自己队里人的名字，不觉得羞耻吗？你以为今天为什么没有人在看守所外面等着送你？"

"哦，"步重华说，"那当然是因为我事先跟许局打过招呼了，他们都以为我是明天走呢。"

押运车平稳开下高架桥，两侧城郊居民楼飞速向后退去。杨成栋鼻腔中重重发出冷笑，听上去有几分咬牙切齿的味道："本来还担心你死不开口，现在看来是多虑了。既然你话这么多，接受审讯的时候就干脆点，杀人贩毒敢作敢当，别把自己在队里兄弟心中最后的形象都磨光了，可以吗？"

步重华却不答反问："你猜我现在为什么话多？"

前方隧道越来越近，杨成栋向他一瞟。

步重华微笑道："在神经极度紧张的时候，有的人会用话多来掩饰情绪，还有人会一言不发，而我属于……"

他话音一顿。

就在这时，嘭一声车胎爆响，押运车的车头骤然一歪！

惯性把几个押运员同时甩向右侧："怎么回事？！""司机小心！""稳住！"

司机双手抓紧方向盘，电光石火间把歪向绿化带的车头拧过来，但尚未完全稳住，第二颗步枪子弹划破长空，已至近前，左前轮轮胎应声爆裂！

"小心！"杨成栋一把按下身侧警察的头，失声厉喝，"有狙击手！"

——已经来不及小心了。

押运车失控打滑，车侧窗外景物飞速旋转，随即一头拍向高速公路护栏，全车轰然巨震！

挡风玻璃四分五裂，所有人被重力甩得乒乓乱撞，杨成栋一头砸上了铁网。鲜血开闸般顺眉心蒙住了眼睛，就在这时他听见铁丝门哗啦响动，霎时头皮一炸——

囚笼竟然开了！

他条件反射摸枪，但下一刻却被步重华提着衣襟拎了起来，步重华微笑道："我当然不属于第一种。"

杨成栋瞳孔一颤，刹那间他看见粉碎的挡风玻璃外，数辆摩托从隧道深处轰然而出，利箭般冲向他们的押运车；而步重华手里不知什么时候多了把枪，黑洞洞的枪口正指着他的咽喉！

步重华遗憾地看着他："再见了，杨成栋。"

第 5 章

一声枪响在押运车内炸起，砰！

后车窗整面轰然爆裂，恰好最前那辆摩托的骑手已飞驰而至，在尖厉巨响中甩尾停住。同一时间，步重华顶着漫天的玻璃片一跃而出，当空稳稳坐上后座，喝道："走！"

不用他吩咐第二声，摩托车手刚要发动，突然不远处传来两声尖厉的——

哔！哔！

步重华一回头，瞳孔蓦然定住。

公路边停着一辆非常熟悉的银色G65，透过车窗只见江停面沉如水坐在驾驶席上，副驾驶席上赫然是面孔全无血色的吴雩！

"你还能坚持吗？"江停沉声问。

吴雩身上是医院病号服，肩上披着江停的薄外套，声音沙哑道："能。"

江停说："好。"

下一刻他拉动手刹，一脚油门，G65发出猛兽般低沉的咆哮，在目标摩托发动的同一瞬间闪电般冲了出去！

"指挥中心报告市局，指挥中心报告市局，海O5365警车在长义隧道南入口处发生撞车事故，重复一遍，海O5365警车在长义隧道南入口处发生撞车事故！"

"报告！撞车现场发生枪击劫囚！四辆摩托枪击警车劫囚！"

"现场交警没有火力，请求紧急支援！请求紧急支援！"

…………

津海市公安局一片混乱，步话机与电话响此起彼伏，一楼大厅人人都在奔跑喊叫。挂着各种牌号的一辆辆车呼啸着冲出铁闸门，在震天警笛声中与各辖区警车汇聚在一起，浩荡奔赴城市北面的长义区。

宋平静静坐在局长办公室宽大的实木桌后，如同一尊灰色的雕塑。

他没有出声，也没有动作，甚至连呼吸起伏都没有，半边身体都没进凝重的空气，眼角皱纹向阴暗处延伸，消融在了昏暗的光影里。

一道人影终于从窗前转过身，是审讯室里的老书记，语调安抚沉缓："老宋。"

宋平闭上了眼睛。

两人都没有再吭声，许久宋平才终于声音非常低地、缓缓地开了口，说："有时我真希望自己没这么老，还能回到三十年前，哪怕是二十年前……"

老书记拍拍他的肩，一声悠长叹息缓缓消失在了静默的空气中。

"谁不是呢……"

与此同时，长义区省际高速公路隧道。

呜的一声摩托风驰电掣而出，将路障砰然撞飞，转瞬远去。下一秒G65紧跟着冲出隧道，就像银色的闪电如影随形，紧咬着摩托车冲下了高架桥！

哔哔！哔哔哔——这条路上过的几乎全是工程车，一辆接着一辆拼命鸣笛避让，有的只能拐进紧急车道接二连三停下。步重华在摩托车后座上咬牙扭头，只见G65九百匹的强劲马力在江停掌舵下发挥到了极致，真真切切如鬼似魅，在眨眼间就摆脱了其余三名骑手，裹着气浪冲到了眼前！

大G与摩托并驾齐驱，副驾驶位车窗降下，吴雯在狂风中喝道："步重华！"

步重华左手紧握着枪，刹那间眼珠动都不动，只看着车窗里那苍白熟悉的脸，以及格外乌黑幽深的眼睛。

"停下来，步重华。"吴雯望着他，声音低缓疲惫而充满恳求，"太危险了。"

后面高架桥上的警车在飞速聚集，红蓝光芒闪烁成一片，紧促的鸣笛声随风而来。步重华终于硬生生挪开视线，向后一瞟，随即又转向吴雯，嘴角冷冷地一勾："停下来我还能去哪里？回监狱吗？"

"你……"

"回去一边坐牢一边指望那群人能在有生之年帮我报二十年都没报的仇，还是每天在铁窗里后悔杀了彭宛，没有带着你一起壮烈牺牲在绑匪的密室里？"

吴雯盯着他发不出声音，一只手死死抓着车门把手，脱了形的骨节泛出青紫。

他可能从来没有在病床上失去知觉那么久，眼窝已经完全陷了进去，显得眼皮极其明显，眉骨又锋利得突兀。摩托与G65紧贴疾驰，有刹那间两人距离近在咫尺，步重华甚至从那双瞳孔深处看见了自己的影子。

他左手抬起枪，在暴烈风中用枪口把吴雯鬓发往耳后一挑，那瞬间的语调几乎称得上是温柔的："你现在还觉得，我是你见过最完美的人吗？"

吴雪眼睛微微睁大了。

"我也没有受过你们精英完美无缺的道德品质教育。"

"步重华是我这辈子见过最完美的人，也是最努力的理想主义者……"

"出了那扇门，太阳明天照样升起，你还是那个完美、优秀、荣光耀眼的步重华……我本来就不应该遇见你。"

"…………"

过往那些自嘲的、艰涩的、呢喃的、小心翼翼又隐含希望的声音从四面八方响起，带着无数画面在风中撕裂成碎片，一股脑哗然远去。

步重华看着他，笑了笑。

"吴雪——"这时G65声浪猛地增强，江停断然喝道，"抓紧！我要往前卡了！"

江停操纵这辆车的熟练程度可能跟严峫不相上下，刹车、换挡、踩油门一气呵成，仪表盘上指针渐渐逼向恐怖的260公里每小时，在生死时速中一寸寸超车，他要用这加固改装后的钢铁车身硬生生卡住摩托骑手的去路——

但就在这时，步重华抬起枪口一扣扳机，砰！

后视镜哗啦脆响消失，G65车胎条件反射划出了一道惊险的"S"！

江停一句骂声没出口，电光石火间发力拧回方向盘，只见步重华毫不犹豫把尚在冒烟的枪口对准了吴雪额头："停车！不然我下一枪就不是打车了！"

江停眉角一震，在飞驰中一松油门，而这时吴雪却伸手死死握住了滚烫的枪管："你开！"

"吴雪放手！"江停怒喝。

"没关系，让他开枪！"吴雪的厉吼中带着滚烫的血气，"我死了你就往上撞，别减速！"

我死了你就往上撞。

步重华深深看着吴雪凌厉的眼睛，他确实瘦削到了判若两人的地步，但那面孔却充满了难以言喻的爆发式的张力；仿佛此刻这过往种种一刀两断的绝境，终于把他灵魂中隐藏最深、最强悍真实的一面，从卑微和自贬的表象之下逼了出来。

锋芒毕露，凶狠果决。

步重华终于颤抖着呼了口气，低声命令骑手："抓稳平衡，准备下高速。"紧接着他突然发力把枪管从吴雪掌心里夺了回来，拇指弹起保险拨片，子弹咔嚓上膛，他冷淡道："你就当你的步重华已经死在密室里了。"

江停："吴雪！"

下一刻，步重华枪口偏转，砰一声后座挡风玻璃全碎，江停在巨响中死死踩下了刹车！

G65轮胎与地面爆擦出两道黑痕，车子飘移甩尾急停，车头硬生生转了九十度，车厢里两人同时被安全带重重勒回椅背。

四辆摩托呼啸远去，步重华的侧脸消失在滚滚烟尘中，他似乎一直定定望着这辆车，最终化作了不明显的黑点。

嘭一声闷响，那是江停咬牙极轻的一拳抵在了侧窗上，他吸了口气才勉强压下情绪，扭头问吴雩："你怎么样？"

远处警车正鸣笛赶来，后视镜中映出红蓝光芒，一闪一闪映在吴雩收缩到极致的瞳孔里，仿佛刀出鞘时勃发的冷峻与猩红。

"我曾想过他有一天会离开我。"他一字一句声音嘶哑道，"但没想到是以这种方式。"

江停伸出手，用力把他揽过来拍了拍后肩，低声说："没事了、没事了……"

几辆警车沿着摩托消失的方向飞驰向前，其余接二连三停下，满脸是血的杨成栋被人扶下车，几名刑警焦急上前哐哐敲G65车门，喧杂询问与叫喊响成一片。

"总有一天，"吴雩眼中映出前方无尽的公路，从牙缝里轻轻道，"总有一天，我要让他怎么走的，就怎么回来……"

第6章

从那天起,步重华就像泥牛入海完全消失了踪影。

部里震怒发文,将津海市上下彻查了近一个月,里里外外翻遍了跟步重华相关的所有人、事,把半个南城支队拉出去审查了个遍,却找不出他踪迹的丝毫线索,最终只能综合各方面线报勉强得出他已经离开北方的推测。

冬季铅灰色的云层沉沉笼罩在城市上空,南城区公安分局的警徽矗立在高楼之顶,沉默对着日复一日繁忙的街道和交替的昼夜。

步重华去了哪里?

他现在在做什么呢?

"吴警官虽然已经痊愈了,但毕竟曾经颅底段大出血,可能会伤到一部分神经,在某方面留下后遗症,因此以后还需要保持密切观察,一旦发现哪里不妥请务必及时就医……"

"是、是。"廖刚边听边在出院手续上签好字,"多谢医生费心。"

冬季住院高峰期,医院里弥漫着消毒水味,护工或推着轮椅或扶着老人在病房走廊上慢慢穿行。廖刚顺楼梯上了特护单人病房,轻车熟路来到尽头一扇紧闭的病房前,咚咚敲了两下。

"吴雩?"他推开门,"车在楼下了,咱们走吗?"

吴雩站在这间他住了三个月的病房窗前,背对着廖刚,看不清是什么神情,闻言转过身,从椅背上拎起外套。

"走吧。"

廖刚一看到他便微微愣住了。

吴雩头发剪得很短,因为瘦削,看起来很精神,但气质却更加肃穆沉默了。他穿一件笔挺的衬衣,袖口卷在手肘上,露出肌肉线条明显的修长手臂;底下是制式长裤、皮鞋，长裤因为剪裁得体，终于把本来就很长的腿显了出来，他走路时不发出任何声音，但周身掀起的细微空气却隐隐凛冽。

"怎么了？"擦肩而过时他淡淡道。

廖刚仓促收回目光，心里有些复杂的酸涩和难过："没什么。"

两人一前一后下了楼，南城支队的车已经等在了住院部大楼门前，开车的竟然是宋平的秘书老欧，他见到吴霁也愣了愣，但没多说什么，亲手为他打开了后车门。

"为什么今天是廖副亲自来接我？"

廖刚从后座另一边上了车，嘭地关上车门，欲言又止地看了他一眼，最后还是说："咱们先回局里再说。"

吴霁一点头，没再多问，微微合上了眼睛。

车停在南城区分局门口，廖刚招手示意吴霁和自己一起走，两人没有先去刑侦支队，而是在欧秘书的带领下直接去了局长办公室。出乎意料的是今天人非常齐，宋平、许祖新和组织部几个老领导都在座，似乎已经等待许久，在吴霁他们推门而入时都站起了身。

"怎么了？"吴霁走进办公室，视线四下一瞥，平淡地问，"有步支队的消息了？"

宋平站在众人最前，短短不到一个月竟然像老了十岁，原本乌黑的鬓角隐约生出了几丝白发，眼角鱼尾纹沉沉地坠在太阳穴边缘，法令纹似有千钧重般压着嘴角，缓缓道："没有。"

吴霁站住脚步，说："那我先回去了。"

宋平知道他已经从这一路上的阵势猜到发生了什么，但没有给他离开的机会，上前一把按住了他后肩："经组织部研究决定，近日将任命你代替步重华，为新一任津海市南城区分局刑侦支队支队长，过几天文件就会发到市局。"

"……"

所有人都望着吴霁那挺拔瘦削的背影和乌黑的短发，半晌他终于转过身。冬季阴霾天光中他面孔泛出冷峻的白，但眉眼极黑，这样看着人的时候，有种肃静和不动声色的气韵。

"我以为支队长不在时常规应该由副队代行正职。"

宋平说："廖刚是步重华提议提拔起来的，上头不信任他。"

"那更不该信任我了。"

"南城支队现行编制中没人能像你一样拥有碾压性的资历和功勋，除非从外部空降。"宋平反问,"你想把你跟步重华被绑架的案子交给外部新来的空降兵处理吗?你不想查清到底是谁把你们关进了密室吗?"

吴雩没说话。

宋平略微靠近,在他耳边一个字一个字地低声问:"你还想不想亲手查出真相,彭宛到底是怎么死在了内、外双封闭的密室里?"

吴雩开始没有说话,楼下警车进出声和喧哗人声透过玻璃窗,隐约震动安静的空气。

他曾经站在这刑侦支队灰色的大楼前,抬头仰望天幕下沉重的警徽和来往的深蓝制服,头顶无形的达摩克利斯之剑令他心胆俱寒。他把自己套进温濡、局促、卑微、谦恭的面具之下,日夜警惕观察这里的每一个人,随时伺机转身逃离,彻底消失在茫茫人海;然而他那时万万不会想到,仅仅不到一年的时间就让世事颠转至此,转眼间角色互换,他也穿上了同样的制服,不仅成了这里的一员,还成了被众人跟随仰望的存在。

命运永远在离散来临的时候,把他独自推向一条荒谬扭曲的道路,一去不能回头。

吴雩终于深吸了一口气,抬头说:"有一天您会后悔选择我的。"

"那么我希望到那一天时,你已经把步重华抓回来了。"宋平捞起椅背上的警服外套,亲手披在吴雩双肩上,凝视着他深邃锋利的眼睛,低声说,"欢迎归来,吴支队长。"

这可能是南城刑侦支队史上最荒唐也最悲凉的提拔——大难不死,临危受命,没有红头文件公示期,没有同学旧识电话恭喜,更没有鲜花、请酒、招呼与道贺。吴雩从人事那儿出来的时候等于就已经走马上任了,他推开刑侦支队大办公室的门,原本忙碌的众人纷纷回头望向门口,一个接一个停下手上的动作,安静渐渐笼罩了大半条走廊。

孟昭、蔡麟、宋卉、张小栎、下楼来拿报告的经侦曹哥、远处楼梯口停下脚步的王九龄和小桂法医……一道道熟悉的身影或站或坐,有些手里抱着文件,有些还拿着电话。没有人吭声,没有人动作,所有目光都锁定在吴雩身披警服的侧影上,仿佛在等待什么。

吴雩反手拍拍身后的廖刚,让他与自己一同跨进大办公室,然后抬起头望向面前一张张神情各异的面孔:"有件事我想在今天告诉大家。

"我想站在这里,重新介绍一下我自己。

"我姓解,十三年前独自南下来到边境,执行一项长期的跨境潜伏绝密任务,目的是摧毁长期渗透我国云滇边疆的金三角塞耶贩毒集团。十年前,我发现了暗网涉毒电商'茶马古道'和'马里亚纳海沟'的存在,并把'马里亚纳海沟'的安全主管亚瑟·霍奇森送进了监狱,此后又在金三角各个帮派间继续辗转潜伏。这期间我配合警方斩断并剿灭了很多边境运毒路线和贩毒组织,很多次与死亡擦肩而过又化险为夷。一年前,我受命协助警方把全球通缉的毒枭鲨鱼引诱至境内并实施围剿,但可惜抓捕行动失败了。鲨鱼逃出境外,'马里亚纳海沟'下线一年,金三角毒枭对我的人头提出数百万高价悬赏,而我的代号一夜间传遍了全球贩毒网。

"出于保护的目的,组织把我调来津海市公安局,让我化名吴零,在这里我遇到了步支队和你们大家,度过了我人生中前所未有的平静时光。"

周围震惊得一点声音也没有,除了少数几个已有风闻的主任,其他所有人都瞪大了眼睛,简直不敢相信自己的耳朵。

但吴零语调不高,而且很平缓:"在过去的三个月里,南城支队经历了有史以来最严厉的审查和清洗,我们从津海市数一数二的业务部门沦落为被所有人怀疑、审视和挑剔的对象,昔日荣光一落千丈。大家可能已经听说了步支队的种种传闻,但我在这里想说的是,我不相信步支队做了那些事情。

"我不相信他为活命而杀了万长文的女儿彭宛,也不相信那些蓝金是他出售给鲨鱼的。

"南城支队是全津海乃至北方地区最优秀的刑侦队伍之一,以前是,以后也会是。我会尽力把步支队带回来查明真相,结束眼下这过街老鼠般惶惶不可终日的局面,使一切回归正轨。"

周遭一片鸦雀无声,只听见吴零稳定的声音在上空回荡:"我会带大家洗清污名,恢复我们南城支队的威名和荣光。"

廖刚沉声说:"吴支队。"

所有人如梦初醒,孟昭从桌沿跃下地:"吴支队。"

"吴支队长。""小吴哥。""小吴队。"

…………

椅子摩擦地面的声音接二连三响起,每一个人都站起身,肃容围成半圈。

"从此以后大家外事问廖副,内事问孟姐,出头得罪人的事叫我。"吴零伸手一按廖刚肩膀,言简意赅道,"风雨兼程,同舟共济,南城支队永远是一个整体。"

南城支队是个整体这句话,在平常只是句客套话,步重华当了那么多年一把手都没说过几次。但这时候从吴零嘴里说出来,所有人都懂得它超乎一般的沉重分量:在污名和嫌疑被彻底洗清之前,支队里每一个被步重华提拔过、使用过的人都会受到不同程度的负面影响。

一荣俱荣，一损俱损，此刻所有人都真正是绑在一起同舟共济的利益共同体。

"是！"

"是！"

"明白吴队！"

…………

蔡麟揉了揉因为刚才提起"步支队"三个字而酸涩发热的鼻子，小声说："我……我感觉小吴整个人都跟以前不一样了……"

"不，其实是终于跟以前一样了。"孟姐叹了口气说，"那个真正的……真正的以前。"

那与生俱来的棱角，历经打磨的锋芒，终于冲破了他为自己戴上的枷锁，在被逼到走投无路时展现出来，如同那真正久远的、腥风血雨的曾经。

"你要去看看支队长办公室吗？"廖刚低声问。

吴雪一摇头，抽身走向大办公室门外："不了。"

"哎？那你上哪儿去？"

廖刚不由自主跟了几步，顺着吴雪的视线从走廊窗外向下望去——大楼门前空地上停着一辆银色G65，一个裹着深灰色风衣的侧影靠在车门前边看手机边抽烟，突然若有所感一般仰头望来，与楼上窗台后的吴雪目光相撞。赫然是江停。

"重勘现场。"吴雪把有些下滑的衬衣袖口捋上手肘，简洁道，"我不相信这世上有绝对的密室。"

可是技侦人员已经把当初囚禁他们的密室反反复复摸过上百遍了，连每块砖头每根房梁都拍了照放在市局专案组的办公桌上，除了那个排水管以外连钻耗子的空隙都没有……廖刚欲言又止，那句"要不我跟你一起去吧"还没出口，只见吴雪径自走向电梯，转身那一瞬间，目光穿过忙碌的人群落在不远处，那是支队长办公室紧闭的门。

深棕色门板上，那块旧了的金黄色名牌还没摘下来，"步重华"三个字落在吴雪冷漠的眼底。

然后他收回目光走下了楼梯。

廖刚愣在原地，少顷只见吴雪的身影出现在楼下，披着外套大步流星下了楼前台阶，接过江停扔来的一副勘查手套。两人互相一点头，都上了车，G65亮起的尾灯很快消失在了公安局门前的街道上。

与此同时，北方某港口。

马达声夹杂在涛声中由远而近，片刻后水雾深处渐渐显出一艘快艇，破开海浪飞驰近前。

鲨鱼站在岸上的车门边，只见一道衣角翻飞的人影从船头站起身，左手插在裤兜里，右手拎着个公文箱，在快艇靠岸时一脚踏了出来，赫然是步重华！

保镖把手伸进衣兜按住枪柄，低声请示："老板？"

鲨鱼蔚蓝色的眼睛落在对方的手提箱上，动作轻微地一摇头。两名手下只得笔挺地站了回去。只见步重华果然是独自一人下了船，踩着沙滩大步走上前来，微笑道："真是百闻不如一见，鲨鱼先生。"

这确实是两人之间第一次面对面，鲨鱼毫不掩饰地上下打量着步重华。这位前刑侦支队支队长并不像证件照上看起来的那么年轻冷硬，但棱角更加深刻，身材也更精健结实，目光没有丝毫闪烁，也没有任何多余的动作，举手投足干净利落。

自从遇到画师之后，鲨鱼已经不那么坚信自己对人的第一眼判断了——即便如此他还是能从步重华明显的个人风格上感觉出，对方是个目标清晰、意志坚定，而且头狼特质十分强烈的人。

这种特质他在很多人身上见到过，但与他理解中的确实相去甚远。

"步支队长。"鲨鱼终于饶有兴味地吐出这个称呼，问，"是什么让你想过来见我？"

步重华视线往边上两个荷枪实弹的保镖和装了单面可视玻璃的吉普车上一扫，并没有在意，啪的一声打开了手里那个密码箱，刹那间连鲨鱼都扬眉"噢"了一声，只见那箱子里赫然是满满当当一袋袋的幽蓝色晶体，是蓝金！

"你想把它卖给我吗？"

这一箱有六七公斤，抓到够枪毙十八个来回还有剩。刹那间鲨鱼心里已经估算出了一个价格，但出乎意料的是步重华合上手提箱，漫不经心往鲨鱼的保镖怀里一扔，说："不，我想把它送给你。"

"送给我？"

"对，为了感谢你遵守诺言，把我从津海的囚车里劫出来。"

保镖熟练、迅速地打开一袋蓝金，戴上乳胶手套捻了点一搓，闻了闻味道，愕然道："真货！"

鲨鱼的表情终于有了一点变化。

蓝金跟海洛因一样，纯度这么高的蓝金在闻劭死后可用"稀缺"来形容。步重华好整以暇地等待着鲨鱼的反应，谁料眼前这白人沉吟片刻后，却还是遗憾地摇了摇头。

"不用,步支队长。我救你只是因为你把那批蓝金拆家牵线给了'马里亚纳海沟',而我一向是个重视信誉的平台经营商。我们之间的交易已经完成,不需要再多生枝节了。"

——他不信任步重华。

他并不信任眼前这个种种巨变都能用"突兀"来形容的前刑警。

步重华不动声色地点点头,脸上没有任何不满或失望的表情,只问:"如果我还能向你提供很多很多,比你想象中的还多的蓝金呢?"

鲨鱼彬彬有礼道:"你可能对我有些误解。我虽然很重视新型毒品,但并不是个嗜钱如命的商人……"

"那如果,我能让你在北方地区的行动变得非常方便,甚至能让你建立一个长期稳定的中转基地呢?"

鲨鱼的拒绝顿住了,眯起眼睛问:"什么意思?"

"'马里亚纳海沟'下线这一年里,你们生意损失相当惨重,而原本寂寂无名的小网站'茶马古道'交易量却猛增数十倍,甚至有了在东南亚与你一争长短的势头。如果你没有一个足够稳定的中转点来构建物流渠道,那么很快你就会把很大一块市场输给后起之秀,再赢回来是很困难的。"步重华望着那双急剧压紧的蓝色眼珠,微笑道,"时代不同了,鲨鱼先生。画师让你失去了全球垄断商的地位,迅速成长的竞争对手正迫不及待瓜分剩下的市场。如果'茶马古道'抢先一步找到万长文并达成了合作怎么办?如果全球蓝金价格持续下跌甚至击穿地板怎么办?互联网时代的崛起和坍塌往往只在旦夕之间,难道你真相信你的商业帝国基石坚不可破?"

鲨鱼眉毛一扬,似笑非笑道:"没想到你为我的事业考虑得还挺多。"

步重华说:"我们中国人,前走三后走四是正常的。"

"前走三后走四。"鲨鱼重复这句话,真的朗声笑了起来,好半天后才意犹未尽地摇了摇头,说,"你这么谨慎,倒让我突然产生了一个疑问。"

"什么疑问?"

海浪冲击礁石,撞出一波一波飞溅潮声。鲨鱼的笑容渐渐收了,他们两人相距不过半步,步重华可以清楚地看见一色水天映在他一点点变灰的瞳孔里,渐渐凝成了冷灰的色调:"你也知道'茶马古道'交易量猛增,足够在东南亚与'马里亚纳海沟'一较高低,那你为什么还选择投靠我?仅仅是权衡利弊之后纯粹出于理智做出的决定吗?"

这话问得其实很古怪——吃这口断头饭的,人人都是逐利之徒,不权衡利弊为自己打算，难道还是因为"马里亚纳海沟"的网站设计比"茶马古道"好看不成？

"是。"步重华笑起来说，"我虽然有些钱，但谁会嫌钱多烫手？"

鲨鱼一言不发地盯着他。

"我会给你足够的时间来考虑我的建议，那箱高纯度的蓝金只是见面礼。"步重华拢起在海风中飘扬的大衣，颔首致意，极有风度，"考虑好了再联系我。"

他转身向岸边那艘等待已久的快艇走去，就在这个时候，鲨鱼突然拔枪咔嚓上膛，砰一声子弹紧贴步重华皮鞋后跟打进地面，溅起一簇黄沙！

情势陡然突变，两名保镖毫不犹豫拔枪："站住！"

步重华脚步一顿，不待回头，脑后已经顶上了一管冰冷的枪口，身后鲨鱼阴冷道："有件事我一直想问你。"

步重华望着面前一望无际的海面："如果你指的是玛银，非常不好意思，是我杀了你女朋友……"

鲨鱼断然道："虽然我为她花了很多钱，但她不是我女朋友，而且自寻死路怪不了别人。"

步重华问："那请问你具体指的是？"

步重华净身高一米八五往上，即便从背面都能看出肩宽腰窄腿长，相貌非常英俊，连嗓音都富有磁性，不论从任何一方面来说都是极有吸引力的对象。

鲨鱼盯着他，枪口丝毫未动，终于开口缓缓道："我听说了画师与你的一些传闻……"

"这些传闻让我非常、非常不痛快。"

第 7 章

不远处快艇貌似没有丝毫动静，随着海浪微微浮动，映在步重华镇静的眼底。

"传闻。"他意味不明地沉吟片刻，然后问，"什么传闻？"

枪口硬硬地抵着他后脑勺，这个距离如果扣下扳机，那电视里全身一震嘴角流血，然后唯美缓慢姿态优雅倒地就根本是骗人的，真实情况是半个头都能被轰掉，剩下半个头五官全没，脖子上只能剩下个开了瓢的血葫芦。

鲨鱼的问话终于从身后传来："我听说画师刚进你们公安局的时候，给你当了相当长一段时间的小弟？"

步重华停了半秒，才说："是。"

"我平生很少杀人，但我杀的人里十个有九个都是蠢死的。"鲨鱼声音非常认真，没有一点开玩笑的意思，"你有没有发现这一点？眼光不好的人脑子也不会好，而跟愚蠢的人合作会为自己惹来巨大的麻烦。所以为了避免你将来给我带来任何麻烦……"

咔嚓一声子弹上膛，鲨鱼扬眉道："抱歉了，步支队长。"

他刚要作势扣动扳机，却听步重华突然冷笑了一声："我俩之间的日常就这么让你看不过眼吗？"

"什么？"

鲨鱼动作一滞，电光石火间步重华突然旋身擒拿捏手，砰一声子弹走火，枪柄脱手而出，被他一把抓住；鲨鱼反应极快，但还没来得及反制就被步重华就势攥住手臂咔咔两下反拧住，一侧膝盖扑通跪在地上，随即太阳穴被死死顶上了枪口！

"干什么！""放下枪！"

两名保镖惊骇上前，不远处咔啦咔啦数声，赫然见几十米外的土丘后闪出二三十个人，成排黑洞洞的枪口同时对准了步重华！

"不准动——""放下枪！"

局面一触即发，却只见步重华中指在枪身上重重一叩，弹匣应声脱落掉地，被他一脚踢开，随即他放开鲨鱼，把枪丢远，举起了双手。

"开玩笑的。"他微微笑道，"我跟吴零……不，跟画师有时候也这么玩儿。"

鲨鱼揉着酸麻的手肘站起身，一摆手示意保镖把枪收起来。

步重华满眼毫不掩饰地揶揄："抱歉，鲨鱼先生，我没想到你是这种……嗯……如此强调和在意自己对手社会地位的人。从心理学角度上来讲，这应该是自我意识过剩，以及对失败怀有强烈不甘的表现吧。"

鲨鱼的视线就像被定住似的久久没有移开，足足过了半晌，才冷淡道："不，我只是不愿相信罢了。"

"不愿相信画师十分享受平淡无奇的普通人生活？"

"……"

鲨鱼没回答，甚至没有任何理睬的意思，接过手下远远捡回来的枪。

"你赢了，我接受了你的礼物和提议。"他神情语调都相当阴沉，说，"希望从此以后合作愉快。"

话虽如此，这位国际大毒枭却没有丝毫愉快的意思，如果说刚才他作势扣动扳机还只能算五分真五分假的话，现在就有八九分是真的了。

不过步重华不以为意，笑着一颔首，似乎还挺轻松愉快，转身走向了海滩边载浮载沉的快艇。

身后吉普车门终于咔嗒被推开了，秦川跃下车，感觉非常无奈："我以为您来之前已经决定了不论这姓步的怎么花言巧语都绝不相信他，更不跟他合作的呢，老板？"

鲨鱼摇头一哂。

"你在刻什么？"

越野车在山道上轰轰行驶，两侧茂密的雨林擦刮车窗，向后退去。宽敞后座上的鲨鱼探身向前，只见副驾驶位上的年轻人左耳别着蓝牙麦，腰上携一把M9手枪，墨镜下只露出小半张雪白俊秀的脸，手里拿着一把刀和一只苹果，但没吃，在车辆颠簸中雕刻什么东西，定睛一看，只见是张惟妙惟肖的人脸。

"这不是你自己吗？"

年轻人笑起来："无聊提神罢了。"

漫长崎岖的行程必须时时保持警戒，但又很容易让人犯困。鲨鱼一时兴起，随口问:"刀工不错,给我也刻一个?"

谁知这话一出,车里气氛登时就变了,毒枭身侧的保镖组组长欲言又止:"Phillip 先生,这……"

这岂止不是很好,让人如此近距离仔细打量这位全球通缉已久的毒枭的面孔,记在心里再雕刻下来,简直是件犯忌讳的事情——别说安保人员会阻止,眼前这个行事谨慎、滴水不漏到都快成了精的年轻人也是肯定不会答应的。

年轻人回头打量鲨鱼,在这么近的距离下,鲨鱼可以看见那黑白分明的眼睛里仿佛带着一丝戏谑。片刻后他眼底笑意微微一深,把苹果转到完好无损的另一面,三刀两刀很快就刻好了什么,切下那半边苹果一扬:"像吗?"

保镖组组长愣住了。

只见苹果饱满的半边表皮上被刻出了一条活灵活现的大鱼,上下两排镌刻出的大牙格外锋利清晰,散发出清甜的果香——是条卡通大白鲨!

"对不起 Phillip 先生,我没有冒犯您的意思……"

鲨鱼大笑起来,毫不在意地接过那半边苹果咔嚓咬了口:"像,这简直是我见过最凶狠的鲨鱼了!"

年轻人也笑着点点头,把另外半个刻着他自己的苹果随便切成数块,抽了张纸包起来,后视镜中映出他始终带着三分笑的浓密的眼睫。

…………

"他们告诉我步重华逃离津海时,画师跟在后面追了上百公里,当时我还不太信。我以为画师这辈子会追在后面跑的人只有我。所以当这姓步的再三邀请我见一面时,我还是答应了,心想只要发现这人嘴里有半个字谎话,就干脆把他杀了丢进海里喂鱼……"

"我没想到这竟然是真的,"鲨鱼沉沉地道,"我那神勇的、狡猾的、高居于神坛之上,拥有一副铁石心肠的对手,竟然也有追在普通人身后黯然神伤的一天。"

秦川一脸心有戚戚焉:"我完全明白你的心情。所以老板你现在打算怎么办?弄死这小子吗?"

"弄死他?"鲨鱼感觉荒唐似的重复了一遍,"不,我怎么能杀死自己新交的朋友?"

秦川挑起眉角露出了礼貌而疑惑的表情。

鲨鱼摸出根雪茄慢慢点燃,眯起眼睛望着快艇在海面渐渐消失的方向,良久才重重呼了口烟气,冷笑道:"你觉得,如果我们这位新朋友的毒品生意风生水起，那以他的魅力而言，够不够把画师钓来我的身边呢？"

哐当！

排水管里传来沉闷的动静，江停半跪在地，一边脸颊贴地往里瞅了眼，扬声道："没有！下来吧！"

仓库高高的铁栏窗外，吴雩顺着排水管滑下地面，踩着覆盖枯黄草叶的泥土绕到前门，打着手电经过一截满是灰尘的甬道后，走进了这座熟悉的昏暗仓库，江停正从排水管边站起身，拍了拍勘查手套上的灰尘。

"确实已经锈死了。"他说，"应该不存在凶手利用排水管向密室内运送凶器或物资的可能，不过为了谨慎，可以让技侦把这根水管拆下来做一次分解检验。"

吴雩简短道："去。"

"是，吴队！"身后几个现勘员立刻应声，飞奔出去拿工具了。

这座曾经困住了他们三天三夜的仓库如今还维持着当初的模样，大门进来是一小片三十来平方米的空地，与正门相对的墙壁上方有一扇被木条钉住的铁栏窗，窗边红色锈迹斑斑的排水管边，至今还残存着粉笔画的一个小小人形，边上摆着个红色的现勘三角标，那是留下的三岁的陶泽尸体的标记。

空地两侧是几排生锈的铁架，黑暗角落深处有另外一个更大的粉笔人形，维持着死后僵硬的姿势，但血迹已经干了。

那是彭宛。

风不知从何处卷进室内，犹如阴冷吐息喷在吴雩后颈，像是那姑娘怨恨不甘的哭泣。

"宋平说得没错，确实每条砖缝、每寸地面都是混凝土封死的，更没有机关或暗门，除了仓库唯一的铁皮门以外不存在任何进出的空间，但铁皮门外部的铁锁和当初被破门器折断的实木门闩都没有疑点。"江停已经把大衣脱了，灰色羊毛衫袖口摞在手臂上，冲吴雩勾了勾手，"给我喝点。"

吴雩把矿泉水瓶直接递给他。江停咕咚咕咚喝光了另一半，才用手腕抹了把嘴角："你在外面有什么发现吗？"

吴雩摇摇头，他就穿了一件衬衣，但后面已经汗湿得贴在背上了，显出了劲瘦的腰背线条："没有，墙壁是实心的，四面封死了。"

"墙角水泥有没有深浅不一致的地方？"

江停的意思是想问绑匪有没有可能趁他们昏迷时拆了半面墙进来，杀了彭宛之后，再退出去用砖头水泥把墙封死，这样虽然看上去也是严丝合缝的密室，但其实新砌的砖面跟旧砖面的水泥颜色上会有细微差别，足以成为翻案的证据。

但吴邪说："没有。我看过了。"

江停点点头，上前脱了勘查手套，拍拍吴邪的头发："你最近看着不太好。没事吧？"

吴邪低声说："没事。"

话虽如此，但他最近瘦削得厉害，吃得非常少，安静的时候又非常多。有一次江副教授亲自下厨剁鲜虾刀鱼做了小馄饨带来医院，他却只吃了几个就死活吃不下去了，似乎那鲜得连舌头都能吞下去的味道，在他嘴里却味同嚼蜡，连进食都成了为活下去不得已而为之的负担。

食色性也。一个人连食、色都索然无味了，那活着这件事基本就成了纯粹为一个目标而前进的机械运动，除了那个目标之外再无其他乐趣，安静冷淡如无边荒原。

"很多现场痕迹都已经被移除了，我们回车上看看案卷吧。"吴邪搓了把脸让自己精神了些，说，"也许当初现勘拍的一手照片里会有些没注意到的细节。"

江停也劝不了什么，点头"唔"了一声。

"其实关于彭宛的死我有两个细节想不通，"回去的路上江停开了点窗缝，在风声中一边开车一边朗声道，"但力度又不够拿给专案组当作案卷疑点。"

吴邪坐在副驾驶位上，膝盖上放着一个沉甸甸的牛皮纸袋，正一张张翻看刑摄照片："什么细节？"

江停说："第一，彭宛一直抱着孩子蜷缩在排水管下的地面上，但却死在仓库角落里，附近铁架没有被撞击、推倒的痕迹，也就是说她是自己走去那个角落的，为什么呢？"

"我想过这个问题，但那个角落附近没有食水、工具、机关、异常光亮或声音存在过的证据，目前专案组的意见是她可能想活动一下。"吴邪摇头一哂，没有对这个牵强的解释多做评价，问，"第二个呢？"

"第二个细节是凶手为什么要用刀。在现场地面有石块的情况下，如果我是凶手，我想嫁祸，最好的办法显然是抄起石块两三下把她脑袋敲漏，然后不论把染血的石块往尸体边一丢或带走，都非常方便而且没有疑点，用刀反而会给案情造成很多疑问——这把刀是哪儿来的？为什么刀柄上没有步重华或你的指纹？当然警方也可以勉强猜想你们刺杀彭宛时用衣服包住了手，但衣服上没有血迹又如何解释呢？更重要的是一间密室四个人，还有必要用衣服包住手这么多此一举吗？"

吴邪点头不语。

"所以凶手在密室角落里刺杀彭宛，以及使用匕首作为凶器，这两点都是行凶过程中不可或缺的重要一环。"江停顿了顿，说，"但我怎么也想不通为什么这两点对凶手来说都那么重要。"

"我也想不通。"吴雩向后靠在椅背上，皱眉道，"石块、木棍一类钝器往往比使用冷兵器杀人需要更多的决心和力量，偶尔也需要更多的行凶激情。难道这凶手的肢体力量和行凶决心不够？我觉得不像。"

G65驶过街道，江停突然从侧视镜中瞥见了什么，眉心微微一跳，打灯把车停在路边熄了火，说："我去买个东西。"

"买什么？"

江停没回答，只一摆手，下车匆匆走了。

吴雩从侧视镜向后望去，只见他裹着大衣快步穿过街道，径直走向对面一座街心公园，吴雩虽然不明所以但也没有深究，也没跟下车，继续翻看现场照片，突然在满擦照片中的一张的角落上看见了什么，就着车窗外的光亮端详片刻，只见是铁皮门边墙和地面交界处有一个小小的黑影。

是一只死老鼠。

吴雩开始没在意，又翻了两张照片，突然动作一下停住。

老鼠。

——老鼠怎么会死在那里？

车外大街上的喧杂透过窗缝隐约传来，吴雩却毫无觉察，紧紧盯着手里那张照片，瞳孔渐渐张大，仿佛一只无形的手攫住了他全部意识，将眼前场景呼的一下突然拽回了当时的密室——

"你干什么？你别过来！别碰我的孩子！"

"我抓了只老鼠，刚喂吴雩喝了点血，你让小孩也喝一点，否则他撑不了那么久……"

"别碰他！别过来！走开！"

"你干什么？老鼠不会害死他，但脱水会！"

"你拿走！走开！走开！——"

小孩从昏沉中惊醒，爆发出响亮的尖哭。步重华被女人推得踉跄了好几步，突然仿佛意识到哪里不对，一下盯住了彭宛怀里的小孩，上前就伸出手："等等，他为什么……"

"不！你走开！别碰他！"

快要炸开的彭宛一手护着孩子，一手拼命挥舞抓挠，惨叫、怒斥伴随着小孩大哭响彻了整座仓库。吴雾难受地蜷缩在满是灰尘的地面上，脏腑就像被烈焰炙烤，混沌的大脑无法理解发生了什么，只能凭本能发出虚弱的声音："步……步重华……"

周遭一下静了，过了不知多久，熟悉的脚步声再次响起，步重华把他扶起来，精疲力尽摸摸他冰凉的脸颊，声音沙哑地喃喃道："没事了、没事了，很快就会没事的……"

彭宛的喘息和小孩的抽噎仍然在不远处断续响起，吴雾浑浑噩噩靠在步重华怀里，一只手搭在他臂弯上，隐约感觉到一丝黏稠的液体。

那是血。

是彭宛护着孩子疯狂挣扎反抗时，一指甲在步重华手臂上狠狠抓出来的血。

…………

车门开了，江停拿着一个冰激凌甜筒钻进车里，头也不抬道："我听严娜说你喜欢吃冰激凌，给你买的，吃吧。"

吴雾没心思想江停为什么冬天跑去买冰激凌，但车内非常温暖，他下意识地接过来把边缘要融化滴落的部分吮掉，说："我知道为什么彭宛指甲里会验出步重华的DNA了，他们在密室里确实发生过争执，但我想不通那个孩子为什么……你怎么了？"

只见江停动作顿在半空，就那么定定地看着他。

吴雾问："发生什么了？"

江停把脸埋在手掌里，两秒后才用力搓了把脸抬起头，神情复杂又有些压抑，终于扭头低声问："我特地要的这个生姜冰激凌球味道怎么样？"

吴雾顿时完全明白了他的意思。

车厢里陷入了沉重的静默，不知过了多久，吴雾终于轻声说："不是有意瞒着你的，只是说了也无济于事，白惹你担心……"

"什么时候发现的？"江停打断了他。

"步重华走后没两天，你说医院病号餐太咸了的那次。开始我以为是输液太久还不习惯进食，后来问了医生，又上网查了一些资料，才慢慢确定应该是颅底出血留下的后遗症……"

吴雾用指关节揉着眉心，看不清他的神情，良久才几不可闻地呼了口气。

"我没有味觉了。"

第 8 章

翌日，津海市公安局。

"一个三岁大的孩子，周五晚饭前被绑架，周六案发，周日应该是在被囚禁的状态，第二周周一晚上险些被绑匪处决，周二凌晨被关进了密室。此后七十二个小时没有饮水、没有进食，但到了最后一刻竟然还能哭，哭得还很响亮。"吴雩大步穿过走廊，肩上的警服外套下摆随脚步扬起，两侧办公室玻璃映出他沉郁的脸色，"其中明显有不对的地方，步重华和彭宛发生争执应该就是他察觉到了这一点，但彭宛拼死不让他靠近孩子，以至于指甲缝和牙缝间都残留有扭打留下的 DNA。"

他身侧江停双手插在大衣口袋里，步伐同样十分迅速，廖刚亦步亦趋地紧紧跟在后面："难道是彭宛身上藏着水和食物，怕被抢夺所以不敢让你们发现？"

江停说："不排除这种可能性，但如果是这样的话，陶泽的死就太迅速了。"

廖刚："啊？"

江停解释道："人饥渴脱水而死是有过程的。心跳加快，体温上升，器官受损，急性肾衰竭或肝脏衰竭，血压下降并产生幻觉。一个哭声响亮的小男孩在短短几小时内完成这一系列过程的可能性非常小，所以警方赶到解救时他不该那么衰弱才对。"

廖刚顿悟："所以……"

"所以我们要看他的死因报告。"吴雩站定在走廊尽头的办公室前，扭头向廖刚打了个手势，"廖副帮我去物证处调取对凶器的检验分析，如果不让你带出来的话就尽量用手机拍照发给我，完事以后去楼下等一会儿，我跟江教授很快就好。"

"哎！是！"廖刚二话不说，立刻掉头急匆匆走了。

吴雩敲了敲门，随即推门而入，屋里一名老警官摘下眼镜站起身："您就是……"

"耿处。"吴雩上前与他握手，"我是南城支队的吴雩，咱们在处理'五〇二'泄洪洞部灵被杀一案中见过面，您还记得我吗？"

老警官正是市局法医所耿主任，步重华在的时候隔三岔五差人去给法医所送烟送水果，然后一有事就要把这尊大神请出来为小桂法医镇场子，两边的关系可以用"十分融洽"来形容。

不过现在提到步重华，耿主任的表情也有点复杂，点头无奈地叹了口气："记得、记得，现在已经是吴支队啦！这位就是建宁警院的江教授了对吧？"

江停笑着手伸进怀里正准备掏烟，谁知吴雩比他更快一步，径自摸出一盒烟塞进耿主任手里，竟然是富春山居！

那盒富春山居的烟盒已经有点皱了，也不知道被吴雩贴身藏着舍不得抽，没事就拿出来闻过了多久。耿主任跟他一样是个老烟枪，推让的手霎时就软了："你们昨天发来的申请我已经看过了，是要查阅被害人彭宛和她儿子陶泽的尸检报告对吧？彭宛的我已经准备好啦，但那个孩子……"

吴雩眉宇微紧："是不允许外泄吗？"

"不、不是。"耿主任为难道，"是没尸检。"

吴雩跟江停对视一眼，两人都有些意外。

"因为死因基本排除他杀，按宋局的意思，家属坚持不给做尸检，所以我们也没法强制把孩子剖了。昨晚接到你们的申请之后我又看了眼档案，写着十八天前把孩子的遗体归还给了家属，按这个时间来算的话，现在估计都已经火化了。"

——火化。

尘归尘，土归土，陶泽的死再有疑点都被一床锦被盖了过去，从此绝无半分可能知晓端倪了。

现在还能怎么办？

两个人脸色都非常不好看，吴雩沉吟片刻，问："那关于步支队和我在高速公路上撞车的后续调查、医疗资料，以及解救当日的其他案卷材料还有吗？"

耿主任更为难了："有是有，但这个案子已经归给市局专案组了，按理说……"

吴雩毫不放松地盯着老专家，目光沉静有力，如重千钧。耿主任迟疑半晌，打开保险文件柜抽出厚厚一本文件，啪地放在了桌上。

"行吧，"他叹了口气，"但你俩只能在市局现场翻阅，所有材料不能带出专案组的门，明白了吗？"

"来了来了，破门器来了！""小心！所有人退后！三二一——"

嘭！

黑暗的屏幕一阵剧烈晃动，镜头中只能看见手电光扫来扫去，随即只听有人惊叫起来："真有人！""是步支队！""快打120！通知市局！"

…………

吴雩放下案卷："你在看什么？"

办公室里只有他们两个，耿主任已经被叫出去了。江停坐在电脑前按下暂停键，揉了揉太阳穴："是警方解救你们时破门而入密室的录像。当时有港口区公安分局、派出所、巡特警队、警犬搜救队的人在现场，其中一名派出所民警的肩上别着执法记录仪，恰好录下了当时的经过。"

吴雩上前站在江停椅背后，俯身按下鼠标，播放，显示器上的画面再度颤动起来。

"报告市局报告市局，我们已经找到步支队及吴警官两名人质，120正在开来的路上……""配电箱在哪儿配电箱在哪儿？""这鬼地方是被拉闸了吗？""里面是什么啊？哎哎小心！""排排排水管，有有有小孩要死了！""什么，在哪儿？""快快快来人！"……

一段时长十六分五十秒的视频很快播到尽头，吴雩镜片后的眼睛微微眯了起来，他再度按下重播。

"小心！所有人退后！三二一——"

嘭！

"排排排水管，有有有小孩要死了！"

…………

"有发现吗？"江停抬头问。

吴雩从电脑前站起身。

他消瘦之后有点脱相，眼窝深陷而眉骨高耸，双眼皮又异于常人地深，整个人显得气势沉凝而锐利。显示器上晃动的光影倒映在眼镜片上，直至第三遍播放到最后，才见他一摇头。

"可能是我多心，始终觉得当时的细节里有什么地方蹊跷，但光看视频又发现不了。"

江停失笑，摸出烟盒倒了两根烟出来，扔给吴雩一根："那你比我出息点儿，我只能理智上知道有蹊跷，实际上根本察觉不到。"

他俩凑着点燃了烟，吴雩徐徐吐出一口白雾，自嘲道："论破案我不如你，论犯罪你不如我。如果有什么细节是我能感觉不对而你感觉不到的，那应该是我嗅到了黑暗深处同类的气息吧。"

江停淡淡道："别那么说自己。"

吴雩没吱声，周遭一时安静下来，江停抬头转变了话题："你刚才看案卷有没有发现值得注意的地方？"

"有。"吴雩出乎意料地说。

他转身拿起刚才被视频打断的那本案卷，顺手丢给江停，指着正打开的那一页："2005年来州市大兴县特大运毒案，是国内第一次发现暗网参与组织运毒的案例，网站叫'茶马古道'，当时根据各种迹象综合来看，我推测'茶马古道'的创始人应该是在境内运营这个网站的。"

江停翻页的手蓦然一顿："你推断的？"

"对。"吴雩沉沉道，"是我。"

他后腰靠在办公桌桌沿上，衬衣领口开了两颗纽扣，一只手插在裤兜里，另一只手夹着烟。在淡蓝色的烟雾中半边侧脸隐没在阴影里，脖颈蜿蜒向下，肌骨有种陶瓷般光滑坚硬的质感。

"就算公路上撞我们车的绑匪是拿人钱财替人办事，也不会那么巧相隔十年又碰上了这拨人，除非是同一个雇主。"吴雩镜片后的双眼盯着面前缥缈的烟雾，这一刻他不像是南城支队里勤勤恳恳办案的刑警，倒更像是当初独自陷在边境毒帮里孤立潜伏、运筹帷幄的画师，声音轻而凝定，"我总有种感觉，彭宛并不熟悉那帮人的运作方式，她可能在某方面被人骗了。"

江停脑海中陡然闪现一丝光亮，影影绰绰感觉到了什么，千头万绪的线索一起涌上心头："有没有可能绑匪告诉她……"

"等等，"就在这时吴雩一抬手，止住了他，"你听。"

办公室外人声脚步来去，更远处马路上响起车辆来往的喧杂声，隐约夹杂店铺的清仓叫卖。

正常人根本听不出任何异动，更别说江停以前做开颅手术影响到了听力，在辨别细微声波频率这方面还弱一些。他疑惑地皱起了眉头，只见吴雩突然把烟头往桌面一摁，说："廖刚跟人打起来了。"

江停一愣，打起来了？

他霍然起身，跟吴雩同时拔腿就走，出办公室左转十余米，转过拐角后赫然见一群人三三两两地围在走廊上，一边越过铁栏杆向楼下望一边窃窃私语："怎么就吵起来了？""说的本来就是事实啊。""那反应也太大了，做贼心虚吧！"……

"看什么呢一个个在这儿！"远处传来杨成栋的呵斥，他正巧带着人来市局拿文件，刚出来就撞上这场面，"大白天的啥事不干在这儿看什么？喂说你呢！散了散了散了！——哎小吴？"

杨成栋一边不耐烦地骂人一边挤过来，刚要开口劝两句，却被吴雩一抬手堵住了："小吴你……"

吴雩眯起眼睛望向楼下，这才是他刚才听到的动静来源——

"说就说！"一名中年男子气急败坏，反拎住廖刚衣领，"步重华杀人贩毒贪污受贿是不是我编的？押运途中持枪潜逃是不是我编的？你们南城支队全津海最富，是不是我编的？！"

"姓赵的我告诉你，步支队的事没有定论，没有定罪他杀人！"廖刚本来就不善言辞，拎着那中年人的领子气得眼都红了，"你这是污蔑！根本没有证据！你——"

"廖副你快放手快放手！""你俩都少说两句嘛！""嘿呀廖副你有话好好说有话好好说……"

"没有定罪？没有定罪你们南城支队全体给审了半个月是不是真的？"中年人一把推开廖刚，"就你们还有脸申请今年财政的特殊补贴经费？步重华贪了多少钱你们心里没数吗？！你们还好意思！"

"你！"

杨成栋喊道："吴雩！"

吴雩神情纹丝不动，右手抓住肩上搭着的警服外套，唰地反手扯下来，在衣袂翻飞的同时左手一拍铁栏杆，借力侧翻纵身，飞跃下楼！

"那是什么？""那是谁？"

走廊上一片惊呼，众人纷纷挤到栏杆边向下望，却只见吴雩已落地起身，廖刚闻声一回头，登时如获救星：

"吴支队！"

人群中有人不由自主抬头看看二楼走廊，愕然轻声道："他是跳下来的？"

吴雩右手把外套轻轻搭在左手臂上，微微地笑问："你们在这儿讨论什么呢？"

楼下劝架的、围观的、看热闹的纷纷让开一条路，中年人的气一下泄了："本来我说的就是事实，事实还不让人说了？"

廖刚大怒打断："事实？事实你用得着躲在车后面偷偷跟人说？事实你用得着怕被我揪出来？你明明——"

吴雩打了个手势止住廖刚："您就是东城区分局赵副所长吧？"

对方打量他几眼："你又是……"

"我是南城区分局刑侦支队支队长吴雩，咱们当年见过面，但您可能忘了。"

不仅赵副所长，连廖刚都一愣。

"2008年，赵所辖区内围剿制毒窝点，跑漏了一名特大跨境制毒嫌疑犯。此人一路流窜至来州，沿途经过六省，六省警方轰动，上百道协查通报一无所得；最后该名嫌犯企图从中缅交界的一处渡口越境，被我从船上摁进了凌晨三点的暗河里，人赃俱获，体内藏毒2.76公斤。赵所带人来边境看守所执行押运任务时，我就坐在看守所值班大厅里。"

赵副所长的脸色已经彻底变了。

没错，他确实还没忘——

"赵所，哎赵所！""怎么了？""您看那人谁啊？咱们一大早来他就坐在那儿，一张报纸翻几个小时了？"

赵副所长顺着手下躲闪的视线看去，一道侧影正坐在看守所大厅的角落里，整张脸都被报纸遮挡住了，只露出头顶乌黑浓密的短发。因为逆光看不清楚具体身形，只觉得人很年轻，很瘦但相当精实，白色短袖T恤、黑色牛仔裤，右脚踝跷在左膝上，踏着一双满是尘土穿旧了的黑色高帮系带靴。

他在看一份缅甸语的旧报纸，右手腕上戴着一串用红绳串了的灰白佛珠，看着像是骨头，绕着修长的小臂缠了四五道，尽头吊着一个磨得很尖像人牙齿的东西。

那佛珠看着很邪，赵副所长小心收回目光，低声吩咐："可能是跨河过来探监的缅甸人。别随便去招惹，当地人路子野得很……"

"这才几年不到，赵所升职了，说话也不那么谨慎了。"吴雩含笑道，"可能是这几年贵辖区内没再跑丢过犯人，渐渐也就大意了的原因吧。"

周遭神情各异，赵副所长脸色一阵青一阵白，半响挤出一句："你、你讲什么2008年，我都已经不记得了！我刚才说的是步重华，也没说别人！"

"南城支队上下一体，你说步支队，也就是在说我。"吴雩和颜悦色地向左右扫视一眼，原本看热闹的几个人此刻神色都有些讪讪，"没凭没据的事不要张口就来，否则招来督察队多不好，是不是？"

赵所咕咚咽了口唾沫，彻底泄气——岂止是不好，姓吴的不是一般硬气，招来督察队以后吃亏的肯定不是他！

吴雩不再说什么，礼节性一点头，转身示意廖刚跟自己一起走。

"……"

众目睽睽之下，赵副所长脸上挂不住，虽然不敢再啰唆，但还是忍不住冲吴雩的背影翻了个白眼,几乎不出声地骂了两句。

——其实这两句气音小得除了他自己以外没人听得清,但就在这个时候,吴雩突然就像脑后长眼一般倏地转身,右手一把抓住他的领口……

所有人这才如梦初醒,纷纷惊叫起来:"怎么了怎么了?!""吴支队冷静点!""冷静点别乱来!"

众人一拥而上,而吴雩冷笑一声,转身扬长而去。

二楼走廊上挤了一片人,江停按着栏杆,见没事了才微微松了绷紧的肩背。杨成栋已经带人奔了下来,目瞪口呆站在市局大门前向这边望,一脸担忧、着急、震愕混合着三观被刷新的表情。

廖刚赶紧拨开人群匆匆赶上吴雩:"小吴——吴支队……"

"下次不要跟人做这种口舌之争了,不是每个人我都凑巧打过交道的。"吴雩脚步不停,头也不回地平淡道,"这世上在乎真相的人只是少数,绝大多数真相也不过是人眼能看到的那一部分事实而已。"

廖刚怒气未平:"我一开始只想跟他把事情说清……"

"凡事有苦衷不代表就一定说得清。"吴雩打断了他,"报仇洗冤通常只是传说中的故事,故事是不用我们警察跪在地上拿着放大镜一寸一寸去寻找线索和证据的。"

廖刚所有不甘恼火都被一盆冰水浇下似的清醒了,半晌生出一丝惭愧,叹了口气岔开话题:"你在楼上有发现吗?"

吴雩说:"没有,我和江教授刚在看解救当日的执法记录仪视频,突然被你的嚷嚷给打断了。"

"你在二楼办公室能听到这边的动静?"廖刚愕然道。

"当然能,你的声音我还不——"

吴雩顿住脚步,不知意识到什么,表情蓦然发生了变化。

廖刚不明所以:"怎么了?"

"来了来了,破门器来了!""小心!所有人退后!三二一——"嘭!

"配电箱在哪儿配电箱在哪儿?这鬼地方是被拉闸了吗?""里面是什么啊?哎哎小心!"

"排排排水管,有有有小孩要死了!""什么,在哪儿?""快快快来人!"

"…………"

视频中混乱的人声被字字剥离、抽丝剥茧,每一个语调振幅和每一寸音量

053

高低都被大脑迅速固定、拆解，旋转崛起由无数道起伏曲线构成的声波图。

就在那错综复杂的音轨中，突然某一道声线凸显出来，犹如利刃陡然划亮黑暗——

"怎、怎么了？"廖刚惊疑不定，"到底怎么了小吴？"

吴雩抬起一只手，微微侧过头，廖刚只见他下颌线条紧而冷硬，眼梢因为压紧而显出了一道很长的弧度："那视频确实有蹊跷，我要上去再看一遍。"

"啊？"

"我可能知道这密室杀人是怎么回事了。"

第 9 章

津海市妇幼医院。
"宋局！""宋局您来了！"
宋平向熟悉的医生、护士点点头，穿过深夜的住院部走廊，推开尽头的单人病房门，下一刻脚步蓦然收住。
病床上陶泽幼嫩的手背还扎着输液针头，小小的身体都陷在了雪白被褥中，望着坐在床沿边上身披警服的侧影，细声细气地问："那，你知道我妈妈吗？她去哪里了呀？"
"她还在隔壁住院，跟你一样每天都要吃很多药，扎很多针，等你们都好了就能见面了。"
"好呀。"
"……………"
陶泽困了，闭上眼睛陷入了安静的睡眠，心率监测仪上闪动着规律起伏的曲线。吴雾摸了摸他的头发，坐起身回过头，终于对上了宋平哑口无言的瞪视。
"你是怎么找到这里的？"老局长半晌才憋出一句。
吴雾一勾唇角，尽管声音里毫无笑意："你对外隐瞒这个孩子还活着的消息，是因为你也意识到了我们自己内部并不保险，还是因为万长文的外孙将来还有利用价值？"
"我不是，你——"
"你说，如果现在步重华出现在我面前，我是会先揍他还是先揍你？"
宋平："……"
宋平对着病房雪亮灯光下吴雾锐利的目光，眼皮一个劲乱跳，终于蔫了。

十分钟后，病房外走廊窗前。

宋平真心诚意地问:"我说,你能不能对你的顶顶顶头上司表示一下稍微的、起码的、一丁点的尊重?"

"如果我的前顶头上司没有在我昏迷六个星期的那段时间里,一边每天在我病床前含泪上演依依不舍离别大戏,一边掉头就跟我的顶顶顶头上司商量好这出杀人、叛逃、劫囚车大戏,并且还在我面前倾情表演高速飙车的话,"吴零顿了顿,说,"我对你俩都会尚存最后一丝尊重的。"

"你、你怎么能这么说步重华呢?"宋平强撑着那口气,义正词严一拍水泥窗台,"虽然他杀了彭宛,但他其实是为了能让你活命啊。而且他刚从昏迷中苏醒就强拖着病体来看你最后一眼……"

"他手术第二天就醒了,没几天就开始参与查案了,实实在在躺病床上昏迷了六个星期的人只有我——这一点是江副教授今天下午去津海市第一人民医院分析了步重华的全部用药记录之后得出的结论。"

从宋平想发火又只能忍的脸色来看,他心里此时正默默问候的人大概也包括江停。

"而他之所以承认自己杀了彭宛,"吴零冷冷道,"是因为你们花了六个星期都没查出彭宛是怎么死在密室里的,最终他只能将计就计,主动背起杀人的黑锅,好顺势假装反水叛逃去当毒枭,是不是?"

宋平立刻:"等等等等,可是你根本没证据……"

"我有。"

"什么意思?"

"步重华没杀人,因为彭宛根本就不是死在密室里的。"吴零在宋平急切、期待,又强自掩饰的目光中冷笑了一声,说,"她死在密室开启之后。"

宋平动作霎时一僵,随即醍醐灌顶:"开启之后?"

"我和江副教授去市局调了第一批救援人员赶到现场破门而入的录像,因为当时非常黑,视频中几乎看不出什么,但声音却录得非常清楚。巡警利用破门器闯进密室前后共发出了二百九十六道音频,包括对话、指挥、吼叫、无意义的惊呼感叹语气词,等等;在这二百九十六道音频中,有一道是破案的关键,因为说出这句话的人从头到尾只说了这一句话。"

吴零一弹烟灰,对宋平笑了一下。

"排排排水管,有有有小孩要死了!"

两人目光对上,宋平不愧是三十多年的老刑警,那瞬间什么都明白了:"这句话是绑匪说的!"

吴零说:"对。到达现场的第一批搜救人员共计十二名,分别属于港口区公安分局、辖区派出所、附近巡特警、警犬搜救队这四个单位。我已经把这十二名搜救人员分别找来谈过话了，没有一个声音特征能跟'排排排水管，有有有小孩要死了！'这句话的声音特征重合；现在我们只要把这十二个人的声线录音交给技术人员做分析比对，得出正式鉴定报告，就能成为步重华彻底翻案的铁证——

"救援现场混进了第十三个人，也就是凶手本人。"

宋平直直盯着他，心头空白无法言语。

虽然吴雩说得很简单，但宋平自己知道从混乱的现场、喧杂的人声、足足二百九十六道交叉重叠的音频中挑出那唯一至关重要的线索，需要反反复复多少遍一帧一帧地观察、一个字一个字地倾听，以及多么强烈的、坚定的，为步重华翻案的决心。

从吴雩昏迷醒来开始，人人都告诉他彭宛是步重华杀的，步重华自己也说是自己杀。只要吴雩的理智和情感有一丝一毫相信，或者稍微有一丝一毫不那么坚决，他都不可能把视频成百上千遍地反复枯燥循环下去，独自坚持奋战到山穷水尽，最终从二百九十六道声音中找出那唯一破案的关键点。

"你……"宋平声音不由得有些嘶哑，"你把那视频反复听了多少遍？"

吴雩说："三遍。怎么了？"

吴雩莫名其妙看着宋大老板的脸色风云突变，半晌才听他冷冷道："没什么，你继续说。"

吴雩心想宋平的内心活动好像还挺丰富，但没有太理会他。

"当初我跟步重华在密室里的时候，摸遍了所有角落都没发现监控镜头的存在，为此我们商量出了两种可能性：第一，针孔摄像头可能装在我们头顶摸不到的角落里，绑匪用它来监视我们是否完成了杀人游戏；第二，绑匪根本不需要监控，因为不管我们有没有遵照字条的指示开始杀人，他都会亲自来达成这个游戏的结局，即将我们之中的某个人置于死地，来达到构陷的最终目的。

"从事情的后续发展来看，绑匪采取的可能是第二种做法。他先打开步重华的手机，等待第一批警方赶到现场，然后混在现场来自不同单位、彼此并不熟悉的救援人员中间，第一时间冲进了密室；当巡警发现我跟步重华倒在大门口时，没人会想到失踪的彭宛母子竟然也在这里，绑匪就是利用这个时机杀死了不知为何独自待在密室角落里的彭宛。"

说到这里吴雩话锋一转："另外，这也可以解释为什么凶手用的是刀而不是仓库里随地可见的石块，因为行凶时间紧迫，容不得他冒着一石头没砸死彭宛，反而被她挣脱惨叫引来注意的风险。"

"彭宛被一刀致命，死亡过程非常迅速，但从视频时长来计算，她被害后凶手又被迫在黑暗中躲藏了近十分钟之久，这是因为救援人员正聚集在出口附近忙着检查我和步重华的情况、打电话叫救护车，以及向市局汇报具体方位，十几个人拿着手电堵在密室唯一的大门口，他脱身不了。不过转机很快来了，正当凶手焦急等待的时候，有几个人注意到了现场非常暗，于是便自发地散开寻找配电箱，同时用手电向仓库深处搜索；当凶手听见有人说'这鬼地方是被拉闸了吗'以及'里面是什么啊'的时候，他意识到有人正往自己所在的方向过来，便情急生智喊了句话——也就是本案最大的关键点——'排排排水管，有有有小孩要死了！'"

吴雩缓缓地摇了摇头："现在想来这句话的用词非常耸动而且蹊跷，但当时不会有人能察觉，因为所有人的注意力都立刻转移到了黑暗中非常醒目的红色排水管那边，同时注意到了奄奄一息的小孩。趁着这兵荒马乱的几分钟，凶手从容退出密室，一旦到了仓库外黑夜的旷野里便可以逃之夭夭。

"而更关键的是，到了这个时候，所谓的'密室杀人'已经在警方脑海里形成了思维定式，也就不会轻易想到要去推翻它了。"

宋平花了几分钟时间随着他的话在脑海中复原案发经过，少顷终于见他一点头，抓起手机："你等会儿。"紧接着他边打电话边风一样走向远处，"喂，翁书记？是这样的，彭宛那案子有希望了，我们现在要立刻把以下十二位民警的说说录音拿去跟视频里的一句话做比对……"

吴雩垂下眼帘，最后向窗外吐出一口烟，只见宋平挂了电话兴冲冲地回来，满脸都在放光，那张连日疲惫衰老的面孔仿佛一下年轻了五岁："拿到鉴定证据后我们要——"

"所以这位翁书记也是你们反水大戏的编剧之一了？"

宋平戛然而止，视线游移，半晌干巴巴地："啊。"

吴雩把烟头慢慢地、重重地碾熄在窗台上，动作缓慢，烟蒂粉身碎骨。那明明是很正常的动作，但不知怎么宋平整段脊梁骨登时都抽了两下。

宋平从警三十多年来，极其罕见地没忍住靠墙贴了一小步，这时只见吴雩终于偏过头来——他以为这个年轻人会问"你们为什么瞒着我"或"步重华是不是被迫的"，但实际上他问的是："你们策划了多久？"

"死亡池事件之后。"宋平摸摸鼻子，瞅着窗外，"开始是步重华自己提出的，组织根本就没有同意，但后来……确实没有比他更合适的人选了。"

吴雩讯消地眯起眼睛："没有比他更合适的人选了？"

宋平苦笑起来："你觉得从津海挑出这么个人很容易吗？专业卧底需要顶级

的职业水平、过硬的心理素质、铁打的忠诚信念，还必须履历清白，完全不被毒贩怀疑……但问题是我们没有条件像当年云滇的特情组那样，从几十上百个优秀高才生里慢慢挑。我们只能找一个叛变理由充足充分的现役警察，而步重华为父母报仇的强烈愿望是最足以取信于鲨鱼的一点，否则你随便拉个警察说叛变就叛变了，人家毒枭也不信啊！"

"所以那些贩毒的记录、离岸账户和比特币都是你们自己安排的？"

"也不全是，更多借调了部里的资源。"宋平咽了口唾沫，"还有步重华牵线给'马里亚纳海沟'的那些蓝金零售商，其实也……"

怪不得查步重华这么多年的犯罪证据如此轻易，根本就是自己埋雷自己挖，从头到尾走过场！

"步重华击毙玛银之后，对我提交了一份报告，其中详细列举了他准备为自己'叛变'而做出的铺垫。比方说，面对纪委督查他的态度非常抵触；在杨成栋把他带去五桥分局询问彭宛被绑架前后的经过时，他故意当众激怒杨成栋，甚至宣称自己早就不想当这个警察了，态度嚣张跋扈……关于步重华性格、言语、行事风格的前后巨大转变，在大半个津海公安系统都传得沸沸扬扬。所以当他承认自己杀了彭宛的时候，其实很多人都不太怀疑，甚至觉得迟早是有这么一天的。"

"不用继续夸奖那位'奥斯卡影帝'了。"吴雩冷淡道，"我不是很愿意听。"

"呃。"宋平有一点尴尬，"其实我们本来想再铺垫一段时间，等时机再成熟些才开始演……开始行动的，但因为你俩在前去港口区的半路上被撞车、绑架，随即又发生了密室杀人，这个意外突然加速了整个计划的进程。专案组翻遍了整座密室都无法证明你俩没杀彭宛，甚至到后来我们自己人都开始怀疑你俩，最终步重华只能说，趁你没完全醒来之前他先接下杀死彭宛的这个锅，我们才好安排接下来越狱叛变的正戏。"

吴雩一言不发，宋平斜觑了一下他的表情，才有点迟疑而含蓄地咳了一声："其实话说回来，他也不是故意要隐瞒你的，只是担心等你完全清醒之后，为了证明他的清白而有什么过激举动，甚至不惜自己认罪来换取他的自由，所以……"

吴雩淡淡道："我知道，我在你们心中的智商超出过八十吗？"

"不不，这个你真的误会了。"宋平立刻正色，"步重华临走前说整个津海如果有人能破密室杀人这个案子的话，那个人一定是你，只有你能证明他的清白呢。"

吴雩嘲问："原话有那么煽情？"

宋平："……"

——如果我认罪，吴雯就不用遵从回避原则，可以参与进来查案了。他当过十几年最危险的卧底，专业素质不是后方侦查人员能比的，对生死之间很多细节的直觉也都超乎常人，如果彭宛被杀一案有侦破的希望，关键的线索很可能会落在他身上。

　　病房里的监测仪器嘀嘀作响，步重华靠在病床上摇了摇头，宋平怀疑地摸着下巴："你真肯定姓吴的能证明你的清白？"

　　步重华沉默良久，叹了口气："不一定。但现在没其他办法，这案子几乎已经死了，姑且死马当活马医吧。"

　　…………

　　"有。"宋平斩钉截铁，"这就是他的原话！"

　　吴雯半信半疑，神情微微松动了些。

　　"不过劫囚车的计划后来还是出了岔子，"宋平一边偷觑打量吴雯，一边不动声色地转移了话题，"我们本来是打算让步重华联系鲨鱼从津海本地越狱的，却没想到林烶竟然查出了步重华和那些毒品零售商之间的联系，还来了一出当庭举报。虽然我们本来也是想趁机慢慢'查出'步重华的涉毒证据，但姓林那小子确实打得我们措手不及，最终只能让步重华紧急联系鲨鱼，从半路上劫持了押运车，还不小心给你留下了飙车上百公里追人的机会。"

　　"你现在还觉得，我是你见过最完美的人吗？"

　　"停车！不然我下一枪就不是打车了！"

　　"你就当你的步重华已经死在密室里了。"

　　…………

　　吴雯面上一丝波澜也没有，他微微眯起眼睛，一只手将被摁熄的烟头攥在掌心中，细长五指不易察觉地战栗，用力到连烟蒂都被生生撕裂了。

　　"步重华现在人还在北方，已经跟鲨鱼秘密会面了一次，取得了初步信任。根据他传回的情报来看，未来一个月内鲨鱼会继续派人联系他，想高价从他手上进一批新型芬太尼化合物的货。"宋平用力一拍吴雯的肩，沉声道，"我们将竭尽全力利用这次机会进一步接近鲨鱼，甚至将毒枭一网打尽。届时步重华冤屈洗清，立下功勋，就是他载誉平安归来的时机。"

　　吴雯眼梢、鼻翼、半边侧颊都隐没在阴影中，皮肤苍白坚冷，有种说不上来的寒意。半响，宋平才见他冷淡地笑了一声，但天生向下的唇角却连提都没提起来："是啊，每一个平安归来的人，都以为后面的人也能很容易蹚过那条河。"

宋平一愣。

然而吴雩没有解释，也没有给他反应的时间："步重华这件事除了你们几个老领导，还有谁知道？"

"这个，"宋平移开目光，"这件事情其实也没有别人……"

"那他的联络人是谁？"

周遭一下陷入了彻底的安静，宋大老板盯着自己脚下的地面，半晌没吭声，似乎突然对病房外的走廊地砖产生了浓厚的兴趣。

吴雩收回目光，摸出手机打了个电话，接通后言简意赅："喂，江停？你觉得严峫还醒着吗？你可能会想找他好好聊一聊。"

第 10 章

晚上十点半，北方某县城夜总会。

爆款电音中纠缠着形形色色的人，劣质香烟和掺水酒精的味道混杂在一起。步重华一手夹着烟，一手拎着个黑色塑料袋，大步穿过舞池里忘情扭动的男女，径直走到角落一张背对监控镜头的卡座前，只见昏暗中有个身穿T恤、牛仔裤，身高腿长的男子正忙着左拥右抱，两个浓妆艳抹的陪酒女一个坐在他身边一个坐在他大腿上，咯咯笑得停不下来："大哥你可千万别骗我们呀！""你明儿真来帮我们开两瓶金方威士忌吗？"

哐！

女孩子们吓了一跳，回头只见步重华把黑塑料袋往桌上重重一拍，鼓鼓的袋口哗啦泄出了几沓粉红钞票！

"拿着。"步重华随手丢了两沓给那俩姑娘，简洁地吩咐，"走人。"

男子笑着在姑娘裸露的背上拍了拍："哟，做生意的来了，不能陪你俩了，去吧。"他说着从裤兜里摸出一包幽蓝色粉末，也不避讳她俩，直接往步重华面前一扔。

那俩陪酒女见到满袋钱，眼早已直了，哪还管什么金方不金方的，赶紧一人抓起一沓钱笑开了花地跑了。

满场红男绿女熙熙攘攘，没人注意到这边的动静。步重华收起那袋蓝金，向周围扫了一眼，终于回头向那男子挑起眉角，意味深长地问："江教授拿不动刀了是吧，严娜？"

对面正拿餐巾纸用力抹脖子上口红痕迹的男子动作一顿，紧接着幽幽地抬起脸，露出两个明显的黑眼圈，一手在背后紧紧按着后腰："别跟我提他。"

"你的腰怎么了？"

"没怎么。"

步重华用一种全新的、错愕的、仿佛第一次认识严娜似的目光上下打量他，五秒钟后严娜恼羞成怒地把餐巾纸往桌上一拍："收起你那满脑子污秽堕落的思想！你哥我睡了两晚上的车后座，不小心闪了腰而已！"

"你为什么要睡车后座？"

"凉快！"

步重华拢了拢皮夹克衣襟，点头说："没错，确实再过个小半年就该入夏了。"

这愚蠢的弟弟尚不知死活，不过现实一定能教会他做人。步重华嘲讽地一勾嘴角，俯身在他耳边轻声说："我现在一共出了三批货，第一批蓝金直接送给了鲨鱼，第二批第三批都是白的，分别给了一个浙江的'老花蛤'跟一个湖北的'季老板'，但实际上那两人都是鲨鱼手下派来试探我的。要是敢出假货给他们，鲨鱼已经发现这出戏不对劲了，你以为你还能见到活着的我？"

严娜无声地骂了句。

"鲨鱼比警方想象中的狡猾得多，从我手里过的每一袋货他都会叫人去验，有时候我觉得他根本就不相信我是真叛变了。"步重华向后靠在沙发背上，长长吐了口浊气，声音沙哑道，"我以前只知道吴雯活着回来很难，但现在才知道到底有多难。这种每天晚上都会梦到自己暴露以后被毒贩抓去剥皮的日子别说十二年了，连十二个月都不敢想象有人能熬过去。"

严娜不知道该说什么，半晌重重叹了口气，给他倒了杯酒推过去："下一步打算怎么办？"

"不能再跟鲨鱼手下假扮的拆家继续浪费时间了，否则货很快就会耗光，我得尽快把他本尊给钓出来。"步重华喝了口纯的绿方威士忌，沉声说，"我已经放出了有一大批蓝金要出货的消息，鲨鱼愿意高价买进，但目前还在等他确定细节。一旦最终定下时间地点，屠龙计划就可以正式实施围剿……"

"不不，等等，"严娜愕然打断了他，"你手里有那么多蓝金？！"

"没有。"

严娜登时大怒："胡闹！"

"这是唯一的办法，我已经确定除了大批量的蓝金，鲨鱼对其他鱼饵根本没有任何反应！"步重华眯起眼睛，舞池上空旋转的彩灯映在他瞳底，闪烁出森冷阴沉的光，"这件事我反复思考了很多遍，只要围剿行动足够完美，就能在开箱验货之前把鲨鱼跟那帮手下一网打尽，不入虎穴焉得虎子？这世上没有绝对保险的行动，一旦选择了这条路就必须承担失败的风险！"

"你简直疯了！那要是围剿不够完美呢？万一抓捕就是迟了几分钟呢？！"

"那就祈祷那一刻战神站在我们这边。"步重华冷冷道，"从最开始我们就该想到,从'海沟'里钓'鲨鱼',没有足够多的新鲜血肉那根本就不可能!"

严娜用力搓了把脸,喃喃骂了两句,但在震耳欲聋的劲爆舞曲中根本听不清。

兄弟俩都没再说话,半响步重华才拿起那瓶绿方威士忌,倒了浅浅小半杯酒递给严娜,低声说:"不用太担心,哥。你尽管把这个计划转告宋局,可行与否自然有专家去分析,如果无法配合有效围剿的话他们肯定也不会同意我冒险,是不是?"

严娜靠在卡座里瞟了表弟一眼,嘴角浮起冷笑:"这世上专家很多,但真把你当骨肉血亲的,可并没有几个!"

"……"

步重华望着他亲表兄强压隐怒的脸,不由得张了张口,咽喉却像是被什么堵住了似的,半响只低头"唔"了一声说:"我知道。"

——他当然知道严娜为什么要千里迢迢蹚进津海的这浑水,为什么要不计代价、不顾安危,来当这次绝密行动的联络人。

"帅哥来跳舞呀!"

"哈哈哈帅哥不请我们喝酒吗?"

"…………"

几个醉醺醺满场窜的小男孩小女孩觍着脸凑上来,严娜熟练地随手几张钞票打发了,向周围打量一眼,起身道:"我该回去了,咱俩别前后脚,你等会儿再走。"

说着他又想起来什么似的,从手上解下一块腕表扔给步重华:"拿着,专门给你带的。"

那块表玫瑰金壳,深棕色鳄鱼皮带,万年历带双追针,虽然保养得很好,但表带灯笼扣的四个角却断了一角,像是曾经被利器磕碰过。步重华拿着表一时没反应过来,愕然道:"干什么?你提前给我上祭啊?"

"滚蛋!"严娜呵斥了一句,弯腰俯在他耳边说了几句什么,步重华眼神微微变了:"所以……"

"所以平时带在身上,但不要动不动就亮给人看。"严娜稍微拉开了点距离,在咫尺之际凝视着步重华琥珀色的眼,"等闲变却故人心,我也不知道它还管不管用,只能死马当作活马医。你一定记住要留到最后一刻走投无路了再拿出来,明白吗?"

步重华垂下眼帘,少顷咽喉上下一滚,就着这一站一坐的姿势抬手短暂拥抱了严娜一下,声音沙哑地道:"谢谢你,哥。"

严娜点点头,用力拍拍表弟的肩,一步步走进舞池里憧憧人影之间,很快消失不见了。

步重华在彩灯迷幻昏暗的角落里又坐了片刻，不远处有几个穿紧身裤化了妆的人望着他跃跃欲试，你推我搡半天后终于扭捏着过来，但还没来得及开口搭讪，只见步重华突然仰头喝干杯子里最后一点残酒，起身头也不回地离开了舞厅。

"嘿呀好可惜！"

"就叫你早点下手的嘛！"

…………

快冬至进九了，夜气寒意凌人，昏黄路灯照在深夜空旷的县城马路上，偶有一两辆车飞驰而过又渐渐消失，显得格外冷清。

步重华仰头呼出一口白气，心里突然涌现出一个奇怪的念头：他还从来没跟吴雯一起过过冬天呢。

吴雯应该很怕冷，毕竟在东南亚生活了那么多年，北方的年末说不定是他十多年来第一次经历冬天。这样严寒的深夜，他应该盘腿坐在沙发上开着地暖，透过顶层复式的落地窗眺望城市灯海，电视里放着悲欢离合后大结局圆满的主题曲；茶几上应该放着满满的一盘糖果，因为出事前几天步重华刚去买了几大包点心带回家，吴雯当时还挺高兴地拆了根棒棒糖。

他可能有一点孤独，但总会好的。

即便伤口无法痊愈，至少疼痛能随着习惯慢慢麻痹。

步重华裹紧外套，摇头驱散心底冰冷的刺痛，低头轻车熟路地绕进后巷，夜总会后门口有个胖乎乎的身影正蹲在地上抽烟，听见脚步循声抬头，差点儿因为脚麻一跤绊倒在地："哎呀我的哥，我的亲哥，你可总算出来了！可冻死我胖丁了！"

前铁血酒吧老板胖丁哭丧着圆脸，裹一身皮毛，宛如瑟瑟发抖的座山雕。步重华把剩下那半瓶绿方威士忌扔给他，扬了扬下巴："特地给你带的，今天允许你破戒喝两口，下不为例。"

胖丁抱着威士忌瓶，心酸得简直要哭了："想当年我胖丁老板扬名津海，纵横北方，醉卧美人膝，醒掌酒吧权，什么拉菲茅台麦卡伦，那统统都是漱口水。没想到我也有为区区半瓶绿方折下三尺小蛮腰的一天。我真是太……"

"太惨了。"步重华诚恳道，"就像你当初在看守所苦苦求我帮你办取保候审时哭得一样惨。"

胖丁眼泪立马一收，若无其事，仿佛什么都没发生过。

"田丁先生。"步重华连名带姓地叫他，语调平淡而严肃，"之前组织的几位领导应该都跟你谈过了，我们是从不强迫人民群众帮忙办事的。"

　　"什么，等等，您怎么能怀疑我是被强迫的呢？"胖丁老板一手捂胸目视前方，就像抱着三代单传独苗似的抱着那半瓶威士忌，斩钉截铁道，"我是主动追随您配合您工作的，我愿意将功赎罪做个对社会有用的人！"

　　啪、啪。

　　步重华拍了两下掌："很好，开车去吧。"

　　胖丁立刻俯首帖耳地贴墙根溜了。

　　步重华哑然失笑，摇了摇头，正抬脚走向后巷口停着的车，突然脚步一顿。

　　"等等。"

　　胖丁疑惑地转过身。

　　夜总会里不清晰的DJ舞曲透过水泥墙，回荡在冷清的巷子中，更远处马路上的车辆飞快远去直至消失，风穿过树梢发出簌簌轻响。

　　步重华的眼神微微变了，黑暗中某些无来由的征兆猝然触动神经，正向他的背后疾速逼近——

　　"走！"他猝然喝道，"快走！"

　　不用他吩咐第二遍，胖丁跳起来玩命飞奔，同时半空厉风呼啸；所有剧变都发生在那一瞬间，步重华只来得及闪身、拔枪、咔嗒一声子弹上膛，旋即枪口却被来人向天一抬，紧接着他整个人被轰然摁上了墙！

　　"你——"

　　步重华戛然而止。

　　所有酸楚、悲哀和狂喜，都一股脑随风冲上夜空，然后像纷纷扬扬的大雪将地面温柔覆盖，于天地间闪烁着微渺的光芒。

　　我是突然坠入了梦境吗？——这是步重华的第一个念头。

　　他怎么会在这里呢？

　　皮肤与衣料摩擦的细微声响淹没了所有感知，多少天以来的生死惊魂与艰辛筹谋都在此刻化作了齑粉，连一丁点伤痛的痕迹都没有留下。

　　因为吴雩在他眼前。

　　在这严冬深夜，裹着满怀寒风，于千里外来到了他的面前。

　　"你……"步重华胸腔起伏，视线不舍得从眼前这熟悉的面孔上移开，喘息道，"你怎么……"

　　吴雩一言不发，伸手解开脖颈上的衬衣纽扣，然后又解开第二颗纽扣，黑暗中露出一小片锁骨,他活动了一下脖颈。

步重华一愣。

吴雩黑白分明的眼睛视线落在步重华脸上,视线冰冷,毫无情绪。下一秒,他陡然拎起步重华衣领,轰然一记铁拳又准又狠,当场把步重华打翻在地,稀里哗啦撞翻了整个巨大的垃圾桶!

第 11 章

胖丁手里拿着红药水和棉签："步哥你这一脸姹紫嫣红……"

步重华投来冷冷一瞥。

"怎么？"

胖丁小心翼翼："要不要上点儿药啊？"

步重华终于有所松动，但手还没伸出去，突然听见外间响起的脚步声，当机立断收回手撑住额角，眉头紧蹙咬牙不语："嘶……"

"步哥你怎么了，步哥！你还好吗！你头晕吗！"胖丁惊慌失措，"完了步哥被打坏了，快叫 120！"

吴雩脚步停在门口，手里赫然拿着把沉重的铁扳手，呼地抛起又接住，冷淡道："哪里坏了需要修理？"

步重华立刻不嘶了，胖丁也立刻不惊慌失措了，两人都专心盯着自己脚边上的地板砖，空气中流动着讪讪的味道。

吴雩扬起眉角，上前用扳手不轻不重地拍了一下胖丁的肚子，淡淡道："我当初就不该求步支队长帮你办取保候审。"

胖丁老板一脸诚恳赔笑："那都是因为我们津海玉面小阎罗人美心善、义薄云天，为了兄弟两肋插刀……"

"是啊，"吴雩用铁扳手抬起步重华的下巴，居高临下打量那张几个小时前还非常俊美的脸，"以至于让你俩联手插了我两刀。"

胖丁抹抹眼角并不存在的鳄鱼泪，给步重华递了个"领导先上我撤退"的眼神，贴着墙根小碎步溜了，临走还没忘记毕恭毕敬地关上卧室门。

咔嗒一声轻响，这间简陋的县城老房卧室里只剩下了步重华和吴雩两人，一个坐在床边一个站在地上，彼此相对，中间隔着一把沉重冰冷的扳手。

步重华咳了一声："哎，你怎么……"

"有个人叫我趁着案子没破抓紧时间多睡会儿,"吴雩俯身贴在他耳边,从牙缝里轻轻道,"现在我废寝忘食辛辛苦苦帮这个人翻了案,但他人呢?"

步重华话音戛然而止,心口就像被什么滚热的力量突然一撞。

"我真该把你按在刚才那后门口,往死里揍满八个小时。"吴雩咬牙道。

"对不起,是我错了。"步重华近距离看着这双熟悉的眼睛,"我怕你知道以后就……"

步重华活到现在,小时候是"别人家的孩子",长大后是高居上位的精英,天底下能让他心甘情愿说出"我错了"三个字的人可能一只手就能数得过来。吴雩以为他想说的是"我怕你知道后阻止我"或"我怕你要求代替我来执行这个危险任务",谁知他说的却是:"我怕你知道以后……我就不敢再冒这个险了。"

吴雩以为自己听错了:"你不敢?"

空气温热而安静,步重华看着他,良久后眼角慢慢弯起一丝类似自嘲的弧度:"我不能让任何人看出来……

"我决定与你道别时,真的鼓起了很大的勇气。"

窗外是一望无际的城郊,旷野在黑夜中连绵起伏,更远方铁轨边隐约亮着黄色的信号灯,火车在呜呜声中消失在了夜色中。

而在这方简陋的旧屋里,墙壁四面渗水,地板翘起发霉,天花板上装着数面监视屏,床下是手枪、砍刀和乱七八糟堆放的化学品;床头台灯微弱昏黄的光,透过开裂褪色的塑料灯罩,轻纱般笼罩着他们彼此对视的面孔。

吴雩微微仰起头,低声说:"为你翻案也需要很大的勇气。"

笑意浮现在步重华瞳孔深处,那总是强硬盛气凌人、形状还很锋利的眼睛里满是血丝,但温柔起来的时候又仿佛盛着熠熠的星光。步重华小声问:"你怎么瘦了那么多?"

他们肩并肩靠着对方坐在床沿,吴雩含混地说:"没有啊。"

"你看你这眼窝都下去了。"步重华掌心在他头上揉了一把,"严娜都告诉我了,江停说你为帮我翻案,一个人不吃不喝把当时的监控视频反复看了上百遍,还当我不知道吗?"

"啊?"

空气安静两秒,两人面面相觑。

"哦,"吴雩眼神微微游移,镇定地说,"是啊。"

"我就知道。"步重华深深地凝视他,"如果到最后一刻还有人愿意为我坚持,那个人一定是你。"

"还……还好吧,也没太辛苦。"吴雯若无其事地咽了口唾沫,"不过话说回来,这个案子其实还有很多疑点我也想不通,比方说彭宛为什么会抛下孩子独自出现在密室角落,凶手怎么能在跟着警方冲进密室的第一时间就找到她。哎对了,你有什么想法吗?"

步重华的注意力果然被转移了,侦查思维本能地占据上风:"对,凶手必须在密室开启的第一时间就立刻杀死她,这样当尸体被发现时已经凉了,尸表不至于还保留明显体温,也就不会被救援人员发现破绽。然后根据警方勘查现场的通常流程,救援人员不会轻易搬动尸体,而等现勘赶到固定好现场,刑摄拍完照再退出去,法医再进来开始尸检时,彭宛已经死亡了起码一小时,很难再把行凶时间精确推断到十分钟内,也就顺理成章留下了嫁祸给我的空间。"

"但这种杀人手法其实也暴露了凶手的一些特征,就是他在冲进密室之前就必须明确知道彭宛所在的位置,如果彭宛始终待在正对大门的排水管边,那么这个杀人手法根本不可行;如果他浪费时间在三百多平方米的仓库中寻找彭宛的话也不可行。"步重华皱起刀削般的眉角,"虽然听起来匪夷所思,但彭宛被害一事似乎变成了凶手和被害人共同'协作'的结果。再结合那个孩子缺水三天却还能大哭的异状来看,彭宛被关进密室的时候身上很可能藏着食物和水,难道她跟绑匪之间存在某种我们不知道的联系?"

吴雯两手撑在床沿,两条长腿在地上伸直交叉着,边听边沉吟不语,少顷才说:"我也这么怀疑,同时还有一点想不通。"

"哪一点?"

"如果凶手想除掉你或者我,公路撞车时就可以下手,或者干脆多关几天把人质统统饿死就完了,为什么要花那么大阵仗,却只是把你弄出了警队呢?"

步重华偏头看着身侧的吴雯,笑了起来:"这点关窍你竟然想不通?"

"怎么?"

"如果咱俩被人绑架死在密室里,这就是个重大恶性案件,犯罪恶性的程度是有区别的。但换一个角度来说,如果我背上了杀死彭宛的嫌疑,那专案组的侦查力度就会转移一部分到我这个杀人犯头上,不仅如此,连宋局都会被牵连,搞得不好甚至可能要停职回避,侦查力量就相应减弱并分散了。对绑匪来说,显然让我活着坐牢比让我死了有利得多。"

吴雯神情怔忪,半晌才自嘲地轻轻"哎"了一声:"嗐,我这脑子。"

步重华揶揄:"现在知道自己的命有多值钱了吧,毕竟你是……"

他突然意识到什么,打趣戛然而止。

——吴雯的思维敏捷程度是超乎常人的,他想不通这点是因为有思维盲区,在他的认知里，自己的命没有那么值钱。

边境搞缉毒的，各种牺牲太多了，他习惯了。

"策划这起绑架的人针对性很强。"步重华突兀地转移了话题，沉声说，"所以对方到底是万长文还是其他人，这点目前还不好确定，可能要等我们成功钓出万长文之后才能得到答案。"

吴雩"唔"了一声，数秒后突然问："钓出万长文？"

"对。"

"怎么钓？"

步重华开始没吭声，望着脚下的地面，少顷才说："我已经放出了消息，有大量的蓝金货源想出给鲨鱼。"

开始吴雩只是直勾勾盯着他，似乎都没有反应过来，但随即那空白的神情化为了错愕和惊怒："你疯了？！你敢跟鲨鱼耍这种低级把戏？！"

没错，空城计能不能奏效是要看人的。对鲨鱼来说画师唱这出戏可算是刀锋走奇招；换作步重华，那简直就是把自己脖子洗干净了往刀锋上撞，可能撞不过一个回合就连命都没了！

"我知道，但局势比专案组之前设想的紧迫百倍，我们真的没时间慢慢周旋下去了。"步重华见吴雩张口想说什么，立刻打断了他，"你知道鲨鱼已经跟万长文接触过一次了吗？"

"什么？"

"我也是最近才摸清楚情况的，六月上旬秦川带着鲨鱼翻过了中缅边境的四座大山，沿着他当年逃出境的秘密路线一路深入西南，六月底跟万长文手下的拆家接上了头，万长文想借助鲨鱼的力量潜逃出境，鲨鱼想逼万长文把蓝金的出货和定价权交给自己，但双方没谈妥。后来因为玛银的死，鲨鱼觉得自己在中国境内继续谈判太危险，于是让秦川又带着他沿原路返回偷渡出境躲藏了一阵，这一来一回我们却连丝毫风声都没有察觉，毛都没抓着！"

中缅至西南自古以来就有很多秘密走道，而秦川更是此道高手，鲨鱼找秦川帮忙是找对人了。

"因为鲨鱼回了金三角，万长文才不得不另外想办法从北方偷渡，而彭宛之所以在八月中旬仓促地利用丁盛及邓乐两人进行绑架计划，就是因为她要赶着九月初跟她爹一起走。"说到这儿步重华讥诮地哼笑了一声，"不过万长文这次想逃比三十年前要难得多，九月初他派出去试水的两个手下在丹东被边防抓了个正着，吓得万长文只能又躲回北方，思来想去走投无路，不得不再次求助于鲨鱼——所以鲨鱼在入冬后第二次越境，这次他肯冒险来到北方，是因为他知道万长文屈服的可能性已经非常大了！"

自少女从邪教头领手中偷走骷髅头盔，到文物贩子陈元量的尸体被抛在垃圾场，再到步重华一枪击毙玛银于断桥下，最后彭宛仓促设计绑架导致玩火自焚身死密室……这几起看似没有多少联系的案件，终于在此刻被连成一串，勾画出了罪恶深渊惊心动魄的一角。

它们背后隐藏的暗线不仅仅是万长文想偷渡、鲨鱼想要蓝金，更是两大毒枭势力之间，以及新老两代人运毒方式之间的变革斗法！

"我告诉鲨鱼我愿意帮他在北方建立秘密中转点，但他其实根本没上钩。鲨鱼一旦跟万长文达成合作，他们就会毫不留恋地立刻离境，专案组根本不可能再拿出任何够分量的鱼饵来吸引鲨鱼滞留北方！"步重华压低声音喝问，"你说这个把戏低级，我难道不知道它低级吗？但现在资源有限、时间紧张，所有条件掣肘都已经摆在桌面上了！除非我一路追着鲨鱼跟万长文跑出国境，否则必须速战速决！"

吴雩侧身坐着，一只手按着额角，半响开口道："不可能，太冒进了。"

"我知道——"

"鲨鱼不是你们平时抓的那些毒贩拆家，时机不成熟就是时机不成熟，强行催熟是致命的。"吴雩疲惫地摇了摇头，说，"如果是我，我会放弃整个行动。"

步重华指向门外："这话你去跟公安部说？"

吴雩嘴唇抿紧得像条直线，生冷，毫无血色。

空气中仿佛充满了冰冷的尖刺，同时扎着他们俩的后背。半响步重华伸手覆盖在吴雩背上，沉声道："我知道你在想什么，但现在的情况跟当年云滇不同。哪怕专案组把所有资源全部押上，我们也不可能凭空变出时间，更别提以五年、十年为单位来慢慢放长线钓大鱼了。"

吴雩一言不发。

"我们必须在他再次跟万长文接触上之前采取行动。"步重华掌心新生了很多枪茧，触感粗糙但温热、坚实，就像此刻低沉的声线，"那些成气候的大毒枭基本没有敢跨进中国境内的。如果说在边境抓住一名毒枭的难度是百分之百，在北方那儿就是百分之一，这是地理、人口、社会各种因素综合作用的结果。所以我们更不可能放弃这次机会，不然追着他再跑出境吗？"

昏黄灯光下吴雩的五官格外深邃，半响他终于勾了勾唇角，尽管那弧度短促而苍白："你当真确定你已经完全取得鲨鱼的信任了？"

谁知步重华抬起吴雩的脸，看着他低声反问："我为什么要完全取得他的信任？"

"……"

"鲨鱼那种毒枭不可能相信任何人，所以我不能在这上面浪费时间。至今我所做的一切努力都是为了营造蓝金本身的存在，他可以不相信我，他相信蓝金是真的就够了！"

吴雪将胳膊肘抵在双膝上，久久没有说话。

步重华看着他青筋凸起的手背埋在凌乱的黑发中，心里像是被烧红了的钢针狠狠刺了一下，抬手想用力按住他瘦削的肩头，这时却听见他紧绷而压抑的声音终于传了出来："你分析得没错，计划本身也不无道理……但我确定你们低估了一点。"

"什么？"

"鲨鱼本人。"

步重华手一顿。

就在这时他手机响了，短消息是一串网络加密号码，内容只有简短的五个字："档案已录入。"

深夜的手机荧光幽幽映在他们两人脸上，步重华将短信屏幕转向吴雪，低声说："专案组刚批准了这个计划。"

吴雪没有吱声，他坐起身点了根烟，又伸手拿起床头柜上早已冷却的残茶，似乎完全没感到丝毫苦涩，仰脖一饮而尽，然后才摇了摇头。

"我在金三角见过不计其数的毒贩，鲨鱼是唯一当场撕下我这身画皮的人。"

步重华眉角一皱。

"他用枪顶着我头的那一瞬间，是我这么多年来最接近死亡的时刻，而我之所以活下来不是因为本领高强，而是因为他犯了病。"吴雪抬起满是血丝的眼睛望着步重华，"同样的病他这辈子都不会再犯第二次了，你知道当时发生了什么吗？"

第 12 章

　　尖锐的火警报警铃响彻大楼，远处已经隐隐传来消防车声。酒店十六楼总统客房内，一名身穿黑西装、白衬衣，腰间佩一把 M9 手枪的年轻人攥着步话机，砰地推开门，房间里的十来个保镖都站了起来。

　　"消息走漏，警察快赶到了。"年轻人没看别人，直直望向正慢条斯理从窗前转过身的男子，"抱歉 Phillip 先生，时间非常紧迫，请您立刻跟我来，车正在楼下等我们。"

　　鲨鱼点头"唔"了一声，走到他身边，仿佛想起什么似的停住脚步："对了。"

　　"是。"

　　"你说，警方为了抓到我，愿意付出多少代价呢？"

　　年轻人愣了一下，似乎不明白他为什么会突然这么问，但还是很平稳地回答："抓住 Phillip 先生是大功一件，应该可以加官晋爵，所以我猜对方会不计一切代价出动大量警力吧。"

　　鲨鱼点点头，饶有兴味地重复："不计一切代价。"

　　风中的消防警笛声越来越清晰，他却像是完全不急，抬头眯起眼睛望着空气，片刻冰蓝色眼底终于慢慢浮现出一丝遗憾的笑意："十二年啊，画师，连牺牲你这样传奇卧底的性命也在所不惜是吗？"

　　年轻人瞳孔一颤。

　　下一瞬间，他闪电般抬手探向后腰，但鲨鱼动作却比他更快，M9 枪口已经结结实实顶在了他太阳穴上："别、动。"

　　年轻人微蹙起眉："我不知道您在说什么，您……"

　　他的话音戛然而止，鲨鱼一手持枪，另一手探进了他敞开的西装外套衣襟，从内袋里摸出一个小小的信号发射装置，丢在地上一脚踩碎，发出咔嚓一声轻响。

　　"我从没怀疑过你，因为从头到尾只有你一人坚持我们当中混进了警方的内应,如果不是你我根本不会往那方面想。不过也正是因为你的坚持,我才那么相信你,以至于被你一步步诱进圈套,最终困进了这栋楼。"鲨鱼把M9枪口顶在年轻人左侧太阳穴,微笑道,"这手心理战玩得太漂亮了,我现在回想起来,过去七十二个小时中你说过的每一句话、做的每一个表情,甚至每一个眼神,竟然都找不出丝毫破绽。"

"……"

长久的僵持过后,年轻人的神情终于发生了一丝神奇的变化,原本那总是带着三分笑意的柔和如潮水般退下了,露出了其下森寒冷峻的嶙峋石滩,但语气还是很平静的:"所以您是从哪里发现不对的呢?"

鲨鱼眼神复杂地看着他:"十分钟前,负三层车库,你为什么要亲自下楼去打开L3区角落里那道暗门?"

年轻人闭上了眼睛。

"那么隐蔽狭窄的一道门,不是留给你那些警察同事的吧?"鲨鱼略微向前倾身,贴在他右耳边,轻轻道,"看来今天急于从警方天罗地网中脱身的不仅我一个,是不是?"

"车已经准备好了老板。"一名保镖接了个电话,上前低声汇报。

鲨鱼点点头,站直凝视着年轻人在光影交界中丝毫不动的面孔:"永别了,画师。"

子弹咔啦上膛。

人在临死前可能会产生很多反应,金婚爱侣劳燕分飞,至亲父母放弃骨肉,铁骨英雄软弱哭泣,猥琐小人挺身直立。但画师什么反应都没有。他合拢的眼皮似乎紧了一瞬,但那真的仅仅只是一瞬,然后便放松了,他微微睁开眼睛,低垂视线望着身前的虚空。

"……"

时间静止一瞬,鲨鱼突然放下了枪。

"我不想看到你在我面前死去的情景。"他扭头吩咐手下,"我走以后杀了他。"

"是!"

"我希望自己脑海中你最后的印象是美好完整的。"鲨鱼温和地看着年轻人,说,"再见,画师。"

年轻人没有回答。

鲨鱼收起枪,与画师擦肩而过走向门口,十来名保镖匆匆尾随而出,杂乱的脚步转瞬消失在了走廊远处。

房门被砰地关上,房间里只剩下三名荷枪实弹的手下从不同方向拿枪指着他，子弹同时上膛。就在那瞬间，年轻人本能地向后退了半步，扭头瞥见紧闭的房门把手上挂着什么——

那是一条酒店的白毛巾。

所有动作都发生在这一秒：远方警笛随风而至，三人同时扣下了扳机；子弹出膛一瞬间，年轻人已闪电般抽出毛巾，同时一脚重踹面前茶几，沉重的玻璃茶几凌空呼啸飞起，被三颗子弹打得粉碎！

玻璃爆开千万碎片，漫天碎片飞瀑。尖叫嘶吼与子弹砰砰声交织在一起，下一秒，年轻人如厉鬼般冲破半空玻璃瀑布，缠在他双手间的毛巾已化为绞索，落地瞬间绞飞了面前保镖的手枪！

砰！哐！手枪砸墙走火，子弹打穿了一整面落地窗。

砰砰砰砰子弹乱飞，年轻人用毛巾绞着那保镖的脖颈，死死挡在自己身前……

鲨鱼脚步蓦然一顿。

"怎么了老板？"

鲨鱼似乎感觉到什么，站在酒店大楼前难以置信地抬起头，眼睁睁望着十六楼的那面玻璃窗陡然爆裂——

铅灰色天空下，那年轻人探身站上窗台，低下头来与他对视，森白侧颊上蜿蜒的鲜血被狂风一卷而散。

鲨鱼的瞳孔陡然扩大了。

"保护老板！""快快快！""快上车！""快走！"……

人群的惊叫、纷乱的脚步、迫近的警笛和红蓝闪光都在那一刻被绞碎推远，在风中化作静默的背景。

年轻人抬起满是鲜血的左手抽掉领带，松开衬衣领口两颗纽扣，随即握紧枪柄，在众人恐惧的注视中一跃而下！

——那是鲨鱼有生以来最接近死亡的一天，也是最清晰感受到"恐惧"二字的一刻。

从那天起，他再也不会用枪指着对手的头，却把扳机留给别人来扣。就像他永远不会忘记那从天而降的战神，裹挟着寒风利刃直逼自己眼前，记忆将对视的那一幕永远凝固，直到很久以后都清晰得仿佛昨天。

那将是他这辈子最后一次犯相同的错误。

…………

咚咚咚！咚咚咚！

江停提着两个塑料袋推开支队长办公室门："吴雩你……哟，你怎么了！"

稀里哗啦几声响，只见吴雩从办公桌后蓦然惊醒，触电般站起身，一手本能地探进怀里，紧接着定睛见是江停，才松了口气坐回去。

江停哑然失笑："你没事吧？"

"没事。"吴雩用掌根揉了揉满是血丝的眼睛，含混不清说，"刚睡过去了，做了个梦。"

"什么梦？"

"跳楼。"

"总是梦见从高处跌下可能说明心脏冠状动脉有点问题。"江停拉开支队长办公桌前的椅子坐下，从塑料袋中拿出两个食盒，一个放在自己面前，一个放在吴雩面前，"不过我还是好奇，你这个人形自走跳楼机竟然也会做噩梦跳楼？难道不是八楼高度一跃而下吗？"

"八楼高度一跃而下的那是蜘蛛侠。"吴雩在江停揶揄的目光中自嘲道，"在楼层没有障碍物的情况下，三楼掉下来我就有可能摔成白痴，四楼以上死亡率接近百分之百。但如果下落每十米就有一次柔性缓冲，那十六层以下还有一成存活可能性，十六层往上纯粹是听天由命，基本活不了。"

江停不由得笑起来，吴雩打开食盒一看："怎么你陪我一起吃米糊？"

只见桌上两盒午餐都是由蔬菜和虾肉打成的糊状物，气味其实还行，但卖相着实恶心。吴雩最近只能吃下这玩意了，任何需要咀嚼的东西对他来说都是味同嚼蜡，那种丝毫没有滋味的机械性吞咽行为会刺激咽喉产生呕吐反应，实在是一种受罪。

"你想多了，"江停微笑着舀起一勺蔬菜虾肉糊，"我只是刚好有颗智齿发炎了而已。"

吴雩收回目光，低声说："谢谢。"

"你我之间有什么好谢的。"

江停把他带来的面包撕成小块，吃了两口，突然门又被咚咚敲了两下，小桂法医抱着一沓尸检报告探进头："哟，吃饭呢，在吃什么好东……"

"看什么看，这是你吴支队的减肥餐。"江停放下面包擦了擦手，含笑瞅了小桂法医一眼，"你胖了啊。"

小桂法医一句"什么减肥餐这么恶心"还没出口，紧接着就被江副教授的核弹级攻击震惊了："我不是，我没有……"

"我上次见你时腰围 75 厘米，臀围 82 厘米，现在上下都直逼 85 厘米了，胖了好几斤吧。"江停向"减肥餐"一扬眉,"要不跟我们一起尝尝?"

哗哗两声牛皮纸袋响,小桂法医一手挡前一手挡后,满脸羞愤强调:"我、我只是穿了蔡麟他妈给咱队织的秋裤罢了!"

从恭州到建宁,从建宁到津海,江停再次用实力证明了为什么江副教授不记仇,因为有仇当场就报了。他悠然颔首不语,从小桂法医手里抽出牛皮纸袋:"这是什么?技侦现勘报告?"

"是彭宛被害一案的详细现勘理化分析结果。"小桂法医吸着肚子憋着气,试图让他的腰围视觉效果返回75厘米,瓮声瓮气地说,"因为小吴跟市局提出了有关视频声音比对的新观点嘛,所以耿主任同意把一部分资料传给咱们,特地叮嘱了我这是高度机密,叫我务必亲自交给吴支队长,中间不能假手他人。"

江停和吴雩两人动作同时顿住,对视一眼。

看来耿主任很清楚其中利害,他也知道在彭宛一案中,内部有人是不干净的。

吴雩接过资料翻看片刻,并没有太多特别的内容,他们在市局那天已经基本都看过了。技侦人员查过了每一寸地板缝,确定彭宛的死亡时间在密室开启左右不超过十分钟,与绑匪打开步重华的手机使信号与基站交换的时间基本吻合——当然吻合,先头搜救人员赶到密室现场差不多也就花了十分钟而已。满满当当几十页纸里大部分都是利用各种工具、各种手段从外部杀人的推测,现在基本没什么用了。

指纹、脚印等生物检材的提取并不乐观,主要是因为救援人员闯入、医院急救车赶到,不可避免对现场进行了极大的破坏。吴雩聚精会神往后翻到底,看不出什么,只得摇摇头,把文件一合:"先存放在……"

"等等。"站在他身侧的江停突然伸手,按住了其中一页。

"怎么?"

江停拿起那张理化报告,喃喃道:"尸体的一撮头发末梢里发现了少量氧化锌?"

尸体生物检样发现了无数种化学元素,毕竟一周没洗头洗澡,又在密室里到处蹭,理化检验结果里的化学式写了整整半页纸。指望刑侦人员突然变身化学家是不可能的,因此现勘只会把有毒物质特别标注出来,日常生活中普遍接触的化学物质——比方说口红、粉底、香水、护发素残留,等等,基本也就列了个大概。

而氧化锌本身,也是日常生活中特别常见的化学物质之一,皮炎、过敏、烫伤、擦伤,甚至蚊子咬伤都能用,家家户户都备着氧化锌软膏。因此江停猛然一提,小桂法医差点儿都没反应过来。

"哦，那个呀。"小桂法医以为江停不知道氧化锌是什么，"可能是被蚊子咬了或起痱子擦的药膏，或者是贪便宜买了三无微商面膜。那玩意会掺入氧化锌颗粒与皮肤摩擦，起到去角质和遮挡瑕疵的效果，这样看上去能使皮肤上的黑头不明显，但其实会加重闭合性粉刺。彭宛的经济状况不佳，估计也是经常用这种微商产品，尸表残留一点也不奇怪。"

江停点点头，突然问："面膜残留能留一周吗？"

"啊？"

"彭宛从被绑架到被害共经历了一周，七天后发尾取样却仍然验出了氧化锌，如果她不是用烫伤膏做了面霜，那大概是用痱子药做了个发膜吧。"

小桂法医当场如梦初醒，只见江停把理化报告往桌上一丢，问："被害人衣物还在吗？"

"啊，在在在！"

"上衣拿去再做个检验，看能否从血迹中验出淀粉、食用色素、防腐剂和水斑防止液。"江停说，"教你个生活小窍门，氧化锌不仅可以做面膜，还是电影工业以及万圣节庆典里最常见的组成原料之一——道具血。"

小桂法医瞪大眼睛，心悦诚服地比了个"OK"的手势："是！"然后他一溜烟地跑了。

吴雩坐在办公桌后，右手拿勺子左手比大拇指，维持着这个姿势："我只有一个疑问。"

"是的，没错。"江停彬彬有礼地回答，"是受了你那天在耿主任办公室里对彭宛可能被人诱骗这条思路的启发。"

"不，我是想问……"吴雩指指门外小桂法医跑走的方向，"他腰围目测76.5厘米到78厘米之间，跟85厘米也差太远了吧？"

办公室里一片安静，只见江停端起减肥餐，微笑着眨了一下眼睛：

"四舍五入嘛，不要那么较真。"

第 13 章

"经技侦再次理化检验分析结果显示，八二八绑架杀人案被害者彭宛部分头发、上衣衣领、袖口部位都沾有玉米淀粉、食用色素、氧化锌和防腐剂等成分，也就是道具血。这种血浆是 20 世纪 70 年代专门为电影效果而发明的，以玉米淀粉作为基底，用氧化锌作为乳化剂，再用蓝、黄色素调整细微色差，比一般市面上卖的假血浆更加逼真精巧，即便是近距离观察也很难一眼看出真假。"

哗啦一声纸响，小桂法医把分析报告提到吴雾眼前晃了晃。

港口区密室杀人仓库里，理化员正拿着手电筒蹲在地上提取检材，吴雾手里接过那张分析报告看了片刻，抬头与江停对视了一眼。

"吴支队！"这时理化员起身大步走来，"初步检验出结果了，您看！"

吴雾回过头。

彭宛死后尸体形成的位置上，用粉笔新画出了一圈血流形状的线条，位置大概在尸体侧躺时的脖颈咽喉边，那是道具血曾经留下的痕迹，不过色素已经被凶手清理掉了，只留下痕量的化学成分，供技侦检测出当时道具血所流淌的范围。

"她不会是……"小桂法医难以置信道，"她不会是想假造凶杀现场吧？"

"如果彭宛觉得她仅用假装昏迷和一瓶人造血浆就能造出凶杀现场，那她智商应该不超过八十。"江停半跪在那粉笔画出的血迹轮廓边，扭头看向吴雾，"你的推测是对的，她确实被凶手欺骗了。"

吴雾点点头："凶手给了她造假的信心。"

"信心？"小桂法医满心疑惑，"什么信心？"

"装死构陷。"

"啊？！"

江停和吴雾都没说话，小桂法医仿佛听见了自己从业这么多年来最荒谬的笑话，忍不住来回直瞅他俩："可是尸检，解剖，遗体辨认……"

"如果尸体丢了呢？"

小桂法医一愣，心说：丢了？

"——我们之所以能抢在警方前面赶到河滩，枪杀丁盛、邓乐两名绑匪，然后再把你救出来带走，是因为我们本身就来自警方内部，丁盛刚才打110自首时我们就守在电话边上。我们跟万长文合作已经很多年了，会把你跟你儿子送去万长文那儿，但在那之前你父亲需要你完成一件任务来证明自己——装死构陷一名警察。"

吴雩在小桂法医诧异的目光中顿了顿。

"——当我们派人闯进密室的时候，黑暗中会非常混乱，你只需要往自己脖子上倒这袋人造血，我们就能当目睹你死亡的官方证人。警方发现死者后是不会立刻触碰尸体的，而是会在第一时间封锁现场、拍照留证，然后将尸体封闭在裹尸袋里送上法医车。一旦上了车我们就会派人把你送去你父亲那儿，之后的事情就不用你管了，我们会在津海市公安局内部安排好这一切的。"

"可是、可是这么拙劣的谎言……"小桂法医还是很疑惑，"彭宛稍微有点智商都不能信啊，她怎么可能真的……"

"这确实是非常拙劣的谎言，只除了两点。"吴雩沉声说，"首先，彭宛是在差点儿被绑匪撕票，被逼无奈之下将绑架案真相对丁盛和盘托出，然后被人拿刀顶着跪在地上等警察过来自首的时候被救的。当丁盛打110的那一刻，她知道自己所有心血、所有努力、所有对未来美好生活的疯狂渴望都灰飞烟灭了，等待她的是家离子散以及银铛入狱。她当时很可能悔恨得还不如去死。"

"但是——"吴雩话锋一转，"就在彭宛极度绝望，等待自己被戴上手铐押上警车的当口儿，突然有人神兵天降般救了她，干净利落地枪杀了绑匪，还自称是万长文派来带她奔向梦寐以求新生活的——五千万元巨奖当头砸下，这时还能保持清醒判断力的人凤毛麟角，彭宛只是个走投无路的普通犯罪新手，她毫无疑问地立刻选择相信是正常反应。"

小桂法医从难以置信中回过神来，把自己代入到当时穷途末路的彭宛身上，所有质疑竟然哑口无言。

"那，"他思索了半天，忍不住问，"你刚才说首先，那其次呢？"

——其次是什么？

吴雩张了张口，但又闭上了，望着面前的空气没有吭声，江停也聚精会神地翻看着勘查报告没有说话。

"吴雩？小吴队？"小桂法医莫名其妙地挥挥手。

理化员都在远处忙活，周围这一小片空地只有他们三个人，地上粉笔画出的人形惨烈狰狞，墙角砖缝中的鲜血已经化作了暗红干掉的痕迹。

吴雩终于动了动，略微偏过脸，浓密睫毛下的眼梢似乎闪烁着一点奇异的寒光，映在小桂法医瞳孔中。

但他的话音却是沉凝而和缓的："其次，他们并没有对彭宛撒谎。

"他们确实是警察。"

半小时后，回公安局路上。

"彭宛以为那是考验，凶手却来真的。"江停一手扶着方向盘一手摸出烟盒，示意吴雩抽一根点上，自己也摸出一根咬在牙齿间，"所以当她进入密室的时候怀里藏着少量食物，误打误撞让三岁的陶泽活了下来，但也因为这点让步重华产生了怀疑，两人在密室中争执扭打，导致她牙齿和指甲缝间留下步重华的DNA，正好顺利栽赃成功。"

南城区分局的地理位置决定了不管什么时候回去都会堵车，大街上熙熙攘攘，到处都是哔哔鸣笛声。寒风卷着枯叶穿过人行天桥和变换的交通灯，才刚下午两点天就非常暗了，铅灰云层重重笼罩在这座巨大都市的上空，仿佛酝酿着今年入冬以来的第一场大雪。

"救援人员赶到破门的时候估计她已经晕了，就算没晕也会以为是事先安排好的'目击证人'来了，不会发出声音导致计划败露。"江停略微偏过头，让吴雩探身给自己打上火，"但有一点我想不通。"

"怎么？"

"凶手怎么确定顶缸的一定是步重华呢？"

的确，如果顶缸的是吴雩，步重华不会被撤职，宋平也不需要避嫌，那么凶手就会面临铺天盖地扫荡式的侦查力量，这显然是违背设计初衷的。费那么大劲搞出密室杀人这出戏，就算不能完全达到预期效果，也起码要达到关键目的，否则对凶手来说未免亏本得太厉害。

"你换一个思路就明白了。"吴雩向窗外一磕烟灰，淡淡道，"也许对方并不需要确定顶缸的是谁，对他来说谁来当凶手都无所谓。能把宋平、步重华拖下水最好，不行的话退而求其次，把我弄出警队也能达到目的。"

江停意外道："你跟步重华有共同的敌人？"

"有。"

江停微愣。

"开始我也以为没有,但那天晚上我见到步重华的时候,他告诉我鲨鱼已经跟万长文接触过一次了,这次潜入北方是为了跟万长文达成最终合作,也就是将蓝金的出货渠道放到'马里亚纳海沟'上去。"吴雯呼出一口烟,在香烟袅袅中看向江停,"谁掌握了蓝金的出货量,就间接掌握了全球范围内的合成毒品定价,这是比金矿还巨大的一笔财富,对'马里亚纳海沟'网站的再次崛起来说非常关键——对竞争网站来说也非常关键。而'马里亚纳海沟'在东南亚的唯一竞争对手你知道是谁吗?"

暗网对江停来说确实是另一个领域,但他还是立刻反应过来:"茶马古道?"

"对,这个名不见经传的小网站被'马里亚纳海沟'挤对得倒闭了好几年,直到一年前'马里亚纳海沟'下线,'茶马古道'才突然死灰复燃,没几个月就膨胀成了东南亚第一暗网电商。"吴雯讥诮地摇了摇头,"我个人猜测'茶马古道'的创办者一定也非常想跟万长文达成合作,奈何鲨鱼抢先一步,绑走了秦川这张王牌。等'茶马古道'反应过来的时候,已经无法再从茫茫人海中找出万长文了,能找到的只有万长文的女儿和外孙,也就是彭宛和她三岁的儿子陶泽。"

哗哗!

江停一脚踩下刹车,G65在摩擦声中停在路边,身侧几辆车鸣笛扬长而去。

车厢里空气仿佛凝固了似的,江停侧脸在暗蓝光影中有种苍冰般的质地,半晌低声问:"你想告诉我'茶马古道'的创办者是警方内部的人?"

吴雯说:"我不确定,但如果这样猜测我们就能解释很多事情。首先,警方内部的人就算要构陷步重华,也有很多其他办法可以采用,不一定非要死盯着彭宛。就算她是步家灭门惨案凶手的女儿,具备让步重华报复杀人的动机,但把她从丁盛、邓乐两人手里救出来真的成本太高、风险太大了,除非彭宛对他们的价值并不仅仅是个构陷工具。其次,步重华当时已经跟鲨鱼达成合作,介绍了很多蓝金拆家给'马里亚纳海沟',这种情况对'茶马古道'来说是必须立刻阻止的。否则津海市公安局一把手的养子,能给鲨鱼带去的利益难以想象,如果真帮鲨鱼在北方建立了物流中转站可怎么办?'茶马古道'在东南亚的垄断地位不就立刻土崩瓦解了?"

"但这跟你有什么关系?"江停皱眉道,"'茶马古道'为什么想把你也给栽赃上?仅仅是为了报复十年前大兴县的那起运毒案?说不通啊。"

"我知道。"吴雯靠在座椅上声音沙哑道,他紧闭的眼皮在淡蓝色烟雾中朦胧不清,只见眼圈下一片憔悴的青影,半晌才睁开眼睛摇摇头,"但我总觉得,'茶马古道'露出马脚的并不仅仅是十年前那个运毒案,可能在过去我曾经跟他们接触过,或者对方认为我已经知道了什么,只是……只是我自己还没意识到。"

——这吊诡又微妙的直觉到底从何而来？

　　它是从过去的哪一件事情、哪一幕画面，如蛛丝马迹般残存在吴雩脑海深处的呢？

　　江停微不可闻地叹了口气，从吴雩手中抽走那根快燃到手指的烟头，降下车窗准确投进了路边的垃圾桶，然后发动了车。

　　"人的记忆是分层次的，一时半刻没有线索也不要着急，不过我倾向于相信你。"车在阴沉天幕下驶过十字路口，打灯右转开进南城区分局的门，江停把车停在刑侦支队灰色的大楼下，说，"待会儿我会给严娜打个电话，让他从此尽量跟专案组保持距离，至少在排查出内鬼之前，暂时不要跟宋局之外的其他领导联系了，否则对步重华太危险。"

　　吴雩低头"唔"了一声。

　　他们两人都下了车，津海真正要入冬了，北风钻进脖子里冷得刺骨。吴雩里面是白衬衣黑长裤，外套一件黑色夹棉的冲锋夹克，双手戴着黑色皮手套，整个人显得非常精悍利落；江停则穿着羊绒衫和大衣，脖子上挂着深灰色围巾，双手插在口袋里，一边往大楼里走，一边回头对身后的吴雩道："你得增点儿重，不然你这脸上线条一收，整个感觉都不对了。"

　　"一般人谁像你看那么细。"吴雩低头大步踏上大楼正门前的台阶，说，"我那天问过医生了，暂时不会影响嗅觉，现在的关键是……"

　　他的脚步突然顿住，直勾勾望向前方。

　　那瞬间江停也感觉到了什么，慢慢地、一寸一寸地回过头。

　　前方大楼门里正出来一行人，王九龄等几位主任都跟着许祖新，而许祖新正笑呵呵拍着一名头发花白老专家的背："辛苦老张教授还特地跑一趟，这个系统优化的跟进工作就……哎，小吴你俩回来啦？来给你们介绍一下！"

　　吴雩瞳孔微微颤抖，空气仿佛凝结住了，但许祖新毫无觉察："这位张志兴教授是公大退休导师，我们市局借来的老一辈著名网络专家，之前你们学习的暗网流量监测论文就是人家写的！厉害吧？——张教授你看，这是我们分局刑侦支队支队长吴雩，就是年纪轻些，你叫他'小吴'就行……"

　　吴雩下意识倒退半步，手臂一紧，被江停抓住了。

　　"张教授。"江停微微喘息道。

　　张志兴僵立在原地，脸上一片空白。他看着几步以外的吴雩，看着那张陌生而熟悉的脸，脑子里一阵阵发晕；然后他把视线挪向同样说不出话的江停，这两人并肩而立的情景仿佛唤起了某些久远的、似曾相识的片段，轰然一下当头砸来。

"你……"他直直地瞪着吴邪，满是皱纹的嘴角茫然开合，"你……是……"

"啊对了，小江是公大毕业的嘛！"许祖新一拍脑门，"瞧我这记性，难道小江以前是张老的高徒？"

许局兴致勃勃来回打量他俩，目光顺着张志兴恍惚的视线，望见了吴邪冰冷苍白的脸，终于嗅到了空气中一丝丝诡谲的味道，愣住了："你们、你们这是……"

"您不认识他了吗教授？"江停每个字都自然平静，尾音却如同弓弦绷紧到极致，"他在您那儿上过一年选修课呢，这么多年过去您忘记了吗？"

张志兴闭上眼睛，复又睁开，仿佛深陷在噩梦中似的，终于竭尽全力挤出一个字："解……"

吴邪全身发抖，说不出话。

"解行，"张志兴喃喃道，"你是解行。"

吴邪挣脱江停筋骨突起的手，神经质般退后半步，但紧接着张志兴被这个动作刺激到了。他从目瞪口呆的许局身边上前一步，然后又踉跄两步，虚空中那根看不见的导火索终于燃到了尽头——

"回来！你回来！"张志兴扑上去一把抓住了猝然掉头的吴邪，声嘶力竭，"你别走！你回来告诉我！"

许祖新、王九龄等人都彻底惊呆了。

"教授，教授您先冷静一下。"江停大步上前试图分开这两人，"教授我们先进去找个地方……"

"我儿子是怎么死的？你跟调查组是怎么说的？"张志兴充耳不闻，死死抓着吴邪的手臂，"他跳楼自杀那天到底发生了什么，你告诉我！告诉我！——"

第 14 章

"我知道许局,没事不用谢,也麻烦您了……张教授和吴支队情绪都比较平稳,我会及时安抚的,回头有事再联系吧。"

江停挂断电话,摆手示意不远处踌躇不定的服务员不用续水,然后转身推开了包间门。

这是一间高档茶室,隐私保密性非常好,厚厚的门一关便隔绝了外面所有动静。刚才在分局门口差点儿闹出骚动的两人分坐在木桌两端,张志兴死死盯着吴雾,眼神中充满了茫然、紧张和难以置信;吴雾却在他的瞪视中低着头,完全看不清浓密眼睫下的丝毫神情。

他面前的普洱茶一口没动,弧度紧绷的肩上搭着外套,戴着黑色皮手套的双手交叠在大腿上,在窗外冬季的淡漠天光下,就像是沉浸暗蓝阴影中的一尊冰冷的石像。

茶室里安静得连呼吸声都听得见,江停沉吟片刻,拉开小四方桌另一侧的椅子坐下,续了杯茶递给张志兴:"教授。"

茶杯与桌面碰撞出叮一声轻响,张志兴仿佛被惊醒一般,终于盯着吴雾挤出几个字:"张博明跳楼那天你去找过他,是不是?"

吴雾侧颊抽动了一下。

"你为什么要去找他?你找他说了什么?那天到底发生了什么事?!"

"……"

吴雾一言不发,江停咳了一声,语调十分和缓:"教授您先别急。不论他对调查组说了什么,调查组对家属肯定也得有个说法,您这边得到的情况是怎么样的?"

江停到底是在恭州市市局场面上转圜过的人,处理这种场合的手段比吴雾高明多了。张志兴视线蓦然转向江停,混浊的眼珠里阴晴不定,似乎内心也在激烈挣扎他到底是站在哪一方的,良久才声音沙哑道:"他们什么都不肯告诉我,只说张博明是因为画师伤重不治,没有抢救回来,在强烈的幸存者负罪自杀倾向下跳楼的。"

幸存者负罪自杀倾向是创伤后应激障碍的一种,现实中因此自杀的案例确实不少,但张博明清清楚楚知道画师并没有死,因此这个理由显然是调查组在敷衍他父亲。

"我并不相信……"张志兴一只手紧紧握着茶杯,似乎凭借这个动作才能勉强克制住情绪,"所以后来我私下找人打听过,才知道那天解行去过我儿子的病房,他……"

"谁告诉您的?"江停突然打断道。

张志兴迟疑片刻,才说:"是……是林烊。"

——林烊。

江停瞥向吴零,只见阴影处吴零眉梢也微微一跳。

"所以那天林烊也去找过张博明?"江停皱眉转向张志兴问。

张志兴说:"对,林烊去找我儿子签一些行动结束后特情小组的解散文件,他见当时张博明情绪低落,于是就问发生了什么,张博明说解行刚来过病房,半小时前才走……"

"解行独自来找你?"林烊拉了张椅子在病床前坐下,诧异道,"这真是稀客,连冯厅去探望他都吃了闭门羹——他已经恢复到能独自走路了吗?"

云滇省医院单人病房拉着厚厚的窗帘,空气中飘浮着医院特有的药水味道。一道身影坐在床沿,弯腰把脸埋在掌心里,久久没有任何动作,在地面上投下凝固的阴影。

"你怎么了?"林烊感觉不对劲起来,"你没事吧?刚才难道你们——"

张博明喑哑的声音从掌心中传出来:"你觉得他恨我吗?"

"解行?恨你?"

林烊的第一反应是怀疑自己听错了,但紧接着冰凉的惊疑蓦然涌上心头:"没理由啊,这话从何说起?"

张博明一声声模糊不清地笑起来,那尾音里充满了无可奈何的悲凉,就像粗糙的沙砾揉过血肉伤口,半晌他终于抬起了满是血丝的眼睛。

"你知道吗林烊?我从来没有像现在这样后悔过,我从来没有像现在这样……知道自己有多虚伪,有多无能。"

林烊惊疑不定地望着他。

"如果我当年从没见过他就好了。"张博明望着空气中缓缓悬浮的灰尘,声音轻得像是梦呓,"如果我从没在那个时间出现在那个地点,如果他这辈子都不曾碰见过我……就好了。"

茶杯中袅袅上升的热气消散在空气中,江停收回视线,思忖片刻问:"就这些内容?"

张志兴艰难地点点头,颈骨每挪动一寸都发出衰老生锈的咯吱声响:"就这些,林烃说随后张博明就岔开了话题,他也没敢再多问,只当是画师因为卧底这些年九死一生的经历,对当初带他进这一行的我儿子产生了怨恨情绪。"

说到这里张志兴视线投向吴雩,江停又咳一声打断了:"那之后呢?"

"之后?"张志兴苦笑一声,"之后他说我儿子情绪很快稳定下来,主动要求处理了一部分文件手续,大概四十分钟林烃就离开了病房。当时我正好提着晚饭去医院探视,跟林烃打了个照面,他说他要赶紧回办公室把张博明签完字的文件落实好,我们就没多聊。"

吴雩纹丝未动,但搁在大腿上的手指却轻轻颤了一下,只有江停余光瞥见了这个细节。

但他面上没有反应,还是问张志兴:"您见到张博明的时候他情绪正常吗?"

"总体都正常,我大概待了二十分钟吧。"张志兴低下头用力吸了口气,有点哽咽,"他说他吃了护士开的药,有点犯困,想睡一觉醒来再吃东西……所以我把晚饭放下就先走了。我没想到仅仅一个半小时后……仅仅一个半小时后……"

想睡一觉醒来再吃饭,这看上去怎么也不像一个半小时后就要自杀的人——但问题是张博明当时还会不会对他父亲说真话,这点确实有待商榷。

江停向后轻轻靠在酸枝木椅背上,沉吟半响,才缓缓道:"我对这位林警官了解不多……不过他对您透露的话听起来,倒像是隐藏了不少内容似的。"

"林烃更多的话都对调查组说了。"这时吴雩毫无预兆地开了口,定定望着黑酸枝木桌面细腻的纹理,不知道这话是对江停还是对张志兴,"林烃告诉冯厅,我对张博明怨恨情绪非常大,可能涉嫌在言语上逼迫张博明自杀谢罪,甚至可能具备激情作案的动机。冯厅建议林烃不要把这种毫无根据的话告诉调查组,或者等我通过了心理评估、确定精神恢复之后再说,但林烃没有听他的意见。"

不仅张志兴,连江停都一愣,只见吴雩毫无笑意地勾了一下唇角。

"后来上面针对张博明跳楼一案成立了调查组,但因为我们当时住院的高度机密性,医院顶楼以下三层是没有监控的。没人能重现当时的场景,甚至连准确目击当时情景的医生、护士都找不到,在这种情况下只能依靠调查人员自己的判断。林烺是最早向调查组提出我可能涉嫌激情杀害张博明的人。"

张志兴完全没想到还有这一出，愕然道："他可不是这么跟我说的……"

"我没有杀你儿子。"吴雩站起身，视线向下望着张志兴，"那天我确实去找过他，但该说的我都对调查组说过了。林烺对我的指控那么严重，调查组的讯问力度比现在强无数倍，如果我心里真的有鬼，现在根本就不会站在这里。"

张志兴张大眼瞪着他："你……"

"我同意张博明'虚伪无能'这四个字的自我评价，也恨不得从来没有遇见过他。如果我说那十年里我从没希望他死，那是假的，但我活着回来之后没有过这种想法。"

吴雩吸了口气，压抑住尾音的轻微战栗，尽管那并没有人能听出来："人死债消，张博明欠我的已经还清了。"

木椅在地面上发出尖厉擦响，吴雩转身走出了茶室。

张志兴霍然起身："等等！你回来说清楚，你说清楚——"他被江停一把按住了。

"现在问他也问不出什么来，回头我联系您。"江停把失魂落魄的张志兴按回座位，快步追出了门。

茶馆外大街上天色已经暗了，晚高峰车流鸣笛声此起彼伏。吴雩站在人行道边光秃秃的树干下，颤抖着手摸出一根烟，正去摸打火机，突然身侧咔嚓点起一簇火苗——是江停。

"林烺对调查组撒了谎。"吴雩用力仰头吐出一口淡白色的烟气，声音沙哑道，"张博明临死前最后一个见到的人不是他父亲，是林烺。"

江停已经料到了，但他想知道的是："为什么当时所有人都被骗过去了，而你也没发现？"

"时间差。"

"什么？"

"林烺告诉调查组他只找过张博明一次，我看到的也只有一次，但在当时信息严重受限的情况下，我根本无法发现这里面有个致命的区别——我看到林烺进张博明病房时，他父亲已经送完晚饭离开了，也就是说那其实是第二次。"

江停敏感地："你看到？"

"对。"吴雩顿了顿，从牙关里一字一句道，"张博明自杀那天下午发生的事……比所有人想象中的都复杂。"

"不要说了，求求你……不要说了……"

云滇省医院病房，张博明战栗着跪在地上，指甲死死抠着地面，双手因为用力过度而急剧发抖，青筋顺着手臂一路蜿蜒上脖颈，那张脸痛不欲生。

"没想到我能活着回来，没想到我还能被抢救醒来吧？看看你这张脸，"吴雩单膝半跪，抬起那张五官都扭曲痉挛起来的面孔，在他耳边一个字一个字地轻轻道，"当年我向你发求救信号而你置之不理的时候，这张脸在哪里？为了抓霍奇森而放弃手下卧底性命的时候，这张脸在哪里？你还有脸活着？还有脸跟我站在同一张高台上拿勋章？

"如果不是你，这十二年来的一切都不会发生，没有人会死，也没有人被堂而皇之地拿出去献祭。要是我从来没有遇见过你就好了。

"你真让我恶心，张博明，比鲨鱼还让我恶心。"

风声如涨潮般席卷天地，张博明绝望地看着吴雩，张了张嘴，似乎想说什么，但又颤抖着闭上了嘴。

吴雩站起身，冷冷望着他，半晌露出毫不掩饰的、讥诮的笑容："我等着。"

张博明蓦然伸手，但吴雩已经转身头也不回地走出了病房，砰地关上了门——

砰！

病房门重重合拢，吴雩全身力气被抽空，顺着紧闭的门板，一寸寸滑落到地面，把脸埋在掌心里，许久才发出一声嘶哑变调的哭泣。

病房空旷灰暗，医院顶层已经被清空了，除了他自己以外没有任何病人，也没人能听到这包含着痛快、绝望、悲凉和发泄的撕心裂肺的痛哭。不知过了多久周围终于安静下来，他跪在冰凉的地上，仿佛神魂都随着最后一丝力气出了窍，只能全身虚脱地愣怔望着空气，不远处洗手间的镜子映出他狼狈不堪的身影。

我太难看了，他想。

这个样子真的太难看了。

他挣扎着站起身，踉跄着走进浴室，脱了衣服打开水。花洒里的水从头顶流过紧闭的双眼，温水顺着脖颈、胸膛往下，流过伤痕累累的全身；他就这么一动不动光裸地站在水里，像胎儿回到了生命最初的子宫，彻底地、长久地，借此隔绝了水流以外的整个世界。

——不知过了多久，哗哗水声中突然传来外间一声轻微的"咔嗒"。

有人推门走了进来。

也许是医生或者是查房的护士，也许是张博明。吴雩已经没有任何兴趣对外界做出丝毫反应，他按部就班地完成自己接下来要做的事，关了水，擦干头发，用苛刻挑剔的目光审视镜中的自己；然后他从抽屉里拿出医院配备的推子，仔仔细细地、一丝不苟地把这段时间长长的头发推掉，露出伤口尚未愈合的额角和细长乌黑的眉宇，以及冷淡而黑白分明的眼睛。

浴室灯光照在他瘦削挺拔的身体上，无数新旧伤疤形成了交错的阴影，仿佛被岁月打磨过之后完美的象牙雕像。

吴雩垂下眼帘，换上干净衣物，穿上鞋。这时他突然听见外间又响起极其轻微、几乎难以察觉的脚步声，这次是从病床边走向门口，过了大概两秒，门再度开而又关——

是刚才进来他病房的人，他离开了。

这不正常。

可能是刚才的热水澡，让吴雩从灵魂出窍的状态中稍微触到了一丝实地，本能地感觉到某种诡谲。他转身推开浴室门视线一扫，并没有发现病房里多了或少了什么东西，然后无声地拧开门把向外一看，走廊尽头只见某个身影蓦然一闪。

是林炡，手里还拿着半张纸。

他来做什么？

吴雩仅迟疑了半秒，不知从何而来的狐疑让他心动了动，无声地尾随在后，就像墙角的一缕暗影那般不发出丝毫声音。林炡对身后的跟踪毫无觉察，径自下了楼、转过弯，吴雩隐身在走廊拐角处，只见他停在张博明那间病房前，敲了敲门。

吴雩瞳孔不自觉地放大了。

下一秒病房门从内打开，张博明嘶哑变调的声音传来："你……"

林炡提起手里那半张纸，张博明声音戛然而止。

空气仿佛凝固了，从吴雩的角度看不见门里的情景，无来由的惊悸突然蹿上心头——

那半张纸是从他病房里找出来的？

上面是什么？

仿佛一个世纪那般漫长的数秒后，张博明的声音终于再次响了起来，这次沉定了很多："进来说话。"

林炡一点头，走进屋，吴雩因为惊愕而扩张的瞳孔中映出了咔嗒关闭的门。

"进来说话"——这四个字是吴雩最后一次听见张博明的声音。

一个小时之后，即当天下午六点，张博明从医院顶楼一跃而下，惨烈结束了自己的一生。

第 15 章

"所以你到最后也不知道那半张纸上是什么？"

津海市中心大街上寒风呼啸，人声鼎沸。吴雩把烟摁熄在人行道垃圾箱边，用夹克衣领掩着嘴角咳了几声："是。我当时不知道事情会发展到那一步，也没心思守在门外等林烶出来，直接就回楼上病房了。"

江停皱眉问："张博明跳楼时，林烶已经离开了医院？"

吴雩摇头："这就不知道了。"

后续情况吴雩确实无从得知，但林烶能从调查组手里全身而退，应该是拥有非常完美的不在场证明，否则他面临的审问力度绝对登峰造极，遑论还有资格站出来指控吴雩。

"凭我对张博明的了解，他确实是有自杀动机的……但有一点我还是想知道。"江停看着吴雩，似乎有点难以理解，"那位林烶警官，你到底是怎么想他的？"

吴雩喃喃道："林烶。"

裹着厚衣戴着手套的行人三三两两路过，不远处的公交车缓缓发动驶离车站，电动车混杂在车流中穿梭。枯叶擦刮地砖划过人行道，远处传来环卫工唰唰扫地声，没有人注意到这路边一隅的动静，只有江停紧盯着吴雩略显犹疑的神情。

"林烶和张博明关系匪浅，"半晌吴雩终于开了口，说，"但他骨子里跟张博明是相反的人。"

江停跟林烶接触极少，心说：这是什么意思？

"张博明是目标导向者，但他对实现目标的过程也很在意，喜欢用道德准绳捆绑手下，是那种珍惜自己羽毛的人。而林烶从来不介意为了达到最终目的而改变自己的立场，甚至也可以不择手段，不管这个手段是不是已经超出了原则和道德所画出的范围。"

"比方说吧，林烃为了抓住我的把柄，会在明面上当众催促调查组在我精神最不稳定、心理承受能力最弱的时候加大审问力度，但换作张博明就不会做得这么明显，因为他要顾及自己的形象和口碑。"吴雾略嘲讽地一勾嘴角，"而当我经历所有调查最终被放出来的时候，林烃的态度突然一下又变了，仿佛之前撕破脸指控我'有可能涉嫌激情杀害张博明'的那个他从来不存在，变得嘘寒问暖、旁敲侧击，用尽一切手段把我留在云滇，甚至还表现得非常热情。"

"就因为他想对你保持高度监视？"江停意外道。

"除了这个我想不出其他目的。"

这下江停是真正感觉到诧异了："难道你没怀疑过，跟张博明死亡有关的人其实是林烃？"

吴雾神情有些欲言又止，好几秒后才低声说："张博明自杀事件之所以一直没结案，是由于林烃的主张。"

没有结案就代表在未来任何时间点上，甚至都不用重大线索，只要发现新的疑点，都可以再次展开新一轮调查。

"如果不是林烃，自杀可能已经盖棺论定了。不管他背后有什么真实动机，他确实一直没有放弃追查张博明跳楼的真相，对我的疑心和监视从来都——"

江停打断了吴雾："监视你不代表他是想调查张博明跳楼，也可能是出于其他目的。"

"但如果林烃想让我死，那十年来我已经死了无数次，他能杀我的机会比张博明都多……"

"也许是没必要。"江停说，"我们从凶手一系列行动中可以看出，不到真正感觉到威胁他不会动手杀人，何况那十年里所有人都知道画师活着回来的可能性小于一成。至于你活着回来之后，可能只是没找到机会，毕竟你的身份太敏感了，不好轻易下手。"

吴雾面露犹豫、茫然、迟疑，久久没有说话。

这种表情出现在他脸上实在是太罕见了，以至于看起来都有些"违和"，许久他终于吐了口气："我不知道，也许张博明真是过不了良心那一关才自杀吧。"

"确实有这种可能，但人是会变的，昨天不杀你的理由未必今天还能适用，不管怎么说我建议你对林警官这个人保持距离。"江停拿出车钥匙，叹了口气说，"我先送你回家，明天早上……"

突然手机铃声响起，打断了江停，竟然是严峫。

"喂？"

喧闹的大街上，稍微离远一步就连大声说话都听不清，更何况是手机里传出的模糊话音——但那瞬间吴零蓦然扭头望向江停耳边的手机，眉眼微微压紧了。

"知道了，我们马上就去。"

江停挂了电话，神情严峻不同寻常，低声说："鲨鱼已经同意于两周后跟步重华见面，当场验货交易十六箱高纯度蓝金。"

吴零面色剧变，确认了他最不想听到的四个字——当场验货！

那是蓝金。这种新型芬太尼化合物专案组手里别说十六箱，连十六包都不一定能凑出来，鲨鱼只要一开箱，步重华当场就得血溅三尺！

"严郲让我送你去津海市公安局。"江停尾音紧绷，"他说有个人想见你。"

嗡嗡嗡——

津海市公安局网侦办公室，林烃接起手机："喂？"

大街公用电话亭边，张志兴茫然的视线落在不远处忙忙碌碌的十字路口上，双手攥着话筒："林烃，是我。"

"张教授？"听筒中传来林烃不乏诧异的声音。

"对，是我。我……我有件事想问问你。"

"您说？"

张志兴干涩地咽了口唾沫，张开嘴却又不知道该说什么。周围汽车鸣笛声和喧闹人声一时变得异常清晰，好几秒后老人才终于从喉咙里挤出艰涩的声音："我听说，当时云滇调查我儿子跳楼那件事时，你出来指控解行涉嫌在言语上胁迫张博明自杀谢罪，是这样吗？"

林烃猝然一顿。

"张博明究竟有哪些对不起解行的地方，你知道吗？为什么说解行有激情杀害的嫌疑？你是不是已经掌握了什么证据？"

"……"

张志兴不由得急切起来："当初整个调查结束后，我向你私下打听，你明明告诉我张博明跟解行见面后情绪平稳没有异常。如果你早就看出来解行有谋害我儿子的嫌疑，你为什么不早说？为什么不早告诉我？你……"

"您见到解行了？"电话那头林烃突然问。

张志兴一时语塞。

林烃抬头扫了眼周围，透过落地玻璃挡板，外间办公室里人来人往，更远处天色已经早早地暗了下来。

没有人注意到林科长脸上失去了那面具似的温和笑意，浮现出难以描述的阴沉。

电话那头张志兴嗫嚅道:"我只是……"

"我知道了。"林烃沉声打断他,在那短短数秒间似乎做出了什么决定,语调平缓而不容置疑,"既然您已经跟解行聊过了,今晚咱们约个地方见面吧。九点在津海市宝来酒店门口,我去接您。"

张志兴的嘴犹豫开合了好几次:"好。"

嘟嘟——电话被挂断了。

办公室里,林烃沉沉向后靠到椅背上,眼底闪烁着心事重重的阴霾。少顷他侧颊上牙关咬了紧,拿起手机打开短信联系人吴雾的对话框,一字字输入:"今天下班后,我找你有事,约个地方见面。"——然后正要点击发送,大拇指却停在了半空。

真要这样吗?

张博明死后他就知道会有这么一天,但他其实不想让这一天来得这么快。

林烃仔仔细细地、一个字一个字地把屏幕上未发出的短信删除了,起身走到窗台前,略打开一条窗缝,点了根烟。

下午四点多天就已经很阴沉了,北风呼呼汇聚阴云,巨大的灰穹压在所有人头顶。林烃脑子里无数个念头彼此冲突碰撞,玻璃窗映出他半侧阴晴不定的面孔;就在这时,他余光突然瞥见一辆车开进远处市局大门口,蓦地定住了。

那是一辆银色G65,穿过停车场后停在了远处另一栋办公楼正门前,紧接着副驾驶室下来一个人——是吴雾。

宋平的秘书老欧亲自迎出来,两人见面并未多交谈,匆匆消失在了大楼门厅里。

林烃的瞳孔略微扩大,心中蓦然涌上惊疑。

他来这里做什么?

"突然把我叫来市局,到底是什么事?"

电梯徐徐上升,叮一声打开,外面赫然是直接通往局长办公室的顶层,欧秘书打了个手势示意吴雾先请:"按宋局的意思,是招了各支队一、二把手过来,做一个关于年底入室盗窃抢劫案多发预警的工作布置会议。"

吴雾直接问:"那实际上呢?"

欧秘书不答,径直来到宋局办公室门前,才停下脚步微微一笑:"实际上是怎么回事,吴支队你看了就知道。"

说着他咚咚敲了两下门,亲手把门推开,吴雾视线一顿——

宽敞的办公室套间里,宋平跷着二郎腿坐在实木办公桌后,正漫不经心地转地球仪。靠墙的会客沙发上坐着一道熟悉的侧影，穿着黑色皮夹克、牛仔裤和高帮防水靴，兜帽遮住了大半边侧脸，只露出挺拔的鼻梁和下颌，闻声向吴雩回过头。

他身上裹着风尘仆仆的寒气，那张总是冷峻、肃穆但十分俊美的脸上，眉宇高耸如剑，双眼线条锋利，但他看着吴雩的时候，浮现在眼底的笑意却像是突然放亮了一片璀璨星空。

是步重华。

"……"

吴雩愕然上前半步，又站住了，声音嘶哑地喃喃道："这是怎么回事？"

欧秘书笑着向宋平点点头，退出去关上了门。

"这小子为了见你一面，一个人开了十几个小时的车，中间就啃了几块面包，连水都不敢多喝半口。"宋平从地球仪后探出头揶揄地哼了一声，"本来他今天下午回来拿到了东西就该走的，硬是编出了八九个理由来说服专案组，好不容易才得到翁书记亲自允许，破例让他留到明天早上再出发回'藏毒工厂'。"

吴雩直直站在原地，视线无法从步重华含笑的面孔上移开，但声音却压抑而冷静："让他回津海做什么？安全吗？来回走的是哪条路？"

步重华说："别担心，我告诉鲨鱼要回津海提一批货，目前为止是安全的。"

"你……"

步重华站起身。他消瘦了些许，身材看起来更加精壮结实，周身气场与当刑警时隐隐不同，但坚定的目光却没有丝毫改变："吴雩。"

那熟悉的两个字仿佛某种苦涩而回甘的味道，从吴雩舌根上缓缓弥漫开。

"我一个人开车，走了一千三百六十五公里。"步重华顿了顿，含笑的眼底里闪着光，"现在想起来，那条路真快啊。"

吴雩终于一步步走上前去："快什么？"他声音沙哑道，"等你等得都不耐烦了。"

"啧啧啧。"宋平在办公桌后摇着头撇嘴，"我为了给你俩打掩护，硬是把好几个支队长、副支队长找来白跑了一趟，我可真是……你俩自己注意时间啊。严娜已经从市委出发了，最多十分钟后就到，毒理化工研究所的人差不多也那时候过来，别让人家等你。"

步重华说："我知道的。"

宋平两手揣在怀里，一脑门官司突突跳地走了，准备去那个所谓"年底入室盗窃抢劫案多发预警工作布置会议"上装腔作势说两句话，省得一屋子支队长大眼瞪小眼地坐在那儿发呆。

门砰地关上，偌大的办公室里只剩下了他们两人并肩坐在沙发边，吴雩终于低声问："到底是怎么回事？鲨鱼没派人跟踪你？"

步重华微微一哂："他让人请我去嫖已经好几次了，估计是想试探我，顺势在我身边安排几双眼睛一天二十四小时盯着。不过这次他盯得再紧，我都得回来亲自面见专案组，有个非常重要的东西他们必须直接交到我手里。"

"什么东西？"

吴雩的第一反应是难道专案组真凑足了十六箱高纯度的蓝金，但随即理智让他意识到这根本不可能。果然步重华迟疑片刻，说："不是你想的那样，是……严峫费尽心思弄到手的，如果专案组允许的话，或许能成为我最大的保命符，但目前还处于高度绝密状态。"

吴雩皱眉沉吟数秒，问："这个东西我耳闻过吗？"

"也许你听过，跟闻劲生前有关。"

跟黑桃K有关？

画师在缅甸毒帮的活跃范围跟黑桃K是错开的，任务范围决定了他主要追踪中缅两地的运毒路线，没有余力也没有必要再去关注金三角面向北美、墨西哥甚至国际的毒品销路——但那恰恰是黑桃K生前主要经营的市场。

这个从美国学成回来的新型毒枭很注意把蓝金的流通范围隔绝在中国边境线外，恰好避开了画师的注意，所以吴雩对闻劲只有耳闻，没有了解，更不可能打过任何交道。

"没关系，待会专案组开机密会议，就是研究严峫这个方案能不能通过，一旦获得允许我就立刻告诉你。"步重华低声说，"时间快到了，你先回家等我。"

"你先回家等我"这句非常普通的话他们之间说过无数次，通常还会伴随着"晚上你想吃什么""买点水果带回家吧""洗手液好像用完了"之类的闲聊。谁也没有想到那琐碎平常的话如今竟然这么珍贵，在眼前危机四伏的境况下，就像风雨中维系彼此的最后一丝牵绊。

吴雩站起身，凝视着步重华的眼睛，声音低哑道："我在家等你回来。"

然后他转身向办公室门口走去。

步重华条件反射向前探了一下身，理智强迫他把自己按回了原地。这时吴雩伸手按住门把，突然想起来什么似的，扭头笑问："说起来……"

"什么？"

"鲨鱼让手下请你去干那种事？"

"我没去！"

那瞬间不知是不是错觉，步重华的脸难以察觉地一红，但态度依然强自镇定："我没去，不是那么回事！"

吴雩挑眉一笑，眼底满是戏谑，转身走了。

——与此同时，市局楼下停车场。

嗡！

手机屏幕一亮，闪现出严峫的消息回复，伴随着一个"愤怒"表情："今晚不准送吴雩回家，等我！"

江停哑然失笑，收起了手机。

深冬傍晚五点，华灯初上，空气中一股风雪欲来的寒意。江停下车活动了一下筋骨，准备趁严峫在楼上开会没法监督他的这段时间再抽根烟，打了两次火都没着，便转去车身另一侧的背风面，突然视线无意中看见了什么。

不远处停车场角落里，有一辆云滇牌的黑色奥迪。

在津海市局挂云滇牌照，很显然只属于一个人——林烶。

江停神色微变，脑海中千丝万缕的线索陡然串联，闪现出不久前病床上吴雩虚弱的叙述："我跟步重华在工业区撞车那天晚上，下着暴雨，可视度非常低，后面好像跟着辆黑色的轿车，但看不清牌照……"

黑色的轿车。

会那么明显吗？

江停眯起眼睛，扫了眼周围没人，漫不经心地踱到那辆奥迪车前转了半圈。

林烶在津海没有手下随时候命，自己显然也不是个空闲时间很多的人，因此车并不经常送洗。江停用十多年刑侦专家的视线一打量，只见车顶、轮毂、前、后牌照上都溅满了泥点，车胎纹路间也塞着厚厚的泥土灰尘。

江停站在奥迪车后，不动声色地左右看了看，摸出手机拨了个电话。

"喂，宋局？不好意思打扰了，想麻烦您一件事。"

宋平正匆忙出会议室，脚步蓦然一顿："什么？"

手机那边传来江停一贯没有什么情绪的稳当的声音："您有可靠的勘查人员能下楼来一趟停车场吗？"

第 16 章

啪!

暖黄灯光大亮,辉映了整间宽敞的客厅和二楼。

吴雩定定站在门口,良久才低头换上拖鞋,走进了这熟悉的家。

这是整整四个月以来,他第一次回到这套复式公寓。

客厅里弥漫着一股仿佛空气长久静止不动的味道,厨房台面上还散着一个装满了零食的超市购物袋,点心包装上已经落了薄薄一层灰。书房门敞开着,半凌乱的桌面上还散着刻刀、布垫和小聚光灯,所有物品都维持着主人匆忙离开时留下的最后一刻情景。

吴雩拿起刻刀,神情微微恍惚。

吴雩视线投向书桌后那张空荡荡的转椅,他仿佛再次看见他们坐在那里,紧接着电话响了。

是许局打来的。

就在那个阳光灿烂的下午,彭宛被绑架的消息如同重磅炸弹当头砸下,将他们两人之间辛苦维持的、如履薄冰的和平轰然引爆,从此一切支离破碎。

白雾在书房安静的空气中一拂而散,那是无声的叹息。

吴雩放下刻刀,转身走出书房,去外间开了中央暖气。快晚上六点了,步重华十多个小时不眠不休,现在还在市局开会,他一定焦急盼望着能在明早离开前回家一趟,哪怕只是待几个小时也好。

但家里其实也没什么吃的,冰箱里的蔬菜早就坏了。吴雩随手清理了一下,打电话叫了个外卖,然后去卧室脱下外套,正要解开笔挺的制式衬衣纽扣,突然瞥见主卧衣帽间里的柜门开着,不由得微微一愣。

随即他想起来,是自己没有关。

杨成栋带着五桥区分局一帮刑警上门抓人那天,他匆匆给步重华收拾了几件衣服，往背包里一塞便疾步冲出门，身后什么都没顾上。

吴雩走过去，随手便要关上门，但那瞬间仿佛命运从岔路倒退回原点，沿着注定的路线继续向前推行——他的视线就像四个月前一样，再次落到了满排大衣下那个保险箱上，莫名地顿了顿。

那个下午的场景突然在脑海深处重演，他听见步重华在大门外哐哐敲门，进屋时好闻的雨林气息扑面而来；步重华塞给他一个装满零食的超市购物袋，头也不回径直进了卧室衣帽间，心情似乎非常愉快……

那身影拐进主卧那一瞬间，吴雩无意中一抬头，看见步重华胳膊里夹着一个小提包。

那是个黑色的，有拉链，鼓鼓囊囊像塞满了东西的手提包。

然而当时他并没有注意，拆了根棒棒糖叼在嘴里，当他听见步重华换好衣服离开衣橱，走进书房时，那个包已经没了。

——包里是什么？

吴雩心脏狂跳起来，蹲下望着昏暗中安静的金属箱，许久后伸出手，轻轻碰了一下密码按键。

步重华所有跟工作有关的设备密码都很讲究，但个人密码却简单而统一，大概因为工作狂本来就没什么私人空间，再说一个常年独居的人根本也没什么好防备的。吴雩连步重华的私人手机解锁码和支付密码都知道，当然也能打开这个保险箱。他拇指在半空中悬停片刻，安静的大房间里终于响起了按键轻响，紧接着咔嗒一下，金属箱果然开了。

那里面是一个黑色的手提包。

吴雩瞳孔微微放大，取出那手提包打开，双手无来由地冰凉不稳。

下一刻，满包文件照片从他膝上滑落，哗然撒了一地！

仿佛巨剑铿锵嗡鸣，丧钟于虚空中敲响，震得人五脏六腑俱焚。吴雩的全部视线都凝固在脚边那张彩色扫描件上，耳膜深处轰然发震，瞳孔放大到极致，神志灵魂一片空白——

粉衣白裙的年轻女人蹲在小树林前，她怀里的小男孩自下而上盯着镜头，满目懵懂，神态紧绷。那稚嫩的目光穿越聚散离乱的岁月与战火纷飞的时空，与二十多年后的吴雩互相对视，彼此瞳孔深处都映出了对方相似的面孔，以及一模一样天生向下的唇角。

　　拾月贰拾伍日，母亲
　　解行

吴雪半跪在地，久久盯着那两行字，所有血腥答案都在字里行间呼之欲出。

彭宛死不瞑目的双眼、暴雨夜翻滚燃烧的车辆、从顶楼纵身跃下的张博明，乃至十年前一遍遍发出却无人应答的求救信号……真相终于在此刻拧成一线，铺天盖地呼啸而至。

吴雪颤抖着手摸出手机，拨通了严娜的号码："喂？"

同一时刻，津海市公安局小会议室，长桌边各位神情凝重的与会人员纷纷收拾东西起身，严娜拿着手机动作一顿："什么？"随即偏头望向步重华。

"行……行吧，你等着。"严娜迟疑两秒，在众目睽睽下把手机递给步重华，"吴雪要立刻跟你通话。"

步重华正跟宋平、翁书记等人谈话，猝不及防拿到手机，一时不明白发生了什么，便向几位市委大领导投去征询的目光，宋平疑惑地冲他颔首示意先接。

"喂，吴雪？"

"你找人调查我？"

步重华全身一僵，靠得近的几个领导也愣了。

但步重华反应极快，立刻隐约猜到他发现了什么，沉声说："你听我解释，这件事——"

吴雪的声音嘶哑粗重，带着滚烫血气："你找人调查我？！"

宋局、翁书记等人面面相觑，每个人都疑惑而又不知所措。步重华冷静了下，说："是，吴雪，你先听我说。待会儿我回去后咱们再……"

吴雪充耳不闻，发着抖打断了他："把手机开扩音。"

与此同时，小区楼下。

一辆黑色奥迪车戛然停住，后视镜中映出林烓阴沉的双眼。他解开安全带，刚要下车，突然又想起什么似的停下动作，转手从杂物匣里摸出一把枪放进上衣内袋，然后嘭地甩上了车门。

——他后车牌下部正常溅上的灰尘和泥点，不知什么时候被擦掉了小半个巴掌大的一块，显得异常干净。

但这其实非常不明显，换作别人根本不会去注意自己的后车牌。

林烓收回冰冷的视线，大步走向了公寓楼前门。

手机对面开成扬声器后杂音立刻多起来，隐约还夹杂着宋局很轻的声音："你劝劝他回去再说，现在不是时候，会议还没结束……"

吴雩一手把手机贴在耳边，另一手急速翻动脚下满地文件，刚要开口出声，手机却突然接连振动几下，他下意识一看，是江停发来的一组图片。

——泥土样本检验比对鉴定书，津海市公安局技侦支队出具。

什么意思？

吴雩还来不及细看，手机接连振动，江停的消息接踵而至：

"林烶车胎上部分泥土样本富含硅粉颗粒及二氧化硅，与你们在工业区撞车出事的路段泥土样本比对，呈现出一定相同特征。"

"我现在就去让宋局找交管局调事发当晚监控录像。"

"吴雩，你们被绑架那天晚上看到的黑色轿车上，可能就是林烶。"

"喂，吴雩？"手机里响起步重华的声音，"你还好吧？怎么不说话？"

真的是林烶？

他想干什么？

他知道了多少？

手机屏幕荧光在昏暗中幽幽映着吴雩的面孔，他太阳穴突突地跳，脑子里无数计算急速闪现，面色苍白却异常冷静，突然外间响起了门铃声！

——这栋小区住宅楼安保措施非常到位，必须先站在楼下按铃，楼上予以放行，否则电梯是到不了相应楼层的。刹那间吴雩似乎意识到发生了什么，简洁明了说了句"稍等"，便放下手机，起身去外间大门猫眼一看，果然是林烶！

叮咚！叮咚！

林烶负手而立，他周身始终有种外交官一般风度沉稳、滴水不漏的气场，但不知是不是楼道里光线的原因，这逆光的角度显得凌厉而咄咄逼人，一字一顿对猫眼做了几个无声的口型："我、知、道、你、在、这、儿。"

吴雩眉头与眼压紧，霎时脑海中闪过无数念头——

赌上全部身家把这扇门打开？

还是拖延时间，图谋他计？

"想活下去就不能为任何人报仇……别回头……"他听见隧道深处的连环爆炸和自己的绝望痛哭，他听见怀里那个人在濒死喘息，"你要往前走，永远永远……往前走，别回头！"

"我答应不论发生什么，都一定为我们破这个案子。"绑匪被枪杀的雨夜河滩边，吴雩把暴戾的步重华死死抵在警车门上，在他耳畔声音嘶哑道，"我答应你……我答应一定替你报仇。"

纵身跃下医院顶楼的张博明，密室血泊中兀自瞪眼的彭宛，边境黑夜被枪杀的年轻夫妇，熊熊大火中夺命奔跑的两名孩童……画面一幕幕交替在虚空中，他们声嘶力竭的哭声充斥了耳际：你不是答应替我们报仇吗？你为什么不替我们揪出真凶？

吴雯闭上眼睛，深深吸气以至于胸腔刺痛，然后咬牙抓住把手，用力打开了门——

呼！

林炡夺门而入，皮鞋踩在地砖上，疾步把吴雯逼退至玄关墙角，咔嚓一声子弹上膛，随即冰冷的枪口抵住了他胸前："你让人提取了我车身和轮胎上的泥土样本？"

吴雯掌心握着枪管，声线如坚冰般纹丝不动："出事那天晚上为什么跟踪我和步重华的车？"

两人彼此对视，林炡嘴角一勾，那是个略带嘲弄的冰冷弧度，然后他向前倾身，在吴雯耳边低声道："这里只有我们俩，不用演戏了。

"张博明为什么会死，我们都心知肚明。"

第 17 章

哔哔——

晚上九点，津海市宝来大酒店门口。

张志兴站在冬夜都市流光溢彩的大街边，再一次看了看手表，左右张望却看不到林烶的车影，不由得有点疑惑。

林烶这个人一向非常守时，除非发生大事，否则轻易不迟到，今天这是怎么了？

他刚想发个消息去问问，手机叮咚一响，林烶的消息却先来了，是一串手机号码。张志兴正不解，这时林烶的电话也紧跟来到，连忙接起来："喂？我已经在约好的地点——"

"出事了。"

"什么？"

"张博明不是自杀，是被解行推下楼的。"

张志兴瞬间剧震："被……被谁？"

"解行。"

复式公寓宽敞整洁的客厅如今一片狼藉，茶几翻倒，摆设砸碎，连沉重的沙发都被推离原位，满地都是花瓶打碎后的玻璃碴。玄关外大门敞开着，楼道里的安全防火门也大开，但那仓皇狂奔出去的身影已经逃之夭夭，连影子都不见了。

林烶喘着粗气，落地玻璃窗映出他凌乱的衣着和头发，脸上还残留着两道血痕："对不起我一直拖到现在才敢跟他当面对质，因为之前缺少关键证据，万一被画师逃脱指控并倒打一耙，调查组绝对更相信他而不是我。刚才我过来找他，他终于承认了张博明坠楼那天下午发生的事，然后我们爆发了激烈冲突，被他跑了。"

张志兴脑子里一团乱："你说什么？他承认了什么？关键疑点？现在到底是什么情况？"

"我发给您的手机号是解行的，麻烦您立刻帮我做个三角定位。"林烶用袖口抹掉鼻角渗出的血丝，沉声说，"他已经被我捅了一刀，应该跑不远，当务之急是找到他。一旦定位成功您立刻通知我，其他详情见面再说。"

张志兴茫然道："好、好，那你……"

"保持联络。"林烶打断了他，紧接着不由分说挂断了电话。

"……"

张志兴没反应过来，站在马路边，重磅消息爆炸的余威令他动弹不得，难以置信的神情久久无法掩饰。

林烶为什么这么说？张博明是被解行推下楼的？解行杀的张博明？！

他犹豫良久，手指微微不稳，终于战栗着拨通了另一个号码："喂？"

——与此同时，楼下小区后门外。

远处灯火辉煌的马路上隐约传来沸腾人声，寒风呼啸着穿过树丛，路灯投下昏暗的光。吴零再次回头望向小区，公寓高楼灯火点点，每一扇窗户里都传出热腾腾的谈笑声与饭菜香。

他闭了闭眼睛，转身隐蔽在墙角僻静处，顶着刺骨寒风，无声无息地迅速消失在了黑夜里。

林烶摁断通话，把手机丢在沙发上，凑到玄关处的装饰镜前打量了一下自己，按了按侧脸上的血痕，咬着牙"嘶"了一声。

步重华这套公寓大概从来就没这么乱过，吧台边的真皮高脚椅翻倒在地，连室内绿植都被打烂了，撒得满地都是泥土。林烶跨过地上四分五裂的装饰灯，就着厨房冰凉的水龙头冲了把脸，用力抹掉满脸水珠，靠在大理石台面边，吐出一口炙热的气。

他精疲力尽地点了根烟慢慢抽完，在脑子里不断斟酌接下来见到张志兴该怎么说。约莫过了半小时，估计时间差不多了，果然手机嗡的一下，软件接到了张志兴发来的定位。

津海市遂宁路德意建设小区。

——那片因为曾发生过彩钢房火灾，而至今未完工的烂尾楼。

"我这就过去，咱们在那儿见。"——林烶迅速回了条消息给张志兴，想想不放心，又加了条"不要单独行动"。

然后他把手机一收，枪插进后腰，裹着风声快步冲出了大门。

寒风呼啸刮在脸上，路边商铺早早就收摊了。林炟把车停在建筑工地围墙外，只见张志兴也刚赶到，打着手电急匆匆上前，一照面就迫不及待问："到底是怎么回事？我儿子是被解行推下楼的？为什么？"

林炟用肩膀顶开生锈的铁门，毫不在意粗糙墙面擦刮了他剪裁考究的大衣，就这么硬挤进工地崎岖不平的地面，把张志兴也扶了进来，没有立刻回答他的问题，而是问："有更精确的实时定位吗？"

"应该在东南角——那天下午到底发生了什么？快告诉我！"

烂尾楼工地可见度极低，林炟示意张志兴不要开手电，摸着黑深一脚浅一脚往前走："我对调查组撒了谎，其实那天下午我去找了张博明两次。"

张志兴一愣。

"第一次我去找他时，是下午三点半不到，张博明情绪非常差，说解行刚刚才摔门而走。我问为什么，他却不肯说，经过我再三追问他才吐露出只字片语，说十年前亚瑟·霍奇森被捕时画师曾经遭遇过差点儿暴露的危机，但救援却没有及时来到，他侥幸才得以逃出生天，因此对张博明非常怨恨。"

林炟扶着步伐蹒跚的张志兴跨过水潭，工地东南角有一座黑洞洞的烂尾楼，钢筋脚手架在月光下反射出青白的光。

"我当时非常惊讶，因为一线卧底情况瞬息百变，后方指令来不及下达的情况是有的，画师应该完全明白这一点。何况他只是遭遇暴露的危机，但并没有真的暴露，现在突然回头强烈谴责十年前指挥官的无心之失，这种充满了攻击性的姿态让我非常想不通。因此我告辞离开张博明的病房后，思来想去觉得不妥，就自己偷偷上楼进了解行的病房。"

"你进了解行的病房？"张志兴愕然道。

"是，我知道画师的病房是极度机密区，只能他自己出来，其他任何人没有手令不得入内。但我当时确实非常不安，而且那天下午不知道怎的，他病房就是没有锁，我进去时他在冲澡。"

林炟干涩地咽了口唾沫，张志兴脱口而出："然后呢？"

"然后我就坐在病床边等，等了半个小时……"林炟回忆，说，"也可能是四十多分钟他才出来。他看见我在屋里也没有太惊讶，但态度非常抵触，说了没两句就叫我走，没想到正纠缠的时候，张博明竟然也上楼了。"

"张博明？！"

"他没敢进病房。张博明那种循规蹈矩的人跟我不一样。"林烃苦笑了一声，"但他在病房外塞了一张字条进来，我们也是看到门边地上的字条才知道他来过的，字条上还写着几句特别奇怪的话。"

张志兴整个人都惊呆了，眼睛直勾勾地："什、什么话？"

"'我已经考虑清楚了，六点我在顶楼天台等你，我愿意和你好好商量这件事情。张博明。'"

"六点我在顶楼天台等你，我愿意和你好好商量这件事情。"

六点正是张博明跳楼身亡的时间！

张志兴脸上血色尽失，一层层法令纹下的嘴巴张合数次，终于声音嘶哑地挤出几个字："然后呢？"

"当时是下午五点。"林烃在烂尾楼边的脚手架下站住脚步，脸色在阴影中晦暗不清，"我看到这张字条后心里不安的感觉越来越重，就强行拉着解行一起下楼，去了张博明的病房。我质问他俩到底在搞什么，但他们都不愿意向我透露太多内容，解行口口声声指责张博明欠了他一条命。最后张博明告诉我他想单独跟解行谈谈，我只能无可奈何离开了医院。"

张志兴直勾勾盯着他："当时是什么时候？"

林烃说："已经过了五点半。我离开的时候他们正准备上天台，后来我再听到张博明的消息，就是他从天台上'跳下去'了。"

乌云沉沉压住了月光，远处马路上闪烁的霓虹灯穿过烂尾楼，在地上投下一道道诡异的光斑，映得张志兴的脸几乎要痉挛起来，嘴唇一个劲发抖。

"我当初不敢跟调查组提起这件事，是因为没有证据。解行矢口不提那天下午五点我们都去过张博明的病房，如果我先承认，他完全可以反咬说我才是跟张博明上天台的人，而他在六点前就已经离开了——按照当时调查组的倾向性，只要画师开口，我绝对要脱层皮。"林烃自嘲地笑了笑，"画师有等身高的功劳簿，所以只是丢掉了一个二级英模的名头，并没有受到拘禁。但如果调查组怀疑我的话，我将丢掉的何止是功勋？恐怕我现在还蹲在云滇省公安厅的监察室里！"

张志兴整个上半身都因为急促喘息而不断起伏，半晌他好似终于冷静下来微许，好不容易从牙缝里问："那……那你现在呢？"

"我不会再放过他了。"林烃一瞟头顶这座怪物般黑森森的烂尾楼，冷冷道，"他应该就在里面，受了那么重的伤绝对跑不远。我先进去搜，您在外面等我，千万小心不要轻举妄动。"

"哎！"张志兴一把拉住他，狐疑道，"你、你为什么不先报警？"

林烃嘴角讥诮地一勾："报警？我一个云滇省公安厅的人，在津海的地头上报警抓津海的刑侦支队支队长？"

张志兴下意识放开手。

"您在这里等我，千万不要声张！"林烃扭头叮嘱一句，闪身融进昏暗中，匆匆钻进了伸手不见五指的烂尾楼。

风越发大了，从四面八方汇聚在这凄冷僻静的工地，仿佛无数怨灵发出哀鸣。张志兴死死瞪着大楼低矮狭窄的入口，全身血液迅速冲撞着脑顶，思维一阵清晰又一阵恍惚，许久终于用全身力气一咬牙关，摸出手机发了个定位出去，少顷新消息来到，只有三个字："知道了。"

一不做二不休。

张志兴听见自己凌乱急促的呼吸声，把手机揣进口袋，低头钻进了脚手架后的水泥大门。

大楼三层以下好歹还贴了几块地砖，三层以上就全是水泥毛坯了，连窗玻璃都没有。冻结凝固的砂石堆、凌乱的建筑废料、乱七八糟的竹竿绳索堆在地上，一栋栋水泥柱向宽广的黑暗深处延伸，犹如成排矗立的怪人。

张志兴贴着墙根，尽量放轻脚步，周遭只能听见自己怦怦的心跳，每一分每一秒血液都在疯狂挤压着耳膜。就在这时——

哐当！

他触电般一抬头，全身霎时绷紧！

靠墙铁架中隐约透出楼上的手电光束，然后传来脚步声，是林烃。

"呼……呼……"

张志兴略微放松，脚一软差点儿跪倒，这才发现刚才手脚都麻木了，此时才一点点恢复知觉。

没事的，不会有事。他定了定神，正准备扶着墙继续往前走，突然整个后背汗毛乍起，刚张口就被人从身后一把捂住嘴，随即被强行拖倒在地！

"呜呜呜！——"

张志兴一个老人的体力完全无法跟偷袭者相提并论，天旋地转间被活生生塞进一处黑暗的夹角，紧接着手就被人反拧住了，一道沙哑的声音在耳边喘息道："别出声，是我！"

解行？！张志兴错愕地睁大了眼睛。

"别被林烃发现，听我说。"吴雩每个字吐息都非常轻，但因为强忍剧痛而略微不稳，"我受伤了，待会儿万一发生什么您必须赶快跑，跑出工地立刻呼救。"

张志兴下意识想回头看他，但刚动作就被吴雩咬牙发力挡住了，只能发出极低的呜呜声，同时感觉到手臂贴着吴雩腹部的地方黏腻潮湿，散发出浓厚的腥锈味。

那竟然是血。

"我知道林烓可能跟您说了些什么，但不管他说什么，都千万不要相信。"吴雩喘息着呛咳了好几下，声音嘶哑道，"因为他今天是来杀人灭口的，他才是杀死张博明的凶手。"

张志兴整个人都惊呆了，久久回不过神，连吴雩放开了手都没发现，半晌才发着抖回过头，只见吴雩半边侧脸隐没在黑暗里，另外半边映着水泥窗台外的灯光，惨白发青不像活人。

"你……你没事吧？"

吴雩虚弱地摇头不语。

"那天下午到底发生了什么？跟张博明上天台的人到底是不是你？！"

"不是，是林烓。"

张志兴简直不知道该说什么了，维持着这个瘫软坐在地上扭头的姿势半天动不了，只见吴雩闭上眼睛，把头靠在水泥柱和石灰墙的夹角里，露出了修长的脖颈咽喉，嘴角渗出的血迹蜿蜒到下颌，有种困兽走投无路的颓然和凌厉。

"接下来的话我只能说一遍，如果您有机会逃出去，请务必转告云滇的冯厅。

"张博明死亡那天下午大概四点，林烓独自潜入我病房，将近五点时离开，我从浴室出来只看到了他下楼的背影。我偷偷跟在他后面，亲眼看见他敲开张博明的病房门，然后我躲在门外，听到了他们的对话。"

——吱呀！

云滇省医院空旷的走廊上，病房门从内打开，张博明嘶哑变调的声音响起："你……"声音随即戛然而止。

林烓站在门外，手里提着半张纸，张博明目光落在上面，片刻后低声吐出四个字："进来说话。"

林烓一点头，走进屋，房门咔嗒一关，没人注意到这场景全数落到了拐角处吴雩的眼底。

吴雩迟疑数秒，向左右一瞟，然后无声无息走到门边，只听里面正传出林烓的声音："这字条是什么意思？你想找解行上楼单独聊什么？"

"对。"门板里张博明的声音沙哑，节奏缓慢，静默片刻才又道，"我有些事……必须找他说清楚。"

"对什么？你们到底有什么事瞒着我？"

"没有，林烓，我只是……"

"你看看你这副样子！到底发生了什么？解行为什么要恨你？你说自己虚伪无能又是什么意思？如果你再不说我只能上楼去找解行亲自来对质了！"

张博明冲口而出："别！"

一阵难言的沉寂，门外吴雩神情微变，终于张博明艰涩的声音再次响了起来："不要去打扰画师，我希望从此再也没有任何人去打扰画师余生的安宁和自由……因为犯下错误的人是我。

"十年前，围剿塞耶毒帮和亚瑟·霍奇森的那一次，我为了尽快完成抓捕任务，为了尽快立功受赏，而无视了……画师的……求救信号。"

林烓因为过度震惊而失语，良久才愕然道："你在胡说八道什么？我们当年根本就没收到什么求救信号！"

"因为我把它删除了，除了我之外根本没人有机会看见。"

"你——"

"你还记得十年前围剿任务圆满完成后，我曾经下令召回画师吗？"

林烓难以置信道："我记得，但画师拒绝了啊，他自己要求延长卧底时限，继续深入金三角调查'马里亚纳海沟'……"

"对，从那时起他就仇恨我，甚至仇恨整个系统组织。"张博明苦笑一声，"现在他终于回来了，这件事我也瞒不住了，最好的处理办法是在他出来指控之前我自己先认罪，至少能避免最难看最不堪的情况发生，为彼此留下最后一点体面。"

"不是，等等，你疯了吗？我们马上就要开庆功会了！这时候闹出这种事对大家有什么好处？！"

"等画师自己出来揭发更没有好处！"

"张博明！"林烓压低声音怒道，"我提醒你注意一点，已经十年了！解行并没有证据证明他发出过求救信号，只要没有证据指控就不能成立，他根本没办法揭发你！"

"……"

门里传出张博明粗重的喘气声，除此之外他久久没有出声，林烓终于放缓了声调："你听我说，我们立下了这么大的功，没理由因为十年前那一个错误就……"

"可是这功劳本身就是建立在一个错误的基础上。"张博明打断了他，"你还记得我们曾经争论过程序正义和结果正义的不可调节性吗？如果程序本身就存在错误，结果也必然会受到影响，这是避不开的！"

砰的一声桌面敲击重响，林烓忍无可忍："你能不能先抛开所谓的程序正义？所有人都在期待这个庆功会，所有付出了心血代价的人都需要得到一个功勋,你不能因为这件事影响到所有人的利益!"

张博明低吼:"我检举的是我自己!画师活着回来了,十年前的事不会影响到你们!"

"别天真了!你一旦招来调查组,调查的就是十年前我们内部管理保密性的失误!任何一丝纰漏都会影响到我们所有人!"

令人心惊胆战的安静持续着,门内毫无动静,门外的吴雩也仿佛凝固了一般。不知过了多久,林烒走向病房门口,然后突然一停,咬牙切齿地转向张博明:"在庆功会之前我绝不能允许你乱来,明白了吗?我会不计一切代价阻止你的!"

吴雩来不及听到张博明的回答,他疾步退向走廊拐弯,刚藏身进视线死角,就见门呼地开了,林烒怒气冲冲的身影消失在了走廊上。

"那是下午五点多,之后我就回了病房。直到晚上近六点半时,林烒突然强行闯进来,说刚刚有人在楼下僻静处发现了张博明坠楼身亡的尸体。后来法医经过尸检确定,死亡时间是六点到六点一刻左右。"

吴雩断断续续说完这些话,几次因为伤痛被呛咳打断,可能是伤到了肺。

张志兴的神情在黑暗中不住变化,各种不同的念头在脑海中绞成一团乱麻:"所以林烒是为了阻止我儿子自我揭发,才……"

"林烒有充足的动机、时间和条件,也具备清理现场的反侦查能力。事后他对调查组强烈指控我,应该是一种自我掩护的措施。"

张志兴几次张口又合上,就这样挣扎了许久,才咬牙问:"那你当初面对调查组的时候为什么不说?!"

是啊,如果事实真像吴雩所说,而林烒完全是撒谎的话,那么吴雩根本没有隐瞒林烒下午五点去过张博明病房这一点的动机,调查组原本就是倾向于相信画师的!

大楼平层落地窗没有装玻璃,光秃秃的水泥窗台与地面几乎齐平,远处街道上的霓虹灯和川流不息的车灯映照进来,映出吴雩半段侧脸线条,那坚冷、苍白而深邃的面孔上浮起一丝笑意,尽管看上去难以形容。

"可能是因为在张博明坠楼这件事上,我们每个人都心怀鬼胎吧。"

心怀鬼胎?

张志兴犹疑地一顿,这时只听两人藏身的水泥柱后咔啦一声子弹上膛,紧接着林烒冰冷的声音响了起来:"不准动——"

吴雩、张志兴两人神色同时一变!

林烒枪口指着水泥柱夹角:"你们俩,出来。"

第18章

张志兴和吴雩对视一眼，慢慢起身，吴雩趔趄了一下，扶墙喘息着从水泥柱后走出来。

林炡站在黑暗与光影的交界处，枪口反射出一丝冰冷坚硬的光，直直指着吴雩，话却是对张志兴说的："这个人就算受伤了也不能掉以轻心，教授您过来，离他远一点。"

张志兴不知所措，下意识看向吴雩，却见吴雩没有丝毫表情的脸颊紧绷着。

周遭只能听见张志兴止不住地一声声喘息，少顷他终于动了，却没有直接走向林炡那边，而是退后数步使三人呈三角状，来回扫视他们两人："你们到底在搞什么？事情的真相到底是什么？！"

林炡对张志兴的追问置若罔闻，眯起眼睛看着吴雩，缓缓地道："六点。"

"六点张博明'坠楼'，地点非常巧妙，在医院大楼背阴面一处灌木丛里，根本没有任何行人经过。直到近六点二十分，一名下班取车的医生在地上发现血迹，进而才发现张博明早已毙命的尸体，发出尖叫引来了极大注意。得到这一消息的我立刻闯进你病房，当时是六点二十六分。

"法医最终把张博明的死亡时间确定到十分钟以内，即六点到六点十分，也就是说你有十六到二十六分钟的时间清理现场、回到病房、伪装出什么都没发生过的样子——对一般人来说这点时间左支右绌，但对你来说根本不是问题，画师。"林炡脸上浮起冷笑，"像你这样的杀人老手，可能连六分钟都不需要。"

吴雩声音沙哑道："我根本没有看到那张字条，更不知道六点要上天台找张博明的事，有动机谋害他的人是你！"

"你有办法证明你没看到那张字条吗？"

"你……"

"我有。"林炡淡淡道。

他一手持枪毫不放松，另一手探进大衣胸前内袋，在吴雩和张志兴两人错愕的目光中抽出了半张纸，哗啦一亮。

"张博明塞进你病房门缝里的字条我还留着，做个笔迹鉴定就能辨明真伪。"他眼底浮现出嘲弄般的神情，"没想到吧？"

张志兴瞳孔急速放大战栗，直勾勾盯着那半张纸。

吴雩却感觉荒谬地笑了一声，尽管因为伤痛而格外短促："这半张纸要是真能被调查组采信，一年前你就该拿出来了。当时你之所以不敢拿，就是因为你心里最清楚我根本没看过这张纸，甚至不知道纸上的原字原句，只要拿出来我必然激烈反驳争辩，反而会徒增你的嫌疑。而你才是真正不敢跟调查组对质的那个人！"

林烶一哂："当年我确实扳不倒你，但现在情况已经不同了。步重华贩毒杀人越狱证据确凿，如果我现在把这张字条作为证据呈上公安部，你觉得他们还信不信你丝毫不知情？"

张志兴蓦然回头看向吴雩，一句"你跟步重华是什么关系"几乎要冲口而出。

吴雩摇着头，向后退了半步，脊背靠在水泥柱上。他甚至连保持站立都已经很困难了，但神情没有任何被揭发的狼狈惶恐，望着林烶的目光甚至有点怜悯："你是不是以为你车轮上的泥土样本是我提取的？"

"什么？"林烶一愣。

"不是，是江停。"

张志兴尚不知道发生了什么，但林烶却醍醐灌顶，脸色剧变！

"对，你猜得没错。江停一直待在津海市公安局没走，也就是说技术总队对泥土样本的比对鉴定结果已经出来了，指使绑匪驾车撞翻我和步重华，并把我们和彭宛一起绑架关进密室的人正是你。"吴雩望着他摇了摇头，有点嘲讽的遗憾，"你还想继续在这里跟我争论调查组能不能采信这张字条吗？现在调查组估计已经开进你家了吧。"

这简直是一招绝杀，连张志兴都万万没想到，林烶脱口怒道："你在胡说八道什么？！我根本没有任何——"

"没有动机？不，你有。"

吴雩呛咳起来，边呛咳边笑，那笑声比哭还让人难受："十年前张博明贪功冒进，没理睬我的求救信号，导致我差点儿遭遇暴露的危险。可是我为什么会遭遇暴露的危险？谁向塞耶他们透出消息说毒帮里混进了卧底的？"

林烶说："我怎么可能……"

"十年后我跟步重华在工业区废弃高速上被撞车绑架，绑匪留下了一具烧焦的尸体，指纹、DNA与十年前大兴县运毒案中一名逃犯吻合，那名逃犯曾经受雇于'茶马古道'。你是不是觉得我会认为那是巧合？"

"你！"

"那不是巧合，"吴雩再次毫不留情打断了林烓，说，"我也是到现在才想明白其中的关窍。

"十年前我发现大兴县运毒案牵扯到网络贩毒，顺藤摸瓜查到了'茶马古道'，并把这个网站的存在汇报给了特情组，那也是'茶马古道'第一次出现在公安部的视野里。你得知这件事后，立刻火速空降特情组，仅仅三个月后我就在抓捕亚瑟·霍奇森的行动中遭遇到了暴露的危机。

"所有一切都不是巧合，是被精心设计好的灭口，真正的凶手是你。"

吴雩紧盯着林烓青白交错的面孔："在十多年前国内连互联网都不太发达的情况下办起一个暗网运毒网站，还具备强大的反网警侦查能力，这不是一般人能做到的，唯有你，林烓。

"你是'茶马古道'真正的运营人。"

仿佛无形的炸弹在虚空中爆开，林烓脸色一瞬间难以形容，紧接着失态地怒斥："胡说八道！我跟踪你们是为了调查步重华！彭宛那个案子的疑点，彭宛跟步家的血仇——"

他枪口因激动而下意识一歪，就在这时吴雩闪电般纵身上前，砰一声枪口走火，子弹打得墙灰飞溅！

张志兴立刻抱头退到水泥柱后，下一颗子弹呼啸而至，石灰碎块应声爆起。林烓被吴雩摁倒在地，扭打中还想扣动扳机，但吴雩咬牙死死抓着他的手猛掼，腕骨触地剧震，枪柄脱手而出，打着旋哐当撞上了墙角！

林烓只来得及从牙缝里骂了一声，翻身要去抓枪，吴雩却抢先一步，人还在地上手肘便重击向林烓膝弯——那简直是鬼魅般不可思议的角度和速度，林烓当场一软，跪倒在地，随后向吴雩重踹数脚，挣扎混乱中两人就像两头困兽抵死搏斗在一起！

张志兴错愕惊疑，躲在掩体后探头一望，黑暗中根本看不清两人的动作，只见吴雩飞起一脚把林烓踹退数步，扶着大楼落地窗框边的墙面跟跄起身，哇地猛然躬身呛咳——

他已是强弩之末。

就在这一刻，打红了眼的林烓冲上去，眼见就要把吴雩撞下楼！

张志兴指甲死死抠进墙面，瞪大的眼珠里映出下一幕：电光石火间，吴雩用尽全身力量抓住迎面冲来的林烓，也许他想把对方狠狠推向侧面，但在无比混乱的情形和惯性的作用下,只听满地碎石稀里哗啦,林烇整个人滑下了窗台——

仿佛电影突然被按下停止键,张志兴瞬间惊呆了,吴雩也惊呆了,所有画面戛然凝固。

嘭!一声闷响,人体摔到地面的重响从楼下传来,清晰得如同闷雷。

"……"

周遭一片漫长的死寂,没有任何动作,也没有半点声音,就好像空气都在瞬间被尽数抽成真空。

不知过了多久,远处大街上的喧哗才终于一丝一丝从真空中渗透出来,仿佛涨潮般汹涌而入,变得格外清晰。

张志兴简直不相信这一切么轻易就结束了。他一步步走出柱子,梦游般穿过满地碎石的大厅,站在楼层水泥台边缘向下望去,只见废弃工地上伸手不见五指,黑暗中只能隐约望见地面横陈着一个扭曲的人形。

那是林烇。

他死了。

"呼……呼……"

身后传来吴雩粗重的喘息声,他踉跄退后,从地上捡起了什么东西——张志兴触电般一回头,发现是林烇在搏斗中丢下来的那半张纸!

  我已经考虑清楚了,六点我在顶楼天台等你,我愿意和你好好商量这件事情。

张博明

张志兴脸色微变,刚要伸手去拿,吴雩却把字条一折收进胸前内袋,精疲力尽道:"待会儿拿给宋局他们做笔迹鉴定,应该能算是张博明坠楼一案的重要证据,虽然现在也没有什么意义了。"

他竟然要拿去做笔迹鉴定?!

张志兴紧盯着吴雩那张惨白失血的面孔,脑子里的念头飞快转动,勉强挤出声音:"依我看,要不还是把这张字条撕了吧。"

吴雩一愣:"什么?"

"是这样的,你看。"张志兴在吴雩疑惑的视线中定了定神,口气变得从容下来,"现在活着的除了我们两个,已经没人知道这张字条的存在了,而林烇的所作所为自然有其他证据做支撑。这张字条对你来说很不利,我不想到时候横生枝节,所以为了保护你……"

吴雪松了口气，不以为意："没有什么利不利的，人又不是我杀的。"

"你不怕他们怀疑跟张博明一起登上天台的人是你？！"张志兴皱眉问。

谁知吴雪却摇了摇头："林烃之所以要把张博明灭口，根本原因不是所谓的集体荣誉，而是他害怕调查组开进特情，暴露出他利用特情网络资源运营'茶马古道'的事实。这张字条是案情的重大突破口，一旦确认张博明死亡有蹊跷，调查组就可以开进林烃家查他的电脑，只要发现他登录'茶马古道'网站后台的证据，张博明坠楼、彭宛被害、我和步重华被绑架到密室这一系列案件都有了解答，真凶钉死了就是他。"

张志兴愣怔地站在那里。

"我想不通的只是为什么他要费那么大周章对彭宛下手，又是密室又是绑架，如果真想杀她完全可以制造意外，干净利落直接解决。"吴雪走到窗台边，一手扶着墙，探身向楼下望去，"不过我猜这个答案可能跟秦川有关系，现在林烃已经死了，只能等抓到秦川再慢慢审问了。"

"解行。"

"嗯？"

张志兴站在他身后问："我们现在怎么办？"

"报警吧。"吴雪低头捂住自己的伤口，声音沙哑地呛咳数声，然后摸索着掏出手机，"我的伤撑不住了，必须立刻打120，待会儿警察赶到时麻烦您——"

话音未落，一股大力从身后传来，吴雪猝不及防向前一扑！

这变故来得太猝不及防，吴雪本来面前就无遮无挡，原本扶着窗框的那只手又已经收回来捂在了伤口上，这一推让他直接摔出落地窗台外，脚下一空——

哗啦！

千钧一发之际，吴雪条件反射向后抓，闪电般抓住脚手架，钢筋在巨大冲力下"砰""哐"两声重重撞击，瞬间把他吊在了半空！

吴雪仅靠一只手死死抓着钢管，惊险悬挂在大楼外，难以置信地仰头望去。

楼层窗台内，张志兴毫无表情地俯视着他，阴影中一双老眼森然闪烁，刚才的慌乱惊愕和六神无主都如面具般，转眼间消失得无影无踪。

"为什么……"

张志兴半蹲在地上，居高临下看着吴雪震惊的脸，缓缓问："我明明已经让你把这张字条撕了，为什么不听呢？"

"……"

"我本来真的不想杀你，也完全没必要，如果不是你坚持要把那张字条拿去做笔迹鉴定的话。"

寒风卷过半空，吴雯用力闭上眼睛，似是要竭力厘清这匪夷所思的因果，再睁开时他眼底充满了绝望和惊怒："是你。"

张志兴微微一笑。

"那张字条根本不是张博明写的，而是你写的。你从张博明的病房出来后，上楼把字条塞进了我病房门缝，林炷拿着字条下去质问张博明时，他一看字条上的笔迹就认出了是你这个父亲写的，但出于替你打掩护的心理，他当场承认了字条是自己所留，因此他死后我和林炷都完全没有往你身上怀疑。"

"那天下午六点登上天台的也只有张博明一个人，他是上去见你的。"

吴雯眼眶中渐渐浮上血丝，一字字从牙缝里道："但他万万没想到，你为了掩盖自己的所作所为……竟然把自己的亲生儿子推下了楼……"

"不是我！"张志兴沉定的表情突然被打破了，怒吼冲口而出，"他是因为你才死的！"

吴雯咬紧牙关瞪着他，只见张志兴抓着窗框的手因暴怒而青筋突起："我那天本来想解决的人是你，没想到上楼的人却是他！他说考虑清楚了，决定要去特情组告发我，为此前途尽毁甚至付出任何代价都无所谓！争执中他从天台边缘摔了下去，我想去救他！但已经晚了、晚了！"

吴雯喃喃地重复："他说他要去特情组告发你。"

荒唐、讽刺、悲凉和无可奈何同时涌上咽喉，让吴雯的嗓子剧痛到痉挛："怪不得张博明对林炷说自己虚伪无能，原来他当时就意识到了，他已经知道了幕后黑手就是你——"

他知道了为什么十年前自己没有看见吴雯发出的求救信号，也知道了父亲为什么要急着置画师于死地。

但他当时不敢告诉吴雯。

他跪在地上痛哭失声，是哭那无辜牺牲的英魂，也是哭自己不敢揭发父亲的懦弱与卑鄙。

这世上再也不会有人知道那两个小时里张博明到底想了什么，亲情、大义、道德谴责和良心质问在他激烈的心理挣扎中都占据了多少重量。不过两个小时后，当他看到林炷手里那张字条时，所有挣扎都不重要了——他意识到如果自己选择去当沉默的帮凶，父亲便会对吴雯下手灭口。吴雯知不知道实情不重要，只要他活着，他本身就是张志兴所有罪行的证据！

因此张博明不顾一切做出了决定，他在字条上约定的六点到来时独自一人登上天台，是为了告诉张志兴他已经知道了所有真相，要拼尽所有代价揭发亲生父亲！

"隐藏求救信号的人是你，"吴雩含着滚烫的血气轻轻道，"'茶马古道'的幕后创办者是你。"

张志兴眼眶通红，但依旧死死盯着吴雩，丝毫不为所动："你也许不知道，我儿子直到最后一刻都在想尽办法掩护你。不过那已经无所谓了。"

他站起身，走到另一端墙角捡起之前林炡被打落的枪，回到落地窗台边指着悬挂在半空的吴雩，然后枪口略微移动，瞄准了被吴雩紧紧抓住的那根钢管："如果你刚才把字条撕毁，现在一切都不会发生，你本来是没必要死的。"

吴雩张大的瞳孔中映出枪口，只见张志兴食指扣向扳机："永别了，画师。"

第 19 章

砰！

就在扣动扳机的同时，劲风从身侧瞬间至近前，张志兴被猝不及防狠推摔地，子弹当即打空，手枪顺地滑出！

他心中顿知不好，还没来得及去抓枪，紧接着被来人揪住反拧、重踹跪地，冰凉手铐咔嚓一声，他三下五除二便被铐在了墙角的铁栏上。

张志兴惊怒交加一回头，所有血色当场从脸上褪得干干净净："是你？！"

是林烃！

林烃一身狼狈，大衣已经脱了，羊绒衫和西裤上沾满了灰尘，脸上、手上被蹭出了好几道血痕，额角至颧侧还残存着网状的压印。他根本来不及跟张志兴啰唆，扑到窗台边向吴雪伸出手："我刚从那网里爬出来多花了几分钟，快上来！"

半空中只见吴雪嘴唇翕动了一下，轻轻问："步重华他们在路上了吗？"

林烃扭头望了远处角落兀自挣扎的张志兴一眼，压低声音道："已经收网准备过来了。你快上来！"

但吴雪直勾勾地望着他，没有动作。

"吴雪？"

"……"

林烃突然意识到什么，一股寒意涌向四肢百骸："你在想什么？快上来！"

呼啸寒风刮过林立的钢铁脚手架，发出尖锐哨声，就像一曲邈远的挽歌。

"你知道吗，"吴雪小声道，"我今天才知道，没有人放弃我们。"

林烃看着他的表情，顿时心下冰凉，意识到吴雪并不是在跟他说话。

"没有人曾经放弃我们。"吴雪再一次喃喃道。

他被仇恨淬炼了十年的血腥基石在这一天轰然坍塌，化为齑粉，随着整个世界纷纷扬扬呼啸远去。

张博明死了，真凶落网了，所有秘密都将很快曝光于天日之下。

当年被命运抛进地狱的种子生根发芽，从深渊中拼命向烈日伸出藤蔓，它知道自己竭力开出的花为光明所厌弃，注定将在拥抱骄阳的那一刻，被焚烧直至死亡。

"吴雩！"那一刻林烶全身的血都轰上了头顶，"你不想再见步重华一眼了吗？你、你——"

吴雩闭上眼睛，那瞬间林烶猛然探身死死抓住了他的手，半边身体瞬间滑出半空："你不想抓住鲨鱼了吗？画师？！"

电光石火间林烶意识到自己每个字都掐中了死穴。

每一毫秒都仿佛没有尽头，吴雩奇怪地颤抖起来，微微睁开眼睛，喘息地望向他。

"你给我上来！"林烶声嘶力竭怒吼，咬牙发力把人硬提了半寸，吴雩终于条件反射抓住钢管，在稀里哗啦动静中两人都滚上了水泥平层。

林烶粗喘着站起身，但就在这种情况下还没忘记谨慎地站在吴雩身后，隐隐挡在了他和窗台之间。不远处张志兴挣不开铁铐，已经全身瘫软在地，在昏暗中呵呵地冷笑起来："原来如此……原来如此！原来你俩这所有的一切都是在做戏！"

最后几个字堪称咬牙切齿，他一瞟吴雩，又意有所指地望向林烶："你早就知道了，对吧？！"

"是，但我确实从来没怀疑过你。"林烶苦笑起来，"他有充分的杀人动机，但你却是张博明的亲生父亲，而且是除了我唯一嚷嚷着张博明不可能自杀的人……不过现在想来，你那痛失爱子的不甘也全是在表演而已，否则凭你的资历人脉，早就想尽办法找关系托人重启调查了，何必只停留在口头上？"

张志兴脸上扭曲的神情消失了，惘然从那混浊的老眼中流露出来，似乎又看到了亲生儿子坠楼那一刻惊愕凝固的脸，以及自己拼命伸出却终究落空的手："不……不全是。"

不全是表演。

"我儿子是个什么样的人我最清楚！""他又没做亏心事凭什么要有负罪感？""张博明不可能是自杀，我不相信！"……

那不是表演。

"我真以为杀死张博明的凶手是吴雩，直到四个小时以前，我终于下决心去找他对质，想把当年所有事彻底解决，却没想到他告诉我这一切的始作俑者很可能是你。"林炡似乎也感觉很讽刺，"他说我们联手设计一场戏就能验出真伪，我答应了。"

张志兴满面皱纹一动，凶戾的神态又回来了："你一直以为他就是凶手，这一年多来却完全不检举他，还私下找他对质？"

林炡毫不犹豫："对。"

"那你当初对调查组强烈指控他又是为什么，难道那么早就开始做戏骗人了？！"

林炡没吭声，在张志兴匪夷所思的瞪视中瞟了吴雩一眼。

吴雩眼帘垂落，半侧身体沉于黑暗，仿佛一尊泛着月白光晕的石像。

"不，当初我的指控是真的。"林炡顿了顿，嗓音像是哽着酸涩的硬块，"但半个月后我才发现，张博明临死前竟然留下了遗愿，他想要保护画师……十二年来我们真正的画师。

"那是他生命中最后一个小时，所做的最后一件事。"

张志兴脑子里嗡地一响："什么？！"

林炡没有直接回答张志兴，而是示意吴雩把刚才那张字条递给他："你一直发狂地想知道张博明临死最后几个小时发生了什么，就是因为你没找到这个东西吧？"

张志兴面色惨白，直直盯着林炡手里那半张纸。

"这张字条是你十多年来所有罪行中最大、最明显的败笔，一旦落到调查组手里，专业人员就能鉴定出虽然笔迹很像，但并不是张博明亲笔所写，再顺着这根丝往下查，连你运营'茶马古道'的事都可能曝光于天下。所以从坠楼到尸体被发现的那十六到二十六分钟内，你快速处理好现场脚印，进入张博明的病房四处搜索，然而可怕的是字条消失了，到处都找不着。

"你肯定没想到，字条早就被销毁了。"

林炡讽刺地把手一晃："这是四个小时以前我凭记忆模仿张博明的笔迹写的，真正的物证早在那天下午五点我去质问张博明的时候，被他当着我的面，用打火机烧成了灰烬。"

张志兴瞪圆双目，一个字都说不出来。

"如果你找到了字条，这一年来你的种种表现应该都是另外一种模样，但偏偏你没找到。所以你内心始终存在着'吴雩到底有没有看过它''吴雩是否还保存着它''吴雩有没有把它交给别人'的疑问，这些疑问逼得你不管做什么都如惊弓之鸟。"说到这里林炡有点嘲讽，"我猜在步重华对你暗示'我认识张博明''我知道那天下午发生了什么'的时候，你心里应该是非常震惊恐惧的：这姓步的怎么会认识我儿子？他到底知道多少？更关键的是，他是不是在调查张博明的死？——步重华是个非常专业的刑侦人员，他撒谎的本意只是想诈你，从你手中诈出更多关于解行的信息。但不幸的是，你当了真。"

所以"茶马古道"必须对付步重华，对张志兴来说最好的结果不是把步重华弄死，而是给他泼上脏水弄出警队——这样他参与过、经手过、调查过的所有东西，都会从此束之高阁，成为警队讳莫如深的封禁档案，起码在未来数年间都不会再有人去碰了！

从这个角度来说，步重华被"选定"为彭宛密室死亡案的凶手，其实是非常冤枉的。如果不是他对张志兴的叙述性诡计太逼真，让一年来如惊弓之鸟般神经质到极点的张志兴上了当，整个密室杀人案其实都没必要发生。

张志兴确实想要绑架万长文的女儿和外孙，但他完全可以用其他办法，更加干净利落地杀死这母子俩。

"那姓步的讹我，他竟然讹我，我竟然……"

张志兴不敢相信地喘着气，脑子里乱成一团，突然瘆亮的视线一转瞪向林炡："所以那天下午、那天下午到底发生了什么？！你说张博明留下了遗愿，他到底是怎么留下遗愿的？！"

林炡低头按了按眉心，借此强行压下了心头针扎般的伤感，然后抬头断然说："你没必要知道了。"

"你！"张志兴在极端愤恨、惊恐和绝望中怒吼起来，"林炡！我告诉你！你以为我今天是一个人来的吗？！"

他这种愚蠢的威胁纯粹只是因为彻底走投无路罢了，林炡淡淡道："你以为我们今天是两个人单独来的吗？"

楼层尽头远处铁梯上传来脚步声，听着有十来个人，很快在空旷的烂尾楼里响成一片。张志兴瞳孔不由得圆睁，紧接着，他此刻最不愿意看见的画面出现在了眼前——

步重华押着一名满身狼狈、戴手铐的黑瘦男子登上铁梯，江停紧随其后，然后是严郴、许祖新、宋平，以及四个小时前津海市公安局会议上的众位领导。

张志兴目光与那被押的男子一触，便向后重重闭上了眼睛。

"只抓了这一个？"林炡愕然问。

步重华微微喘气，衣着凌乱，刚才在楼下工地应该经历了一番恶斗："抓了十四个，这一个是头儿。"他目光投向吴雩，嘴角微微一翘，似乎有点不易察觉的少年般的得意，"他就是那天晚上在高速公路撞我们车，把我俩关进密室的绑匪。"

也就是十年前大兴县运毒案中被"茶马古道"雇用，从现场逃跑的另一名马仔!

出乎意料的是吴雯反应很冷淡,只静静地站在那里,步重华不由得一愣。

"真是意料之外,情理之中啊老张。"宋平叹了口气说。

张志兴蜷缩在墙边一言不发。

"'茶马古道'在过去的十三年里虽然是个小网站,但神出鬼没,时隐时现,动不动就下线几个月,让网侦部门想抓都找不到地方。这个网站或许跟特情组有关的怀疑始终都没断过,但当时所有人都查不出证据来,最后老冯甚至怀疑……"宋平语音蓦然一顿,斜觑向林烨。

林烨又恢复了那外交家一般客气周全的风度:"没有的事,冯厅一直教育我们这些后辈要非常尊重津海的公安前辈。"

"你的尊重就是暴雨夜里偷偷摸摸跟踪津海的刑侦支队支队长的车?"

林烨客套地一笑,没有回答。

但他什么都不用说,宋平其实心如明镜,在这姓林的眼里宋平和步重华都是绑架彭宛的重大嫌疑人,所谓的密室绑架案说不定只是津海内部自导自演的。所以彭宛被害后,林烨第一坚持要把步重华送去外地接受审查,第二强烈要求宋平避嫌、异地调查组入驻津海——这两步棋都相当地狠。

在林烨眼里他自己大概是个深陷贼窝而孤军奋战的勇士,宁死也要把步重华涉嫌贩毒、勾连暗网的事查到底。所以事情进行到这一步,他竟然完全不尴尬,还挺神情自若,也真算是个人才。

"贪心不足蛇吞象啊老张。"宋平没再理会这个姓林的崽子,眯着眼睛转向张志兴,悠悠道,"以你的反侦查能力,要是'茶马古道'仍然一年做不了几单,维持着过去垂死挣扎的状态,估计再过几年都不一定能露出狐狸尾巴。但你太贪心啦,利用'马里亚纳海沟'下线的这一年疯狂扩张,还绑架万长文的女儿、外孙——你是想逼万长文露面,对吧?"

张志兴面颊抽动,死死盯着身前满是灰尘的地面。

"你以返聘专家的名义加入技术部门指导工作,绑匪丁盛的那个自首电话打进公安局时,你是第一批能够迅速定位他们准确地点的人。刑侦支队出外勤要申请配枪、记录备案、调遣各路搜救资源,而你的杀手不用,所以动作比警方快了那么一丁点,抢先赶到河滩枪杀了丁盛、邓乐两人,救出彭宛母子,然后用万长文的名义把她骗进密室去,来配合你对步重华的栽赃计划。

"而你把他们困在密室里的那七十二个小时,也是你留给万长文出面谈判的时间——如果他真的出来找你,愿意把蓝金销售渠道放在'茶马古道'上,估计你是会放出彭宛母子的,然后让密室里剩下的步重华和吴雯自相残杀。"

宋平长长叹了一口气："老张，我不得不说，你实在高估了万长文想要留后的那颗心哪！万长文一个为保住黄金而把亲生女儿推进水的毒枭，怎么可能愿意为了外孙，冒着被警察包抄的风险，出来跟你会面呢？"

张志兴满脸灰败，只见昏暗中身体一抖，然后又一抖，那是他用尽最后力气发出的惨笑。

"是，是我没想到。"他仰头发出嘶哑的嗟叹，"你说得对、你说得对啊！"

这其实是非常讽刺的，张博明的死并没有让亲生父亲悬崖勒马，张志兴却以为万长文能受女儿、外孙性命的掣肘，简直是一个坏人指望着另一个坏人能够少坏一点。

宋平喉头发哽，千万种复杂滋味在心头，良久只能发出一声叹息。

"但我还有个地方想不通。"他想了想又忍不住问。

张志兴意兴阑珊地："什么？"

宋平说："鲨鱼想要找万长文合作的事，虽然以你的消息渠道，肯定有所耳闻，但你更应该知道万长文这样老派的毒贩是很抵触很不愿意跟鲨鱼沾边的。你为什么要突然用绑架这么激烈的方式，不顾一切地急着把万长文逼出来呢？"

这应该是宋平心理敏感，也可能只是他多心，其他几位领导都没来得及想到这一点，纷纷望向张志兴。

张志兴意兴阑珊地笑了一下，半挑衅地反问："事是我干的，人是我杀的，原因还重要吗？"

宋平点点头，知道他不会乖乖配合审问，因此也丝毫不出奇："行吧，那只能请你回津海市公安局，慢慢地剖析犯罪背后的心路历程了。"

他向身后的心腹部下一颔首，市局正、副两位主任会意上前，解开了张志兴的手铐，准备把他押去楼下警车。

但就在这时，张志兴突然趔趄一下站住脚步，脸上现出一笑："其实我也有个疑点不明白。"

那笑容说不出地古怪，林烃正防着这个，霎时心脏一跳。

"既然字条早就被烧了，我也一直没露出过马脚，那你们为什么突然对我产生了怀疑？"

宋平不以为意，随意向林烃和吴雩那个方向一扬首："那是他们两个提议……"

张志兴打断了宋平，微笑道："我想请问今晚始终保持沉默的主角——吴雩支队长，你。"

众人目光投向吴雩，却只见他脸色淡漠如冰。

张志兴不在意，一字一句地笑着问："你是如何发现我身上有疑点的，又是如何一语定乾坤，说动林炡让所有人陪你一起联手做局来抓我的呢？"

步重华猝然看向吴雩，不知为何突然有一种极其不祥的预感，仿佛某种连他自己都不曾发现的隐忧瞬间翻腾直上，死死攥住了心脏。

吴雩无声地闭上眼睛，在众多视线聚焦中，仿佛连呼吸、心跳和风声都静止了。

但那只是一瞬间的事。

"因为你给步重华的照片。"他终于在众人面前开口说了第一句话，声音略微沙哑，却平静如深水，"你在扫描那张照片之前，撕掉了题注中的三个字。"

周围人人都面露疑惑，只有步重华闪电般想起那照片上的两行题注：

  拾月贰拾伍日，母亲
  解行

缺少了三个字？他眼皮剧烈一跳。

哪三个字？！

"我就说呢，原来如此。"张志兴抽着气点头，眼底闪烁着讽刺、可笑、荒谬、疯狂等混杂起来的寒光，"我竭力在世人面前帮你掩盖，却不料正因为这点，暴露出了我早就知道那个秘密的事实……是啊，我真的不该把'与阿归'那三个字撕掉，是不是？"

步重华思维空白，空气霎时凝固。

"你为了帮那些亡魂报仇，可真是亲手葬送了自己的命啊。"张志兴一下一下地抽气，极度亢奋战栗让他脸色妖异地涨红，变调的尾音重重撕扯每个人的耳膜，"是解行替你死在'红山刑房'时，叮嘱你要报仇的吗，阿归？"

——阿归？

阿归？！

仿佛巨剑于虚空轰然砸下，将世界震荡得四分五裂，刹那间不仅是步重华，连许祖新、宋平等人的面孔都因震惊而发白。

人群后只有江停沉静地垂下视线，然后向吴雩隐蔽靠近了数步。

"听过那个少年屠龙的故事吗？"

张志兴居高临下站在那里，神情高傲而怜悯，他看着一言不发的吴雩，像是看着终于被拉下神坛的战神："少年经过一番血战，不敌恶龙，倒地而亡。恶龙看着少年的尸体，慢慢化为人形，捡起长刀，穿上了它渴慕已久却得不到的闪亮铠甲。恶龙最终化作少年，回到了人世间。"

第 20 章

　　重磅炸弹爆炸后的余韵久久回荡在虚空中，把所有声音都屏蔽在了无形的屏障之外，足足过了好几秒，一名津海市市委领导才挤出声音："什……什么意思？他不是'画师'吗？阿归是谁？"

　　林烃强压情绪刚要开口，却被张志兴抢了先："知道金三角的毒枭塞耶吗？你要是知道塞耶，就能知道他独生女身边最忠心的保镖是谁。"他恶意地向吴雳一瞅，笑道："你看，区区十年就没人知道你了，多可惜——想当年连方片 J 金杰都得管你叫一声'哥'，是不是？"

　　方片 J ？！

　　没人知道阿归是谁，但提起方片 J 却无人不知无人不晓，能让金杰叫"哥"的可想而知是什么角色。那市委领导脸色霎时更难看了，脸色铁青地指着吴雳哆嗦了半晌："可是……可是那没道理啊？十二年卧底回来换了人，你们云滇发现不了？你们简直——简直——"

　　林烃声音紧绷绷的："不是你们想的那样。"

　　"怎么不是我们想的那样？这到底是怎么回事？你们把毒枭的人当作功勋卧底塞来我们津海，你们到底是想干什——"

　　"吴支队长。"这时宋平沉声打断了，"你难道就没什么要说的吗？！"

　　满室霎时安静下来，众目睽睽之下，只见吴雳垂眼望着身前凝滞的空气，没有看任何人，更没有看步重华。

　　少顷他终于吸了口气，说："没有。"

　　"你……"

　　"是我顶替了解行。"

　　——是我顶替了解行。

　　他每个字都非常平淡又清晰，但却像烧红了的钢针，宋平勃然色变："吴支队长!"

另一边林烶终于忍无可忍:"我说了不是你们想的那样!"

所有人都被林烶异常焦躁的声音一震,紧接着只见他深吸了口气,再次强压住情绪:"卧底计划比所有人想象中的都要复杂,我也是在张博明死后才慢慢摸索出头绪,但我敢肯定十二年来的画师都是吴雯。从锦康区看守所坐牢开始算起,到一年前围剿鲨鱼,从头到尾没别人,都是他!"

刚才那领导简直气极了:"你们敢用一个毒枭的马仔当卧底啊?!"

"别那么叫他!"一直没出声的步重华猝然喝道。

领导被吼蒙了:"你你你……"

"都安静!"宋平呵斥了句,皱眉转向林烶,"那解行是什么人?"

林烶看了吴雯一眼。

明明是所有混乱的中心,这个人却格外沉默安静,像是所有情绪、所有神态,甚至所有声色都从他身上退去了,如同一潭死水般无声无息。

"解行是特情正式备案的卧底人员,代号'画师',但他并不是特情组唯一的卧底。十三年前我们分批送出了很多人,都是经过层层考核选出来的,都一样地忠诚优秀。"林烶顿了顿,似乎很难找到合适的词句修饰自己的意思,最终只能放弃了,"解行只是一个庞大计划中最末端的一环。"

真话虽然难听,但这其实是可以理解的。跨度如此之长、烈度如此之剧、各方面投入资源如此巨大的渗透行动,怎么可能把所有赌注押于一身,让一个二十岁的年轻人单独挑大梁?

"当年的渗透计划名为选卧底,其实各方面要求都跟训练特工无异,否则派出去的人根本没能力渗进金三角的贩毒核心。解行确实出类拔萃,但他只是一个大三退学的实习学警,正常情况下他都不该被招进来,是张博明把他推荐给了特情组总负责人胡良安,然后老胡给了他破格特许。"

说到这里林烶表情也有点复杂:"特情组派出去的每个卧底都有自己的行动代号,而解行最初的行动代号,叫作探骊。"

夫千金之珠,必在九重之渊而骊龙颔下。想要夺取这深渊九重之下的稀世明珠,就得趁着恶龙憩息短暂的机会,冒着粉身碎骨的危险从其颔下偷取,此为探骊得珠。

"张博明的计划,是让解行去劝说策反当时已经深入毒帮核心的阿归,让阿归成为特情组真正的内应。但这么做是违反保密原则的,因为谁也不知道解行和阿归这两人之间最后会是谁策反了谁,所以张博明的计划只得到了胡良安口头允许,但特情组没有文字备案,其他人也完全不知情。

"后来三年间，特情组有些渗透计划取得了很大进展，但绝大部分都停滞不前，也有几名卧底英勇牺牲了。而在当初放出去的所有人里，只有解行这条线堪称奇迹，不仅一路披荆斩棘，甚至协助边境缉毒布下了好几个监视站和情报网。所以到第三年的时候，老胡让特情组把绝大部分资源都倾斜到了解行这条线上，画师成了特情组深入敌阵最重要、最关键的刀锋。"

宋平视线一瞟吴雩："但实际上以画师名义为特情组工作的人是阿归？"

林烶说："对。"

"老胡敢让张博明这么干，这胆量从何而来？"宋平眯起了锐利的眼睛，"难道阿归跟解行是双生子？"

双生子之间的忠诚和情分比亲兄弟更甚，确实可能说服特情总负责人胡良安为此冒一点风险，宋平算是问到了点子上。但问题是双生子怎么会一个上了公大，一个去给毒帮当马仔？

现场所有人都同时露出了恍然和迷茫的神色，只有步重华始终紧紧盯着吴雩，脑子里闪电般浮现出那张军训集体合影——白杨般挺拔的青年学生，与眼前这孤独沉默的侧影渐渐重合，但又逐渐错开，终于显出了眉角眼梢极其微妙的不同。

但那些最细微的疑惑，当初都被他以集体照像素模糊、十几年岁月磋磨为由，潜意识说服自己忽略过去了。

直到现在他才无比鲜明刺痛地意识到：不、不是。

那并不是同一张脸，那不可能是双生子。

"不是。"林烶干涩地回答，略微转向吴雩低声问，"如果我猜得没错，你们应该是表兄弟，对吧？"

吴雩开始没出声，过了好几秒，才突兀地把脸往背阴面微微一偏。

这个动作很轻，几乎在场所有人都没发现，只有步重华在电光石火间看穿了他最隐秘的心思——他想躲避自己的视线。

他甚至不想再当着自己的面开口说任何话。

"等等，姓林的，你们到底在搞什么？"这时另一位津海市市领导忍不住了，又急又气问，"连双生子都不是，表兄弟你们都分不出来，你们就是故意把人塞给我们的吧？！"

"特情当年的规矩确实有漏洞，但那些卧底个个都是刀尖悬命，留几张档案照片就不错了，难道叫他们出发前每人拍几张高清大特写挂办公室墙上？"林烶态度也不太好，"十几年高危潜伏，你知道会遇到多少伤病、多少意外，相貌身材甚至五官改变一点都是正常的！再说除了张博明，我们根本都不知道有阿归这么一个人存在，上哪儿去联想卧底回来换了个人这种事情？！"

老领导一时语塞，然后疑上心头："不对啊，那胡良安呢？张博明死了，总负责人也眯了眼？"

　　话音刚落周遭就陷入了诡异的安静，林烶一开口却欲言又止，脸上慢慢露出荒谬、讽刺、无奈，以及种种难以用语言形容的复杂神情。

　　吴雩无声地闭上了眼睛。

　　"老胡中风了。"半晌林烶终于无可奈何道，"突发脑梗死，根本来不及交代任何事情，那是两年前。"

　　四下一片安静，连宋平都哑口无言。

　　步重华心底被重重一撞，泛上麻痹的刺痛。

　　命运多数弄人，但放在阿归身上，那应该是命运对他连半丝善意都不曾有。

　　胡良安当年人老成精，多年心血操劳，脑力超负荷运转，最后突发中风实属意料之外、情理之中。但如果这事发生得早一点，张博明可能会意识到未雨绸缪的必要性，会立刻就把阿归的存在密告于后来的特情组负责人冯局；偏偏不巧的是，快两年前恰好是特情组正准备对鲨鱼进行收网，再过几个月就尘埃落定的关键时刻。

　　张博明不会觉得在仅剩的几个月里还有什么变数，也就不会急着立刻把阿归的事往上捅。毕竟在他的认知里，阿归死于红山刑房，已经死了整整十年，何必急着这几个月？

　　更重要的是，如果解行载誉归来，两人一起向上级汇报当年阿归的秘密，看在画师累累战功的分上，还有谁会对阿归的身后名誉、烈士待遇有丝毫吝啬和非议？

　　——张博明的想法并没有错，错的是他根本不知道画师十年前就换了人，更没想到自己的生命会在那个下午戛然而止，跟胡良安一样来不及留下半个字！

　　"也就是说十几年前的内幕只有三个半人知道，胡良安、张博明、解行，加半个张志兴。"宋平顿了顿，利刀般的视线在林烶周身一打量，"那你呢，谁告诉你的？"

　　林烶苦笑了一下："张博明。"

　　"是那天下午你拿着字条去他病房质问的时候？"

　　"不，"林烶眼底有些悲哀，"是他离开后的第十五天。"

　　宋平一愣。

　　"那天上午我接到调查组的电话，说解行坚决否认涉嫌杀害张博明，而我对画师的指控也缺少实证。我非常愤恨，准备出门面见调查组领导，但这时有人敲响了我的办公室门……"

"锦康区看守所？"林烃手臂上搭着外套，脚步丝毫不停，语气莫名其妙且不耐烦，"我什么时候跟你们说过要销毁纸质档案？这种事跟我扯得上关系？"

来人是电子信息科负责人，脸上同样一片疑惑和莫名其妙："您自己签发的内部指令啊，喏，您看这日期，十五天前，没错吧？"

十五天前。

仿佛无形的钩子在神经末梢一钩，林烃猝然停下脚步。

"您让锦康区看守所销毁被指定的部分陈年纸质档案，以配合电子数据档案库的建设工作，而且必须在半个月内尽快完成——您看这落款没错吧，是您的后台账号对不对？要求销毁的那部分老档案已经按保密原则销毁过啦，我来向您汇报电子数据库现在的运作情况，首先从服务器架构说起……"

来人还在叨叨汇报什么，但林烃已经没心思听了。他恍惚抬手向对方摇了摇，梦游般走回自己的办公室，哐地关上门。

整个特情组里知道他密钥的只有一个人，可十五天前那个人死了。

某种冰凉的猜测如水底黑影，渐渐浮上林烃心头。

他几乎是仓皇地拔腿回到办公桌后，打开电脑登录后台，查看历史操作痕迹；屏幕上一排排数据映在他瞳孔深处，随即猝然停下，整个人难以抑制地战栗起来。

——十五天前，下午五点三十九分，他的密钥登录情报网，修改了电子档案库里的一份收押文书。

被收押人叫作解千山。

那天下午所有阴差阳错的命运，都在那一刻得到了解释。

五点，林烃带着字条敲开张博明的病房门，心灰意冷的吴雯已经不再关心他们打算如何处理自己，从走廊拐角转身上楼回到了自己的病房。

五点十分，张博明烧掉字条，称自己想单独静一静，满腹狐疑的林烃不得不告辞出门，来到了医院一楼大厅。

五点二十分，张博明用林烃的密钥登录后台，迅速下达了让云滇锦康区看守所配合电子档案库建设工作，尽快销毁陈年纸质档案的内部指令。

然后张博明做了生命中最后一件事。

他调出锦康区看守所收押档案上解行身穿囚服的照片，对面部五官做了细微修正，让属于解行的那部分特征变得模糊，整体形象更瘦削，眼眶也略微加深，更靠近年轻时的阿归。

解行牺牲，胡良安无行为能力，张博明单人不成证。这世上再也没有人能为已经死亡十年的"毒贩马仔"阿归证明清白，索性便让那从未被命运善待过的名字永远消失，让他余生以解行的名义，行走在光明堂皇的人世间。

这一看似多余的举动实则非常缜密，也是张博明情急之下能想到的唯一办法。而当时他之所以用林烃的密钥，是因为他不确定这些年来自己的密钥已经在父亲那里暴露了多少，更不想让阿归的安危成为日后父亲拿捏威胁自己的筹码。

当天下午近六点，当张博明登上医院天台时，心里可能还在反复斟酌回头如何跟林烃解释，是否能争取来林烃的帮忙和掩护。但他没想到的是自己再没能走下那座天台，仅仅数分钟后，他从高空坠落，飞溅鲜血染红了阴霾天穹。

他应该更没想到，自己告别人世半个月后，林烃从锦康区看守所一次莫名其妙的工作报告中发现了端倪，继而抽丝剥茧，推导出整个真相，使在高强度讯问中精神几近崩溃的吴雯终于获得了最后一线生机；时间再往后推一年，那份被他修改过的收押文书被传真去了津海市公安局南城区分局，审讯室里的年大兴还在滔滔不绝揭发当年解千山坐牢越狱的罪行，审讯室办公桌桌面上，照片中的解千山还是个年轻人，黑发剪得很短，皮肤很白，身穿蓝色囚服。

只解千山唤行客，谁知身是未归魂。

十三年前的阿归与解行站在同一具躯壳里，他们的目光穿越了纷飞战火与离乱时空，与十三年后的步重华平静对视，无遮无挡。

"也就是说，你刚才所说的一切都是推导和猜测，没有文字实证？"宋平紧皱眉头沉沉地问。

城市霓虹灯从远处遥遥映照着烂尾楼，一排排脚手架在大厅内投下纵横的阴影。林烃咽了口唾沫，终于低声说："没有盖过公章的文字实证。"

"什么意思？"

"我拿到了十几年前张博明的书信记录，调查了解行被派出去头三年特情组的情报往来，还去秘密探视了胡良安。那个时候老胡听到'阿归'这两个字还有反应，张着嘴'啊啊'地叫，脾气变得很坏，挣扎、拿东西砸人。医生说那其实是因为他心里发急，他的大脑在提醒自己忘了一件极其重要的事，但他说不出口，不论怎么挣扎都一句话也说不出口。"

林烃低下头，一拳捂着嘴巴，片刻后他恢复了沙哑而平稳的语调："不过那是一年多前了，上个月我去探视他时，老胡瘫在轮椅上笑呵呵的，看见人也笑，看见鸟儿也笑，看见大街上的汽车也笑。他安详而快乐，已经彻底消失在那个我们触碰不到的世界里了。"

林烃看向吴雯，吴雯垂下了略微发红的眼。

"我感情上的确是同情,"宋平声音艰涩喑哑,但突然顿住,他控制了一下情绪,然后转了话锋,说,"但情理上我必须把吴支队长带回去配合调查,这件事的牵扯面实在太广,可能需要对当事人采取一点措施……"

林烃猝然变色,刚要扬声说什么,刚才的老领导怒道:"什么吴支队长,来人把他给我押回去!老宋你不要犯糊涂,你知道这件事情性质有多严重吗?!"

宋平说:"老纪你先别……"

但老纪根本不想听:"别什么?你知道这姓林的嘴里哪句真哪句假,他说这姓吴的是真卧底你就信?他说解行死在十年前你就信?谁知道这是不是他们不小心让毒贩混进特情队伍里,为了掩盖事实编出来的鬼话?!"

宋平也没忍住:"你是不是过虑了,你不能——"

"不能什么?你知道这种大事报上去对我们意味着什么?啊?你以为你头上那顶官帽还戴得住?"老纪简直气极了,随便指了两个老部下,又一指吴雾:"拉走!"

"老纪你想干什么?!"宋平怒吼。

"你才是想干什么!"老纪领导吼声比他还大。

翁书记一拍宋平的肩:"先带回去,从长计议,这件事太大了,我们津海确实做不了主……"

"把那姓吴的带走!上铐带走!"

——砰!

一声响声震荡耳膜,混乱戛然凝固,所有人惊愕地扭过头。

步重华一手向大楼外平举着枪,声音简短紧绷:"我看谁敢上铐。"

老领导满面怒红:"你——"

步重华一抬眼盯住他,缓缓地重复:"我看谁敢上铐。"

黑暗中他眸光森寒,和当刑警时截然不同,隐隐有些令人心惊的东西。老纪只觉兜头被泼冰水,凉意不由蹿起,这时只见步重华将那把非制式黑枪子弹退了,甩手一扔,啪!

手枪摔在地上,好几个人同时触电般向后一耸。

步重华面朝着众人,缓缓后退数步,停在吴雾身前半米处,扭头声音低哑地问:"你就没什么话要对我说吗?"

吴雾望着身侧黑暗的长夜,一言不发。

"吴雾,不管你说什么我都信。"步重华看着他苍白淡漠的侧脸,语调压抑但可怕地平稳,一字一顿道,"只要你现在开口,说什么我都相信。"

第 21 章

吴雩的表情似乎有一点奇怪,但那并不浮于面皮,因此连最细微的阴影变化都无法表现那瞬间的神态。

僵持的空气凝固住了,四面八方含义各异的视线都交织在他身上。漫长到静止的几秒钟后,他终于慢慢开了口,因为长久没发声而声音有一点嘶哑,但语气竟然非常平静:"我没什么能说的了。"

——确实没什么能说的了,该交代的林烃都交代清楚了,只是拿不出证据来而已。

这世上的道理就是这么无可奈何,哪怕全世界都愿意相信十几年中发生了什么,但没有那张盖了红章的薄薄的纸,再惨烈的牺牲、再铁打的功勋,也都会随之变得有点心虚,有点不踏实起来。

步重华还是坚持地看着他:"说点什么都行,告诉我们林烃说的是真话就行。"

"真话。"吴雩慢慢地重复这两个字,然后侧颊上阴影又微微一动,这次终于能看出是个短暂的笑影,"你不明白,步队,话语现在其实已经没什么意义了。"

他喊步重华"步队"。

步重华强行压抑着情绪:"不,吴雩,这世上的话只要出了口就有效力,你听我说……"

"我本来不叫吴雩。"

步重华一下停住了。

"我本来没有名字,也不知道自己到底是哪年出生的。村子里家家户户都吸鸦片,吸到了一定程度,就疯疯癫癫的,我爹娘也不例外。我刚会下田割草的那年他俩不知道怎么就死了,爹是一下子死的,娘临走前跟我说,她有个妹妹,年轻时逃难跑到了'外面'讨生活,如果有一天那个妹妹来找我,叫我一定要跟她走,到'外面'去过好日子,看大世界。"

步重华隐约猜到了那个"妹妹"是什么人，果然吴雩顿了顿，说："我妈走后大概第二年，有天村子里来了几个大人，其中有个女人我第一眼就知道了她是谁。因为她跟我妈长得简直一模一样，真的一模一样，连我跟她长得都很像。

"她就是解行的母亲。"

——那个非常好看的年轻女人穿着粉绸衬衣、白色百褶裙，笑容满面地蹲在小树林前，怀里抱着一个与自己极其神似的小孩。

那稚嫩的小脸紧绷着，自下而上拘谨地盯着镜头，二十多年前边境毒村血灰色的天空倒映在孩童眼底，映不出丝毫笑容。

"她想带我走，但同行的其他人却告诉她这次准备并不完全，虽然他们出境来到这里是正规合法的，但如果带个孩子回去，就要走偷渡路线了，所以她只能先跟那些人一起离开村庄。临走前告诉我说她有个跟我差不多大的孩子，叫作解行，今年七岁，不如以后我就叫作阿归，也算作七岁。她说最多再等一两个月，自己一定会回来，到时候就带我彻底离开，去一个没有鸦片、没有罂粟花、终年四季如春的大城市，和她的儿子解行一起生活。

"我相信了，我很高兴。你看，那一年我终于有了名字，还有了年龄，但我没想到那是最后一次见到她。"

吴雩伤感地笑起来。

"半年过去了，一年过去了，转眼十多年过去了。她一去不复返，从此再也没有回来。"

步重华艰涩地问："为什么？"

"我也不知道为什么，但真的很想知道，那毕竟是我这辈子第一个可能改变命运的机会。"说到这里吴雩也有一点自嘲，"直到十多年后，我因为保护玛银得力，终于在我们整个村子的'大东家'塞耶那里有了一定的地位，想办法从他手里争取到了第一次参与毒帮'买卖'的机会，就是跨境偷渡潜入北方，去监视和促成一笔跟塞耶有关的毒品交易。但其实我费尽心思是为了去见解行，当时我为了打听到他的下落，已经花了好几年的心血。"

步重华神情难以遏制地变了，他终于想起玛银死后那天晚上，在疾驰向医院的车厢里，吴雩满身是血靠在副驾驶座上，对他喃喃叙述那些错乱闪回的记忆片段——

"我第一次认识阿归，是在大二那年实习时，跟禁毒队实施抓捕任务，第一次见面他就救了我的命……"

"不好，两名卖家冲破包围圈正向消防通道逃跑！！"

"站——唔！……"

"你想死吗，小警察。那两人满裤兜的手雷，没看见？"

…………

"是的，故事里的一切情节都真实发生过，只是本应站在舞台中央的主角却早已与替身换了衣装。"吴雯短促地勾起唇角，拉成了一条平直的线，"而我当时去见他，动机很简单，就是为了问为什么他母亲最后没来。事实也没费太多废话，因为解行同样第一眼就认出了我。"

"你……我知道你。"树丛中只听见解行震惊发抖的喘息，他瞳孔一颤，难以置信道，"你是阿归？你是不是阿归？！"

那是他们第一次彼此对视，阿归本来以为这么多年来的期待、渴盼、失望和愤懑会让这句话难以出口，或一旦出口就歇斯底里；但实际上他比预想中的还要冷静。

他听见自己很平稳地说："我一直在等她。"

远处纷乱的抓捕现场和闪烁的警灯都霎时无影无踪，只有这两张无比肖似的面容彼此对峙，就像命运随手开了个恶劣的玩笑，许久才见解行咽喉颤抖着一滑："她知道，所以她去找了你两次。"

阿归一愣。

"那年她回来之后，便四处找人打点，很快又去了缅甸，她雇用的蛇头怎么也不肯继续冒险进入武装叛乱地区，只能打道回府。第二年她病了，切除了一部分……身体组织。等她病好之后爬起来、整装雇人，却已经来不及了，局势立刻再次恶化，你们村被那个叫塞耶的武装毒枭占领后彻底封锁了。她回来的时候说，每座村落都被坚兵重炮把守，每一块农田都被武装分子烧掉，他们像驱赶牛羊一样驱赶村民去种植罂粟。她险些就没能回来。"

阿归一动不动地站着，脑海空白。

他听见机关枪在树林中连珠炮似的响，烈焰覆盖村庄农田，迷彩卡车轰轰驶过燃烧的田埂；他看见一排排身穿迷彩服的士兵在爆炸中被掀飞上天，硝烟盖住了村民恐惧的痛哭与哀叫。

"她没能等到亲眼看见战火平息的那一天。"解行眼眶通红，说，"没过多久她就去世了，癌症复发。

"但妈妈直到过世都没有忘记你，阿归。她把照片留给了我，说你可能还活在这世上。

"她说如果有天我能找到你，一定要想办法把你带回来，从罂粟田的那一边带回到这人世间。"

……………

"小时候我以为解行的母亲背弃了诺言，实际上她最终都没有忘记找我。十年前我以为张博明为大义抛弃了卧底的性命，实际上张博明到最后一刻还在为我打算。"吴雩眼底满是血丝，站在烂尾楼水泥柱的阴影下，平静地望着步重华，"张博明、解行、胡良安甚至林烶，这么多年来我遇到的每个人都尽到了最大的努力，每个人都没放弃要把我从那地狱里拉出来，但所有努力最终都无济于事。内乱，战争，疾病，死亡……每一次命运的意外其实都是情理之中自然形成的结果，从最开始就写好了今天的结局。"

这个结局也并不全然是坏的。

当时无数人流离失所，被强行致残、毒哑之后赶进鸦片种植园当牛做马，死在罂粟田下的不计其数。在那个时代背景下，一个年幼的孤儿能存活下来，还能活到今天站在这里，已经是更多冤死亡魂想都不敢想的好运气了。

"你这样的人是不该去接触那些的，步队。你看着我好像跟你一样站在这平地上，其实你脚下是万里国土，我脚下是无数尸骸。"吴雩笑了笑，说，"我不想再踏着解行的尸骨往上爬了，他走的时候，身上已经伤痕累累。"

步重华被一股剧痛掐住了咽喉："可是——"

"冷静点步队。"这时江停不知什么时候已经走上前，从身后一拍他肩，"让他们先把吴雩带走吧，这件事不说清楚确实不行。"

步重华指甲死死掐着掌心。

他们三人站在靠近落地窗的墙角边，翁书记宋平等领导都站在差不多十来步远的大厅中。只有严娜看着江停，敏锐的直觉似乎嗅到了某种不安，下意识上前两步。

"你今天本来就不该坚持跟我们来到这里，万一闹出动静对你有风险。"江停顿了顿，又劝道，"还是走吧，让吴雩去说清楚就行了。"

步重华直勾勾盯着吴雩，只见他最后一笑，似乎有点伤感和遗憾，然后垂下视线向众人走去。

刚才闹起来要上手段，其实也是在混乱之中的话赶话，现在见吴雩放弃抵抗，主动向这边走来，几名领导紧绷到极致的神经都稍微一松。

江停也随之自然地向后退了半步，面朝众人转过身。

"你们让他说清楚。"步重华尾音微微战栗，问，"可是这种事现在还怎么说清楚？"

的确这世上要什么都能辨明论清的话，那字典里就不会有"冤假错案"这个词汇了。林烇也迟疑着一张口，刚想说什么，却见吴雯脚步停住，回头微微一笑："我知道已经说不清楚了，但该做完的事还是要去做完。"

所有人都一愣。

就在这时严峫失声："住手！"

话音尚未落地，步重华已心中雪亮，但一切都来不及了——江停的站位恰好背对吴雯，被他一伸手就掐住咽喉，闪电般拽到了自己身前："都给我站住！"

场面瞬间凝固，江停失声惊呼，被吴雯硬生生拖着疾退数步，哐当踩到了空荡荡的窗台边缘！

"别过来，否则我带着他一道跳下去！"

"给我住手！""严队！""快叫人快叫人！""步队还在这儿，不能叫人！"

林烇惊呆了，步重华也不知该如何反应，严峫像头暴怒的雄狮般被宋平全力死死拉住。场面就像点爆了的油锅，所有人都在吼，所有人都团团转，一个主任刚下意识掏出手机要打，就被翁书记手疾眼快夺下来一把砸了，怒吼："谁都不准报警！"

这话放平常简直是黑色幽默，此刻却没人笑得出来。

"给我弄辆车，摘牌、加满油、门打开发动好，车里放两千块现金。"吴雯冷冷道，"动作快，我知道刚接住林烇的那张网已经收了，现在跳下去我俩都是一个死！"

宋平怒吼："你别乱来！"

"放下江停，他没有对不起你！"严峫挣脱冲上两步，厉吼一字字振聋发聩，"解行为什么退学卧底你不知道吗，吴雯？你想承认自己是毒贩吗？你想在死后被人说是畏罪自杀吗？！"

这质问简直一针见血，字字都在往对方软肋上扎，但突然江停颤抖的声音响了起来："别……别怕，严峫。"

众多目光聚焦中，只见江停全身发抖，因为咽喉被钳制而发声困难："还……还记得咱们在元龙峡那会儿吗？"

严峫触电般一僵。

江停满面恐惧地朝着众人，那模样仿佛既强自镇定又非常文弱，但他仍然勉强颤抖着笑了一下："如果今天我死了，我就……我也要成为你心中不可超越的胜利者了。"

在场所有人中，除了他俩没人知道元龙峡发生过什么——刹那间严峫惊疑的视线与江停一碰。

"……"

严峫脊背紧绷的肌肉松了分毫，但混乱中没人注意到这一变化，只见他将信将疑地停住了动作。

"别废话。"吴雩整个人被挡在江停身后，冷冷道，"给你们十分钟，把车停在这栋楼东南墙下，不然江教授就没命了。"

这场景简直荒谬，云滇打包票送来的人被津海提拔成支队长，然后在津海一众头头脑脑面前绑架了出身恭州的建宁警院副教授，更可怕的是建宁市公安局刑侦支队支队长还正戳在现场眼睁睁看着。这锅丢出去都不知道该砸谁。

更荒谬的是，因为张志兴本人职业特殊，为了抓捕他而临时决定上演的这出戏根本没有准备，纯粹是吴雩和林炟通过电话向各位领导远程请示的——而考虑到万一消息走漏就无法将"茶马古道"一网打尽的原因，当时在市局开机密会议的二十来个市委领导，全都按照保密条例，一个不少地转移到了烂尾楼抓捕现场，连秘密潜入津海的步重华都没漏掉！

现在他们根本不可能把步重华藏起来然后再跑去报警，在场的本地警察只有宋平和市局几个技术主任。

气氛紧张得一触即发，几个主任仓皇望向宋平，宋平望向翁书记，翁书记铁青着脸思忖数秒，扭头吩咐："按他说的办，务必不要惊动辖区公安。"

几个人不需要他吩咐第二遍，掉头便狂奔出了烂尾楼。不多时有人奔回来，附在领导耳边小声汇报了几句，翁书记转向吴雩沉声说："车和现金都已经准备好了。"

吴雩一只铁钳般筋骨突起的手抓着江停咽喉，淡淡道："都让开。"

所有人面面相觑，步重华一张口想说什么，但又强迫自己忍住了，随着众人慢慢退向墙角。

吴雩没再看他一眼，用江停的身体作挡箭牌，靠墙慢慢挪到楼层铁梯边，然后一步步向楼下倒退。

宋平和步重华视线互相一对，当机立断上前，严峫也脸色阴沉地疾步跟了上去。

昏暗冷清的烂尾楼此刻却剑拔弩张，吴雩就这么挟持着江停，和津海市领导班子拉拉杂杂二十来个人对峙着，一方退，一方进，不远不近地互相缀着直下了五六层楼，直到第四层楼道拐角处蓦然一停。

吴雪胸腔不断起伏，从身侧窗口向外望去，一辆敞开门发动好的黑色轿车停在楼下工地上，车灯在暗夜里映出两点红光。

四层，楼体外还有支撑架，已经是个比较安全的高度。

从这个高度下去的话，追兵从楼梯赶到地面还需要一两分钟，逃跑时间会更加从容，等驾车开出可追踪范围后再释放人质也更加保险。

吴雪咽了口唾沫，在黑暗中看见身前的江停手指向后一动，那是个催促的手势。

"别跳，吴雪。"这时严娜却仿佛感觉到什么，颤抖的声线在上一层楼道里响了起来，"江停身体不好，这个高度下去他会有危险的。"

江停动作猝然一凝。

"对，你从一楼出去没事。"步重华也不太稳当，但总体还是维持着镇定和冷静，"我们不会跟上去，没人会阻拦你。你听我的，走大楼正门。"

"……"

江停顿住了，吴雪站在他身后，两人都看不到彼此的表情，但呼吸不由得都有点加重。

他们就这么站在楼梯拐角的阴影里，前方上一层挤着二十来个人，僵持中空气每一秒都在无声地绷紧、抽空，犹如利爪攫住了他们的心脏和肺，生生挤压出爆裂的血丝——

江停一咬牙，用力向后做了个极其隐蔽的手势，意思是快跳！

"吴雪！江停车祸在床躺过三年！"突然严娜失声怒吼起来，"你要是还有点良心就放开他，他做过开颅手术！他头真的不能——"

就在这一刻。

吴雪发狠向前一推，江停猝不及防，哐当撞上了楼道扶手；他顾不上站稳便猝然回头，身侧呼过一道劲风，是步重华从上层楼道飞身而下！

但他还是慢了半秒。

吴雪向后纵身，跃出窗外，寒风猛地灌进双耳；步重华竭力伸出的手只来得及触碰到他扬起的衣角，随即掌心一空！

"吴雪！"

身体急剧下坠，夜空越来越远，全部视野中只剩下步重华那张惊怒、悲哀、焦急的面孔。

那画面旋即被漫天飞扬的记忆碎片淹没了。

千万片晶莹剔透的雪花在风中盘旋，每一片都映出战火纷飞的岁月和陈旧泛黄的远景，映出无数个哭泣的、奔跑的、劳作的、挣扎的自己。吴雩在纷纷扬扬的大雪中闭上眼睛，他看见远方村头一个孩童幼小的身影，孤零零等待着，瞳孔中倒映出无边血色苍穹——

"我有一个孩子，今年七岁大，叫作阿行，不如以后就叫你阿归吧！"

"浴乎沂，风乎舞雩，咏而归——就是在安逸太平的人世间吹着微风、唱着歌，开开心心回家的意思。"

"阿归，有一天我会带你去到没有罂粟花开的地方，你可以和阿行一起上学念书，一起开开心心地回家！"

"没有罂粟花开的地方。"他心里喃喃地道。

刹那间风呼啸远去，时光在长河中溯流而上，回到十多年前，那座凋敝破败的边境村庄——

第 22 章

"你长得好俊呀，你叫什么名字？"
"……"
"大小姐问你话呢！还不赶紧回答？你死了吗？！"
"我叫阿归。"
"你叫阿归——你的身手好吗？"
"大小姐您别生气，他是我们场子里手脚最利索的崽子，就是有点闷，几棍子打不出一个闷屁……"
"我哪里有生气。"穿着彩褂戴满金环的少女眼珠一转，笑嘻嘻往山崖下一指，"看见那朵花了吗？"

顺着她手指的方向，一束风中摇曳的红花生长在对面峭壁上，离地面约莫三四丈，中间山崖笔直如削，稍微打滑便会坠落悬崖，摔得粉身碎骨。

连黑拳场大哥的脸色都变了。

少女却更加兴致勃勃："跳下去，把那花给我摘了。要是你能活着上来，我就奖赏你来当我的手下！"

继续待在黑拳场里总有一天会被人打残甚至打死，但当大小姐的手下却可以吃饱肚子，可以暂时脱离充斥血腥与惨叫的生活，对任何人来说都是毫无疑问的选择。

少年沉默的瞳孔微微缩紧。他转身走向悬崖，闭上眼睛吸了口气，然后在玛银兴奋的注视中毫不犹豫纵身而下！

那是玛银第一次心血来潮去当地的黑拳场，也是第一次见到十五岁的阿归。

大小姐对自己未来贴身保镖的最初印象就非常满意。

虽然他衣衫褴褛，伤痕累累，就像条经年累月被打惨了的狗，但他长得很俊秀，即便用最挑剔的眼光来看都称得上品相完美，是一条带出去见人会很有面子的狗。

少年如利箭般坠落,在山岩突起处勾越,三四米高度徒手落地,摘下那枝花咬在牙齿间;他转身三两下蹿上山腰,踩着簌簌掉落的石块爬上山崖,最后深吸气一翻身,唰然直上崖顶!

尖锐树枝在他侧脸、手上划出血痕,血珠一滴滴掉在砂石地上,但他仿佛完全感觉不到痛,走上前一躬身,沉声道:"大小姐。"

黑拳场里其他人都被镇住了,周遭鸦雀无声。

玛银眼底里闪烁着毫不掩饰的惊喜、满意和占有欲,她青葱般的指尖在少年脸颊的血珠上一抹而过,然后将滚烫鲜血抹在花瓣上,骄傲地扬头宣布:"从今天起你就是我的人了!"

少女时代的玛银对"残忍"并没有什么具体的概念,相反她很得意自己一直被人夸赞心地好、善良。她对符合自己心意的事物从不吝啬,为喜欢的花建造起玻璃温室,为心爱的小马空运粮草开辟马场,现在她看中了阿归,也愿意给他吃好的穿好的,甚至还慷慨地允许他学习念书。

这在金三角非常罕见,很多马仔到死也只会写自己的名字,阿归却如饥似渴地自学到了相当高的数理化水平,甚至在文学方面都具备了基本的素养。

一个人读书和不读书相比,气质、谈吐和思维方式是很不一样的,大小姐兴之所至的培养丝毫没有被浪费。在其后短短几年间,阿归成了她最引以为豪的贴身保镖——头脑冷静聪敏,身手精悍利落,甚至人都长得越来越俊秀;虽然他还是很沉默不爱说话,但训练有素、无所不能,让玛银在其他有钱大小姐和一众追求者面前享受到了很多又嫉又恨的眼光。

如果事情就这样一直下去,等玛银继承这座巨大的罂粟园后,阿归肯定会成为女毒枭最受重用的手下,这一点所有人都心知肚明。

玛银她爹塞耶也没觉得哪里不对,在他看来这个寡言少语的年轻人还是很有培养潜力的。所以几年后,阿归开始逐渐被允许了解帮派里的"日常业务",包括收割下来的罂粟如何存放,提炼厂和各个工坊的位置,以及帮派的合伙人和互相争抢地盘的仇敌。

也就是在那时,他接触到了"万长文"这个名字,知道这个姓万的在二三十年前,曾经是塞耶的下线销售渠道商之一,现在已经自立门户成为一方毒枭,摇身一变成了塞耶的竞争对手之一。

不过那时阿归并不知道万长文与自己年幼时所经历的那次灭门惨案有什么联系,更不知道他对自己十多年后的将来会产生怎样的影响。他还记得那个在父母鲜血中哭号的可怜小孩,但早已淡忘了对方长着一张怎样的脸。

应该已经被救走了吧——偶尔深夜梦回时他这么想，带着一点点难以克制的懊悔和复杂的欣羡。

如果不是那个小孩，或许他真能藏在车里，跟毒品一起偷渡出境，从此彻底离开毒帮的钳制。但也有可能中途就被人发现抓起来弄死，尸体往山沟下一丢，成为野狼豺犬的晚餐。

人生就像抛硬币，在硬币落地之前，正面或背面的概率是相等的，谁也不知道自己将迎来命运女神的笑脸还是死神干净利落的镰刀。

阿归改变命运的机会不多，因此对自己人生每一枚硬币都充满了珍惜，从不轻易将它抛出手。在玛银身边蛰伏了数年后，经过长期的信息收集和耐心准备，他终于如愿等到了再一次抛硬币的机会——塞耶允许他平生第一次参与毒帮做生意，跟人跨境去北方见一个将来可能非常重要的大拆家。

也许是命运奖赏他谨慎万全的准备工作，事情进展得比预先想象中的还要顺利，他甚至都不需要找机会脱离团伙，在交易现场外就遇到了他这么多年来苦苦寻找的身影，从身后一把捂住了他的嘴。

"站——唔！"

"你想死吗，小警察。那两人满裤兜的手雷，没看见？"

说完这句话后阿归松开手，解行猛然回头，触到对方面孔的同时一愣："你是——"

"解行。"毒贩马仔准确叫出了实习学警的名字，问，"你母亲为什么没有回来找我？"

解行脸色唰然剧变！

阿归就这么看着他，似乎有一点失望和伤感，向后退了半步。然后他开口想要说什么，就在这一刹那，不远处平地暴起怒吼："不准动！把手举起来！警察！"

阿归一回头，那是他第一次遇见张博明。

彼时的张博明还没正式进入特情组，也不如十多年后那么老练和谨慎。正因为如此，他当时还没来得及叫人就被解行劝住了，然后目瞪口呆地待在边上，听完了十多年前解行母亲与这个"毒贩马仔"之间的纠葛和承诺。

"但妈妈直到过世都没有忘记你，阿归。她把照片给了我，说你可能还活在这世上。

"她说如果有天我能找到你，一定要想办法把你带回来，从罂粟田的那一边回到这人世间。"

解行眼眶通红悲切，而张博明惊疑不定，来回扫视着这对血亲兄弟俩，不知道现在该如何反应。

　　阿归咽喉仿佛被巨大的酸涩堵住了，眼底干干的流不出泪，但也笑不出来。他条件反射似的仓促翘了一下唇角，那其实更像是一种痛到极致的痉挛。

　　"来不及了，"他一步步向后退去，摇着头喃喃道，"来不及了。"

　　他从八岁那年起就是个毒贩了。

　　风乎舞雩，咏而归。他没有等来吹着微风开开心心归家的机会。

　　呼一声风响，阿归徒手侧翻上墙，解行冲动追上前："别走！"

　　"十五天后码头仓库，一批两公斤的样品要交付给卖家，交易时间晚上九点。"阿归迅速丢下一句，最后扫视了张博明一眼，眼神已恢复到平静、冷酷和训练有素，"对方火力强，记得多带枪。"

　　张博明简直不敢相信自己的耳朵，等他反应过来，那年轻人已翻过墙头，眨眼间就消失在了错综复杂的后巷深处。

　　后来吴雩对步重华所叙述的回忆总体是真实的，但如同步重华所评价的那样，在关键的逻辑上确实无法自圆其说——十五天后的码头仓库里如果不是张博明帮忙，实习学警解行根本不可能把身受重伤的阿归从缉毒现场救出去，也不可能把他安全妥善地藏在离学校不远的一处民居内。事实上那民居根本就是张博明自己空置的房子，连各种处方药都是张博明托人开的，他甚至搞来了一点止痛用的杜冷丁。

　　"师兄说那天给你带了学校食堂的烧鸡，味道可好了，你一筷子都没动⋯⋯哎我老觉得，你是不是对师兄有点意见啊？"

　　"我不吃牲畜肉。"

　　"为什么？"

　　"过敏。"

　　解行估计也是第一次听说这世上有人对肉过敏，刚要追问两句，却见阿归靠在床头上翻看着他的教科书，头也不抬，说："不过我还是建议你离那个姓张的远一点。"

　　"所以你就是对他有意见吧！"解行哭笑不得，"师兄一直给咱俩打掩护，还给我弄了止疼药，到底哪里做得不对招惹到你了？"

　　阿归放下书，沉吟片刻后摇了摇头："我也不知道。"

　　"哎，你说你这人⋯⋯"

　　"我就感觉他脑子里想的跟咱们不是一回事儿，好像始终在盘算着什么似的。"阿归自嘲地"嗤"了一声，笑道，"也可能是我从没接触过他那种精英。"

阿归的成长环境注定了他跟正常人思维方式不同，解行对他好，那是因为他们是兄弟至亲；张博明也对他好，他就觉得对方可能另有所图。

但当时解行表示了不以为然，阿归也就没有继续争论下去。这是他第一次接触到张博明这种各方面都非常优秀的精英，虽然表面上看不出来，心里其实有一丝本能的气怯，也不敢确定自己的判断是不是出于隐秘的嫉妒和自惭形秽。

他没料到的是，自己的直觉并没有错。

张博明确实隐约生出了某种念头，或者说是一个非常模糊、尚不成形的计划。如果这个计划能够得以顺利实施，不仅未来几年间的巨大情报收益难以估量，甚至还可能在事成后圆满完成解行母亲的遗愿，让阿归"毒贩马仔"的身份来个天翻地覆的彻底改变。

但问题是，阿归愿意冒险吗？

毒贩马仔愿不愿意为了那枚高不可攀的警徽，赌上自己一无所有的性命？

张博明反复斟酌，终于在某天鼓起勇气，做出了一次非常微妙又谨慎的试探——他问阿归愿不愿意乔装打扮成解行，在自己的掩护下来公大校园，甚至去课堂上转一转。

很多年后吴雩回忆起来，都觉得那是自己生命中最惊喜、最难忘，像做梦般难以置信的一天。

第 23 章

其实在张博明下决心提出邀请之前，阿归就已经戴着帽子口罩，隐蔽低调地去大学门口观望过好几次了，甚至远远望见过学生清早跑操。当时除了他引以为豪的亲兄弟解行，还有一个年轻学生给他留下了非常深刻的印象，主要是因为解行每天都要不厌其烦给他来一遍场外解说。

"看见队伍最前的那个人了吗？他叫江停，是我的室友！

"系里稳定前三名，偶尔第一，射击成绩超厉害！

"打篮球也很好，上篮超帅的！"

………

吴雩在此生唯一踏进公大的那天被江停撞见，纯属一起突发事件，否则对江停来说那原本应该只是非常普通的一天。

那天早上出门前出了太阳，江停把洗过的制服挂在外面晾，中午天却突然转阴，湿气仿佛在酝酿着一场大雨。他想起解行这个时间段似乎没课，便发了个短信给自己的室友，让室友帮忙收衣服，谁知半天都没有等来回复，可能是手机没电的缘故电话也打不通。无奈，他只得一下课立刻狂奔回寝室，刚进屋天就完全阴了，豆大的雨点随之噼里啪啦打了下来。

"明天要用的制服你也不帮我收一下，给你发短信没看见还是怎么着……"

那段时间江停只是觉得解行有点怪，动不动就偷跑出去消失，一问就是跟张博明有约，还经常在学校食堂里打双份的饭。当时他好像隐隐感觉到了什么，但年轻的江停想象力再丰富，也不可能一下就联想到阿归的存在，更想不到穿着解行的衣服、躺在解行的床上、背影体形也酷似解行的那个人，其实并不是解行。

"对了，张博明约你钓鱼别去啊。"江停扭头望向上铺那背影，皱眉道，"怎么这段时间你俩老出去，你那课再不补该挂了，明白没？"

阿归在昏暗的室内面对着墙，一声不敢吭。

"解行？"

阿归之所以会躺在解行的床上，纯粹是渴望体验一下的心理在作祟，否则十分钟前他就应该离开寝室去楼下跟张博明会合。没想到就是这十分钟小小的贪念，让他被"传说中的江停"来了个瓮中捉鳖。

江停疑惑地走上前，哐哐敲了两下床架："你没事吧？"

"……"

"解行？你病了？"

阿归嗓子眼儿里含混地"唔"了一声，听起来非常嘶哑难辨。下一刻他感到有人顺着床架爬了上来，随即一只手在自己额前略一探："温度不高啊，难道是低烧吗？"

阿归又压低嗓子"唔"了声，听起来很有几分虚弱。

幸好阿归和解行从后背的角度来看根本就是同一个人，江停跟自己的室友之间也不是那种能扳着肩膀硬把人翻过来的关系。江停个性不好纠缠，对人的身体接触也就到摸一下额头为止了，他想了想说："你不舒服的话晚自习就不要上了，我去给你打瓶水回来吧，多喝热水。"

阿归第三次发出肯定的"唔"，终于听见脚步声远去，寝室门开了又关，那瞬间冷汗唰一下顺着脊背就下来了，他起身掀被一跃落地，半分钟都不敢停留，直接就奔出了门。

如果不是这一段小插曲，阿归的大学校园一日游简直能算作人生中最高光最完美的一天。但对江停来说，当他好不容易排队打水回来看见床上已经空了的时候，内心的感受简直能用"蒙圈"和"狐疑"来形容。

刚才那真是解行？

即便解行一直是个有点天真、有点跳脱的少年人，也不能突然反常成这样啊。

这段时间他身上到底发生了什么？难道突然谈恋爱了？

江停内心疑虑丛生，几次想找解行聊聊，对方表面矢口否认实则再三回避的态度都让他更加肯定其中有鬼。经过一段时间的打听和观察后，江停终于确定了自己最坏的猜测：这小子八成是谈恋爱了，对方还来自校外。

——那年月在公大谈恋爱不是小事，搞不好是要出大问题的，如果对方是校外的不明人士，甚至还能演变为非常严重的大问题。

在各种严峻的可能性面前，江停终于采取了行动。

那是个留校的周末，解行以"跟张师兄出去钓鱼"的借口再次溜出校门，他没发现的是这一次自己身后多了双不动声色的眼睛。江停如影随形跟着他穿过大街小巷，七歪八拐，十多分钟后在一处特别复杂的巷口失去了他的踪迹，于是江停记下路线和巷名后暂时撤退。

那天晚上当解行在上铺打着小呼噜的时候，江停再次偷偷起身，利用自己平时积攒下的一点小特权，无声无息出了校门，再次顺着路线来到白天那条巷子，站住脚后环顾四周漆黑的院墙。

周围院落破败安静，一束月光斜斜穿过篱笆，映出脚下弯弯曲曲的青石板路。

他的第一个念头是：还好，至少看上去不是录像厅、洗头房之类的淫秽场所，也不是非法棋牌室这种赌博窝点，解行还有救。

第二个念头是：等等，那家院子里晾的好像是解行的衣服？！

一件非常眼熟的淡蓝色制式衬衣静静悬挂在晾衣绳上，随着夜风轻轻摇动。江停踩着青石走上前，心底不由得愕然，下意识一摸——

就在这时，暗处铿锵一动，劲风陡然刺来！

江停想躲却已经来不及，心里霎时一沉。下一个瞬间那厉风却擦脸而过，当一声重重钉进泥墙，刀柄兀自颤动，赫然是把匕首！

江停瞳孔一颤，闪电般连退数步，仓促隐在角落黑暗中，紧接着吱呀一声门板被推开了。一道瘦削挺拔的身影走下布满了青苔的石阶，背对江停拔下匕首，然后脚步停在那里，似乎在迟疑什么。

少顷他终于略微侧过了身，视线投向荒芜的庭院。

——随着这个动作，月光映照出他一小片侧脸，落在江停难以置信的眼底。

"不好意思，刚才没看清是你。"那个人沉稳地开口道，"看来解行给你添麻烦了。"

那个雨天没收的衣服，昏暗屋里朝着墙的背影，仓皇而逃留下的痕迹，解行这段时间以来古怪的行径……所有异常都被串成一线，在江停脑海中隐隐浮现出匪夷所思的答案。

但他没有出声，也没有动，竭力压抑着惊疑不定的心跳。

两人就这么一个立在月光下，一个隐蔽在黑暗处，除了彼此的呼吸听不见其他任何声音。半晌江停只见那人一张口，似乎想解释什么似的，但略微犹豫后又闭上了。

"谢谢你来看我。"最终他稳当而简短地道，"天晚了，早点回去吧，注意安全。"

然后他拿着匕首，转身回到破败的小屋，从头到尾没有向江停藏身的角落看上一眼，吱呀关上了门。

江停回学校时走得很慢，他独自穿过深夜安静的大街，从头到尾慢慢地、仔细地思考分析这件事背后惊心动魄的迷雾。当他跨进寝室门的时候，结合解行这段时间以来的行踪、种种异常苗头开始的时间，以及日常生活中各种曾经被忽略的细节，已经差不多猜到了事情的整个大概，连张博明在这件事当中掺和了多少都猜得七七八八了。

所以当他动手把解行从上铺揪下来一巴掌拍醒之后，避免了所有弯弯绕绕和虚与委蛇，直截了当问：“你敢让张博明偷梁换柱把有案底的外人放进学校，是想让我去校办检举，还是直接打110？！"

解行整个人一下就清醒了，在昏暗的寝室里张着嘴看着江停，欲言又止半晌，终于无可奈何叹了口气："江停我错了，我只是没想到该怎么开口告诉你……"

"要是你也有一个躲在黑暗里的兄弟，你也会想办法把他拉出来。"

——黑暗深处见不得人的兄弟。

仿佛钢针刺进了江停内心最隐秘的角落，刺得他全身神经瞬间痉挛，耳鼓隆隆作响，那是他潜意识中有一架无形的天平重重砸在了地上。

但表面上那只是眨眼间的异样，江停深吸一口气，定了定神："到底是怎么回事，现在就原原本本告诉我。"

如江停所料，解行突然这么焦虑地高频率往校外跑，是因为校外的情况发生了一点变化——张博明通过观察阿归从公大校园回来后的一系列表现，觉得时机已经成熟，终于向兄弟俩坦承了自己目前尚不成形的想法。

他想让阿归主动回到玛银身边去，继续潜伏在边境毒帮里成为警方的线人。

解行的第一反应是：还回边境去？还卧底？不行！开什么玩笑！

解行毕竟不是刚进大学的新生了，他知道卧底就是千仞绝壁走钢丝，肯定不希望阿归冒这种粉身碎骨的风险。但张博明却比他想得更多，也更实际：首先阿归作为玛银的保镖是在那里挂了号的，他不可能一辈子在这里躲躲藏藏生活，否则这个定时炸弹一两年不爆，十年八年不爆，也总有一天肯定要爆，而且一爆肯定要连累解行的前程；其次阿归已经踏进过公大校园一次了，他已经亲眼见到过自己的同龄人是怎样享受充满光明充满希望的人生，他还能回到黑暗里去吗？他甘心吗？

另外张博明没有说出口的是，当时塞耶往大陆输送毒品的情况已经很严重了。塞耶贩毒集团根深蒂固，极难打掉，早已成了国内禁毒系统的心头大患。公安部门已经为这个毒枭牺牲了不计其数的人力物力甚至鲜血生命，如果能在他身边安插一颗直刺心脏的钉子，对边境毒品斗争的紧张形势来说，绝对是一个振奋人心的好消息。

至于危险，张博明的看法非常直接：这年头干什么都有危险，难道因为怕死就不去干了吗？林则徐虎门销烟还得冒着被秋后算账的风险呢！

阿归非常清楚张博明没有说出口的私心，对自己这个毒贩马仔为什么会被邀请去大学校园也心知肚明。他是个从不被命运施舍善意的人，当然知道一切鱼饵后面都藏着锋利的钩子。

他其实倒不是不愿意上这个钩，只是因为诸多犹豫和顾虑，没有立刻对张博明表态。

随便递一两次消息，破坏几次中小交易，跟长期卧底是完全不一样的概念。他知道组织里的叛徒最终都是什么结果。

张博明真的靠谱吗？能说服更高层级的人吗？办一两起涉毒案跟长期支持情报工作是两回事，他们是否真能成为自己"毒贩马仔"身后坚实的后盾？

但如果先不答应张博明，过了这个村就没了这个店又怎么办？

阿归在一口答应和从长计议之间反复思考，却没想到自己这举棋不定的态度落在张博明眼里，导致后来事情被极度复杂化了，甚至把解行也卷进了致命的旋涡中。

这个时候突然又发生了另一件事，打得阿归当场措手不及，不得不立刻结束思考做出了决定——玛银雇用的掮客竟然找上了门。

那天解行找了个周末可外宿的机会，趁着晚上带江停来到那个秘密小院，打算正式介绍阿归跟江停认识，却没想到老远就看见巷口隐约亮着车灯。江停一把拽住解行拉到墙角，透过砖缝只见三四个人正把阿归从院子里带出来，其中一个还在絮絮叨叨："大小姐知道你困在这里出不去，担心得不得了。我们趁这几天风声小，赶紧取道云滇出境……"

江停死死捂着解行的嘴，尽管他自己也得咬紧牙关才能不发出一点声音。

阿归穿着黑色兜帽衫，双手插在牛仔裤口袋里，车灯辉映出帽檐下挺拔的鼻梁和一小段下颌。他嘴角苍白冰冷地下垂着，像是这辈子都没提起来过一般，就这么走到敞开的车门边，突然略微顿住脚步。

"怎么了怎么了？"其他几个人一下紧张起来。

"……"

阿归扭过头，瞳孔深处映出月光下那条空旷的青石小径，良久平静地道："我本来想着这几天你们可能会来，但我以为是前晚或昨晚……"

顿了顿他又低声说："其实我一直坐在这院子里等着你们。"

解行滚烫的泪水一滴滴打在江停手指上，洇进指缝中。

"啊？什么？不好意思不好意思，"捎客茫然而惶恐，搓着手解释，"晚是晚了点，其实大小姐催得很急，我们也尽力了……"

阿归没有回答那捎客。他终于收回目光，钻进车门，红色的尾灯渐渐消失在夜色深处，只留下身后那座空荡荡的安静院落。

"他一直在等我，他在等我把他带回来……"

解行半跪在墙角边，一侧肩头用力抵着粗糙的砖墙，良久终于从臂弯中传出压抑的哽咽："不管付出多少代价，不管要花多少年，我都一定要把他从地狱里带回来……"

江停慢慢地蹲下，伸手用力拍了拍室友的背。

那天深夜惨白的月光，破败的深巷，以及解行含着滚烫血气的誓言，共同构成了江停脑海中对那年深秋最惨淡的记忆，很久以后他再想起，都会感觉到难言的钝痛。

大三那年，解行突然退学，不告而别。

江停疾步穿过宿舍走廊，嘭一声推开门，迎面只见光秃秃的上铺床板和一尘不染的锃亮桌面。解行存在过的所有痕迹都消失了，那个聪敏、开朗、像新生树木一样意气风发的少年从此退出了他的生命，甚至都来不及说最后一声"再见"。

解行最终走上了那条路，道路尽头有他想要救的人。

寝室安静得陌生，江停慢慢坐在床边，就这样一动不动地坐了很久。

第 24 章

　　探骊计划之所以必须囊括解行是有很多理由的，对情报传递来说解行是一条中间通道，对胡良安来说解行是一把不可缺少的安全锁，对阿归来说则是套上了咽喉的锁链，等他意识到很难把这道锁链从脖子上摘下去的时候已经迟了。

　　"23659！有人探视——"

　　那是解行入狱的第一天，阿归坐在探视间里发着抖，盯着他，对面那双熟悉的眼睛已经深深凹下去，眼底却又闪动着奇异精亮的光。

　　"你掺和这种事干什么？你念书念得好好的掺和这种事干什么？！"

　　"我来这里找你，我说过总有一天会把你从这地狱里拉出去！"

　　啪一声亮响，解行被一耳光打翻在椅子上，唇角当场就沮出了血。还没等他从头晕目眩中回过神，阿归已经粗鲁地把他拽起来，三下五除二扒了囚衣，又脱下自己的衣服，不由分说给他套上。

　　"你、你干什么？！"

　　阿归根本不理他，半跪在地换了两人的鞋，解行终于难以置信地意识到了他的意图："你不能这么乱来！你——"

　　"待会儿有人带你出去，路上不准说话，不准乱看，出去后有车把你送到掸邦的一个镇子上，那里有我提前打点好的房子和人。等你出去后联系张博明，跟他说看守所里的事不用他管了，虾有虾路蟹有蟹路，一切后手我都有安排。"

　　解行整个人简直震惊了，用极低的声音急促问："那安排好的计划怎么办？！"

　　"计划。"阿归简直要冷笑起来，"——张博明计划叫你在牢里待多久？"

　　"三个月。"

　　"姓张的怎么不自己来尝尝蹲大牢三个月是什么滋味！"

　　解行想解释却被他骂得无从开口，只见阿归余怒未消，向外一拍手，门应声而开，一个监狱工作人员探头进来使了个心照不宣的眼色，又关门退了出去。

阿归转向脸颊尚自红肿的解行，冷着脸道："我不管你们的计划是什么，到了边境这块地头就要听我的，想活命就得按我的计划来。还有——

"不论他们是怎么教你当一个好间谍的，从现在开始统统给我忘了，首先我要教你如何当一个能活命的间谍。"

阿归是对的。解行的确很有天资而且学习能力极强，但当一名好卧底却不能只靠学。时间赋予的气质、经历打造的意识、生死历练的本能，这些最微妙的细节都无法从特情组严苛的培训环节中得来，这也是当年特情组很多潜伏人员刚开始就折戟沉沙的重要原因之一。

阿归用了自己在边境积攒下来的所有能量和人脉去把解行从看守所里换出来，这虽然符合胡良安和张博明对阿归这个人的心理刻画和行为分析，但确实打乱了探骊计划已经安排好的行动步骤。

不过当时胡良安没空跟阿归计较这个，作为特情组总负责人，他手里放出了成百上千条线，探骊只不过是其中一条而已。在考虑到解行即便反水也不足以形成泄密威胁的情况下，他决定先把自己的人从锦康区看守所里撤出来，远远观望他们的下一步动向。

事情不出胡良安所料，时间没过多久，缅甸武装军车越境，从看守所里把阿归抢走了。

"大小姐！""大小姐慢点——"

玛银呼地推开门，大步走进屋，迎面只见阿归正从床上挣扎坐起身，二话不说，"啪"就是一个响亮巴掌，打得他脸颊顿时偏向一边，浮起了几道指印。

"大小姐来了！""大小姐！"……

阿归低着头摆摆手，几个小马仔心惊胆战赶紧溜了，连看都不敢回头看一眼。

"我就说你为什么回老家上个坟跟死了似的，还以为你躲着我结婚生子去了，再一打听你竟然被抓进了牢里！而且还是自愿顶替别人进去的！"玛银一手叉腰一手指着阿归的鼻子，尖尖的怒吼响彻屋外，"你到底背着我在搞什么名堂，知道我有多担心吗？那个人是谁，给我说！"

阿归声音嘶哑道："对不起大小姐，当时时间紧急，我怕你不同意……"

"知道我不同意还敢去！你！"玛银一扬手又要打，霎时只见阿归上半身裹满了渗血的绷带，俊秀的面孔苍白得毫无血色，那巴掌便挥不下去，恨恨地拍了下桌子，"那个人到底是谁？你俩到底是什么关系！"

"是我同乡亲戚的小兄弟。"阿归咽了口唾沫，低着头说，"这人从小就不争气，为了几个小钱跑去替牟山的强哥他们带粉，被条子抓了个正着。他听了条子的骗，为求宽大处理把强哥给卖了,我怕他进去被人弄死,所以情急之下才……"

"我说牟山那伙人怎么突然进去了呢,敢情是托你这兄弟的福。"玛银简直要被气笑了,思量几秒后眼珠一转,"真是你同乡的兄弟?怎么没听你提过?"

"我和您提过的,您忘了——他本来在'线那边'念书。"阿归自嘲地笑了笑,"念书嘛,也不屑跟我这样的人联系,念了几年没的念了,又想赚钱,就开始学人往道上混,一来二去地……"

"好了好了!"

毒帮里这种千篇一律的故事玛银听过没有一千也有八百,底层小碎催十个有九个都是这么入伙的。屋里安静片刻,只见她站在那里脸色变幻,不知道脑子里转着什么念头,突然问:"那人现在被你藏在哪儿?"

"山下镇子里。"阿归仿佛怕她多心似的,立刻解释,"我打算给他点钱,然后把他远远赶走。大小姐放心,绝不让他沾上半点咱们的事情……"

他要是旁敲侧击想把兄弟弄上山来,肯定会让玛银生出作为毒帮大小姐本能的狐疑,但他现在这种截然相反的表现,倒激起了玛银的另一种逆反心理:"等等,赶走?赶走干吗?"

阿归一愣。

"赶明儿带上来我看看,到底是关系好到什么程度的'兄弟',能让你心甘情愿替人挨打坐牢。"玛银妩媚地冷笑一声,上下打量阿归,眼底闪烁着毫不掩饰的嫉妒和怀疑,"你们那点名堂别想瞒得过我,我非要瞧瞧,那人到底是你的亲兄弟、表兄弟还是'干兄弟'!"

阿归无奈道:"大小姐……"

玛银哼了一声,转身扬长而去。

玛银让解行来见她的那天她特意盛装打扮,甚至还戴了满手的金镯和宝石,走起路来好似一株叮叮当当的罂粟花。不过这番折腾在见到解行的那一刻全落空了,她难以置信地打量着眼前这个畏畏缩缩、唯唯诺诺的痨病鬼,第一反应是嫌恶地往后退了退:"阿归,你兄弟不会吃粉吧?"

阿归似乎有一点难堪:"我已经逼着他在戒了。"

玛银心说"能戒才有鬼",又若有所思地打量片刻,升起了新的疑惑:"你俩长得倒有几分像,同乡亲戚?真的不是亲兄弟吗?"

阿归叹了口气:"亲兄弟肯定不是,血缘关系应该是有的。只是那年月大家四处逃难往外跑,父母兄弟几十年不见面,现在连同乡人都死得七七八八了,哪还分得清楚谁是谁家的孩子?"

玛银心想:你胡扯什么,要不是你爹在外偷生的,就是你妈跟野汉子生的,否则你肯替他挨打坐牢？

换作别人，这话玛银肯定当场就出口了，但当着满屋子手下的面，她不愿这么不给阿归脸，想了想便眼珠一转，亲亲热热挽起阿归的手："所以你能活下来多亏了我，你这辈子都是我的人，是不是？"

阿归沉稳地说："大小姐的恩情我一辈子都记得。"

如果玛银是她父亲塞耶，心腹手下肯替另一个来路不明的"小兄弟"坐牢，这种蹊跷的事情他根本就不会费心去怀疑、去查证，直接把两人都弄死就不会再有任何疑点了。但玛银当年毕竟还小，一个不满二十岁的小姑娘魄力到底有限，她只是让人去仔细查了"解千山"的背景资料，发现第一能跟阿归说的对上，第二能跟牟山强哥那帮倒霉鬼的口供对上，两下验证便相信了"解千山"的说辞。

其实她查到的所有信息都是张博明事先精心设计准备好的，而且她很多反应和心理状态，都完全落在了阿归的预料范围之内。

阿归把解行送到了罂粟园去看园子，这是玛银想出来的主意——或者说她以为这是自己想出来的主意。事实上这个职务对特情组来说非常好，因为第一解行有很多独处的时间和机会，否则隔三岔五就要在所有人面前装一次毒瘾发作实在太容易露馅了；第二他也能借此深入毒帮底层，获取大量碎片信息，再通过各种各样预先安排好的方式传递出去。

在卧底行动的第一年里，传递情报是一件比较困难的事，因为匿名通信手段并不成熟，毒帮的山头上也没处去拉网线找设备。所幸解行作为一个底层小马仔有很多空闲时间，可以通过下城镇采买东西、去黑赌场闲逛、跟其他马仔偷懒喝酒的机会，跟特情组在边境散开的情报网接头，把阿归打探来的一些消息传递给接头人。

阿归很少去罂粟园探望解行，第一是因为玛银不准，怕他被"白粉鬼"传染上毒瘾；第二是去得多了以后可能会在底层马仔中引发疑心。后来每次他得到机会去罂粟园时，都会抓紧时间跟解行在其他手下面前上演一出强迫戒毒和鬼哭狼嚎的好戏，为第二年解行"戒毒成功"做了很多铺垫和准备。

"解千山"被边境生活迅速地改造了。

如果说阿归在看守所见到他的时候，他还是个青涩冒失不成熟的少年，那么进入毒帮的第一年他就改头换面，第二年已经蜕变成了一个彻头彻尾的初中毕业小混混儿。他的气质、谈吐和行为举止都发生了巨大的变化，当年那些足以令他暴露的天真特质全都被打磨得无影无踪，取而代之的是狡猾、老练、贪小便宜和痞里痞气，在底层马仔中混得如鱼得水，甚至令人震惊地学会了说掸邦话，阿归再也不用费心帮他掩饰了。

只有在阿归面前，解行才会露出他被深深隐藏的另一面，热忱、乐观、忍耐而充满希望。那时候玛银过着挥金如土夜夜笙歌的生活，有时她故意不叫阿归陪同，他就可以偷偷来罂粟园，兄弟两人躺在漫天星空的草坡上，周围夜虫鸣叫，温暖湿润的夜风中拂过泥土清香。解行会絮絮叨叨畅想任务结束后的美满生活，畅想张博明会帮他们争取一个大大的功劳，畅想特情组帮阿归在一个繁华的大城市里落户；他怀念更多的是以前大学时光："不知道江停毕业以后去哪儿了。""不知道我还能不能回去上学。""要是可能的话，咱俩一块儿去念书吧！至少你也可以来大课旁听呀！"

阿归对张博明观感一般，便总是泼他冷水，说功勋什么的还是别抱太大期望比较好，能活着回去就万幸了。解行也不生气，还是不断对他许愿画"大饼"，画得阿归嘴上不相信，内里却不由得心驰神往，仿佛总有片雪白闪光的羽毛在心尖上挠。

"这是你什么时候文的啊？"有一次解行趴在他身边，好奇地瞅着他肩头的刺青问。

"十一岁下去打拳的时候吧。"

"干吗非要文啊？"

"人人都文啊。"

"那干吗文一只鸟？"

"鸟能飞嘛。"

解行点点头，随口念了一句："胡马依北风，越鸟巢南枝。"

阿归扭头问："什么意思？"

"胡马来自北方，所以依恋北风，越鸟来自南方，所以向南边的枝头筑巢。是比喻人思念故土的意思。"解行摸摸自己的后背，说，"不如我也去文一匹马吧，保佑我们将来都顺利完成任务回到北方，怎么样？"

阿归说："文身很疼的，而且面积大了洗不掉，你以后不考条……不考警察体检了吗？"

"对啊——"解行猛然想起，"那我以后考过了再文吧！"

阿归哑然失笑，用手肘拐了兄弟一把，解行哈哈大笑起来。

如果当初让他去文就好了，很多年后吴零想。

胡马依北风，越鸟巢南枝。那些苦难中闪着光的岁月，那些天真快乐的嬉笑打闹，其实早已在冥冥中埋下了悲剧的伏笔。

罂粟花田被销毁殆尽，转年沃土中长出了庄稼的绿苗。少年永远留在了那片土地下，再也没有回到北风中他魂牵梦萦的家乡。

　　"就是他！是他干的！""他是不是条子？""他们看到他拿了条子的钱！他拿了条子的钱！"
　　"拿他当肉盾下山！""打死他，打死他！"
　　……
　　外面炮声轰隆，地面隐约震动，缅甸军已经打上来了。刑房火把摇曳的阴影中，塞耶奄拉的眼皮下射出瘆人精光，每个字都浸透了毒汁："给条子打一针，打一针撬开他的嘴，拿他顶在前面下山。
　　"阿归，你去。"
　　那些怀疑的、凶狠的、贪婪血腥的视线闪烁在四面八方，就像荒野中一头头虎视眈眈的豺狼。阿归站在那里，眼前所有画面都在摇晃，光斑在视网膜上疯狂闪烁，耳鼓里像下暴雨般哗哗轰响。
　　混乱到极致的世界里，只剩下面前那一滴滴血。
　　那是他的血亲兄弟，他的信念篝火，他最明亮珍贵、引以为豪的另一半灵魂。
　　"东家！东家！大小姐来了！"
　　"我就知道是他！我就知道是他！别让他这么轻易死了！拿来！拿来给我——！"
　　"大小姐。"阿归听见自己颤抖的声音。
　　他看着玛银手上注射器冰冷的针头，所有情绪都在那一刻被更决绝、更恐怖的力量生生压平，冷静得可怕："大小姐。"
　　那三个字仿佛是死神扇动着黑色的羽翼宣告降临。
　　在那之后的所有记忆都被搅得乱七八糟，在无数个颠倒错乱的日日夜夜中，在无数个窒息惊醒的血腥梦魇里，就像一把刀时时刻刻凌迟他的大脑和心脏。
　　"让我带他走！不然我宰了她！"
　　前方轰隆巨响，地道唯一的出口被缅甸军炮火炸塌，碎石砂土飞溅，背上的人喷出大股大股鲜血。
　　"你为了他背叛我，你们都不得好死……"胸口上插着一把匕首的少女踉踉跄跄后退，濒死尖吼撕裂咽喉，"你们谁也跑不掉，你们都不得好死！"
　　手雷在阿归决绝的瞳孔中抛出一道弧，下一秒地道坍塌爆炸，眨眼埋葬了塞耶和争先恐后的追兵，大块大块碎瓦砖石暴雨般砸在他脊背肩上。
　　"马上就要塌了，你快走。"解行的血汩汩染红了两人的衣襟，他用最后一点力气喘息道，"快，别管我，你快走……"

"我不走了。"阿归坐在因余震不断晃动的地道墙边，在黑暗中紧紧抱着自己唯一的兄弟，声音沙哑道，"没有地方让我去了，我只有你。"

——张博明选择放弃他们，这意味着他并不打算遵守一旦抓住塞耶就帮阿归洗白的诺言。而现在想来，那被他们无比珍视的诺言其实从最开始就显得异常轻描淡写，甚至根本都没有从特情组任何人嘴里亲口说出来过，只是通过解行简单转达了一句，更没有片纸只字能够曝光在光天化日之下。

谎言编织了他们从地狱爬回人间的唯一悬丝，而悬丝注定要断裂，他们只能双双摔回万丈深渊。

"咱俩就在这里坐一会儿，待会儿就可以一起回家了。"阿归贴着怀里那冰凉的面颊，喃喃地问，"你不是要带我回家的吗？"

"不，阿归，"解行绝望地喘息着，一字一句费力地说，"你不能留下，你要往前走……"

你要往前走。

阿归咽喉剧烈痉挛着，解行竭力抓住了他的手，兄弟俩滚热的鲜血顺着掌缝融合在一起。

"只要你用我的名字活下去，别为我报仇，别为任何人报仇，一直往前走——"

"只要你永远别回头，往前走——"

黑暗中大颗大颗的泪水一滴滴打在手背上，与鲜血融合在一起，洇进摇撼动荡的地面。

只要你一直不回头，就不会有人知道这地底埋葬了一个叫阿归的名字和一具叫解行的尸体；只要你永远往前走，就可以带着我的灵魂穿过死亡和地狱，回归万里之外遥远的故土——

你的名字永刻地底，我的灵魂向死而生。

总有一天我们都将得到永远的光明和自由。

第 25 章

玛银出乎意料地没有死。缅甸军炮轰良吉山的同时，受到鲨鱼委托的黑桃K闻劭派人驻扎在现场附近，轰炸结束后顺手把她从坍塌的地道里挖出来弄走了，然后一把火烧了整座山。

烈焰能够洗涤这世上所有的罪恶。

山火熊熊遮天蔽日，过去二十年间这片土地上发生过的一切统治、动乱、奴役和财富，都为解行年轻的生命做了殉葬。

来年转春，硝烟散尽，肥沃的黑土地上生出了庄稼绿苗。

至于玛银，她昏迷了半个多月才醒，完全是凭着仇恨才挣回来这条命的。醒来后她听说整座山都已经被黑桃K放火烧没了，便挣扎着要人去废墟里挖阿归和解行的骸骨出来鞭尸泄愤。然而鲨鱼跟黑桃K那会儿正忙着追踪霍奇森被中国武警重火力押解的事，自顾尚且无暇，没兴趣更没时间理她，她只得含恨作罢，两个月后用塞耶留下的最后一点捐客人脉远去了异国他乡。

此后十年间，这段往事在认识玛银的捐客们中间衍生出了很多版本，但没人能想到"解千山"竟然没死，更不会有人知道那张画皮下已经换了人。

"绘制结束，召回画师。"

三个月后，佤邦腹地某乡镇中，短短八个字的解密信息在老式电脑屏幕上荧荧发亮。

褪色的塑料窗帘严严实实拉着，屋角堆着血迹干结发黄的绷带，行军床床头的木柜上七零八落摆满了半空的药瓶、烈酒和消毒剂。昏暗的屋子里充斥异味，回荡着阿归一声声嘶哑粗重的喘息。

从良吉山逃出围剿圈后，他在混乱的金三角腹地躲了起来，虚弱饥饿到极点，求生欲几乎断绝。在无数个被病痛和思念折磨的深夜，他直勾勾看着手里上了膛的枪，想着只要闭上眼睛扣下扳机，这一切就都结束了，所有生不如死的绝望和痛苦都可以在瞬间得到解脱。但每一次他把枪口塞进嘴里的时候，都有种更悲怆和愤恨的力量拽着他，让那食指不论如何都扣不下去，就好像解行的灵魂在身后死死地抓着他的手。

别回头，往前走。

他已经不再是那个毒贩马仔阿归了，他要带着"解行"这明亮而荣耀的姓名，余生永不停步地往前走。

这期间特情组一直在疯狂地找他，或者说是找他俩，然而所有音信完全断绝，秘密电台、接头人、情报网全部都联系不上，上级一度以为他们都牺牲在了良吉山。直到三个月后，从极度虚弱状态中稍微恢复的阿归终于打开特情匿名通信系统，看到了这段时间以来张博明留下的所有暗号，基本只重复了一个意思：救援没有找到你们，你们是否已经遇险？

撒谎，阿归牙缝里咬着一腔冰冷血气心想。

根本没有什么救援，全是撒谎。

他当时万万也想不到，张博明没有说谎。

虽然特情组并没有收到求援信号，但张博明不是白痴，两国边防联合围剿的战场有多危险他怎么可能想不到？在抓捕霍奇森的命令下达后他立刻就向胡良安做了申请，边防武警特地分出了一支小队来专门搜索他俩，一旦确认危险，立刻实施救援。

但问题是，在没有求援信号的情况下，张博明不会派出专门针对抢救暴露卧底的最高级别境外力量来实施救援，而边防武警派出的人不论是武装级别还是优先程度都相对逊色，而且因为缺少求援信号的精确定位，在当时混乱的战况下根本找不到他们！

阿归缠满了绷带的手指剧烈抖动，几乎用尽全身力量才一字字输入"没有遇险"，然后断然关上电脑，向后重重仰躺在了狭小的行军床上，用力捂住脸，许久发出一声负伤野兽般悲痛的哭号。

他不敢跟张博明对质，更不敢在这时接受召回的指令，甚至不敢提起"阿归"死了。

他必须伪装红山刑房里的一切都没有发生过，没有暴露，没有遇险，更没有死亡；他必须在地狱里继续待上足够漫长的时光，漫长到所有人看见他，都会以为那是解行十几年甚至几十年后的模样。

阿归拒绝了特情组召回的指令，并且在此后长达两年的时间里深度潜伏，游荡于周边国家边境的各个毒帮，偶尔用匿名通信及秘密电台传递一些线报，但很少亲自面见特情组在金三角布下的接头人。

他每天都会对着镜子，用极其苛刻的目光打量自己，从眉眼、鼻唇、脸颊的角度甚至下颌的弓弧这种细节中寻找解行的影子，但总能绝望地发现更多不同。

解行是完美的，解行眼睛里是灿烂的光明和信仰。

而他瞳孔深处只有阴霾、残忍、畏惧，以及无边无际的血灰色苍穹。

岁月如白驹过隙，解行死后的第二年，特情组秘密电台收到了"阿归意外身亡"的丧报，张博明立刻要求召回解行，但随即收到了拒绝并要求继续潜伏的暗号。此后数年间，画师不断潜伏在各个疑似跟暗网有合作来往的小毒帮，致力于破坏"马里亚纳海沟"在金三角布下的贩毒网，先后摧毁了好几条暗网贩毒物流路线，令鲨鱼在东南亚地区的扩张受到了极大掣肘。

解行死后的第六年，另一名被国际刑警通缉多年的大毒枭试图通过与鲨鱼合作，逃亡半途中被伪装成制毒工的画师一举抓获，边防将制毒工厂连根拔起。此事传出后毒品市场巨震，远在北美的鲨鱼也勃然大怒，但就像当年亚瑟·霍奇森突然被捕一样，他死活也查不出问题到底出在哪儿。

他只能隐约感觉到自己这些年来似乎一直生活在一支狙击枪的瞄准镜里，镜片后的那双眼睛冷静、耐心、坚定得可怕，不动声色注视着自己的一举一动，食指从未离开过扳机分毫。

这次抓捕让特情组受到了国际禁毒组织的发文褒奖，深受鼓舞的胡良安下令把绝大部分情报资源都集中在了画师这条线上。

在其后的三年中，画师成了特情组刺向金三角最坚不可摧的刀锋。

解行死后的第九年，因为接头人暴露牺牲，"画师"这一传奇名号被意外泄露，一夜之间传遍金三角，无数大小毒帮闻之色变，恨不能食其肉寝其皮。同年，鲨鱼受到远东大毒枭的邀请，来到中缅边境开拓一块利润巨大的长期市场，在那里他见到了一个风度翩翩而训练有素的年轻人，带着三分笑意上前一握手："您好 Phillip 先生，胡老板派我来接应您的车队，接下来的三天里您的安全将由我全权负责。"

那个年轻人皮肤素白，头发乌黑，眼神专注而明亮，没打领带的黑西装贴合他精悍瘦削的身材，言谈举止永远都令人如沐春风。

鲨鱼若有所思："我听说你们这块地方，最近几年被警方破坏得很厉害，其中有个特工神出鬼没，他的代号叫作'画师'……"

"是吗？没有那么厉害吧。"年轻人微笑道，"真有那么神出鬼没的话，说不定本身就是恶鬼索命一样编造出来吓人的传说吧！"

鲨鱼一哂，不以为然，心想：画师那样的存在，你们这些普通人估计也不会明白。

传说中的恶鬼永远无法爬到阳光下变成人，恶鬼花了九年才终于意识到这一点。

他没有与解行越长越像，反而是越来越不像了，哪怕是去地下整容诊所百般询问，对方也没有足够的技术手段去弥补神态、气韵、眉目转动间无数细微的千差万别，甚至有些整容师根本看不出他跟解行画像有什么不同："先生，这不就是你年轻的时候吗？""帅哥你瘦了好多呀，你胖一点说不定能年轻点哦！"

没用，他心里清清楚楚。

那些不知道"毒贩马仔"阿归的人，会以为解行只是被十二年生死岁月折磨得形容瘦削，改变了细微样貌；但张博明绝对能一眼看出其中致命的区别，把他从人间再度打回地狱。

他没有办法带着解行的姓名回归故土，但他也许能挣脱所有束缚，继续向更深的地狱前行——

围剿行动当天，警方赶到前十分钟，鲨鱼从监控镜头里看见那个年轻人下到负三层，打开了角落里的一扇暗门。

毒枭终于认出了这么多年来紧贴在自己身后的那道血腥脚步属于谁。

"十年前，我最得力的手下霍奇森在东南亚落网，但用尽了办法都查不出纰漏到底出在哪儿，最后便以为警方只是多了点运气。直到一年前，画师终于在我眼前亲身出现，我才意识到原来这么多年过去，我出售芬太尼、建立冰毒厂、架设深网匿名服务器，让国际刑警都束手无策，却始终没能走出他的狙击范围。

"他是画师，他是我命中注定要迎接的战神，也是我一生到死都摆脱不了的索命厉鬼——"

一年后，津海。

一辆黑色云滇牌奥迪停在津海市公安局南城区分局门前，林烃拉起手刹，熄了火，温和地道："吴雩。"

副驾驶位上那年轻人有一张苍白疲惫的面孔，眼睫沉默地半垂着，天生嘴角略微向下。

"张博明的骨灰今天在云滇烈士陵园下葬了，我有两句话想对你说。"

"……"

"人生就是不断向故友告别，再不断与新人相见的过程。我们经历的每个人、每件事、每一次喜悦与伤痛，都是成就我们本身的一部分，放下并不代表遗忘，更不意味失去。那些半途而散的遗憾和无可奈何的错失，都会在将来某个注定的时间点等待你我，等待与我们再次相见。"

"而在那之前，"林烓看着他，轻声说，"你还有很长的路要走，会遇见很多新的面孔。他们可能会在未来成为你的故交知己、同袍战友，甚至可能成为家人，一路走到人生最后，走到我们所有人都在另一个世界里相聚的那一天。"

长久的沉默后，吴雩终于回过头，平淡地吐出两个字："是吗？"

林烓注视着他，眼底深处闪烁着无奈和伤感，吴雩推开车门走了下去。

灰色的刑侦支队大楼高高矗立，警徽于天穹下反射出亮光。吴雩眯起眼睛，退后半步，那沉默威严的金盾仿佛随时要当头斩下，本能的恐惧从心底油然而生，风中仿佛有声音在耳边不断叫嚣——

快跑——

你不属于这里，快跑——

"你就是新来的吴雩吧？"

吴雩收回竭力仰视的目光，只见大楼台阶上站着一个人，身量很高，面若冰霜，深蓝警服严厉整洁，周身萦绕着难以接近的气场。

"我是津海市公安局南城区分局刑侦支队支队长步重华。"那人顿了顿，似乎犹豫了下才伸出手，"从今以后我是你的领导，希望你爱岗敬业，融入集体，把支队当作自己的家。"

当成自己的家。

吴雩望着步重华悬空的掌心，咽喉上下一滑，慢慢把手背到身后，低下头含混说："知道了。"

步重华皱起锋利的眉，一言不发收回了手，转身向大楼里走去："跟我来吧。"

"这是队里新来的小吴，从今以后就是大家的同事了。"

"你知道吗？很多年前，也曾经有一个人这么拉着我跑出火场。他跟我说只有活下去才能报仇……"

"吴雩？你要是现在辞职走了，你就抓不到'五○二'案的凶手了。而且你也抓不到那个泼汽油纵火的人了。你还记得他的声音吧？你记得他是怎么想弄死咱们的对吧？"

"我来晚了。回我家。"

"别叫他毒贩马仔！"

"我看谁敢上铐。"
"吴雩，不管你说什么我都信。只要你现在开口，说什么我都相信。"
"吴雩！——"

——寒风灌进双耳，身体急剧下坠，步重华竭力伸出的手在高空中越来越远。

原来从一开始就没有彼此握紧过，吴雩想。

从故事的最开始，他就把自己沾满鲜血的手背到了身后。

下一秒，烂尾楼下空地上嘭地腾起烟尘，飞沙四散扬起；汽车引擎轰然发动，如伤痕累累的困兽挣脱牢笼，向远处无边无垠的黑夜呼啸而去。

第五卷 .005
矿井制毒案

TUNHAI 大结局

第1章

一周后，津海市茂县。

县城街道寒风瑟瑟，刚过五点，天就蒙蒙黑了。步重华拢紧大衣，向左右迅速扫视一眼，快步来到街角一处隐蔽的电话亭边按了几个号。

"喂？"

听筒那边响起宋平压低急促的声音："你怎么不用保密专线？"

"手机被鲨鱼监听了，到处都有人跟着，来不及去接头点。"

"什么事这么……"

宋平"急"字没出口，就被步重华紧绷到极致的声音打断了："为什么对吴雾下协查通报？！"

宋平一时哽住，目光落到面前的内部传真件上，几个小时前刚发出的"紧急协查通报"六个黑体字下，吴雾的正面高清图和身份证号格外刺眼。

"目前只是公安系统内部启动紧急预案，设立区县卡口和出市卡口，还没有把吴雾的身份信息往社会上散发。他目前暂时应该……应该还是安全的。"

"这不是安不安全的问题！"步重华克制不住咬牙怒道，"吴雾只是有问题没说清楚，他不是罪犯，你们这样反而会把他暴露在鲨鱼面前！"

"我也不愿意那样干，但他跑了！"宋平吼声比步重华还大，"他是唯一知道你所有潜伏计划但又不在专案组控制内的人，你让我怎么办？万一他带着所有信息把你卖了怎么办？万一他已经投靠鲨鱼了怎么办？万一他觉得当年解行死得冤枉，要替他报仇怎么办？！"

"他不会出卖我，但你们这么做等于在把他往鲨鱼身边推！"

宋平匪夷所思问："你自己听听你前后两句话是不是自相矛盾？"

步重华在大街嘈杂背景中呼了口气，意识到自己再怎么解释都没用。

鲨鱼对画师微妙复杂的心理正常人都没法理解，对专案组领导就更说不通了,再说下去也只是浪费时间,他们是绝对不可能撤回协查通报的。

"——如果,"步重华用力抹了把眼睛,加重了语气问,"如果我能在三天后的行动中亲手抓住鲨鱼,然后把吴雩带回来,能不能换来一个前尘往事一笔勾销、从此让他彻底自由的机会?"

宋平略一犹疑,抬眼越过办公桌,靠墙沙发上翁书记正和另两名公安部领导面面相觑,片刻后其中一名年纪格外大的老领导盯着宋平,极其轻微地点了一下头。

宋平会意。

"你这么干等于是在跟我们谈交易,我没法给你作保。"宋平转向话筒顿了顿,然后话锋一转,"但如果你能做到,我敢肯定,专案组对你所有意见的倾向性都会非常、非常大。"

这个答复虽然没把话彻底说死,但已经算给出暗示了。

步重华低头深深吐出一口滚烫的气,没再多说什么,抬头丢下"知道了"三个字便要挂电话,听筒那边宋平急忙问:"等等!可你怎么把吴雩带回来?你上哪儿找他去?"

步重华说:"我有渠道。"然后他干净利落挂了电话,向周围一扫,匆匆走出了电话亭。

啪!

盖满了油腻尘土的电灯泡应声亮起,昏黄光晕照亮了老式厨房。

一小锅水在炉灶上咕噜噜滚沸着,吴雩拆开挂面,倒进去半包,看着面条一点点变软,把洗好的菜叶和生鸡蛋打进去搅了搅,这时门外传来哐哐几声响。

"有人吗?快递!"

吴雩没关火,把手随便往牛仔裤上一抹,去外间打开门。出租屋外是黑暗狭窄的弄堂,一个快递员打扮的精瘦男子正裹着冬夜风雪站在那儿,上下打量了他两眼,一声不吭递来个纸箱,点头走了。

吴雩关上门,单膝跪在杂乱的玄关水泥地上拆开纸箱,把塑料泡沫随意堆在门角,拆开层层包裹的报纸,终于露出了里面沉甸甸的物品——

一把手枪,一把匕首,二十发子弹。

里间窗虚掩着,随北风传来弄堂左邻右舍的饭菜气息和说笑动静,间或响起电视机里热播剧的主题曲。

出租屋里空荡安静,吴雩沉静的侧脸纹丝不动,熟练地把枪拆成零件,对着低矮的灯泡一样样仔细检查完毕后,把零件重组为枪,装上弹匣,塞进后裤腰,然后起身走回了厨房。

面条和蔬菜已经完全软烂了,汤汁咕嘟嘟冒着泡。他连盐和油都没放,随手关上火,一边用筷子搅碎小锅里的面一边吹着气走回外间,穿过不知何时出现在玄关和墙边的几名保镖,拉开椅子坐在餐桌一侧,低头吃了两口热气腾腾的面。

一只手从身后按在他肩上,鲨鱼在耳边微笑道:"你从暗网上买枪的时候,就应该能想到我会跟来,是不是,画师?"

吴雯置若罔闻,甚至没把一屋子荷枪实弹的视线当回事,在众目睽睽之下稀里呼噜吃了大半碗面条。

他吃相远说不上优雅,吞咽前甚至不太咀嚼。老旧灯泡和袅袅热气仿佛为他加了层滤镜,皮肤朦胧素白,五官光影都非常深,鲨鱼若有所思的视线落在他锅里的面汤上,少顷只见他终于放下筷子,随手一抹嘴,平淡道:"我今天心情不好,建议你说话的时候注意一下。"

鲨鱼慢慢地浮现出一丝笑意,拉开老式木头八仙桌对面的一把椅子坐下,温和地道:"我听说中国人会在亲人去世的那天为他们烧纸,作为纪念他们的方式。待会儿你会出门为解警官烧纸吗?"

吴雯动作一顿。

"你是什么时候知道的?"片刻后,他终于问。

"我跟各个国家的很多警察打过交道,我知道一个特工最多能伪装成什么样,也熟悉各种卧底不同的潜伏方式。所以一年前我与你分别后,你曾经的一言一行、一举一动都在我脑海中不断重复回忆,逐渐让我生出了非常大的怀疑。"

"为了调查这些怀疑,玛银死后我离开中国,去了她的家乡,终于从当地村落的很多痕迹中逐渐拼凑出了一个匪夷所思的猜测。"鲨鱼微笑地看着吴雯,说,"感谢警方对你发的那张协查通报,当我亲眼看到它的一瞬间,我就知道所有猜测都成了真。"

吴雯垂着眼睛,定定望着面前稀烂的小半碗面。

突然他搁在桌上的手手背一沉,是鲨鱼探身握住了他的手:"但我还是不明白,画师,他们怎么能这样对你?"

"……"

"跟我走吧,他们不会再相信你了,让我带你去真正自由的土地。"

狭小低矮的房间里明明站了那么多人,却丝毫不闻呼吸声,只有窗缝里传来的外面冬夜呼啸的风声。

站在吴雯身后的那名保镖无声无息举起枪,枪口悬空对着他后脑,食指隐秘地按在扳机上，但没有扣，所有人都在屏声静气等待着他嘴里说出的那个答案。

一口答应还是断然回绝？

只要有一个字不符合鲨鱼的预期计算，下一秒眼前便要血溅三尺，任凭传说中下凡的战神也不可能逃脱！

"你想听我说什么答案？"过了不知多久，吴零终于在周遭众多视线中自嘲地笑了声，"骗人很容易，骗自己却很难。从解行走的那天开始我就告诉自己要当一名警察了。"

他完全没有发现脑后半尺处黑洞洞的枪口，从鲨鱼掌心里抽出手，重新拿起了筷子，疲惫地道："直到现在，我还是想当个警察。"

空气仿佛凝固了，持枪的保镖简直不敢相信自己的耳朵，半响终于彻底垂下了枪口。

与之相对的是鲨鱼却在微微战栗，尽管隔着风衣看不出来，但他自己能感觉到一拨比一拨更加强烈的兴奋正顺着每根神经冲上脑髓——画师没有一口答应他，甚至没有欲擒故纵！

他是真的被通缉到走投无路，这不是他跟警方里应外合设下的局！

"你真的想回去当警察，还是你以为自己想当警察？"鲨鱼瞳孔已经因为激动而变成了灰蓝色，但声音却控制得很好，甚至笑了起来，"你知道吗，画师，为什么当年我愿意用八十公斤五号海洛因交换你，直到最后一刻都没怀疑你就是警方的卧底？我见过那么多乔装打扮的警察和惺惺作态的特工，为什么只有你身上没有任何可疑的味道，只有你跟无数个失败的卧底都不一样？"

"你——"

吴零脸被迫一抬，鲨鱼从木桌另一侧起身抓起了他的下颌，居高临下微笑道："因为你心里就是没有那种东西，你身上的气味跟我相同，从第一眼见到你的时候我就知道你不可能成为一个警察！"

"住手！""放下！"

保镖大惊失色而上，只见吴零刀锋横顶在鲨鱼捏着他下颌的手腕上，每个字都是从牙缝里忍无可忍逼出来的："你给我闭嘴！"

鲨鱼根本不以为意，轻蔑一笑松开手，从保镖怀里夺来手机，径直拨出110："你不是想当警察吗？行，给你个机会。"

吴零瞳孔无声放大，只见鲨鱼一扬手，直接把接通了110的手机扔给他："告诉警察我在这里，也许他们会看在你通风报信的分上让你回警队，要不要试试？"

"您好，津海市110报警服务台……您好？"

屋子里一片死寂，只有周遭粗重的呼吸此起彼伏，吴雩紧攥手机的五指因为用力而变色发抖。

"您好，请问有什么可以帮您？这里是津海市110报警服务台。"

"……"

吴雩不住喘息，胸腔急剧起伏，少顷，突然把手机重重砸在了墙上！

哐当一声稀里哗啦，手机被生生砸成数块，墙灰碎石与破碎屏幕溅了一地。吴雩用力捂住面孔，修长手指不住痉挛，骨关节皆尽变色，从掌心中发出一声声难以遏制的沙哑喘息。

"你没有那么想穿上那身衣服，画师。"不知何时，鲨鱼已经起身来到了他身后，双手紧紧按在他抖动的肩膀上，在耳边轻柔地道，"我对解警官的牺牲感到非常沉痛和遗憾，我愿意为他修建一座华丽的墓地，或者立一尊塑像，但你不能用他来……"

吴雩声音沙哑道："住口。"

"你不能用他来欺骗自己。因为你心里根本没有那些东西，跟他们也不是同类，你跟我才……"

"我让你住口！"吴雩猝然抬头吼道。

鲨鱼彬彬有礼地抬起双手，站起身拉开了距离。

——你跟他们不是同类，你跟我才是。

吴雩眼珠血丝密布，挺拔的鼻端也微微发红，刀削般的嘴唇因为情绪激荡而染上了微许血色，在喘息中微微张着。

所有人都密切地观察着他，看着他在短暂的崩溃后深呼一口气，突然唇线紧紧一抿。这个冷淡而强硬的动作似乎代表他迅速收敛住了情绪，然后他摇了摇头。

"我不想骗你，Phillip先生，我没法成为跟你一样的人。"

鲨鱼听见这个称呼，神情似乎有点缓和，但接下来的话又让他脸色变得不那么好。

"即便你把我带走，我也不可能发自内心成为你忠诚的下属，所以接下来不论说什么都是没用的。今天是解行的忌日，我一直想去那个世界与他重逢，如果想杀我，今晚是你唯一的机会。你自己决定吧。"

吴雩站起身，收拾起碗筷和匆匆吃了几口的晚饭，对这满屋子枪口视若无物，就这么平淡甚至木然地走进厨房，少顷传来了哗哗的洗碗声。

几名保镖不敢吭声，空气中流动着诡谲的气息，没人敢看鲨鱼那极其难看的脸色。

刚才那名拿枪的手下试探地轻声问:"老板……"

还要不要把这个人强行弄走?

或者,是杀还是不杀?

成排平房外,巷口。

摩托在夜色中熄火,全身黑色冲锋衣的骑手摘下头盔,无声无息贴在墙角,眯起眼睛向远处望去。

崎岖不平的石板路尽头,那辆被他跟了一路的吉普车停在院落正门前,车身看似老旧普通,不远处却有两个裤兜里鼓鼓囊囊的男子来回晃悠着,漫不经心扫视周围夜幕,两人之间互相没有交谈,行动中却透着隐蔽的凶狠。

那是鲨鱼的手下。

骑手向后退了半步,视线向四周一扫,黑暗中的路线、地形、障碍物已——尽数印进大脑。然后他助跑两步,一跃而起,两米多高的墙头他单手一撑,凌空越过,消失在了院落的后门内。

哗——

吴雩把筷子冲刷干净,随手往白瓷砖铺的台面上一放,把煮面的小锅涮了涮,动作突然微微一停,眼角向身侧瞥去。

厨房窗框积满了经年油烟,水汽在玻璃上氤氲出白雾,隐隐映出远处的路灯,突然昏黄光影一闪,似乎有什么东西紧贴着外窗台晃了过去。

吴雩像是被某种迎面席卷而来的力量定住了似的,良久才从水流下伸出手,将玻璃窗上的白雾一抹——

一只熟悉的手掌从外面几不可闻地拍了拍窗,霎时与他隔着玻璃,掌心相贴。

"……"

吴雩另一只手微微不稳,在玻璃上擦了两把。穿过冬夜的朦胧雾气与遥远路灯,那熟悉到极致的身影正伫立在风雪中,俊美面孔与他隔窗相望。

是步重华。

水龙头依旧哗哗作响,那些杀人不眨眼的毒贩还守在外间。隔着厨房薄薄一道墙,没人能看见他们的掌心正紧贴彼此,吴雩面色苍白、疲惫而茫然,步重华的目光却火烫,隔着玻璃窗一遍遍描绘他的每一寸眉眼轮廓,许久后终于开口做了四个字的无声口型:"别、跟、他、走。"

第 2 章

哗哗水声停止，吴雾走出厨房，一边用布擦手一边转身面对众人，平淡地问："考虑好了吗？"

他穿着黑色高领毛衣，袖口挽在小臂上，脸和手上的皮肤都是那种灯光无法渲染的冷白。鲨鱼紧紧地看着他，他却没有看任何人，只低头在擦手，这个角度让他乌黑的眉角眼梢都形成一道修长的弧度，鼻梁光洁挺拔，嘴唇又异乎常人地淡而薄，那是一种看上去就很不好说服的面相。

"我可以不带你走。"鲨鱼沉吟片刻，终于说。

——老板竟然改变了主意。

周围几个随时准备动手的保镖都登时一愣。

"你对我可能有点误会，画师。我既不需要你的忠诚，也不需要你成为下属，我只是希望你可以获得自由。"

吴雾的手在毛巾里一顿，鲨鱼起身走到他面前，语气竟然非常柔和："你应该明白这自由是没法从警方手里得到的，否则当初你也不会在重重封锁的大楼里留下暗门。即便当时我被捕而你逃脱，那道暗门也只能让你去往东南亚更加贫穷、混乱、毒品泛滥的地方，也许你能成为一名出色的雇佣兵。不过相信我，你这种外形和内在条件，在那种朝不保夕的环境里没有任何自由可言。"

"如果你跟我走，事情就不一样了。"鲨鱼语气微微一转，变得更加低沉而富有诱惑力，"你可以去我在希腊附近的私人岛屿，岛上有渔民、集市和码头，你可以在那里平静地居住，或者乘船出海打鱼。你见过温暖的地中海吗？见过海洋你就会意识到陆地上的一切道德束缚都是那么令人厌倦，你可以享受那种无拘无束的平静生活，直到老死。"

温暖湿润的海风，自由漂流的小舟——哪怕不是对一个前半生伤痕累累的通缉犯，对任何人来说这都是难以抗拒的诱惑。

吴雪短促地笑了一声："可能我付不起那么高昂的租金呢，Phillip 先生。"

"你不需要付出任何代价，也不用参与任何暗网或毒品交易，我所有的岛屿都为你终生开放，只有一个条件。"鲨鱼低头盯着他，两人距离近得几乎相贴，每个字音里的冷酷都凛然可辨，"不准与我为敌。"

"……"

"如果你不为我工作，那么也不准为任何人工作，包括各国警方、其他毒贩以及我的各种竞争对手。除此之外，你想做什么都可以。"鲨鱼终于抬起头，恢复了彬彬有礼的风度，微笑道，"我甚至可以想办法帮你说服步支队长……现在该叫步老板了。当然，这得建立在你不是想弄死他的基础上。"

鲨鱼大概这辈子都没给人开出过这么优厚的条件，更别说花费那么多心机了。如果换个人来，可能现在会比较受宠若惊才对。

吴雪在众目睽睽中张了张口，但又闭上了，没有出声。

只要答应就可以离开这里了。

哪怕只要点点头，就可以彻底离开这颠沛流离的土地和晦涩不明的未来，所有担忧、孤独、愤怒和绝望都灰飞烟灭，异国他乡平静悠远的，甚至可能优裕的生活触手可及。

"往前走，阿归。"隧道里含血的喘息声声在耳，那是解行最后绝望的叮嘱，"用我的名字活下去，永远不要回头，一直往前走……"

"别跟他走，"转眼风雪冬夜里，那熟悉的面孔隔着玻璃窗凝视着他，琥珀色眼眸里满是火热的恳求，"别跟他走。"

…………

吴雪终于笑了笑，那笑意非常疲倦，而且明显只是客套而已："算了吧。"

三个字刚出口，周围那些保镖的脸色都变了，鲨鱼闭上了眼睛。

"我还没想好以后要做什么，也不值当你费那么多心思。"吴雪随手一拍鲨鱼的肩，自嘲道，"谢谢你，Phillip 先生，我只是太累了。"

他抬脚走向内屋，但就在擦身而过的瞬间，鲨鱼突然睁开眼睛，半空中一把抓住了他的手！

"三天后我要在码头跟步重华交易一批货，完事后会立刻离境，如果你想跟我一起走，到那时就去码头找我，有人会接应你。"

"这三天时间是我给你最后的考虑机会。"鲨鱼扭头附在吴雪耳边，声音轻得仿佛耳语，"相信我，失去味嗅觉比你想象中的严重，你需要立刻接受治疗。"

吴雪瞳孔微微放大，鲨鱼定定地注视着他，终于一点头，带人走出了这简陋的出租屋。

冬季萧瑟的前院外，秦川正从吉普车上下来，见状"咦"了一声："人呢？"

鲨鱼大步上前，脸色并不好看，正要钻进车门，动作却突然一顿。

"Phillip先生？"

鲨鱼蓦然抬手，眯起眼睛望向周围。

他们脚下凹凸不平的石板路向着昏暗的夜色深处延伸，远处平房区尽头有一片黑漆漆的自行车棚，几辆摩托互相挤着停在绿色的塑料棚下。风卷着枯叶刮过地面，发出刺耳的擦刮声，突然只听——扑棱棱！

麻雀飞过枯树梢，一个手下松了口气，顺口说："是鸟！"

鲨鱼却脸色瞬变，突然回头直勾勾望向院落后墙，打了个凌厉的手势示意手下闭嘴，然后助跑数步，干净利落一个上墙！

扑通！

鲨鱼闪电般落地，一抬头。

眼前空空荡荡，一条弯弯曲曲的幽深小巷通向黑暗，尽头是吴雯那间出租屋的厨房后窗，此时正透出灯光。

"喵呜——"一只受惊的野猫飞快跃过墙头跑了。

"老板！""Phillip先生！"

几个手下都匆匆赶来压低声音，只见鲨鱼望着眼前空空如也的死胡同，脸色阴晴不定，半晌轻声问："步重华在干什么？"

秦川立刻拿手机发了条短信。

——与此同时，上百公里外一家夜总会包间门口，一名侍应生打扮的男子偷偷摸摸靠近门缝，隐约只听里面传来喝酒、打牌、扔骰子的动静。这段时间，他一直盯梢的那个步重华也在里面，嗓音非常熟悉，正一边喝酒一边跟他那个叫田丁的胖伙计说话，好像是在吩咐什么点货的事情。

"明天记得把水汽去一去，上下都压好，数量再点一遍……"

"是是，我知道，这还用您吩咐吗？"隔着一道门的包厢里，田丁坐在沙发上对着录音机大声道，"我办事您放心，等过完了这遭，咱们下一批货就该出了，敞亮得很！"

录音机沙沙运转，连个停顿都没有，下一句话接得天衣无缝："行，先拿两包上来验货。"

田丁："得嘞！"

包间里另有一个衣着暴露的妈咪和几个戴金链、文身、马仔模样的便衣，此时几个人互相交换了个眼色，妈咪起身端起酒盘——赫然是化了浓妆的孟昭，她叼着烟踩着高跟鞋开门出了包间，与门外那鬼鬼祟祟的侍应生撞了个正着。

174

"干吗呢，堵在这儿！"孟昭娇声呵斥，兜头把酒盘往侍应生怀里一塞，"开酒去！"

侍应生生怕被认出来不是这里的人，哪敢在妈妈桑跟前露脸，慌忙接过酒盘点头哈腰地跑了，直到走廊拐角后才松了口气，摸出手机匆匆回复了一条短信，左顾右盼片刻，蹑手蹑脚消失在了防火门后。

"盯梢的说步老板跟他那个叫田丁的伙计，带了几个生意上的人，叫了个妈妈桑在屋里喝酒打牌，隔着门能听见他们商量事情。"秦川放下手机，神色自然如常，"没什么问题，步重华应该还不知道警队里发生了什么。"

鲨鱼一动不动盯着死胡同尽头那昏黄的厨房后窗，目光叵测不明，半晌终于收回视线，缓缓道："留几个人盯住这里，画师见了谁，说了什么，买了什么东西，统统记下来向我汇报。"

"是！"

几个手下顿时在平房周围散开，鲨鱼转身向外走去，秦川紧随其后，笑着说："刚才我们来的路上老板你说过，这次要么带走画师的人，要么带走画师的尸体……"

"改变主意了。"鲨鱼说，"我想让他自己主动来找我。"

秦川多少有点意外地"哦"了一声："他会吗？"

鲨鱼钻进车门，吉普亮灯发动，缓缓倒出了狭长的石板路。路灯下寂寥安静的庭院越去越远，车胎碾过乡村漆黑颠簸的砂石路，北风从破瓦间呼啸而过，灰白的冰霜覆盖在枯黄草地上。

"会吧！"半晌，鲨鱼淡淡道，"画师曾经亲口说过，他在这世上最恨的两种人是我和警察。如果他对我能如此铁石心肠，那对警察也不该毫无底线地犯贱才对！"

秦川若有所思点头，这时只见鲨鱼突然伸手拍了一下驾驶座。

司机问："老板？"

"告诉刚才留下的人，三天后不见画师出来，点个煤气罐，把那片房子炸平。"

连秦川都微微变色，司机慌忙："是！"

鲨鱼向后靠在椅背上，脸色在交错光影中晦暗不清。

吉普车尾灯消失在烟尘弥漫的道路尽头，鲨鱼留下的几个手下还在附近转悠，吴零收回目光，脚步无声无息，走进了出租屋后窗的死胡同。

后窗玻璃外侧残留着一道不清晰的五指印，但最后一丝炙热的温度已经消散了，只剩下冰冷坚硬的玻璃板。吴雩手指轻轻在那指印上滑过，闭上眼睛片刻，不知道脑海中在想象什么，神情略微有些怔忪。

——他没有让那短暂的软弱持续太久，数秒后面无表情地睁开眼睛，用力把指印一擦。

就在这时，一只手从身后伸来，紧紧按住了吴雩覆在玻璃上的手！

"抓到你了。"步重华在他耳后颤抖地声音沙哑道。

吴雩没有回头，甚至没有任何动作，他就这么一动不动站在步重华身体与水泥窗台的空隙间，半晌小声说："你竟然敢跟鲨鱼的车，胆子太大了……回去吧。"

"你让我回哪里？"步重华反问。

吴雩没有出声，也许是不知道说什么，少顷才低声重复道："回去吧……"

步重华不为所动，远处小路上盯梢的脚步近而又远。直到那咯吱咯吱声暂时消失在巷口尽头，吴雩盯着昏黄玻璃窗上隐约倒映出的人影，声音轻轻地问："你还记得烈士陵园里我对你说的话吗？"

"……"

"我说咱俩不是一个世界里的人，但那时你不明白，我也没法解释。其实我们本来不该有交集，但你是解行走后这世上唯一能让我看见光亮的人，所以我忍不住想追逐那光亮。"

吴雩眼底似乎有一点微微的伤感，但在玻璃倒映中模糊不清。

"三天后不论行动是否成功，不管你能否抓住鲨鱼，你都会成为烈士或者英雄……我希望你成为世人瞩目的英雄，但那其实已经跟我没关系了。回去吧。"

"我不需要被世人瞩目，"步重华轻声说，"我只想活着回来，带你一起回家……"

仿佛有种夹杂着冰碴的热流从脊椎冲上脑髓，流向四肢百骸每一根神经，吴雩站在那里，按在玻璃上的五指微微痉挛。

"哎，再往那边看看！""仔细点，别漏了！"……

盯梢的马仔又转回来，咯吱咯吱的脚步远而又近。

"是我一直在追逐你……

"你带着火种一路往前走，一路不停也不回头，是我在后面拼命地追逐你……"

寒风带着他们交错的气息，吹着哨子掠过层叠砖瓦，掠过嶙峋枝杈，将步重华一字字酸楚的尾音消散在天空下。

"只要你肯停下脚步等我几天，我一定能活着回来，来接你回家……"

盯梢的脚步越来越近，马仔出现在死胡同口，疑惑地向里望去，厨房后窗外泥泞的空地空空荡荡。

昏暗深处，吴雩独自紧贴在泥墙夹角里，脊椎骨硬硬抵着肮脏冰冷的墙面，一手紧攥着胸前衣底银白色的吊坠，指骨变色发青，刺痛却无法被减轻分毫。

脚步声渐渐远去，他手上曾被紧握住的余温也终于散了。许久，吴雩竭力仰起头，发出一声极度压抑的、无声的喘息。

第 3 章

三天后,某高速公路。

一辆小货车沿公路行驶,左侧是冬季灰蒙蒙的荒原,右侧是不断起伏的海潮。后视镜中映出后座上堆积的木板货箱,一排排垒得严严实实,在密闭车厢里散发出难以言喻的味道,随着车辆行驶微微晃动。

步重华收回目光,副驾驶位上一个四十来岁精瘦三角眼的男子叼着根烟,揉着鼻子笑道:"不是我说啊步老板,您这货味儿可真够熏的!"

"是,十六箱蓝金在货箱里,后座上堆了三十箱熏肉。"步重华也叼着根软中华,一边开车一边漫不经心道,"你们不懂运货的路数,快到年关了,提前备点儿年货,对你对我都好。"

三角眼一脸"原来如此"的表情:"怪不得我们老板要跟您做生意呢,果然……懂得多啊!哈哈哈哈哈哈——"

步重华应和地笑了两声,想起什么似的看了一眼油表:"对了,Phillip 先生到底在哪儿等这批货,咱们还剩多远啊?"

"不急不急。"三角眼立刻笑着摆手,神态非常轻松,但目光一直警惕地向侧视镜瞟,"步老板顺着我的指示往前开,到地方了自然有人接货,放心!"

步重华点点头,向副驾驶位扫了一眼,自然地道:"把你那边车窗推上去点,风大,冷。"

"行。"

…………

"把你那边车窗推上去点,风大,冷。"

四公里外的高速公路检查站已经被布置成了临时指挥中心,当步重华平淡随意的声音从耳麦中传出来时,控制台前的专案组领导们同时精神一振。

许局蓦然抬头与宋平对视,紧接着宋平转向五桥区分局局长侯邃,毫不犹豫地打了个手势,侯邃立刻会意地切换指挥频道:"这里是指挥中心,7号观察点回话,7号观察点回话!"

杨成栋的声音从车辆行驶的背景中传出来:"7号在!"

"目标车传出暗号,你车跟进太快,已经引起对方接头人警觉了,撤下来换车!"

"是!"

白色小货车内,步重华有一搭没一搭跟三角眼聊着天,眼角隐蔽地向左侧后视镜一瞥,只见公路尽头那辆若隐若现的五菱宏光果断转向岔路,很快就消失不见了。

三角眼一直不动声色注意着后面那辆已经开了十多公里还没换道的车,见它终于拐弯下了高速公路,突然"哎哎"叫起来:"往左拐往左拐!"

话音刚落,王九龄不用宋平吩咐便迅速探身转向技侦组,屏幕上的GPRS[①]实时监控红点被调整、放大、再放大,显示出高速路目标路段图,一辆白色小货车正左拐向高速公路出口呼啸而去。

"报告,目标车辆往高速公路8号出口以南去了,前方是一片集装箱堆场!"

指挥台后所有领导同时露出喜色——那片集装箱堆场,肯定就是鲨鱼安排好的交接地!

宋平抓起卫星电话:"准备清空目标路段,诱饵车按批出发,特警突击队包围码头,只要收到步支队暗号就立刻行动!"

"是!"

"就这儿,看到那C3区的牌子没?"三角眼向挡风玻璃外指点,"我们老板就在那仓库里等你,开进去吧。"

傍晚阴灰天幕下,仓库巨大的铁门已经打开,里面黑洞洞的,什么都看不清。步重华扶着方向盘的掌心微微潮湿,但面上一言不发,把货车开进了码头C3区仓库大门里。

轰隆一声重响,身后铁门缓缓闭合,紧接着黑暗上空嘭嘭嘭几声,灯光接连大亮!

步重华闪电般环视四周——

这是一间巨大的机船仓库,可能已经废弃不用了,空气中飘浮着积年机油的味道,单从地理位置来看确实是毒品交易极其隐蔽的中转点。几名荷枪实弹

---

① 一种基于全球移动通信系统的无线数据传输技术。

的保镖分别围在车头前，看着非常眼生，而且比一般马仔训练有素得多，手里拿的赫然都是微型冲锋枪！

三角眼一溜烟跑下车，赔笑道："秦老板！"

步重华瞳孔骤然一张。

脚步声从仓库深处传来，保镖略微让开一条路，紧接着只见一个穿着浅灰色大衣、面相十分斯文俊雅、鼻梁上戴着一副银边眼镜的男子越众而出，客客气气地向步重华一点头，边打手机边脚步不停："是，人和货都到了……好的，我明白了。"

他摁断手机通话，抬头笑道："步先生。"

——是秦川！

可是鲨鱼呢？

这么巨额的交易，这么重要的验货，鲨鱼怎么可能不亲自来？！

与此同时，码头外围。

"3号突击组就位！"

"8号突击组就位！"

"观察哨就位！"

越来越暗的天幕下，十六支刑警或特警组成的小队从四面八方包围了集装箱堆场，借着地形和天色的掩护，分批逐步向目标仓库靠近。

特警大队长蓦然停下脚步，一手冲锋枪一手竖起二指，身后特警依次隐蔽在集装箱后："指挥中心指挥中心，我方已到达目标地点，请指示！"

指挥台后的所有人都望向宋平，然而他浓密的眉毛却渐渐皱起，眼底射出了狐疑的光。

"不可能啊，"他匪夷所思地轻轻道，"难道鲨鱼还没有到？"

下一刻，所有人都听见监听麦中传来了秦川含笑的声音："步先生别介意，鲨鱼老板临时有点事耽搁了，说让我先验货，等十六箱蓝金全部验完他就来。"

宋平猝然回头，正对上长桌顶端翁书记的视线，两人都从对方眼底看到了难以掩饰的不安——

开箱验货！

他们根本没有十六箱货，他们的计划明明是鲨鱼一现身就立刻发动围剿！

"开箱验货？"步重华微微笑着重复道。

风从高墙上的通风扇里呼呼灌进来，仓库深处一排排机械零件货架隐没在黑暗中，只有这块停车的空地上明晃晃的。秦川负手站在两三米外，看上去似乎有点抱歉，说："是。按道上的规矩，这么巨额的交易肯定是得正主亲自来验货的，现在这样实在是不好意思。"

步重华脸上的笑意一点点消失，语气也冷了下来："说声不好意思就完了？"

秦川问："那您想怎么样呢？"

步重华站在货车门边，似乎对周围黑洞洞的冲锋枪枪口毫不在意，冷笑了一声："交易有交易的规矩，而规矩不仅代表尊重，更意味着保障。既然你们完全没有遵守规矩的意思，那我看这生意也不必做了，我直接把车开回去吧。"他说着掉头就走。

秦川扬声："您留步！"

话音未落，只听咔啦几声，保镖纷纷如临大敌上前，所有枪口同时对准了步重华——然而步重华还没来得及发作，就只听身后秦川厉声喝止："住手！都下去！"

保镖你看我我看你，都退了两步，剑拔弩张的气氛登时一松。

步重华转过身，没人能看出他背上已经出了薄薄一层汗，但只见他脸上仍然挂着那一丝明显的嘲讽："怎么，还想杀人灭口不成？"

秦川对那话里毫不掩饰的挑衅置若罔闻："您多虑了，杀人灭口这种事我从来不干，我只是不明白一点——鲨鱼今天并不是不来，只是路上有事要耽误一会儿，这也是人之常情。如果十六箱蓝金货是真的，最多十分钟后他就会亲自现身，步老板有必要顾虑这十分钟的不合规矩吗？"

步重华一言不发。

"诚然道上的规矩非常重要，但在咱们今天的生意面前好像也没有那么重要吧。"秦川顿了顿，话锋一转，"另外还有一件更至关重要的事，步老板让我非常不明白。"

"什么事？"

"步老板是刑警支队支队长出身，是吧？"

"是。"

秦川镜片后的视线盯在步重华脸上，似乎能穿透皮肉看进大脑里去，话里的客气却还是丝毫没变："既然是咱们内部专业出身，那您就应该知道眼下最关键的一点——靠近年关时高速路上的临时流动检查站非常多，原车开回被警方抽查的概率比您刚才出城要高不止十倍。也就是说，为了这十分钟的不合规矩，您竟然愿意去冒不止十倍被抓捕的风险……"

周围所有同伙脸色都真正变了。

"不值当吧，步老板。"秦川微笑道，"您不愿开箱验货的真正顾虑到底是什么，现在能告诉我了吗？"

许局拍案而起："这姓秦的怎么这么厉害！"

宋平没吱声，但如果仔细观察就会发现他鬓角已经湿了，眼底神情止不住地发沉。

秦川当然厉害，不厉害不可能从黑桃K身边反水，帮严娜击毙了金杰，还能在建宁公安的重重监视下逃出境外，再保着鲨鱼来回偷渡了整整三次。

步重华无法脱身，现在怎么办？

特警强行开火会放跑鲨鱼，撤退又会前功尽弃，而车上那十六箱蓝金里只有一箱是真的。一旦秦川验货，步重华这条命当场就完了！

现在他们要怎么办？！

每一秒钟都似乎被拉得极长，空气中似乎有根看不见的引线渐渐燃至尽头，火药一触即发——

"我真正的顾虑？"

步重华缓缓眯起眼睛望着秦川，与那透明镜片后的眼睛彼此注视，片刻后突然古怪地一笑："既然这样我就直说了吧，其实就一个字——钱。"

钱。

这个答案不仅超出了指挥室里所有人的意料，也明显让秦川非常意外，他不由得"哦"了一声："怎么说？"

"我虽然很少亲自出面做生意，但对流程是非常清楚的，大笔生意在开箱验货之后要立刻打总价一半的定金，交付之后再打另一半尾款。如今正主没出现，也就是说我的定金并没有保障，说不好验完货之后你们会不会立刻把我打成筛子，玩一出空手套白狼。"

步重华随手一抛货箱钥匙，又啪地稳稳接住，声音平淡而不乏嘲讽："我们之所以来做这一行，为的就是一个'钱'字，被抓捕吃枪子的风险在我看来那都是其次。所以今天如果拿不到定金，就是把车原路开回我也不能把货留给你。你说是不是这个道理，秦老板？"

啪、啪、啪。

秦川一下下拍手，心悦诚服道："不愧是曾经做到正处级的人，是我小瞧步先生了。"

宋平捏着耳麦的手指一松，听见长桌边好几个人同时出了口气。

步重华一勾唇角，懒得啰唆，转身就要上车开走。

但就在这时秦川朗声道:"慢着!"

秦川摸出手机,低头操作了一会儿,不知道是在跟鲨鱼发消息还是做什么。步重华盯着他那反光镜片,看不清他此刻是什么表情,心头陡然升起了一丝不妙的预感,紧接着只见秦川抬头诚恳道:"步先生的顾虑非常有道理,是我疏忽了,应该向您道歉。

"为了表示我的歉意,定金已经打进了您的比特币账户,请查收吧。"

——啪!

宋平反手把笔往桌面一拍,简直不知该作何言语,这姓秦的在说什么?

他竟然能调动鲨鱼的巨额资金?!

专案组事先演练过很多种突入计划,包括如何破门、如何包抄、如何进行火力压制,甚至如果步重华被劫持该如何实施营救……但谁也没想到,秦川竟然能独自主持验货,而且能在验货之前,就先闭着眼睛把巨额资金漫天撒出去!

这要不是连人种都不同,专案组真要怀疑秦川是鲨鱼的同胞亲兄弟了!

连翁书记的脸色都变了:"老宋……"

宋平一抬头,与翁书记对视,清清楚楚看到了对方眼底里欲言又止的话:没办法了,行动吧。

特警已经包围码头,足够把整个交易现场包抄,虽然抢先行动有可能放走他们最大的目标鲨鱼,但至少能抓住公安部一级通缉犯秦川。如果抓住秦川之后连夜突审,运气好的话也许能把鲨鱼锁定在北方,事情就还有转圜的余地!

但如果再不行动,步重华可就真要丧命了!

众多视线都聚焦在宋平脸上,只见他胸膛不断起伏,多少种念头在大脑中闪电般形成,又彼此激烈冲突,他慢慢拿起下达命令的卫星电话——

就在这时,一只手突然按住了话筒。

是严郦!

"不,还没结束。"严郦语调紧绷沙哑,眼底闪动着奇异的光,"步重华还没给我们发暗号。"

——发出暗号,还是按兵不动?

只要按下手机上#号键,电波就会把预先设置好的"目标出现,开始行动"的暗号传给指挥中心。码头已经被特警包围,顷刻间便能破门而入——

四周静得可怕,短短数秒却漫长得像是过了几个小时,步重华定定地看着手机屏幕上的虚拟货币户头。

终于他抬起头，微微一笑，把手机放回裤兜："秦老板，你这手笔可真是出乎我的意料啊！"

他这个动作似乎让秦川大衣下的肩线一松，但那更可能是错觉。

"好说、好说。"秦川笑意盈盈，看起来既有风度还很真诚，"我做掮客的时间比较久，偶尔会比较受主顾信任，总体来说也是尽人事而知天命罢了。"

"尽人事而知天命。"步重华意味不明地重复这几个字，然后爽快地呼了口气，"行，既然钱都到账了，那确实没有不给秦老板验货的道理，毕竟这世上没有跟钱过不去的人。"

秦川赞同："我觉得也是。"

步重华转身干净利落地打开货箱，一跃而上，从身后一排排垒起来的木箱中随便搬起一箱，哐当扔在脚下："没问题，来验货吧！"

秦川也把手机收回大衣口袋，环顾周围一圈，随手指了个拿冲锋枪的光头保镖："你跟我过来。"

保镖没二话，端着微冲爬上货箱，紧接着秦川也上前钻了进来，狭小昏暗的货车货箱里顿时挤了他们三个人，秦川蹲下敲了敲木箱。

"步先生，"他的声音温和而不容拒绝，说，"开吧。"

第4章

　　步重华单膝半跪在地，从后腰摸出匕首插进木箱缝隙，咔地一起，干净利落撬掉了封箱盖，露出里面整整齐齐一包包幽蓝色的晶体。

　　秦川戴上一双黑色皮手套，那手套极紧而利落，他一边握了握十指一边吩咐："手电。"

　　下面人立刻递了支微型手电上来，秦川蹲下，从木箱里随机掏出两包蓝金，对着光一捏一照，半晌点头说："真的。"

　　当然是真的，这是十六个木箱里唯一的真货。

　　"啧，真不愧是实验室纯度。"秦川唏嘘地摇摇头，把两包蓝金扔回去，"再开一箱。"

　　步重华不动声色，从最顶上又搬起一箱，哐当扔在脚下，但在开箱之前动作却突然顿了顿，扭头示意那个端着冲锋枪站在自己身后的光头保镖："帮我捡一下。"

　　光头不明所以，顺着他的目光看见地上那第一个木箱的盖，依言捡了起来。

　　步重华头也不回："抬下去。"

　　他的意思是把已经验完货的第一个木箱抬下车去。这只不过是举手之劳，保镖见秦川也没反对，便俯身搬起那沉重的木箱，转身跳下了车，走向仓库角落早已准备好的称重器。

　　这时狭小拥挤的货箱里只剩下了步重华和秦川两人，嘭的一声，第二个木箱也被撬开，只见里面也是一包包幽蓝色粉末，在昏暗的光线中乍看没什么不同。

　　步重华不动声色："喏。"

　　秦川看了他一眼，像刚才那样从第二个木箱里随机掏出两包，对着手电光一照——

　　电光石火间，他目光凝住，眼皮一抬，正撞上了步重华的视线。

但他还没来得及张口，这时敞开的货箱门外哐当一声重物倒地闷响，紧接着脚步声和惊叫声响了起来："怎么回事？""怎么搞的？""醒醒，喂！"

秦川嘴巴一闭，扔下那两包蓝色粉末，探头向车外一看，只见那光头保镖竟然倒在地上一个劲抽搐："怎么回事？"

"他沾上了蓝金！"另一名手下快速检查完，扭头愕然道，"木箱盖上沾着一点粉末，他搬箱子的时候手指沾上了！"

所有人当场愣住，连秦川都一愣，紧接着反应过来——新型芬太尼化合物可以通过皮肤接触吸收，而步重华跟他们交易的蓝金是实验室级别高纯度的，跟市面上经过稀释掺杂后的流通品并不是一回事，哪怕一丁点的粉末沾上手指，都足以进入血液循环！

但粉末又怎么会沾在木箱盖上？

"秦老板，箱子里有一袋蓝金破了！"

"噢，破了？"步重华从货箱里站起身，好似十分意外，紧接着恍然大悟地看了一眼自己手里那把匕首："可能是刚才刀尖不留神刺破袋子，然后又沾在外面了吧，快把他扶出去用凉水冲冲。"

——这么高纯度的毒品岂是用凉水冲就能散劲的？秦川眉头一皱，点了两个手下："你们俩带他处理一下。"

"是！"

"啊啊……啊啊啊……"光头在地上不断痉挛打滚，满脸赤红发紫，鼻涕口水一个劲流。在场没人见过这阵势，秦川回头转向货箱，脸色不太好看："步老板，你也太不小心了。"

"是，真不好意思，劳烦那位大兄弟帮忙又验了次货。"步重华正站在第二箱敞开的蓝金前，看模样有点抱歉，"不过从他的反应来看，这批货质量应该还行？"

秦川盯着他淡淡道："步老板自谦了，岂止是还行。"

他们两人就这么对视着，秦川慢慢蹲下，拎起刚才情急中被他扔下的那两袋蓝色粉末："但这第二箱货的晶体，似乎就……"

说时迟那时快，就在秦川错身那一瞬间，脖颈突然劲风来袭，紧接着砰的一声闷响，他被死死抵在了货箱壁上！

秦川瞳孔骤缩，呼救尚未出口，步重华卡住他咽喉的手肘猝然发力："别动！"

车外传来大声号叫和喧哗走动声，摄入了高纯度毒品的光头不断挣扎，几个保镖的注意力都被吸引了过去，混乱中没人注意到货箱里一排排木箱后的视野死角。

秦川被掐得发不出声："你……"

步重华从身后死死勒着他的脖子:"要是鲨鱼知道你早就暗中反水了会怎么样?"

瞬间,秦川挣扎一僵,面色剧变!

"彭宛、万长文、张志兴、茶马古道、骷髅头盔——从在边境黑集市上被鲨鱼绑走那一刻起,你就开始设计这个借刀杀人的局,而向鲨鱼要骷髅头盔的真正目的是向外界释放出信号,把'茶马古道'拉进局里给你当刀,让张志兴逼迫万长文和'茶马古道'合作,然后挑拨两个暗网电商自相残杀。"

"……"

"我平生见过的所有人里,秦老板你的智商能排到前三。"步重华贴在秦川耳边,咬牙冷笑了一声,"不过如果鲨鱼知道你这么聪明,你觉得他是会先弄死我,还是先宰了你?"

"秦川跟鲨鱼不是一条心?"翁书记愕然抬头,望向宋平,"这都是张志兴交代的?"

宋平摇了摇头,面色凝重:"张志兴负隅顽抗,至今死不张口,这些都是步重华根据各种线索自己推测出来的,现在只是在跟秦川对赌而已。"

"什么意思?"

"这事要从当初鲨鱼血洗黑市,把秦川从缅甸绑走开始说起。"严蜘坐在长桌末端,一边盯着码头交通监控屏一边道,"秦川是万长文最信任的掮客之一。万长文被困在国内失联之后,鲨鱼威逼秦川帮他找姓万的出来合作,恰好当时陈元量、刁建发、李洪曦这帮邪教团伙在几大暗网电商平台上发帖出售骷髅盔,秦川看到之后,便向鲨鱼索要这个骷髅头盔,作为帮他联系万长文的报酬——但实际上秦川的目的并不那么简单,骷髅头盔其实是万长文一直迫切在找的东西。"

翁书记不由得向前探身:"怎么说?"

"姓万的一家子都特别迷信,根据传说,这个骷髅头盔具有引领亡魂去极乐之地的力量,所以早几年他爸死的时候就想要它来做法事,可惜当时到处都没找到,唯一出土的骷髅头盔现收藏在欧洲博物馆里。后来他妈死了,万长文想找这个头盔的心绝对是有增无减,秦川让鲨鱼去找陈元量等人收购骷髅头盔,甚至还以'宝三'为ID在'马里亚纳海沟'上留下买家评价,相当于半暴露了他自己,其实是向外界释放出万长文已经与鲨鱼达成了合作的暗号。"

翁书记狐疑道:"可是这跟张志兴有什么关系?"

"张志兴跟秦川是老熟人,这事是那个姓林的……那个林烃发现的。"宋平舌头打了个秃噜，咳了一声说，"林烂从'茶马古道'的后台服务器上复原出了一些原始数据，从这些蛛丝马迹看来，早年万长文他老子病死之后，秦川曾经以'宝三'为ID在'茶马古道'上发布过求购骷髅头盔的信息，但很快又删掉了，张志兴应该就是在那时了解到万长文、秦川以及骷髅头盔这三者之间有着重要联系的。后来张志兴曾经委托秦川去找万长文谈判合作，但可能因为万长文作为老牌毒枭，不想被任何新兴的暗网电商抽成，谈判最后无疾而终。"

严娜在边上一张口，似乎想插嘴说什么，又迟疑着沉默下来。

"所以当秦川再次以'宝三'这个ID在'马里亚纳海沟'发布买家评价时，张志兴立刻就能猜到鲨鱼已经跟万长文达成了合作——实际他猜错了，当时鲨鱼根本还没来得及跟万长文接上头，那只不过是秦川专门针对他而发出的欺骗性暗示而已。"宋平多少有点嘲讽地一哂，"张志兴太心急了，他极度不愿看到'马里亚纳海沟'垄断蓝金销售渠道的局面，因此毫无疑问中了秦川的圈套，后面密室绑架彭宛等一连串阴谋也由此而来。只是他没想到，万长文狠到连独苗外孙都可以置之不理，根本就没上钩。"

如果万长文上钩出现，不论是被张志兴暗算杀死，还是被迫与"茶马古道"达成合作，鲨鱼的野心恐怕都会立刻付诸东流。

——但鲨鱼绝对不是忍气吞声的人，垄断蓝金销售渠道对他来说太重要了，所以"马里亚纳海沟"最后肯定会跟"茶马古道"彻底翻脸，二虎相争必然两败俱伤！

当那天清晨鲨鱼带着私人武装血洗黑集市，十几挺机关枪顶着秦川的头，把他从那间手工艺品店铺里活生生拽出来时，估计谁也想不到他在区区几秒间就布下了这借刀杀人的连环套。

后来万长文突然联系彭宛，彭宛收到骷髅头盔，张志兴急于绑架万长文的女儿外孙，一系列事件背后全是秦川神出鬼没的痕迹，堪称环环相扣，算无遗策，心性之缜密毒辣可见一斑！

指挥室里众人面面相觑，半晌传出翁书记愕然的声音："可……可是……他的目的是什么？"

宋平瞅瞅严娜，严娜没有吭声。

是啊，臣服鲨鱼至少可以得到丰厚的报酬，机关算尽却可能反误了卿卿性命。

秦川的目的到底是什么呢？

"我不知道你在说什么，"秦川被掐得喘不上气，喉咙里咯咯作响，"什么张志兴，什么……茶马古道……"

两人在木板箱后无声角力，步重华手肘死死卡着他咽喉，把他抵在货箱铝合金壁上："是吗？那我们去找鲨鱼问问他知不知道，怎么样？"

　　秦川脸色扭曲，眼底布满血丝，半晌嗓子里突然沙哑古怪地笑了一声："步队，你的表不错。"

　　步重华余光一瞥，只见这个动作让他手腕上的表露了出来，表带灯笼扣上缺的那一角清晰可辨。

　　"不过这么贵的表，最好……别……"

　　哐当！

　　秦川突然咬牙发力，嘭地肘击闷响，重重把步重华推开两步，两人同时稀里哗啦撞上了木箱！

　　"秦老板！"这时下面人终于安顿好那个不慎碰了蓝金的光头，一名保镖挎着枪大步走来，"怎么样了？"

　　秦川转身急促剧喘，眼前金星直冒，勉强扬声道："没事，过来把这几箱搬走！"

　　保镖不疑有他，更没注意看货箱角落里诡谲的对峙，小心翼翼从敞开的车门外抬起一箱"蓝金"，转身走了。

　　"这么贵的表最好别成天戴着瞎晃。"秦川扶着木箱站起身，终于缓过气来，盯着步重华冷冷道，"万一遇到危险被人弄死，岂不是可惜了表？"

　　步重华紧盯着他，掌心中微微沁出了一点冰凉的汗，无声无息握紧匕首，脑子里闪电般转过了很多念头——

　　但就在这剑拔弩张的时候，突然秦川怀里传来手机振动声，让两人眼皮一跳。

　　"喂，老板？"

　　是鲨鱼！

　　"货验得怎么样了？"

　　"啊，"秦川咳嗽一声清了清嗓子，电光石火间视线与步重华在半空一撞，不动声色道，"有个倒霉蛋不小心碰到了沾在箱子外的粉，劲儿上来了控制不住，处理他花了点工夫。您现在可以过来了。"

　　"真货？"

　　秦川说："真货。"

　　手机那边沉默一瞬，鲨鱼淡淡说："知道了。"

　　秦川摁断手机，没有看步重华一眼，向外喝道："把这十几箱货搬出去！"

　　步重华嘴角紧紧抿成一条直线，他能感觉到心脏一下下撞击咽喉，仿佛只要一张嘴，便会从口里生生蹦出来。

他肩背紧紧抵着货箱铝合金门，一只手伸进裤兜里，隐蔽地抓住了手机。

快结束了。

外面多名特警高火力压制，一旦破门而入就能把所有人瓮中捉鳖。如果进展顺利，他今晚就能抽身狂奔回去，亲自接上吴零，告诉他这过往十年来的所有噩梦都已经灰飞烟灭……

只要鲨鱼现身，一切就能立刻结束了！

"秦老板！"这时仓库深处传来脚步声，一个手下匆匆奔上前，"Phillip先生到了，让您开后门！"

远处汽车引擎声迅速逼近，秦川铁青着脸，看都没看步重华一眼，快步走向黑暗的仓库深处，从动静来听应该是打开了某扇生锈的铁门。咯吱咯吱几声令人牙酸的锐响过后，一阵寒风呼啸着吹进室内，紧接着纷沓脚步声由远而至，一身黑衣、金发碧眼的白人男子出现在了灯光大亮的空地上。

果然是鲨鱼！

"辛苦了，步先生。"鲨鱼带着十来个手下，笑着上前伸出手，"尾款已经打到你账上，去查收吧。"

步重华也伸手与他一握，刹那间定定地盯着鲨鱼，面上一笑。

然后他从裤兜里拿出手机，按下了#号键——

绿灯陡然亮起，翁书记和宋平同时霍然起身，命令通过电波传向码头上空："行动！"

铅灰天幕下，无数黑衣特警就像利箭，从四面八方各个方向迅速逼近目标仓库！

同一时刻，仓库空地上，鲨鱼的手机却突然响了起来。

毒枭向步重华做了个"稍等"的手势，一看来电号码，只见他眼神突然变得有点奇怪，然后按下了接通键："喂？"

"喂，鲨鱼老板？"

刹那间，步重华简直不敢相信自己的耳朵，他紧盯着鲨鱼的手机，眼神剧震，神经绷紧，随即本能般伸手抓起手机，闪电一瞬，当机立断——

嘀嘀！嘀嘀！

指挥中心控制台前，红灯陡然爆亮，技侦组人人变色，宋平眼皮愕然一跳。

"报、报告！"王九龄磕磕巴巴道，"步支队传来暗号，紧急要求行动中止！"

第 5 章

"喂？"

鲨鱼拿着手机，转身走向仓库远处，饶有兴味道："我记得我们约的不是今天吧，万老板？"

是万长文！

数百米外，特警大队长抬手比出"3、2、1"，然后弓身一马当先，闪电般冲向仓库外放哨的毒贩马仔，突然耳机里传来："行动停止！紧急停止！

"所有人员撤回！原地待命！"

大队长全身巨震，幸亏多少年来的严苛训练在这千分之一秒间帮了他，脚步堪堪在马仔身后两米外稳住，一个急转，幽灵般闪进了电线杆后。

马仔似乎感觉到什么，端着冲锋枪转过身。

身后一片空空荡荡，北风吹过远处重叠黑影，废报纸和垃圾袋在地上旋转擦刮，发出刺耳的声响。

"……"

马仔疑惑地回过头，挠了挠下巴，走向路边的枯树，少顷传来窸窸窣窣的放水声。

码头吊塔、集装箱、更远处的排水渠后，无数特警埋伏在掩体阴影里，特警大队长的防弹衣背部紧贴着水泥电线杆，大脑一片空白，过了好几秒才感到冷汗顺着脖子唰的一声淌了下来。

"所有人员保持安静。"频道中响起宋平嘶哑的声音，细听尾音微微不稳，"行动停止，原地待命。"

"什么？"仓库雪亮灯光下，鲨鱼背对着步重华站在十余米外的机床边，听声音似乎在斟酌，"万老板，你这个要求有点为难我了吧？"

不知道万长文说了什么，鲨鱼回头盯着步重华，蔚蓝眼睛里的神情多少有点耐人寻味："行吧，既然万老板都这么说了，那索性就由我做主，大家心平气和地好好商量一下……"

说着，他把手机扩音器打开，走向步重华，微笑道："看今天这事还能怎么了结。"

步重华心里闪电般意识到什么，果然下一刻，手机扩音器里传出万长文气急败坏的声音："怎么了结？我已经说得很清楚了！你要合作，可以；要提高抽成，也可以。我只有一个要求，就是弄死那姓步的！他杀了我唯一的亲孙子，老子跟他不共戴天！"

气氛顿时躁动起来，局面一下变得特别诡异。

鲨鱼脸上似笑非笑，周围端冲锋枪的保镖神情各异，秦川眼神来回在鲨鱼和步重华脸上瞟，但看不出在考虑什么，略微向后退了半步。

步重华脑子里转得飞快，想起了已死的彭宛、医院里的陶泽以及被秘密抓捕归案的张志兴，但面上只盯着那手机，仿佛有点意外："万长文？"

"是，你可能还不知道，万老板是我争取了很久的合作伙伴，也是现下最大的蓝金生产商。"鲨鱼在"最大的"三个字上加重了语气，然后话锋一转，"照理说我应该尊重合作伙伴的要求，但步先生刚刚才跟我做完一笔蓝金交易，钱刚到账，货还没称，这才卸磨就杀驴……"

"交易？"手机里，万长文咆哮着打断了，"他弄死了我老万家的正根独苗，我家的香火都断了！他还敢撞在我手里，他从哪儿弄来的蓝金？！"

鲨鱼语气里有种敷衍的安抚："万老板……"

"我不管！别扯那没用的！你不就是要提成吗？！"

鲨鱼顿了一下。

"弄死步重华，拿他人头来见我，咱们目前的所有条件都可以重新商量！"

鲨鱼有一点迟疑，然后慢慢望向步重华，就在顷刻间，步重华看穿了这毒枭脑子里所有的犹豫。

对供货商卸磨杀驴，这世上并没有不透风的墙。但问题是，鲨鱼是个商人，商人的本质就是逐利。掌握全球最大新型芬太尼销售渠道的利润对鲨鱼来说太重要了，尤其是在被画师搞得平台下线了一年的现在，如果他还想在一众竞争平台中独占鳌头，他就必须把蓝金死死掌握在自己手里！

吝啬成性的万长文愿意重新商量所有条件，这对鲨鱼来说，远远超过弄死步重华之后可能造成的损失。

现在怎么办？

下一步如何走，才能抓住这千载难逢的机遇，把鲨鱼和万长文两伙人一网打尽？！

步重华内心无数闪念，表面上却只过了一瞬，眼底突然涌现出一丝嘲讽的冷笑："你真相信这姓万的胡说八道吗，Phillip 先生？"

鲨鱼"哦"了一声，挑起眉。

"姓步的，你别在那儿花言巧语！我今天就算出血本，我也要把你……"

"弄死你独苗正根的不是我，是'茶马古道'，我以为你已经很清楚了。"步重华声音比电话那头怒吼的万长文还大，而且又快又急，不给他任何插嘴的机会，"当'茶马古道'绑架你女儿、外孙的时候你在哪里？限时七十二小时威胁你出面的时候你又在哪里？真那么愿意出血本，为什么当初躲躲藏藏不敢现身？早跟'茶马古道'合作不就没这回事了！"

万长文："你！"

步重华置若罔闻："当初我为什么逃出津海，Phillip 先生你是最清楚的。要不是因为万长文死活不愿意跟'茶马古道'合作抽成，对方何至于下手绑架他女儿、外孙，把我跟画师也搭了进去？要不是因为密室里情况危急，不得不弄死那女人跟她孩子，我这么多年来稳稳当当的生意何至于一下子被警方发现，最后不得不求助于你才从囚车里脱身？！"

鲨鱼思忖不语。

"现在独苗死了，开始哭丧了，愿意出血本来要我的人头。"步重华转向手机，浓浓嘲讽毫不掩饰，"就这假惺惺两滴眼泪谁信？要是你姓万的真那么慷慨，你那独苗怎么会死？我怎么会被'茶马古道'牵连？我怎么会突然被警方查个底朝天？！"

通话那头万长文疯了似的怒骂，扩音震响嗡嗡一片，但步重华已经懒得再反驳了，径自冷笑一声："我要是你，Phillip 先生，我就不会任他红口白牙一句血本就算数。当初亲外孙独苗的人头都没能说动他出一分钱，现在倒能了？我的人头比他外孙还值钱？！"

秦川一直在凝神盯着脚下的地面，直到步重华最后一个字音落地，确定跟自己扯不上关系，才微不可见地出了口气。

确实机辩无双，要不是因为时机不对，可能他都想抬手拍两下巴掌了。

"'茶马古道'的仇我万某一定要报，你姓步的也逃不掉！今天不是你死就是我活……"

万长文勃然大怒咆哮，但鲨鱼的表情明显已经是另一回事了。毒枭笑着凑向话筒，等对面痛骂一停，才在万长文喘气的间隙中诚恳道："实不相瞒，万老板，我也觉得步先生说得有些道理。"

"屁道理！"万长文每个字都在咬牙发狠，"鲨鱼老板你听我说，你别信他的，只要拿来步重华的人头，当初我们说好的抽成还能再让你五个……不，十个点！结账T+2没有问题！我万某在这里一言九鼎——"

鲨鱼悠然道："我说一言九鼎还有几分可信，但万老板，你可就不一定了吧。"

"我怎么不可信了？你决不能把姓步的放跑了！我万某血海深仇……"

万长文简直暴跳如雷，不过这倒不奇怪——鲨鱼今明两天就要带他偷渡出境，一旦出了那道国境线，再想报复步重华就会变得非常困难。即便以后步重华失手被警方抓住，这断绝香火之仇也报不了啦，心狠手辣三十余年的万长文怎么可能咽得下这口气？

"这样吧，"手机里的骂骂咧咧听得鲨鱼有点不耐烦，打断他问，"万老板现在还在老地方？"

——老地方。

步重华神经敏感地一跳，表面没有露出端倪。

但万长文多少年的大毒虫，言行谨慎早成了本能，根本没透露任何多余口风："是！我现在正在老地方等你！"

鲨鱼说："既然这样我们也不用多费口舌了，万老板是我的供货商，步支队长也是我的供货商，帮着一方弄死另一方的事我不能做。不如这样，我把步支队长带去见你，等见了面我们再聊聊实质上的诚意，怎么样？"

话音尚未落地，步重华一口气出来，裤袋里死死掐着掌心的指甲登时松了。

鲨鱼狡诈成性，现在对万长文起了疑，明显是想把他带去当筹码，好跟万长文当面谈条件。

——两方毒枭见面，特警一路包抄，这正是整个专案组最想看到的情况！

"可是……"

万长文早成了惊弓之鸟，闻言尚有一丝犹豫，鲨鱼却打断了他："你先前还口口声声说步先生害死了你孙子，现在却连亲手报仇的机会都不想把握，你是真的愿意出血本，还是纯粹想破坏我跟步先生之间的合作关系？"

万长文一时语塞。

鲨鱼淡淡道："就这样吧，我们现在就动身过去。"

他挂了电话，回头转向步重华："看来要劳烦步先生跟我走这一趟了。"

步重华向周围林立的冲锋枪枪口环顾一眼，面色不豫，反问："我能说不吗？"

"步先生误会了。"鲨鱼这"鬼佬"也是个人才，仿佛刚才用"实质上的诚意"暗示万长文的完全不是他一样，脸色不仅客气还很诚恳，"其实我不想杀你，但你偏偏跟万老板之间有恩怨，这样我也非常为难。不如你们互相见一面，恩怨自己当面结清，不论你们是一方弄死另一方还是坐下来握手言和，我都保证不参与，如何？"

秦川余光瞟来，目光有点阴沉，不知道心里在掂量什么。

步重华冷冷一笑："那就请 Phillip 先生记住自己的话了！"

鲨鱼点点头，大概对他的识趣还挺满意，做了个"请"的手势，先走向仓库的门。

"目标准备出洞！重复一遍，目标准备出洞！"四面八方行动频道里同时传出宋平的指令，各行动小组特警不由自主紧绷起来，"全员原地待命，保持警戒，保持警戒！"

码头上空无形的弓弦突然绷紧，空气一触即发，特警大队长从掩体后探出头，视线穿透黑夜投向仓库——

但在这时，鲨鱼脚步突然停在了仓库大门后。

"Phillip 先生，"人群后一名亲信保镖拿着手机匆匆赶上前，低声道，"茂县那边有动静了！"

仿佛冰水兜头泼下，步重华一股寒意冲向全身。

茂县？那不是吴雯藏身的地方？

这节骨眼上吴雯要干什么？

鲨鱼表情明显也一震，但紧接着，惊疑、错愕和意外之后泛上了一丝果不其然的愉悦，同时下意识向步重华一瞥，两人的目光在半空中闪电碰撞。

随即鲨鱼接过电话："喂，画师？"

上百公里外，平房前破败的庭院里，吴雯穿着短夹克、黑色长裤和皮靴，一手插在口袋里，一手拿着盯梢马仔的手机，站在冬季光秃的枯树下："Phillip 先生。"

庭院外停了辆越野车，这三天来始终在附近晃悠的几个马仔守在院门外等着他，面上都赔着笑，却暗藏警惕，怀里都鼓鼓囊囊揣着家伙，数道眼神牢牢锁着这个不仅一点看不出厉害，还有点过分文秀的年轻人。

鲨鱼声音礼貌温和："你考虑好了吗？"

吴雯闭上眼睛，呼了口气，白雾在寒风中一消而散。

"是的,"他声音沙哑道,"北方的冬天太漫长了,您能不能提供我一艘小船,让我去那座遥远的小岛上出海打鱼,在温暖的地中海度过余生?"

手机那头安静了片刻,紧接着响起鲨鱼仿佛非常平稳,细听尾音却压抑着某种战栗兴奋的回答:"可以,我还可以给你一座带酒窖的房子。

"这样你可以在冬天烧起壁炉,喝着酒度过长夜,我保证你下半辈子不会被任何黑道、毒贩……以及任何警察打扰。"

吴雪似乎笑了一下:"好。"

然后他转身走向那辆越野车,几个马仔眼珠都紧随着他转,只听他突然又淡淡道:"对了,Phillip 先生。"

"怎么?"

吴雪站在车门前,森白侧脸在冬夜中泛出一种苍冰似的光泽:"你说帮我把步重华也弄上岛,这话现在还作数吗?"

鲨鱼的脸色霎时就变了!

所有人都眼睁睁看着,顷刻间的剧变让毒枭甚至都来不及掩饰,步重华站在几步以外,心中陡然一沉。

吴雪在电话那边说了什么?

"……"

每一秒都沉默漫长得令人窒息,实际却不过区区两三秒,鲨鱼又对着手机"噢"了一声,情绪竟然完全听不出异样,跟他此刻的表情判若两人:"只要你答应我的条件,这话为什么会不作数?你只管来,我在码头等你。"

然后他挂了电话。

周围安静得吓人,众目睽睽之下,只见鲨鱼原地沉吟稍许,然后慢慢转向步重华——

秦川密切关注着他们两人,此刻神情陡然一凛。

与刚才被万长文胡搅蛮缠过后不同,这一次鲨鱼那双灰蓝瞳孔深处,明显闪出了阴沉的杀意!

第 6 章

吴雩为什么给鲨鱼打电话？

在这节骨眼上，他到底对鲨鱼说了什么？

步重华心底冰凉，但他知道现在应该如何表现，几乎是强逼自己调整表情："难道画师不在津海？你们早有联系？"

仔细看的话，步重华此刻表情是有裂痕的，但鲨鱼可能也没心思留意，只"唔"了一声。

"你们到底在商量什么？吴雩他……"

鲨鱼阴沉打断了他："步先生。"

步重华站在那儿，脸上是恰到好处的惊愕和茫然。

"当初你对我说愿意帮忙在北方建立运输路线，我其实是非常心动的，你送的那一箱子高纯度化合物也确实比万长文的流通货高出了好几个档次。像你这样有计划、有野心的合作伙伴现在已经不多见了，大概没人会不喜欢，只除了一点。"

"哪一点？"

"你跟画师的关系。"

步重华闭上眼睛，心中雪亮，差不多猜到了刚才吴雩最后一句说了什么。

吴雩想给他上双保险，谁知适得其反。

"我相信画师这辈子都不想再沾上自己的名号了，但你建立名望的野心却尚未开始。如果未来有一天你厌倦了海岛上平静乏味的生活，想在地球另一端我的老家卷土重来——我确定那一天不会太远……"鲨鱼沉沉道，"那么画师十有八九会再次成为我的威胁，而且这次威胁会来得更快、更急，防不胜防……"

他盯着步重华，缓缓把手探向怀里。

"我真的很不愿意掺和你跟万老板之间的破事，但我更不愿意每天都活在画师的瞄准镜里，看来让万老板得偿所愿可能会更好。"

咔嗒一声，子弹上膛，所有转折都发生在同一瞬间。

数米外，秦川脱口而出："老板——"

指挥台后，宋平霍然起身，再顾不上任何其他："各行动组听令——"

"是吗？"步重华沉稳的声音同时压过了所有躁动，他直直盯着鲨鱼，好似完全没看见那把上了膛的手枪，"你确定万长文比我更能为'马里亚纳海沟'带来利益？"

场面一定，鲨鱼枪口没有移开："什么意思？"

"你也知道我出手的蓝金纯度高达实验室级别，不论价格还是质量都远优于万长文的流通货，但有没有想过为什么？"步重华嘴角冷冷一勾，上前摸刀撬开第一个木箱，随手拎起两袋蓝金，"因为万长文的合成方式有问题，这个等级的货他根本生产不出来！"

啪的一声，那两袋蓝金摔在鲨鱼脚下，蓝色晶体四散，所有人同时下意识退了半步。

鲨鱼定定瞅着脚下满地粉末，终于吐出几个字："生产不出来？"

"黑桃K死后，蓝金价格突然跳水，随后被万长文无节制大量生产流通，甚至造成了世界范围内毒品价格剧烈震荡。这表面上看是因为万长文贪得无厌，实际上却是因为新一代蓝金的成瘾速度和纯度跟黑桃K生前相比都大幅下降。而且更关键的一点是，"步重华向刚才光头保镖被拖出去的方向一指，"致死性。"

仓库后门外传来窸窸窣窣的动静，间或夹杂剧烈喘气声，那是那倒霉保镖还在垂死挣扎。

他竟然还活着。

"芬太尼衍生物具有高致死性，而黑桃K学会了一种方法，用来降低毒性并提高成瘾速度，现在这种方法已经随着黑桃K的尸体一起被埋进土里了。万长文想跟黑桃K一样独霸新型芬太尼市场，但自己却是个几乎没读过书的文盲，如果你那手下刚才直接接触到了万长文的货，他现在已经死了！"

鲨鱼用鞋底碾了碾地上闪烁的蓝色晶体，表情终于有了一点变化。

"那步先生你是如何做到的？难道你也有化学专业背景？"

"我没有，但这世上的化学高手并不只黑桃K一个。"步重华向秦川一瞟，"秦老板当初在建宁时办过一起跟芬太尼有关的制毒案，起因是有个小孩跑到KTV后厨冰柜里把自己冻死了，对吧？"

所有人都没想到这里面还有秦川什么事，一时所有视线都转了过来。

秦川不动声色："是。"

鲨鱼问:"是什么案子?"

"一伙人偷了黑桃K当年的一袋高纯度样品,准备自己生产蓝金,但怎么也合成不出同样的,中间还牵连了个买药的学生,那倒霉鬼药劲上来跑到冰柜冻死了。"秦川三言两语概述了当年建宁冻尸案的始末,"后来那伙人狗急跳墙,被一个姓楚的化学系高才生撞破好事,就把人绑了准备灭口……"

"但事到临头又没动手。"步重华站在边上接话道,"因为那学生是个真正的化学天才,在临死前一秒参透了黑桃K的合成诀窍,那伙人一听就没舍得杀他,后来警方围剿制毒窝点时把他救了出来。"

鲨鱼毫不犹豫:"那人现在哪里?"

"在我手上。"

"……"

"我好歹曾经是警察。"步重华不乏嘲讽地一挑眉,"你觉得人家高才生是愿意跟被通缉了三十年的万长文,还是愿意跟黑白两道都吃得开的我?"

鲨鱼定定地瞅着步重华,眼底神色变换、狐疑、冷酷、挣扎、动摇……最终隐隐欲出的凶狠被压回了最深处:"你怎么证明自己的话呢,步先生?"

步重华早有准备:"带我去见万长文。只要给我设备,我能现场合成最高纯度的蓝金给你看。"

鲨鱼是个典型的高加索人,脸型狭窄,五官立体,眼窝深深凹进去,在仓库高照灯直射下显得阴影分明,就这么拿枪盯着步重华,脸上一丝表情也没有。

仓库里的秦川和其他手下,仓库外上百名荷枪实弹的特警以及几公里外指挥中心所有人员,全都静声屏气等待着事情的下一步发展,宋平掌心里紧紧攥出了冷汗。

"真可惜,"鲨鱼淡淡道,"你这样的人要是回去当警察,保不准画师真能对警方无止境地继续下去。"

步重华风度沉稳,一言不发。

"行,那就给你一个证明自己的机会,看看今晚之后活下来的人是你还是万老板吧!"

鲨鱼向手下一使眼色,仓库厚重的大铁门终于轰然升起,凛冽寒风一卷而入。浓墨般的天幕下,特警如潮水般退向码头四面八方,几辆吉普车依次穿过集装箱堆场,排成一行车队驶向城镇公路。

哐的一声,宋平把保温杯蹾在桌面上:"先头行动组继续埋伏,后援紧急撤出包围圈,立刻联系交管所调取沿途监控。杨成栋!"

"在！"

"分组轮班跟踪目标，车牌号海 B38379，随时汇报路线！"

"明白！"

一辆白色金杯面包车里，杨成栋踩下刹车，周边公路网的十余辆备用诱饵车同时发动，冲破裹着咸腥海风的黑夜，向刚才那吉普车队行驶的方向疾速跟了上去。

严娜坐在长桌尽头，双手在桌沿紧握成拳，指甲刺着掌心皮肉。许祖新起身穿过烟雾缭绕的指挥室去倒水，正瞥见他一脸心事重重，和蔼地拍了拍他肩膀："别担心，严警官。你看多亏你当初想到办法，回建宁给步支队找来了黑桃K生前的合成方式，果然成了他现在最大的保命符……"

严娜脸色不是很好看："但我找不到那个学生。"

许祖新愣了一下才反应过来，他指的是那个姓楚的高才生。

"当年办完案子之后，他说要去接家人，还拿到一个化工所的面试机会，成了会打电话给我们建宁市局报喜。但之后突然就杳无音信了，再也没联系过，逢年过节也没打过任何招呼。"

许祖新是多少年的老警察，闻言不以为怪："人家跟你说说客气话罢了！"

"我知道，但这次我想请他来配合外围工作，顺着他的档案跟学校去查，竟然也都没查到，好端端个大活人跟凭空消失了似的。我怕他已经回了原籍，万一待会儿鲨鱼要步重华现场把人找来，那可就……"

那可就完了，上哪儿找人冒充去？

"我们不会给鲨鱼这个机会的。"许祖新安慰道，"步重华手机上有定位，待会儿只要跟踪组找到毒枭的老巢，两方人一会面，立刻发动围剿，鲨鱼跟万长文他们一个都跑不掉！"

严娜点点头，还是有点不安，这时宋平匆匆走来："茂县那边怎么样，老许？"

"哦，我已经派人去封锁茂县各个公路卡口，吴雩的内部协查通报也发下去了，但目前还没有发现可疑人员和车辆，待会儿那边特警会把详细情况发给我们。"

"很好，还有一点传达下去。"宋平可能是上火，一张口嗓子已经全哑了，"吴雩不是定了性的犯罪分子，如果待会儿茂县那边发生变故甚至交火，务必不能伤及……"

"宋局！"王九龄突然唰地起身，"杨成栋传来消息了，在海岸线上的一处滩口！"

宋平跟许祖新同时扑上前，技侦员指着屏幕："舢板，是舢板！"

舢板是海面走私运输的主力军，别说十六箱蓝金了，加了发动机的舢板连上吨的货都能运。鲨鱼弃了车，带步重华走水路，看来他们的藏身之处竟然在另一处口岸上，特警还怎么跟？

宋平破口大骂，幸亏早有准备："通知禁毒总队，上缉私艇！"

办公室角落里，严娜下意识站起身，望着紧张忙碌的指挥中心，脑海中本能地掠过一丝狐疑。

鲨鱼真打算带步重华去见万长文？

就算毒枭确实想要降低致死性的新型芬太尼，但刚才想杀步重华的心也不是假的。他竟然这么轻易就被改变了主意，愿意在步重华和万长文之间二选一，还轻轻松松就答应带他去一个有实验室和合成装置的制毒窝点……

他不怕步重华玩空手套白狼吗？

而且他竟然一丝也没怀疑过，步重华身后可能藏着人！

这世上最了解鲨鱼的人是画师，但画师口中描述的暗网大老板，可不是这么容易改变主意的人……

第7章

  马达舢板在海面上开了半个多小时，步重华方向感超乎常人，明显感觉他们绕了好几段，然后才在一处沙滩边停靠，缓坡上满是走私运输留下的痕迹，不远处已经有两辆车等在路边了。

  鲨鱼一路上都没开口，秦川也不发一言，一行人似乎都对路线胸有成竹。司机胆子大到换车后就没开灯，在崎岖不平的公路上摸黑颠簸了二十来分钟，道路尽头的重叠山坡后陡然闪现出一座二层水泥楼。

  是一座厂房。

  ——万长文就藏在这里？

  附近地形这么隐蔽，专案组能不能顺着手机定位及时赶到？

  步重华内心无数念头不停转动，表面却丝毫看不出来，跟着鲨鱼和秦川等人下了车。一行人鱼贯穿过厂院前重兵把守的铁门，黑夜伸手不见五指，重重树影中根本看不清藏着多少人，空气里隐约飘浮着火药的味道。

  步重华神情沉着，无动于衷，心里却轻轻一动，突然觉得哪里不太对劲。

  但沉默紧绷的情势容不得他思考异样处到底在哪里，就在这个时候，一众保镖已经簇拥着他登上了二楼，停在一扇破旧掉漆的木板门前，鲨鱼扭头淡淡道："步先生，请允许我向你介绍一下万老板——"

  吱呀一声，门开了，一个六十来岁、身高刚刚一米七、头发花白稀疏的圆胖男子坐在桌后，蓦地扭头望来。

  步重华的瞳孔霎时放大！

  这是万长文？

  他竟然老成这样了？！

  这世上没人比步重华更熟悉通缉令上那个阴沉、凶戾、不动声色又充满蛮横威势的毒枭。从二十年前开始，他就想象过很多次在各种情况下与仇人相遇——抓捕现场，看守所里，公审旁听席，甚至死囚枪决现场；在很多个奔波办案的漫漫长夜，他都是靠想象自己亲手抓捕万长文来度过的，除此之外根本没有其他办法来打发那孤独难挨的时光。

但直到此时此刻，直到亲自站在仇人面前，他才发现通缉令上那个"不怒自威"的大毒贩竟然已经消失了。眼前的万长文何止是狼狈，简直憔悴得脱了形，两腮横肉松松耷拉下来，木偶纹垂到下巴，原本精光闪烁的三角眼也被一重重皱纹挡住了，就像惊弓之鸟般警惕而神经质，见到步重华的瞬间，整个人一跳！

"你还真的把他带过来？！"哐当一声，万长文椅子摩擦地面，几个人七手八脚拉住他，只听他尖着嗓子怒道，"鲨鱼老板，你是觉得我万某人现在虎落平阳，任你捏扁搓圆了是吧？！"

鲨鱼十分敷衍："万老板冷静一下，你们都是我的合作伙伴……"

"放屁！我能给你带来什么？他又能给你带来什么？！今天这里有他没我，有我没他，大不了再让你五分利！老子要亲手杀了这个姓步的兔崽子！！"

鲨鱼眉头一皱，这时步重华笑起来："杀我？就凭你？"

万长文猛地扭头，两腮耷拉下来的皮肉随动作一抖："你！"

"看看你这样子，万老板。"步重华语气堪称轻柔，那老板两个字却透出无比的怜悯和嘲弄，"'茶马古道'弄死了你孙子，丹东边防抓住了你手下，几次偷渡失败只能逃回北方，每天电视里循环播放你的高清大图通缉令……真可怜，你已经被吓破胆了吧？"

万长文涨红脸扭动，被训练有素的保镖赶紧拉住。步重华在他的瞪视中笑起来，动作自然地把双手伸进裤兜，单肩靠在门框上，表情既嘲讽又漫不经心："就你还好意思说自己是虎落平阳？你就是一丧家之犬，还好意思在这里跟我吠！"

哐当！

万长文抬脚踹翻了八仙桌："老子做蓝金生意的时候你还是个瘪三！你算个屁，你——"

闹，赶紧闹，闹得越大越不可收拾越好。

步重华冰冷的右手在裤袋里紧紧抓住手机，掌心洇出了微微湿意。

专案组追踪着他的定位信号，但赶来这荒郊野岭需要时间，因此争执拖得越久，对行动埋伏越有利，一定要拖到最后关头再发出行动暗号！

鲨鱼厉声道："住手！"

不用老板吩咐第二声，保镖一拥而上按住了万长文，死死把他摁在椅子上，个别有眼色的赶紧去点了根烟，万长文哆嗦着接过来狠抽两口，好不容易镇静下来，喘了片刻。

步重华一张口，刚要继续往毒枭心里最隐痛的地方刺激，但没出声就只听鲨鱼冷冷道："你想在毫无意义的大喊大叫上浪费多久，万老板？"

"……"

步重华余光一瞥，不知是否是错觉，他感到鲨鱼在说这话时却盯着自己，目光中隐隐有种可怕的洞察和压迫感。

他心神微凛，浑然无事般闭上嘴。

"行、行，鲨鱼老板。"就这么一打岔的工夫，万长文终于在毒品和鲨鱼的双重镇压下冷静下来，狠狠一脚踩碎烟头，"我以为你弄死这姓步的比踩死个蚂蚁还容易，但既然你把他带回来，肯定是因为他身上有点我没有的东西，是不是？"

不愧是被警方通缉了三十年的老毒鬼，终于抓到了问题的症结。

"是。"鲨鱼也不避讳，对秦川使了个眼色，秦川把一袋密封的蓝金搁在桌面上，向万长文示意地扬了扬下巴。

"这不是……"

"是跟我老朋友闻劭生前一样等级的货，在化合物毒性上有着令人惊喜的显著降低，至少当我们运输贩卖的时候，不会出现裸手操作致死的风险。"

万长文捏着那袋蓝金，惊愕、狐疑、难以置信的种种情绪交替出现在他眼底，鲨鱼说："我是个电商平台，万老板。如果我在运输步先生的货箱时不用搭载配套解毒的纳洛酮，那么对物流成本的降低足以抵销定价方面的损失，况且风险性也大大降低了。现在你应该知道我为什么把步先生带回来了吧？"

"我不相信，"万长文喃喃道，"不可能，这不可能，我让人研究了这么久……"

"金三角的研发力量非常有限，所以当年黑桃K才会跑去国外建立自己的药物实验室。"步重华顶着边上鲨鱼不耐烦的视线，向万长文微笑一挑眉，"金三角快要被新金月淘汰出局了，世界毒品形势每年都在变，有空还是多想想怎么跟上时代的潮流吧，万老板！"

万长文啪地扔下那包蓝金，向后靠在椅背上，脸上松弛的肉不断抖动，半晌，突然一挺身："不对，如果他真有能力批量生产这个等级的货，为什么这大半年来市场上就没流通过？"

步重华说："当然流通过。只是万老板这一年来被警方追得东逃西窜，哪有心思睁眼看看外面的世界？"

"我万某人还没有迟钝到那个地步！我对芬太尼的控制是有信心的！"

"信心？你不是连保住你老万家唯一香火的信心都没有吗？"

万长文猝不及防暴怒："你给我住口！"

鲨鱼忍无可忍："步先生！"

步重华立刻耸肩示意抱歉，万长文混浊的眼珠在眼眶内急速颤动，他突然意识到了什么，俯身抓起那包蓝金："就凭这个想说服我？没门！这包东西分明是闻劭生前留下的货！"

闻劭死了这么久，他生前的流通货不可能大批贮存到现在，因此所有人都当万长文气魔怔了，只有步重华胸腔里心脏剧烈跳了一下。

万长文猜对了。

警方不可能为了这次抓捕任务，专门去找化学家来教卧底如何制备毒品，所以步重华确实不知道怎么合成蓝金。当年建宁市公安局围剿黑桃 K 时从爆炸现场抢出了一批化合物，经过几次集中销毁后已经不剩多少，这是他手里所有高纯度化合物的全部来源。

万长文仿佛抓住了救命稻草："谁知道姓步的拿什么东西来跟我装神弄鬼，除非他现在就给我合成样品出来！否则老子不会上他的当！"

鲨鱼慢慢转向步重华，看似有点为难："步先生，你刚才说只要给你设备，就能当场合成最高纯度的蓝金给我看……"

步重华心念电转："是，我是说过，但现在？"他像听到笑话似的指着万长文，"当着万老板的面？"

当着外人的面合成蓝金跟跑去竞争对手门前白送商业机密没什么两样，鲨鱼当然不能翻脸硬逼他，但万长文就没这个顾忌了："你在心虚什么？你根本就不是诚心从条子反水的是不是？！"

当场周围人人变色，步重华反口相讥："我心虚？我要是心虚还敢夸这海口？"

"那你就合成给老子看！不然你没法证——"

"可以，没问题！"步重华反应比万长文更快，"但我需要化工师傅，而且不能用生人，尤其万老板手下的师傅一律不准在场，现在立刻打电话叫我自己的人过来！"

万长文当场一噎。

步重华那口气还没松，突然鲨鱼在边上不失时机地开了口，说："我有另一个办法解决你的顾虑，步先生。"

"什么？"

"我们没那么多时间派车派船叫你的人，不仅距离太远，还容易把警察引来。不过我答应你，如果今天你能现场合成蓝金，证明你作为合作伙伴的价值，我就立刻杀死万老板来确保你的合成机密不泄露，同时也正好为你的父母报仇，如何？"

步重华全身肌肉猛地一僵。

"什么？什么父母？"万长文满心恼怒且一头雾水，"你敢杀我？你为这小子放弃我？！"

鲨鱼对万长文置若罔闻，只笑看着步重华，眼底光芒森寒锐利。

但步重华仿佛什么都听不到了，耳膜深处轰轰作响。

时间仿佛突然变得窒息而漫长，实际却只过了区区几秒，步重华在鲨鱼的视线中用尽了全部的毅力和控制力，强迫自己慢慢转动目光在两个毒枭面上一扫，然后冷笑起来："我说你们怎么一个唱黑脸一个唱白脸，搞了半天原来在这儿等着，存心套我的合成秘方呢？"

万长文吸毒吸多了，还没反应过来，鲨鱼却眨了眨眼睛微笑道："是你自己非要跟到这里来的，步先生，我并没有逼你……不过我可以保证，只要你能现场合成出蓝金，我立刻让你亲手杀死万老板，这个条件足够诱人了吗？"

"……"

步重华扭头望向四周森严林立的冲锋枪，没人发现他的余光正投向窗外黑暗的旷野，风吹动树梢发出窸窸窣窣声。

墙上没有钟，他也没看时间，但从进来到现在已经挨过了大半个小时。

时间非常充足，特警应该已经赶到，不能再拖了！

"我有不答应的权利吗？"步重华冰冷的手指在裤袋里死死抓着手机，扬头一笑，"设备在哪儿？带路！"

话音落地的同时，他重重按下了手机上的#号键！

——开始行动！

其实是没有声音的，但电波发射出去那一瞬间，步重华却仿佛听到虚空中咻的一声，像是利箭射向远空，让他心脏血管猛地缩紧。

但除他之外根本没人注意窗外，也没人能察觉到茫茫黑夜中有任何动静。

鲨鱼随手指了几个保镖，步重华全身肌肉紧绷，机械地抬脚跟着他们穿过木门连通的另一间屋子，只见简陋的水泥厂房已经被改造成了一个临时制毒室，几个戴着护目镜和手套、模样形似民工的制毒师傅正坐在地上，见状匆忙纷纷起身。

鲨鱼彬彬有礼："请吧，步先生。"

几分钟内特警就会开始行动，每一秒钟都珍贵而漫长。步重华余光瞥见墙上的挂钟，思维从没有运转得这么快过："就是这里了？"

鲨鱼说："对。"

"他们是万长文的人？"

"如果万老板今天死在这里,他们就会变成你的人。"

步重华点点头,还是没有动,鲨鱼耐心的语气里透出了一丝催促:"步先生?"

步重华一扫那几个制毒师傅,突然问:"这几个人安全吗?不会偷偷把合成步骤发出去吧?"

鲨鱼说:"不会,他们每天的行动都受到严格限制,不会有机会接触外界。"

"那可不一定,万一他们偷偷拍照发出去呢?他们可不是我自己的化工师傅……"

"我说了不会。"鲨鱼打断他,语气礼貌而冰冷,"这座厂房和我们刚才来的车上都装着信号屏蔽器,你觉得我会犯这种错误?"

步重华有刹那间没反应过来他是什么意思,紧接着肺里空气被抽得干干净净,从裤兜里拿出手机。

没有信号。

定位芯片没有信号!

就在那闪电间,他终于明白了刚才下车时那异样的不安来自哪里,因为门口重兵环伺,却没一个人上来给他搜身——反正他们天一亮就要动身离开,最后区区几个小时,这些人根本没有使用手机网络的必要!

步重华如坠冰窟,意识到一个可怕的事实。

外面根本没有特警。

从弃船上车起,专案组就失去了他的信号,他们找不到这里!

"潜伏确认失联!"

"定位突然消失,对方开了区域信号干扰!"

"所有跟踪人员上岸,启动大规模搜救!快!!"

指挥中心一片混乱,所有人都在飞奔,所有人都在喊叫。严娜靠墙站着,双手死死交握在身前,只见宋平被淹没在技侦组里,嘶哑到极致的怒吼和一道道指令迅速向四面八方散发。

门被呼的一声推开,林烶披着外套,面沉如水,拎着他从不离身的公文包匆匆大步走进,连招呼都顾不上,抽出笔记本电脑哐当拍在技侦控制台前,哑着嗓子问王九龄:"最后一次信号交换的基站在哪儿?"

"没什么疑问了吧,步先生?"

步重华直直地站在那里,一言不发,只见鲨鱼向制毒实验室打了个手势,终于从绅士般的外表下露出了他真正的冷酷和强硬:"现在,轮到你向我掀开你真正的底牌了。"

第 8 章

　　毒贩的实验室跟正规药物实验室相比有着天壤之别，更别说眼前这只是个临时落脚的作坊，满是灰尘的机床上堆着变色的瓶瓶罐罐，反应釜堆在墙角，一张巨大的木头桌上摆放着反应罐和搅拌机，排气系统发出低沉的嗡嗡声。

　　步重华向前踏出一步，即便没回头都能感觉到鲨鱼盯在背后的阴冷视线，像是要把他的五脏六腑都看穿。

　　"……"

　　步重华慢慢走到实验台前，向周围一瞥，笑了一声："这些设备是万老板从老家搬来的？"

　　鲨鱼反问："为什么这么说？"

　　"这几个反应设备通常匹配在更大的生产线上，一旦开足马力，产量绝不是这种小厂房能放下的，看来万老板在别地还有更大的铺子啊。"

　　"是，没错。"鲨鱼索性也没否认，"我所有的合作伙伴都要向我证明他们的能力，万老板也不例外。他曾经像你今天一样，当着我的面亲自带人在这里合成出蓝金，不然我为什么要花费那么多人力物力带他偷渡呢？"

　　步重华若有所思地点点头。

　　"话说回来，步先生。"鲨鱼看看墙上的钟，彬彬有礼问，"你已经浪费很长时间了，请问现在可以开始了吗？"

　　窗外黑夜一片安静，北风呼呼刮过山岭。步重华凝视着眼前的反应装置，余光能望见鲨鱼身侧森严的枪口，在生死一瞬间仿佛转过了很多念头：蓝金、吗啡、芬太尼、哌啶环、甲基、氟烷……

　　无数名词从虚空中纷纷扬扬而过，像大雪覆盖地面，归寂于一片茫茫空白。

　　就在那安静到极点的世界中，突然一片淡金色的光芒从远处亮起，迤逦穿过十多年岁月，越过图书馆高高的玻璃窗——

头顶响起一道和蔼的声音："你还在看这一页啊，步重华同学？"

初冬阳光穿过一排排书架，桌椅泛着经年日久的油黄。年轻的步重华闻声抬头，手上摊开一张日报，头条上黑体字非常显眼——《E 国成功解救人质危机，750 名人质获救，90 名丧生》。

步重华连忙起身敬礼，却被教授按了回去，教授扶着老花镜向报纸一看："这不是两个月前的新闻吗？死亡人数已经上升到一百多人了，你对这件事这么有兴趣？"

"啊，我只是好奇后续，电视上说 E 国向歌剧院投放了一种迷魂气，造成多名人质中毒……"

教授哈哈大笑起来："我想起来了，你确实经常跑去隔壁刑技蹭他们的化学课啊！"

步重华也礼貌地笑了笑，忍不住问："教授，这世界上真有迷魂气吗？"

"如果你说的是谣言里那种往人脸上一喷，受害者就自动奉上存折密码的迷魂气，那玩意确实没有，除非是一麻就晕的乙醚。不过这次他们投放的化学武器是比乙醚厉害千百倍的另一种物质，应该算一种气溶胶失能剂。"

教授叹了口气："这种气溶胶失能剂会造成每分通气量降低，很多昏迷的人质被抢救出来平放在地面上，导致舌头堵塞呼吸道，从而造成了窒息死亡。还有一些中毒的人质被紧急送进医院，但由于当时医生并不知道化学毒气的具体成分，因此缺乏对症的解毒剂，种种因素酿成了最终的悲剧……"

步重华不禁入了神："那毒气到底是什么成分呢？"

教授老花镜片后的神情严肃下来，顿了顿才说："是芬太尼的衍生物。"

"芬太尼？"步重华一愣，"芬太尼不是临床麻醉药吗？"

"芬太尼本身确实是，但化学史上的任何发明都有成为双刃剑的可能，在芬太尼的键位上添加一些基团，这种物质的毒性是吗啡的一万倍，在一到三秒内便可以起效甚至致死……"

步重华愕然道："怎么这么厉害！"

"这就厉害了吗？还有更厉害的。"教授淡淡道，"尽管现在没有数据支撑这个观点，但我认为将来有一天，芬太尼衍生物可能会取代冰毒，成为新一代毒品之王！"

步重华愣住了。

"从 1996 年至今的短短六年间，北美对类鸦片止疼药的滥用暴涨了不止十倍，如果不加控制，必将酿成大祸。不堪设想的是，如果将来有人合成出低毒性、高成瘾性的新型芬太尼，那么它必将横扫全球，遗祸人间。"

"不过那是你们年轻警察的任务了！"教授话锋一转，不乏勉励地拍拍步重华的肩，"犯罪行为更新换代，刑侦技术也日新月异，这就是我们不断摸索前进的意义啊！"

…………

那天下午，当教授在刑院图书馆里说出那番话时，一定不会想到自己的预测竟然在其后十多年间一一成真，芬太尼在北美泛滥成灾，取代冰毒成了致死性最高的第三代毒品之王，而低毒性的新型芬太尼化合物蓝金也应运而生，成了国际毒枭鲨鱼的野心和目标。

步重华站在装置台前，定定望着昏暗的虚空，一言不发。

"七百多名人质中毒……"

"一到三秒内便可能致死……"

…………

仿佛过了很久，实际上却只是几秒间的事。步重华闭上眼睛，胸腔起伏一定，随即睁眼望向角落里的原料袋。

"你，"他声音沙哑地吩咐一个化工师傅，声音沉着镇静，"把你的防护服脱给我，再拿副护目镜。"

"报告！开始监测目标地区的下行载波信号干扰！""能不能分析出扰码？尝试一下分析出扰码！""把移动侦测平台接进来，快快快！"

指挥中心沸反盈天，技侦组仪器不停地闪。林烶一手拿着笔一手不断调试仪器，视线紧紧盯着屏幕，宋平每个字都生怕打扰他的注意力："差不多还要多久？有线索了吗？"

"初步定位在清潭镇郊区以南六十公里左右，进一步扫描需要一到两个小时。"林烶在全神贯注的同时丝毫没耽误说话，仿佛他大脑的观测、分析、计算、语言功能已经被分门别类划好了区域，彼此完全不受打扰，每块区域都处理得高速而有条不紊，"公安定位芯片用的不是民用频段，国内不论任何设备都屏蔽不了步支队的上行信号，但对方所用的设备比较少见，可能是国外改装了偷带进来的，确实是疏漏了。而且没想到他们竟然会用在自己身上。"

像鲨鱼这样的大毒枭，在车上装屏蔽器防止GPS追踪还好理解，在自己藏身的窝点里也玩这一手，那简直就是谨慎得变态了。而且如果连公安频段都能被屏蔽，那他们自己人的手机、电脑等电子设备肯定也已经统统失灵，如果外面发生什么事，负责盯梢的想迅速打电话传个信都不可能。

更狠的是，鲨鱼这么做等于把他自己跟"马里亚纳海沟"网站完全分隔开了，作为暗网管理员，这何止是豁得出去！

"那现在怎么办？能不能再快点？"宋平知道自己应该更加镇定，但事关步重华，他口气里还是会忍不住带出一丝焦躁，"定位失联已经一个多小时了，你再搜索俩小时根本不现实！卧底随时有暴露的风险！"

林烃闭上眼睛，重重靠在椅背里，吐出一口炙热的气。

——暴露。

这个词一度成为百般折磨他疑心病的梦魇，特情组解散后，他以为自己此生永远不会再听到它，没想到今天却又措手不及地陷入了那个噩梦。

的确卧底是有高风险的，万无一失的潜伏计划本来就不存在，尽了百分之九十九的人事之后还是要听那百分之一的天命……但事到临头时，人还是会期盼那百分之一的幸运能发生。

这次天命会站在他们那一边吗？

手边突然毫无预兆地响起了铃声。

林烃开始都没反应过来，随即意识到竟然是自己的电话，拿起来一看是个未知号码。

嗡嗡——嗡嗡——

谁会在这时候打电话过来？

可能是十多年网侦工作自然形成的本能，林烃心里霎时一跳，接起电话："喂？"

对面没有应答。

"喂？"

这通来电仿佛谁的手机在衣兜里无意中解了锁，又凑巧拨出了最后一个联系号码，对面一片沉寂无声，隐约传来车辆行驶时尖细呼啸的风响。

叫喊、飞奔、设备嗡鸣、仪器嘀嗒……所有喧嚣如潮水般退去，化作一片空白的安静，林烃心脏狂跳起来。

他手机紧贴在耳边，声音极轻地问："吴雩？"

仿佛过了整整一个世纪，他终于听见通话那边哨子似的北风中传来轻响，那是有人拿手指有规律地敲击莫尔斯电码，一长一短，随即两长。

第 9 章

与此同时，清潭镇公路。

舢板靠岸后换了辆车，在崎岖的道路上摸黑飞速前行。

车厢里安静得可怕，既没开导航也没开车载广播，三个马仔分别坐在前排和吴雩身侧，明显都受过一定保密训练，彼此之间除了眼神之外没有任何语言交流，绝不透露出关于目的地的任何线索。

吴雩坐在驾驶座后，双手插在裤兜里，身体随着颠簸略微前倾。寒风从他身侧的车窗缝隙中呼呼灌进来，数九寒冬，冷得刺骨，半晌后司机终于忍不住了，刚按键升上车窗，吴雩却突然出声道："开着。"

司机赔着笑："我是怕您着凉……"

"开着。"

马仔互相交换了个眼色，大概内心在暗骂这人犯的什么病，但还是无可奈何地留下了那道小缝。

风声尖锐呼啸，吹散吴雩裤兜里手机传出的细微动静，淹没了通话对面指挥中心此刻的忙乱和喧嚣。没人能看见车厢角落暗处，吴雩脚跟正以一种非常刁钻的角度顶着一个安装在后座下的设备，那设备形制就像个缩小的老式移动电话，哪怕让技侦人员来看都不一定能立刻辨认出来。

——那是个改装过后的信号屏蔽器。

正是因为它，从头到尾司机都没开过导航，也没人拿起过手机；更明显的是刚才汽车发动时，车载播放器自动亮起，然后诡异地刺啦两声就哑火了。

吴雩专注地望着前方的路面，身体重心自然往前。这个姿势让他靴跟可以一直顶着屏蔽器的某根天线，此刻它已经被顶歪了，因为接触不良，绿色指示灯正断断续续亮着一点红光。

手机信号从他的裤袋里向外界扩散，顺着寒风传向四面八方，基站将定位送往数公里外的指挥中心——

"来源信号锁定！"

"已实施三角定位！"

"林科、林科！"一名技侦员匆匆闯进门，大屏幕上的红点正逐步扩散出地图，"已锁定来电号码精确位置，正沿清潭镇公路往南杨拐子乡方向前进！"

所有人目光都牢牢锁定林烶手里那部"正在通话中"的手机，犹如抓着唯一的救命稻草，闻言同时如释重负地呼出气来，纷纷向后倒在椅背里，互相交换着绝处逢生的目光。

一直站着的宋平霍然转身："启动第三套跟踪方案，行动组准备跟进。老许！"

"是！"

"急调临时指挥车，咱们立刻去现场！"

宋平是个一线生死挣上来的人，不论大小指挥经常亲临现场，这样各种应急处理会更快捷。许祖新跟他是老搭档了，连顿都没顿就大步冲了出去，难为他二百来斤的身材能顺利移动得那么快，一骑绝尘消失在了指挥所走廊尽头。

宋平喘息着转过身，直勾勾盯着林烶的手机，突然伸手一把拿过来，凑在嘴边压低声音道："吴雾？"

通话对面风声呜咽，甚至不知道吴雾在不在听。

"'钩子'情况危急，不知道能拖多久，但我们会尽力。"宋平顿了顿，迟疑了好几秒，才声音沙哑道，"我相信你，我希望你俩都能平安回来，你俩以后的日子还长，明白吗？"

对面沉寂片刻，又像是过了很久很久，才传来一声几乎难以确认的敲响，仿佛只是指尖轻轻地搭在了手机麦克风边上。

嘀嗒、嘀嗒、嘀嗒。

墙上的指针一分一秒过去，厂房窗外黑夜如漆。鲨鱼双手抱臂站在窗外，只见实验室里步重华背对着他，不时抬头吩咐几个制毒师傅去做什么，所有人都忙着各司其职。

所有场景似乎都没有任何异样，鲨鱼却微微眯起了眼睛，在一名制毒师傅抬头时突然招了招手，把人叫过来，轻声问："为什么用了这么多酰化剂？"

制毒师傅是万长文的人，对眼前这位白人毒枭畏之入骨，闻言根本连舌头都捋不直："就就就……是这样的，我也不、不知道……"

鲨鱼想了想，换了种问法："他真在让你们合成芬太尼相关的东西？"

老师傅赶紧一个劲点头。

鲨鱼是平台电商而不是制毒商，对处理芬太尼的各种细节也只是一知半解，听闻对方这么说，虽然本能中还是隐约有点狐疑，但也问不出什么来了，只闭上眼睛一点头。

制毒师傅如蒙大赦，立刻踮着脚退回了实验室。

"不对，这个反应必须有除酸剂。"步重华戴着护目镜和口罩站在制备仪器边，好似浑然没看见鲨鱼那边的动静，低声吩咐师傅，"碳酸盐或碳酸氢盐都可以，跟刚才的酰化剂按一比一的量添加。"

几个制毒师傅都已经被万长文驯服帖了，只知道一味闷头做事，根本不敢瞎琢磨，只有一个刚大学毕业的年轻师傅偷偷瞅了步重华两眼，似乎有些疑惑。

虽然用的原料跟万老板一样，但这个年轻的步老板在好几个关键步骤上用了大量的烷基化剂和除酸剂，这似乎跟他们平时制备蓝金的方法有点不一样……而且那不同寻常的用法和用量，怎么都觉得有点奇怪，但具体哪里奇怪又说不上来。

"怎么了？"

步重华敏锐地一眼望来，护目镜下的眼神如刀锋般锐利，年轻师傅心神霎时一凛。

"别愣着，把除酸剂拿过来。"步重华不容拒绝地吩咐，"反应完毕后加水和碱，调节 pH 值到 7 以上，再进行萃取。"

"是……是！"

年轻师傅望见不远处明晃晃的冲锋枪，想起之前被万长文怀疑偷窥配方的几个伙计最后是什么下场，登时一声都不敢吭，赶紧低头做事去了。

步重华琥珀色的瞳孔毫无情绪，站在那里定定注视着众人，眼见粗产物进了气相色谱仪，才转身走出实验室，脱下口罩淡淡道："我去趟洗手间。"

鲨鱼向实验室一扬下巴："还要多久？"

"很快就能好。"

"……"

鲨鱼若有所思地点点头，又站在那儿沉吟了几秒，才扭头向保镖吩咐："护送步先生去。"

保镖立刻应声，步重华毫无异议，一声不吭地跟着保镖走向长廊另一端。

明明一切都没有异状，化合步骤也貌似正常，原料和中间物都确实是向着芬太尼衍生物那个方向去。但和步重华擦肩而过时，鲨鱼心里却突然生出了一丝异样的感觉，仿佛脑髓深处某根神经突然绷紧了。

那是一种毫无来由的多年亡命生涯对危险培养出的本能。

到底哪里不对劲？

步重华和保镖的脚步渐渐走远，鲨鱼的视线透过玻璃窗，望着封闭的气相色谱仪，眉头下意识锁紧，突然瞟见仪器边上一个年轻师傅正频频望向自己，欲言又止。

鲨鱼眉心一跳，招手道："你过来。"

年轻师傅向步重华的背影偷觑两眼，有点犹豫地走上前。

鲨鱼盯着他，慢慢地问："你想对我说什么？"

一切都发生在这瞬间。

年轻师傅嘴一张，还没来得及说什么，走廊尽头步重华的脚步突然停住了。

带路的保镖疑惑回头——

下一刻，劲风自后脑袭来，闪电般重重砸在他脑后，保镖只来得及"啊"了一声，沉重身体踉跄向前，冲锋枪脱手而出，被步重华一把抓住！

时间被陡然拉长，仿佛电影里的慢镜头，鲨鱼回头望见了黑洞洞的枪口。

砰！

子弹凌空而来，倒映在急速放大的灰蓝色瞳底，然后擦过年轻师傅惊恐的脸，穿过窗户玻璃齑粉，打爆了气相色谱仪，千万碎片一爆而起！

"趴下！""趴下！""挡住老板！""Phillip 先生！！"

所有保镖飞奔怒吼，枪林弹雨大作，被步重华当作肉盾的保镖登时被打成了筛子。鲨鱼被几个手下同时摁倒在地挡住，余光却只见步重华借着尸体的掩护，就地一滚躲进墙角，不管不顾向实验室方向疯狂扫射，刹那间心下雪亮！

"离开实验室！快跑！"

鲨鱼失声怒吼，但没人能听见。八九支冲锋枪同时向步重华嗒嗒开火，将他藏身的墙角打得碎石飞溅，整条走廊烟尘弥漫；步重华完全顾不上反击，顶着火力不要命地向实验室倾泻子弹，制备台上所有容器砰砰爆裂，反应釜火光四溅，蒸汽瞬间散向四面八方！

鲨鱼发疯般推开挡在自己面前的保镖："跑！跑！他做的是毒气！"

——已经来不及跑了。

虽然这点时间不够提纯出卡芬太尼，更没有化武毒气那么恐怖的杀伤力，但大量的有毒粗产物近距离爆发，蒸汽足以置人死地！

几个站得近的保镖同时踉跄倒下，鲨鱼刚冲出去两步，只觉眼前一黑，不受控制地跪倒在地。千钧一发之际，他随手抓住了制毒师傅，抢过对方的防毒面具往自己脸上一扣，咬牙连滚带爬数步，只见步重华陡然熄火，顶着走廊滚滚浓烟冲向楼梯。

鲨鱼声音已经嘶哑："抓住他！"

扑通！

步重华纵身飞扑下楼，落地双腿一软，血腥由肺部直冲喉头。这时远处两个保镖狂奔而来，迎面正撞见他，登时双双一愣。

"愣着干什么？姓万的翻脸了！"俩保镖还没反应过来发生了什么，只听步重华声色俱厉怒吼，"他要跟鲨鱼老板拼命，打漏了实验室毒气！"

两人同时愣住。

步重华劈头盖脸："纳洛酮在哪里？快，快拿来救 Phillip 先生！"

蓝金的毒性这些马仔都知道，混乱中根本来不及分辨真假，两人对视一眼，本能地撒腿就往楼下东南方向飞奔。

步重华紧随其后，穿过走廊直到一间办公室门前，只见俩保镖呼地推开门，角落里赫然有个化学试剂柜，里面满满当当堆着药盒——盐酸纳洛酮注射液！

嗒嗒嗒！嗒嗒嗒！

两个保镖连头都来不及回，便被步重华从背后打倒在地。

"呼……呼……"

步重华精疲力尽，有毒粉尘造成的呼吸抑制和剧烈的体力消耗让他几乎难以挪动，他一手拷冲锋枪一手扶着墙，跟跄来到药柜边上，用枪托哐啦砸碎玻璃，颤抖着手抓起药盒，拆出里面的药瓶和一次性注射器。

他早年办毒品案时，处理过几个非法合成芬太尼的制毒团伙，知道纳洛酮是阿片类中毒的救命药，也非常清楚该怎么注射。但这个时候他手已经非常抖了，耳朵里轰轰作响，几乎全凭求生本能才把针头对准药瓶扎进去。

——必须立刻用药，然后跑到厂区以外不受屏蔽的地方发出信号。

专案组不会放弃他，吴雩也一定在赶来的路上，只要特警能够收到定位，这一切都还能够挽救！

药水终于被全部吸进注射器内，步重华咬牙拔出针头，对准手臂静脉——

就在这时，最后一丝清醒让他猛地感觉到什么，下意识一偏头。

哗啦！

一梭子子弹擦脸而过，药柜玻璃霎时爆开！

步重华手里的注射器被震落在地，但他根本来不及捡，就地抱头翻滚到桌下，子弹贴着他的脊背在地上溅起无数火星——竟然是追来的鲨鱼！

步重华破口大骂，说时迟那时快，他飞起一脚重重蹬出转椅！

鲨鱼吸进的毒气比他多,加之一路追来,早已是强弩之末,这时根本躲避不及,被迎面而来的椅子飞撞上身,微型冲锋枪脱手而出,走火的子弹在半空中嗒嗒嗒扫出弧线,哐当摔在了地上。

鲨鱼声音嘶哑地怒骂了一声,也顾不上捡枪,摇摇晃晃地俯身要去捡满地散落的纳洛酮药盒。就在这时,步重华迎面冲上来,当头把他撞倒,一拳重重砸在了他脸上。

哐!哐!哐!

鲨鱼被打得口鼻喷血,凶性大起,就着这个被压制的姿势飞肘重击,步重华当场喷出了半颗混着血沫的牙!

鲨鱼齿缝里逼出几个英文词音,同时伸手竭力去够那把掉在地上的冲锋枪,但手指还没来得及碰到,枪身就被步重华不要命地挥掌打飞,贴着地稀里哗啦撞在了碎玻璃片上。

步重华含血咬牙骂了一声,然后用最后的力气猛然翻身掐住了鲨鱼的脖子!

两人就像伤痕累累的野兽般徒手扭打在一起,鲨鱼拼命挣扎,抓起手边任何能抓到的东西狠命砸步重华的头脸。然而芬太尼中毒后的呼吸抑制让他很快意识模糊,脸色由红变紫变青,瞳孔开始扩散,喉管中发出了极度危险的咯咯声。

——步重华发现不了。

他的视线已经非常模糊,大脑完全空白,仅剩的全部本能都倾注在死死掐着鲨鱼咽喉的双手上,除此之外根本没有其他念头,也看不到毒枭已经停止了挣扎。

"毒气还在扩散!快跑!""万老板!万老板!""Phillip 先生!Phillip 先生!"……

步重华耳朵里就像灌满了晃动的水,外面所有喧哗都朦胧不清,只隐约感觉到地面不祥的震动越来越近。紧接着,好几道人影同时发现了被步重华死死掐着脖子倒在地上的鲨鱼,从长廊尽头怒吼着扑过来,纷纷端起了冲锋枪——

完了,步重华突然本能地意识到。

那是鲨鱼的保镖。

与此同时,窗外空地上传来了轮胎摩擦地面的锐响!

刺啦——一辆越野车急停在厂房门前,车身尚未停稳,里面便响起了砰砰砰三声枪击,紧接着有人推开车门一跃而下,正撞上了从建筑物里狂奔而出的制毒师。

"毒气泄漏了!快跑!快跑!"

制毒师发疯似的狂喊,陡然看见空地上停了辆车,顿时像见了救命稻草,连车里的情况都没看清就连滚带爬往里冲,后领却突然被一股巨力抓住了:"纳洛酮存放在哪儿?"

制毒师惊恐地一回头。

抓住他的是刚才从车里下来的那个年轻人,一身黑衣,非常利落,面孔却异乎寻常地冷白,手里握着把伯莱塔M9,枪口仍冒着轻烟。

"在在在……"制毒师吓得全身发抖,往东南角某个办公室方向一指。

年轻人顺着他指的方向望了一眼,说:"谢谢。"

然后他看都没看,摘下制毒师的防毒面具扣在自己脸上,大步走向了黑洞洞的厂房。

第 10 章

砰！
砰！
砰！

吴雩面沉如水，快步穿过厂房，沿途每扇窗户都被一枪打碎，呼啸寒风在玻璃连声爆响中灌注进来，形成强劲的南北对流，驱散了已经非常稀薄的有毒气体。

"什么人——啊！"

中毒的保镖刚踉跄转过墙角，就被吴雩点射正中面门，扑通倒在地上。吴雩俯身从尸体手里夺过冲锋枪，在更多保镖循声赶来之前闪身贴近墙角，一脚踹飞地上不知道什么时候被人丢在那儿的空酒瓶，呼——

玻璃瓶在黑暗中扬出一道弧线，哐当砸进了走廊远处的垃圾堆！

保镖条件反射："在那儿！""在那儿！"

几把冲锋枪登时向垃圾箱嗒嗒嗒开火，就在同一时刻，吴雩从另一边墙角现身，在千分之一秒内精准开火，时机、准头、子弹利用率都妙到巅峰，对方几人连反应都来不及，眨眼间被打成了筛子！

"什么人？""站住！""站住！！"

更多马仔被枪声引来，但吴雩仿佛是黑夜中纵横的猎豹，脚步不停，枪口向前，火力根本没有丝毫间隙，可怕的准头沿途收割，弹壳叮当碰撞飞溅。他在冲锋枪仅剩最后几颗子弹时一手持枪一手换匣，咔嗒拉上枪机，闪身转过走廊拐角，防毒面具后凌厉的黑眼睛一眇。

是步重华！

远处长廊中段，步重华正把鲨鱼摁在地上死死掐着他的脖子，而更远处楼梯上，几个马仔正怒吼着狂奔下来，为首那个已经对步重华举起了枪——

来不及招呼,更来不及反应,所有生死都在这一瞬间。

吴雩双手抬枪,悍然开火,冲锋枪子弹倾泻而出!

嗒嗒嗒嗒嗒嗒!

滚烫的弹壳在狭窄空间内飞迸四溅,楼梯上的马仔瞬间变成了人肉盾牌,怒吼四散奔逃不绝。数秒后吴雩满弹匣泻空,将空匣的冲锋枪劈手一甩,枪身在半空中呼呼打旋,啪一声重响,将探头射击的马仔打得口鼻飙血!

仅剩最后一个保镖杀红了眼,蹲在楼梯扶手边,刚要趁机向吴雩开火,却只见不远处一空,那年轻的黑衣死神竟然消失了——

下一秒,劲风伴随黑影从头顶袭来,吴雩就像飞隼当空而下,一膝将他当胸撞飞!

扑通一声,保镖倒在数步以外,吴雩上前踩住他胸膛,精疲力尽地俯身捡起他的枪。

吴雩站起身,喘息着望向步重华。

步重华仰面躺在地上,中毒和体力透支已经让他的意识非常恍惚了,几乎分不清眼前的一切是现实还是梦境。他看见那消瘦的黑衣身影一步步走上前,单膝半跪在他身边,摘下防毒面具,露出了熟悉而悲哀的面孔。

那是吴雩吗?他想。

这不会是幻觉吧?

吴雩胸腔剧烈起伏,不断发出一声声含着血气的嘶哑喘息,一手抱住步重华的头,从满是碎玻璃的地上抓起一盒盐酸纳洛酮注射液,咬牙拔出针管吸取药水。

"很快就好了,没事,"他喃喃道,"没事。"

"……"

步重华琥珀色的眼紧盯着他,无法把模糊的视线从他脸上移开,想伸手摸摸那近在咫尺的人,但竭力抬手却只动了动手指,紧接着感到手臂静脉传来刺痛。

是吴雩给他打了解毒剂。

急效药水被缓缓注入他的身体,不知是药物还是心理作用,步重华终于在眩晕中恢复了一丝力气,断断续续道:"你……这次别……再……"

这次不要再离开了。

警方马上就来,这一切很快就可以结束了。

吴雩没有回答他,眼眶微微发红,咬牙一言不发。

"万……"步重华闭上眼睛不住疾喘,用尽全身力气往楼上示意,"万长文……"

吴雩声音沙哑地说："来不及了。"

步重华极度昏沉，但很快就明白了是什么来不及。

吴雩站起身，迅速检查了下倒在不远处的鲨鱼，口腔及呼吸道内没有异物，但颈动脉停跳且已无瞳孔反应。他不出声地喃喃，从口型看可能是一句脏话，然后抽出另一管解毒药，扎进毒枭的手臂一推至底，迅速用力按压心脏！

吴雩手劲极大且快，每次按压都让胸骨足足下陷五厘米，在一分钟内完全不停手地做完了三四组心肺复苏。那所有熟练冷静的反应都几乎是在从死神手里抢人，最后一次强劲按压之后鲨鱼突然一颤，胸腔鼓起，上半身触电似的前弓——

就在这时，门外突然接二连三响起车辆引擎声，远处脚步声纷沓而来："谁在那儿？""什么人！""住手！"

那声音明显不是警察，步重华心里一沉，抬眼正碰上了吴雩紧缩的瞳孔，然后两人同时向远处望去。

一大群荷枪实弹的保镖从厂房外疾奔而来，前面两个架着人事不省的万长文，领头的男子银边眼镜、浅灰大衣，手里拎着个防毒面具，虽然狼狈但步伐匆匆，是秦川！

保镖纷纷失声："Phillip先生！"

就在这一刻，鲨鱼终于痉挛地自主吸进一口气，他活了！

刚才还十拿九稳的情势陡然变化，步重华与吴雩不约而同看向彼此，霎时从对方眼底看到了同样的紧绷。

"给万老板注射解毒药，快。"秦川脚步不停地吩咐手下，扭头时瞟了墙角里靠坐着的步重华一眼，那闪电般的瞬间看不出任何情绪，然后他转向吴雩，半跪在地，示意吴雩把鲨鱼交给自己："Phillip先生怎么样了？"

吴雩没有动。

他一手虚虚按在鲨鱼咽喉间，眯起眼睛盯着秦川，似乎在刹那间闪过了某个危险的念头。

秦川毫不退让，仿佛无意般向自己身后林立的枪口一瞟，然后加重语气："Phillip先生怎么样了？"

"……"

对峙一触即发，但在他人眼里看来那只不过是短短半秒，吴雩终于移开了手。

秦川肩膀微不可察地一松，立刻接过鲨鱼，迅速检查了一下呼吸脉搏，招手喝令保镖："幸亏画师救了你们老板——立刻把Phillip先生搬到外面车上，让他保持侧躺，头往后仰，保持呼吸畅通，快！你们都去！"

保镖哪敢耽搁，立刻七手八脚接过鲨鱼，几个人同时平抬着他往外飞奔。

"秦老板！"手下半跪在万长文身侧，抬头颤抖道，"万老板没醒！怎么办？！"

万长文没醒，但胸口尚在微微起伏，显然还剩最后半口气。

秦川银边眼镜后的神情微微一动，但那飞速掠过的杀意除了他自己，所有手下毒贩都看不到。

这只是一瞬间的事。

"这里交给我和画师处理，你们去外面继续抢救 Phillip 先生。"秦川回头时已经看不出丝毫异样，命令清晰而不容拒绝，"让你们老板靠右侧躺，一手垫在脸下，左腿髋关节和膝关节呈直角固定，快去！非常重要！"

鲨鱼看上去生死未卜，手下六神无主，本能地答："是！"然后他们依着秦川的命令飞奔了出去。

秦川这一系列动作都异常强势明确，因此立刻就产生了效果。刚才还枪口林立的保镖顿时都跑到了外面，空地上只剩下他自己、吴雩、靠在墙边极度虚弱的步重华，以及平躺在地上昏迷不醒，随时可能送命的万长文。

气氛一下变得特别怪异而剑拔弩张，步重华扭头看向吴雩，吴雩戒备地盯着秦川，秦川望向远处楼梯上横七竖八的尸体，微妙地挑起眉角："如果我没猜错的话，你刚才抢救 Phillip 先生的动机应该没那么古道热肠，是吧画师？"

吴雩没有吭声。

步重华语调不乏讽刺："如果我没猜错的话，你刚才把鲨鱼从我们手里抢下来，赶着让人送去外面车上，动机好像也不是那么忠心为主吧！"

秦川完全不以为意，心照不宣地眨了眨眼睛，然后向外望去——果然远处正随风传来隐约的警笛声。

"我只想守着我的小铺子享受人生，既不想被那帮亡命徒怀疑，也不想蹲监狱里被以前的老同事一日三餐踩着点儿上门探视。"秦川一脸真诚的遗憾，"所以不好意思了，步支队。我有我处理问题的办法，不会太配合你们任何一方的。"

这姓秦的混账从刚才带人踏进这里，每一句话、每一个指令的先后顺序都讲究得仿佛精心设计过。先是一众冲锋枪压住场面带走鲨鱼，然后支开所有人留下他自己，反正在鲨鱼落网前吴雩不可能撕破脸抓他，所以他现在占尽筹码，不论想说什么都堪称有恃无恐。

"为什么你刚才能逃出毒气室？"步重华眯起眼睛问。

秦川走到万长文身边，一边检查他的鼻息一边淡淡道："因为我从来不把自己放到没有后路的境地！"

万长文脉搏已经若有若无，但竟然还有一丝气息未绝。秦川似乎感觉有点讽刺，站在越来越清晰的警笛声中沉吟片刻，然后从后腰卸下手枪扔给步重华，

| 222

用脚尖踢了踢老毒枭："他是你的了，步支队！"

步重华动不了，扬手接过他扔来的枪，眉心跳了一下。

"回去转告严娜跟姓江的，这是我最后一次为他们胆大不要命的表弟兜底，下次没这么好的事了。"秦川双手插在口袋里，彬彬有礼地转向吴雩："我要走了，画师，你是跟我走还是留下来？"

步重华猝然看向吴雩，正对上了吴雩苍白毫无血色的脸。

警笛越来越急促，秦川却气定神闲，仿佛已经知道了答案。只见吴雩低下头，阴影中看不清表情，数秒后开口道："我跟你走。"

步重华怒道："吴雩！"

秦川说："我只等你六十秒。"然后他毫不犹豫地转身向外大步走去。

厂房外毒贩们准备逃逸的几辆车边，保镖们还在一边撤退一边继续抢救鲨鱼，催促的车喇叭一声急过一声。秦川一边向外走一边打手势示意他们稍等，没人看得见走廊深处的墙角边，吴雩半跪在步重华身前，眼眶通红，嘴唇微微发抖，用大拇指腹用力摩挲他沾满了枪烟、鲜血的面孔。

"别去，太危险了，"步重华剧烈喘息道，"太危险了……"

"我知道。"吴雩每个字都像是从酸涩的喉管里挤压出来的，带着战栗的血锈气息，"我知道，但没办法。

"还记得你对我说的那句话吗？你说有些事总要有人去做，靠躲不能躲一辈子。"

步重华像是被一根烧红了的钢针狠狠刺进心脏，五脏六腑都疼得蜷缩了起来。

"肝胆、信念、义无反顾……""无论前方多凶险，罪犯多强大，我都不会放弃继续往前走。""你知不知道有些事你越怕它越来，靠躲不能躲一辈子！""你只想当个明哲保身的懦夫？"……

烈士墓园广袤苍穹下，他听见自己的嘶吼怒斥再次响起，一声声清晰回荡，仿佛就在耳际。

"对不起，那天骗了你。"吴雩小声说，"其实我只是不敢承认。"

昏暗和极度虚弱让步重华很难看清东西，他感到滚烫的液体滴在自己鼻翼边，顺着脸颊掉在地上。

他分不清那是谁的泪水。

"如果我回不来，你一定要好好活下去……活下去为我报仇。"

吴雩颤抖着站起身，鲜血淋漓的手掌用力在步重华侧颊上一抹，那是个决然果断的告别，然后转身向外走去。

在他身后，步重华突然被定住了似的，瞳孔难以置信地扩张到极致，二十多年前相同的画面穿越时空呼啸而来——

"爸爸，妈妈、妈妈……""两个小孩跑出去了！快追！""在那儿！在那儿！！"

"我们是不是要死了？"九岁的小步重华用力抹去越来越多的泪水，拼命想认出眼前这个救了自己的少年是谁，但在极度疲惫惊恐中不论如何都看不清，"怎么办？我们要死了，我们——"

一只手捂住了他语无伦次的呜咽，那个清瘦的半大少年站起身，一双眼睛在黑夜里亮得吓人："要活下去。"

"不、不……"

"活下去才能报仇。"

小步重华战栗着愣住了。

少年满是鲜血的掌心抹掉了他脸颊上的泪水，那仿佛是个决然的告别，然后他跃出土坑外，就像头满身鲜血而殊死一搏的幼豹，迎着歹徒的怒吼和车灯冲了出去！

二十年前刻骨铭心的画面与此刻重叠，那只消瘦、坚定而伤痕累累的手，再一次穿越纷飞战火与离散生死，在他灵魂深处留下了印满鲜血的指纹。

"吴雩，"步重华剧喘着靠在黑暗中，向那月光下奔向彼岸的半大孩子竭力伸手，想喊他回来，"别过去，吴雩……"

但他其实已经发不出声了。

警笛越来越近，急促的红蓝光芒映亮周围，映照出满地弹壳和尸体的狼藉现场。步重华闭上眼睛，连续几个小时高强度运转的意识犹如强弩之末，终于在此刻达到极限，他摔进了黑沉的深渊。

第11章

三天后，津海市第一人民医院。

一辆红旗车停在医院对面的人行道边，司机屏声静气向后偷觑，只听后座上的宋平还在打手机，不知道对面云滇省公安厅的冯厅说了什么，宋平近日来始终阴灰凝重的脸色终于放了一丝晴："行、行，我知道了……多谢兄弟单位的配合，回头我们就按之前商量的那样，联手把这个事往部里递一下……"

"时光荏苒啊，老宋！"手机里，冯厅叹了口气，"我和步同光警官在早年进修时打过交道，如今一算快三十年了，惊闻他一家噩耗到现在，也已经有二十多年了。我是万万没想到当年他夫妇二人牺牲的深夜里还有解……还有吴警官留下的痕迹，这么一想，这世上的玄妙因果真是无法解释，让我感慨万千啊！"

宋平"嗯嗯"两声，示意司机不用跟随，自己边打手机边下车穿过马路，向住院部大楼走去。

"不管怎么说，当年的重要细节能水落石出还是多亏了步支队长。我个人是非常非常希望画师能够逝去者得以安息，存活者余生无虞的，在此我要先谢谢步支队长提供这重要线索，要谢谢津海同行们不懈的努力，我还要……"

"哎呀，你得了吧，没完没了了还！"病房电梯门打开，宋平终于忍无可忍打断了冯老头，"俩孩子自己的缘分要你谢这谢那的？挂了啊！"

冯厅："我还要勉励和督促林炡……喂，等等！"

嘟嘟嘟——宋平把电话摁断，推开了病房门。

"这是你们支队蔡麟他妈给做的红烧肘子，这是你们支队孟昭送来的白水煮鸡胸肉，这是我受你大姨曾翠翠女士之命点的原盅佛跳墙，这是江停给你亲手包了下的刀鱼小馄饨……什么？都不吃？"严郲站在病床边一样样翻琳琅满目的保温桶，不满道，"你绝食啊？"

宋平闻言立刻瞪起眼："嗯？！"

步重华靠在病床上，因为抢救及时已经差不多恢复了，扶着额角苦笑道："医生说注意补充营养的意思不是让你一天喂我六顿饭，留着那小馄饨我晚上再吃，行吗……"

"哟，你还挺会抓重点，吃完记得拍照发给江教授啊。"严峫把小馄饨保温盒精心移到最前面，转身正瞅见宋平，"哎，这儿又一个送饭的！送的什么？"

"他郝阿姨的高丽参鸡汤。"宋平把保温桶放到床头，识相地挪到最角落，不敢当着严峫的面跟江教授金光闪闪瑞气千条的小馄饨争锋，然后一晃手机，"刚才云滇的老冯打电话来，给你带了个好消息。"

步重华猝然望来。

"你的猜测是对的，吴雪就是当年在你父母牺牲那个深夜，从火场里救了你然后又消失的小孩。"

步重华仿佛被冻住了似的，直直坐在那里，半晌才长长嘘出了一口气。

严峫奇道："这跟云滇系统有什么关系？"

"步同光、曾微烈士牺牲的那个深夜，警方提取了现场所有血样，其中包括那孩子在步重华脸上留下的一抹血手印。虽然当年基因鉴定技术不发达，但DNA样本却一直留存在云滇技侦的档案里，直到今天早上出来鉴定结果，跟我们津海紧急送去的吴雪的DNA样本完全对上了。"

世间缘分竟如此巧合，如果不是二十多年前尚是孩童的阿归救了小步重华，那么步重华不会活下来，不会被宋平领养，宋平不会那么快从创伤后应激障碍和各种后遗症的折磨中振作起来，也就不会提拔北上到津海，更不会在二十多年后坚定地从云滇手上接收创伤后应激障碍、极度敏感、烫手山芋一样难以处理的吴雪。

当吴雪第一次站在津海市公安局南城区分局门前，满身伤痕且满怀戒备，小心翼翼望着台阶上难以靠近的精英步重华时，没人知道命运正如铁锁般一环扣一环，穿越了二十多年颠沛流离的岁月，才将他们再一次带到了对方的面前。

"虽然不能说是一举翻盘，但起码证明了林烃对阿归来历的叙述有很多真实根据，铁板钉钉证明了阿归曾经拼命地保护过烈士遗孤。"宋平也很唏嘘，"公安部已经向老冯索要这份血样比对材料了，如果将来吴雪回归警队……如果他还愿意回来的话，这对部里的最终意见应该能有很大的正面影响。"

"他想回来。"步重华突然声音沙哑地开口道。

"什么？"

"他曾经跟我说，在南城支队是他这辈子最轻松平静的时光，想以后一辈子留在南城支队。"步重华鼻腔微微酸热，深吸了一口气，"虽然现在想想，他实际藏在话里不敢说的其实是想一辈子留在津海吧。"

因为希望太殷切,反而不敢说出口,怕一切都如镜中花水中月,只要轻轻触碰真相,便会如泡影般破碎得干干净净。

宋平也有些黯然,沉默片刻后抬头吸了口气,勉强打起精神:"对了,关于鲨鱼的去向,H省警方向我们传来了一个突破性的发现。"

步重华和严郦同时精神一振。

"在津海和H省交界公路下的一处旷野里,发现了一辆被烧毁的小货车,车里有十六箱蓝金——确切地说是一箱蓝金和十五箱仿制品。从车辙轨迹来看,应该是因为某种意外而翻下公路,在撞击中点着了油箱而导致的。"

是那天晚上跟着鲨鱼和秦川等人一起,被保镖从废弃厂房里匆忙带走的十六箱"蓝金"!

曾家表兄弟俩对视一眼,严郦愕然挑出重点:"意外?"

"问得好。"宋平眼底微微显出一丝冷笑,"开始专案组也以为是毒贩匆忙摸黑赶路,在逃跑中发生的意外,直到王九龄带人从车后座上发现了秦川的指纹。"

——秦川。

严郦登时恍然大悟,连步重华都明白过来,果然这种黑吃黑的事一沾上秦川就变得特别顺理成章了。

"根据那天深夜搜索追踪的特警分析,毒贩逃跑的车一共三辆,前两辆越野车里分别是昏迷的鲨鱼、一众持枪保镖以及吴雾,后一辆货车里是秦川监视司机押运武器子弹和十六箱毒品。行驶到国道中段时,秦川突然拔枪干掉司机,把车开下公路造成事故,然后在爆炸前跑出去登上前车,顺利把那十五箱仿制品的雷甩在身后,彻底销毁了以后可能让鲨鱼产生怀疑的证据。"宋平感慨地摇摇头,"心思缜密,手段毒辣,万无一失,不愧是秦川啊!"

严郦在听到"万无一失"四个字时张了张口,但欲言又止,伤感而无声地轻轻出了口气。

"等等,有件事不合理。"步重华突然敏锐地意识到什么,"国道中段不是北上吗?"

宋平说:"是。"

"秦川要带鲨鱼逃逸,应该走南下过两湖,去云滇那条他最熟悉的偷渡路线啊,难道他想北上走别的路?那不是万长文之前一直流窜的路线吗?"

宋平望着步重华,眼底流露出不加掩饰的赞许:"你抓到最关键的那个点了。"

"专案组结合那天深夜对制毒现场的各种痕迹勘查,以及对几个中毒保镖的紧急审讯,做了一个大胆的推测——"宋平指关节叩了叩床头柜,沉声道,"鲨鱼可能向秦川提起过一些后备计划,只有少数几个心腹手下和秦川知道。而秦川在鲨鱼昏迷不醒期间让车队北上,可能是这个后备计划在当前局势下突然变得非常重要,必须立刻把它执行起来。"

"搞什么?计划B?"严娜非常意外,"这种时候不赶紧逃命还想干吗?都火烧眉毛了,准备启动秘密火箭库啊?"

"我怎么知道?我又不是鲨鱼。"宋平哭笑不得,站在那里想了想,眉头又皱了起来,"如果我是鲨鱼,现在最关键的当然是保命,越快逃出中国境内就越安全,其他什么都不会去想。但鲨鱼作为与传统毒贩不同的新型暗网毒枭,'马里亚纳海沟'的吞吐量又那么大,他的贪欲、疑心、价值观都跟我们警方熟悉的套路不一样……仅判断鲨鱼一人的行为模式都相当有难度了,更何况里面还掺和了一个看人出殡不嫌事大的秦川。"

秦川加上鲨鱼,那简直是步步诡谲惊险,完全无法从常规的罪犯心理角度推测他们的下一步行动。

"必须尽快采取行动,吴雩不能等了。"步重华从病床上探身,眼底布满血丝,"吴雩极其执着要把鲨鱼生擒归案,但他自己的身体和精神状况都非常不好,如果得不到警方的援助,他的处境随时会非常危险!"

宋平说:"我知道,但鲨鱼那几个中毒的保镖情况都非常反复,有两个今早刚又回了ICU……现在一帮审讯专家还在跟万长文攻坚,上哪儿去推测鲨鱼的下一步动向呢?"

万长文。

步重华耳朵微微一动,三天前那个深夜出于刑侦工作本能而察觉的种种疑点,在当时因为紧张局势而来不及思索,此刻却突然像水中泥沙一般扬起:"这几个反应设备通常匹配在更大的生产线上,一旦开足马力,产量绝不是这种小厂房能放下的……"

"是,没错。万老板曾经像你今天一样,当着我的面亲自带人在这里合成出蓝金,不然我为什么要花费那么多人力物力带他偷渡呢?"

…………

仿佛一道闪电划破脑海,多少年来刑侦工作的本能让他把所有疑点提炼、放大,丝缕线索无所遁形,被雪亮的光芒穿成一线——

"因为万长文……"步重华突然喃喃道。

"什么?"

"因为万长文被抓捕归案了,而鲨鱼不知道蓝金的合成方式。"

宋平一愣。

"鲨鱼的实验室里有几台设备明显是从大批量流水线上拆下运来的,他对我说万长文为了证明自己,曾经站在这里合成过蓝金——也就是说万长文确实在其他地方有生产线,而鲨鱼也知道这一点。"步重华仿佛从迷雾中陡然抓住了若隐若现的逻辑,语速越来越快,"而因为万长文现在被抓捕归案了,鲨鱼既得不到黑桃K生前的优化方案,也得不到万长文的粗劣版蓝金货源,他不会甘心白费这大半年——"

"他会想去找万长文的生产线!"严娜失声道,"黑桃K当年也是死活要去找他爸的制毒厂,因为从机械设备和各种残留物里也许能倒推出化合步骤,鲨鱼的思路跟黑桃K可能一样!"

如果鲨鱼此刻不冒险,立刻逃出境,再派人去黑桃K当年在美国的实验室,过个几年也有可能钻研出优化过后的蓝金分子式,但"马里亚纳海沟"已经不能等那么久了。鲨鱼的市场每一分每一秒都在被其他暗网电商蚕食,而贩毒的人贪婪和野心都差不多,他极可能会跟当年的黑桃K一样铤而走险!

"这一把能赌!"步重华当机立断,"让专案组去审万长文在境内的其他窝点,生产机器的型号规模不可能是小作坊,而是工厂流水线,这种制毒厂基本都开在深山,立刻派人包抄的话可能还来得及截住鲨鱼!"

但宋平却望着他,欲言又止。

步重华笔直的剑眉拧了起来:"怎么?"

"万长文负隅顽抗,什么都不肯说。"宋平缓缓道,"因为你。"

步重华脸色微变。

"姓万的本来以为自己不是在中国境内制毒,还有希望判死缓或无期,直到他那天突然想起鲨鱼曾经提及你父母,顿时醍醐灌顶,认出了你是当年步同光的儿子。"宋平苦笑了一下,"杀警察是死罪,数罪并罚必死无疑。一个明知自己绝无活路的人,还怎么说服他开口配合警方呢?"

病房空气仿佛被突然抽了个干净,连严娜神情都变了,望向步重华。

步重华侧脸僵冷如冰,从来没有像现在这么苍白,半响才一个字一个字从咽喉里挤出声音:"可是吴零等不了了……"

——如果万长文不开口,缉毒警从外围布控、撒线、摸排、调查,这绝不是一天半天就能铺排下去的工作,但吴零现在随时走在刀尖上,万里悬崖,孤立无援,他随时可能会死!

"我会把这条重要线索上呈给部里,安排审讯专家一天二十四小时车轮攻心战,外围所有机动力量随时候命。"宋平脸色非常不好看,但深吸一口气强忍住了,勉强摆出比较乐观的表情来,上前拍拍步重华的肩,"如果吴零愿意合作的话，他也一定会想方设法跟专案组联系的，你先别急，好好养伤。不管审讯室发生什么情况，我都会立刻给你答复。"

步重华嘴唇紧抿，他五官特别凌厉有攻击性，这样隐忍不发的状态好像一头陷入困境的狼，全身上下每一寸肌肉线条都紧绷到了极限。

宋平心有不忍但无计可施，只能叹了口气，匆匆转身走出了病房。

咔嗒一声门响，病房里再次只剩下了兄弟两人，一靠一坐，面面相觑无言。

"别太担心了。"严郦迟疑再三，伸手用力一搂他兄弟的肩膀，低声说，"虽然吴雩很危险，但暂时不会被鲨鱼怀疑，起码还是有周旋余地的，至少比你前段时间安全得多……"

"不，他不安全。"步重华眼底满是血丝，声音压抑，"鲨鱼极其狡诈多疑，不相信任何人，肯定会怀疑他。而且吴雩复仇心太烈，始终执着于铲除整个'马里亚纳海沟'，他给自己设定的目标难度太高了……秦川不会让他有机会联系专案组，我们必须想办法！"

步重华说不下去了，双手用力搓了把脸，突然翻身下床，抓起搭在衣架上的长裤和衬衣。

严郦大惊："你上哪儿去？"

"专案组。总得找出个解决方案，我不能让最可能的线索断在我手里！"

"你疯了，医生早上怎么说的！"严郦赶紧上手拦他表弟，"别动，躺下！就算你去专案组，又能拿万长文有什么办法？你——"

稀里哗啦一阵响动，兄弟俩的争执带倒了输液架，哐当一声摔在了地上。

步重华喘息着站起身，挣脱了严郦，单肩靠在墙上，一颗颗系上衬衣纽扣。

"我躺不下去。"他眼前还是有点发黑，精疲力尽但非常坚定，"我知道专案组出马的是审讯专家，可我研究了万长文二十年。"

"……"严郦望着他表弟，心里好似坠上了沉重的铅块，沉默下来。

"你们没人会注意到，吴雩内心是非常分裂的，表面上特别想活着，潜意识却又无时无刻不思考着死。解行曾经用生命给过他唯一的光，所以他一直克制不了，想追着那束光去另一个世界与解行重逢。"步重华眼眶发红，每个字都战栗而喑哑，"但他已经忘记了更多年以前，他曾经分给过我一把火种，我也想追着那火种把他带回来。除了我，没人能把他带回到这个世界里来。"

病房陷入了漫长的沉默，仿佛被酸热、苦涩而黏稠的液体涨满了，沉沉坠着他们两人的咽喉。

良久后严郦终于牵了牵嘴角，似乎想苦笑一下，却终究化成了一声无奈的叹息。

"去医护站签手续拿药,等我收拾好东西开车带你去。"严娜拍拍步重华的背,"万长文在市公安局监护病房,专案组一天二十四小时轮班看守,现在过去应该还赶得上审问。"

步重华反手在他表兄背上重重一拍,声音低哑道:"谢了,哥。"

他从椅背上拎起大衣,搭在臂弯里,衬衣长裤软底皮鞋,他看上去挺拔而凌厉,仿佛暴风雨来临时永远撑住堤岸的顶梁柱,完全没有丝毫颓势。严娜无可奈何,只得收拾好病房里的钱物钥匙,打电话让守在医院里的便衣过来帮忙收拾其他东西,正准备走人,突然扭头瞅见什么,脚步顿了顿。

"……"

呼!

严娜拎起保温盒,裹巴裹巴塞怀里,悻悻道:"我看谁敢不吃江教授的小馄饨。"然后他转身扬头走了。

第 12 章

"秦老板。"

秦川站在屋檐下一回头，叫他的是个保镖，向屋里示意："我们老板醒了，叫您进去。"

这是 H 省与津海市交界处一座半封闭的山村，交通不便，背靠深山。鲨鱼第一次带人跨境时研究过航拍地图，然后让人在这里布下了人手据点，没想到现在真成了逃亡路上补给物资和躲藏天罗地网的避风港，不得不说几十年大毒枭的眼光确实有毒辣之处。

秦川随口应声，往回走了几步，突然余光瞥见什么，脚步一顿。

村口空地上停着几辆越野车，毒贩马仔们正三三两两聚在一起。更远处的山崖边，一道肩披黑色冲锋夹克的身影坐在峭壁巨岩之上，静静面对着冬季萧瑟的山谷。

是吴雩。

他好似一尊深藏在大山秘处的黑色玄武石像，独立清冷又格格不入。一个马仔端着刚出锅的饭过去递给他，却见他连脸都没偏，只一摇头，马仔悻悻地走了。

"他还在绝食？"秦川扭头低声问。

保镖有点为难："也没有，昨天他自己煮了两个白水蛋，喝了点生水，除此之外，至少我是没见他再吃什么东西了。"

秦川若有所思地眯起眼睛。

限制一切外来食水，静坐凝神将自我体力消耗降到最低，这是极度警惕戒备的表现。

不愧是特工般的身体素质……或者说，不愧是为了目标不惜血本，连苦肉计都做戏做足的，特工般的敬业精神。

秦川微妙地挑起眉梢，但没有在鲨鱼的手下面前多说什么，转身走进了砖房。

鲨鱼靠在炕上，正听一个心腹手下低声汇报什么，见秦川进来一抬手制止了手下，微微笑道："秦老板。"

秦川眼角一扫便认了出来，那心腹是个叫阿 Ken 的混血儿——这人曾经是个职业杀手，外表看不出明显的混血体征，混在国内的大街小巷没有丝毫异样，而且中文口音非常地道，据说在北美已经为"马里亚纳海沟"效忠了好几年，应该是亲信中的亲信了。

电光石火间，秦川收回视线，自然地给自己拉了把咯吱咯吱响的木椅坐下："Phillip 先生看上去已经好很多了？"

鲨鱼在这低矮破旧的乡村砖瓦房里，竟然也有种放松惬意，像是头已经恢复过来的丛林野生猛兽，随意地靠在炕桌边："是的，我已经听手下说了那天晚上所有事情的前后经过，多亏了秦老板指挥得当。"

他竟然没有在第一时间提那十六箱"意外"车祸翻倒的"蓝金"，甚至没问万长文为什么会在临上车前被丢下。

秦川心里微微打了个突，但表面上看不出丝毫异样："食人之禄须忠人之事，应该的。"顿了顿之后，他又遗憾地呼了口气，"不过可惜的是，万老板吸入毒气过多，注射大量纳洛酮都没缓解过来，我跟画师换着手给他做了好几分钟心肺复苏，最后还是呼吸衰竭……"

"是吗？"鲨鱼淡淡道，"那真是太不幸了，我真为他感到遗憾。"

屋子里静默片刻，只听北风在窗外山林间呼啸，阵阵松涛声突然变得格外清晰刺耳。

秦川镜片后的眼神真诚而伤感，肩背肌肉却微微绷着，没人能看见他大拇指指甲正深深陷进食指腹。窒息般的沉默中每一秒都漫长得可怖，不知过了多久，鲨鱼终于缓缓道："我只有一个疑问……"

来了！

秦川自然地"哦"了一声："什么？"

鲨鱼一抬眼皮，蔚蓝色眼睛注视着他的眼睛。有那么好几秒，秦川以为接下来他问的应该是："为什么那辆载着十六箱蓝金的车会翻？""行驶的时候到底遇到了什么？""确定万老板心搏停止救不回来了吗？"——但出乎他意料的是这一切都没有发生。毒枭就这么定定注视着他，好似非常疑惑般皱起眉头："你为什么没趁机替我除掉那个姓步的？"

"……"

竟然只是这个？

秦川坐在那里盯着鲨鱼，刹那间脑子里转过了很多猜测，好的坏的都有，面上却没有显出分毫，本能立刻让他调整出了最合适、流畅、自然的表情——那是个苦笑："是，我倒想干净利落一颗枪子送他上路，但画师正在边上给万老板做着心肺复苏呢。要是他见我杀了姓步的，情绪一激动，失手啪嚓摁断了万老板两排肋骨怎么办？"

"再说，我跟Phillip先生是为了赚钱，不是为了找死。"秦川顿了顿，无可奈何的表情里带出了一点破罐子破摔，"即便画师当时不计较，事后哪天想起来，情绪再一激动，失手啪嚓捏断了我的脖子……Phillip先生，你这是保证会为我报仇还是怎么着？"

鲨鱼静静盯着秦川的瞳孔，只见毒枭脸上慢慢露出笑意，无比漫长的两三秒后，陡然变成了朗声大笑。

"果然不愧是秦老板啊！"

秦川心下一松，在他的笑声中几不可闻地呼了口气，也自嘲地笑起来摇摇头。

"每一条后路都为自己想到了，永远不把自己放到死胡同里，不错、不错。"鲨鱼笑着下了炕，披着外套用力拍拍秦川的背，笑道，"识时务是我最喜欢你的一点，请你务必要保持，知道吗？"

那瞬间秦川的笑意在嘴角一凝。

鲨鱼俯下身，这个姿势让他阴鸷锐利的蓝眼睛近距离紧盯着秦川的眼睛，但每个字其实都非常随意而轻松："要识时务，永远别把自己放到死路，听明白了？"

两个人都笑意未消，但空气却仿佛静止了数秒，秦川点点头诚恳道："听明白了。"

"老板！"这时那个刚才传话叫秦川的保镖从外面匆匆进屋，用英语低声道，"画师听说你醒了，想要找你！"

鲨鱼仿佛终于感觉到了那么一丝真正的愉快："啊，正好，我也想去见他呢！"说着他勉励似的拍拍秦川的肩，向那个心腹阿Ken使了个眼色，悠然向外走去。

秦川坐在那把破旧的木椅上，脑子里乱七八糟转着无数种念头，又好像一片空白什么都没想。不知过了多久，他终于虚脱般徐徐吐出一口气，这才感觉到自己背上已经被冷汗浸透了，向屋外的方向回过头。

——鲨鱼已经穿过了停着越野车的村头空地，手里端着碗饭菜，径直走向远处的断崖边缘，站在吴雩身后温声道："画师。"

吴雩站在灰白嶙峋的山谷前，双手插在裤袋里。鲨鱼示意手下走远两步，低头想了想，才低声说："那天晚上的事我都听人说了，是你及时赶到，才把我从步警官手里抢下来打了解毒药。谢谢你，画师，你救了我的命。"

哪怕现在让鲨鱼他亲妈过来，估计都会惊得难以置信，因为毒枭这辈子从来没有流露出过这么由衷、柔和、真心诚意的感情。

"我不知道该怎么感激你，可能你也不需要。但无论如何我都会履行自己的诺言，等过几天我们越境回到北美，你将会被送到我欧洲的小岛上，从此平静富足地享受余生。"

吴雩毫无反应甚至无动于衷，倒是鲨鱼说到这儿微微一顿，看着他冷淡的侧脸轻声问："但在那之前，我还要去办最后一件事，它可能会非常危险，可能会被中国警方堵个正着。

"你可以帮我吗，画师？"

不远处空地上，秦川瞳孔蓦然扩大，一股寒意从心底猛地撞上咽喉——

从吴雩的角度不可能看见，鲨鱼问完这句话后，背对他的那只手便隐秘地伸进了后腰，与后面那个保镖阿Ken同时摸出了枪！

这不是请求或选择题，这是又一次致命的试探！

答"是"或"不"都看似很简单，这两个截然相反的回答之间却还存在着无数种反应和可能。鲨鱼心里只有一个标准答案，但这个标准答案又极其幽微复杂，只要吴雩有任何一个字甚至一丝反应不符合，前面是悬崖后面是枪，画师再生出三头六臂都逃不出死神的魔掌。

现在该怎么办？！

秦川心脏剧烈狂跳起来，仿佛无意般上前两步，这时只见吴雩终于有了反应，扭头问："这是给我带的？"

"嗯。"鲨鱼递上手里的饭菜，还是很温和恳切，"我听说你已经三天没好好吃过东西了，你必须补充点热——"

哐当！

不等他说完，吴雩接过饭盒扬手一扔，铁盒在半空中抛出一道弧线，在山岩上撞击滚落，消失在了山涧！

"我不相信你了，Phillip先生。这三天我等你醒来不过是为了告别。"

吴雩在周遭所有人震惊的注视中转向鲨鱼，淡淡道："东南亚雇佣兵虽然危险，但明显比你的谎言更可信。从此我们就桥归桥、路归路，各自珍重吧。"

吴雩转过身，保镖阿Ken因为过度震惊甚至忘了收枪，连秦川都难以置信地退了两步，眼睁睁看着他沿着山崖向远处走去。

"等等！"鲨鱼如梦初醒，上前一把抓住他的手腕，"如果你指的是步警官，我当然有必须杀他的理由……"

"你还要骗我到什么时候？"吴雪的语调却更加稳定而讥诮，"在码头仓库交易时，你这边一挂我电话，那边就立刻要杀步重华，而当时他警察的身份根本还没暴露。在茂县你拿私人岛屿来诱惑我的时候又是怎么说的？"

鲨鱼哑口无言。

"不论我对步重华怎样，那都是我的事，你不能拿已经许诺过的话来欺骗我，这么做跟十年前为了抓亚瑟·霍奇森而利用我的警察们没有任何区别。"吴雪抓住鲨鱼的手想挣脱自己手腕，从牙缝里冷冷道，"不好意思，Phillip 先生，我现在甚至怀疑你口中那个小岛到底是否存在，毕竟你在我眼里已经跟那些警察是一路货色了。"

他一抽手，转身大步向前走，鲨鱼疾步上前再次一把抓住他，脱口而出："等等！"

从来没人敢这么对鲨鱼说话，上一个敢当面叫嚣的毒贩早就被轰成了血肉横飞的渣。但周围几个心腹却不敢动手，连鲨鱼自己脑子里都轰轰作响，不敢相信自己竟然真的测出了唯一完美符合预期——不，这根本是超出预期之外，甚至让他无法应对的回答！

画师不是为了配合警方生擒，才在那么危急的时刻拼命救活他；也完全不想打听他下一步动向，好为警方通风报信。画师根本就是砸摊子不想干了！

"对不起，"鲨鱼胸腔不住起伏，半晌勉强冷静下来，"我不是故意骗你的，确实是当时情况非常复杂。"

山涧寒风如利刀割在脸上，鲨鱼却有一股火在太阳穴突突地跳，半晌无计可施，用力呼了口气："我向你保证那个岛是真的，我也没有要利用你的意思……谢谢你救了我的命，画师。这个世界上会愿意救我命的人不多，我真的希望你能留下来。"

——够了，哪怕再欲擒故纵，这时候都该就坡下驴了！

无声的僵持格外漫长，周围没人敢说话，甚至没人敢动。过了不知多久，吴雪终于慢慢地回过头，刹那间鲨鱼心头猛地一跳。

他看见吴雪那双黑眼睛里满是压抑的怒火，真切到了触手可及的地步，但每一个字都冰冷而清晰，把他的心脏重重砸向谷底："做梦。放手！"

第13章

吴雪猝然把手一抽，他人非常瘦削，比白人毒枭起码薄了两个号，但暴怒之下力气出乎意料地大，鲨鱼整个人往前一挣竟然没抓住，失声怒道："画师！"

几个心腹手下无法坐视了，壮着胆子围上前："站住！""别动！""请别动！"

气氛顿时剑拔弩张，吴雪锐利的视线从每个荷枪实弹的保镖脸上扫过，转身望向鲨鱼，眼底闪动着果然如此的失望和讥诮："怎么，想动手？"

——他竟然是来真的！秦川站在不远处愕然望着这一切，心里涌现出连自己都不敢相信的念头。

所有被欺骗的怒火、极端的失望、不顾一切的暴怒、毅然决然的告别，都已经远远超出了欲擒故纵的限度，他根本不是做戏给任何人看，而是真的一心想要走！

"你真的不愿意留下来？"鲨鱼加重语气最后一次问。

吴雪反问："换作我一次又一次欺骗你，你还能放心相信我，跟我去那也许根本不存在的欧洲小岛？"

鲨鱼沉默下来，半晌咽喉重重一滑，低声说："我知道我现在说什么你都不会相信了。"

他似乎非常颓唐又无可奈何，半晌疲惫地一挥手，示意保镖都收起武器，然后才抬头看着吴雪，仿佛下定了很大的决心："我可以放你离开，但你不能就这么走。"

吴雪那双形状锐利俊秀的眼睛顿时一眯。

"请不要误会，我只是想为你准备些东西。毕竟北方的冬天这么冷，你一个人很难走出这深山，而且缺少武器食水，我怕你半途中出现什么意外。"鲨鱼向吴雪打了个少安毋躁的手势，扭头吩咐手下，"给画师开一辆车过来，加满油，准备一些现金和一把枪。"

手下应声而去。

鲨鱼又转向那个阿Ken，态度十分自然："再去准备足够一人吃三天的行军干粮，一箱水——有换洗衣服吗？"

不知是不是错觉，阿Ken似乎愣了一下，和鲨鱼的视线在半空中轻轻一碰。

"有，有换洗衣服。"

鲨鱼闭上眼睛一点头，低声吩咐："也多拿几件来。"

"是！"

阿Ken不敢露出丝毫惊疑，立刻掉头匆匆走了，只听身后吴雩冷冷道："不用给我准备食水！"

鲨鱼反问："没有食水你打算怎么把车开出这深山？"

吴雩一言不发。

他的所有细微表情和神态都写着"余怒未消"四个字，鲨鱼也不以为意，走上前就着这几乎紧挨着彼此的距离定定地打量他，半晌才温和地道："你也许对这里的地形不熟悉，但我可以告诉你。从我们脚下开车出山起码要一天，中途迷路或走错道的话两三天都有可能，你不可能断食断水熬过这段时间。相信我，我看过航拍地图，对这里的地形比你熟。"

这时不远处空地上哔哔一声喇叭响，手下开来了一辆空的越野车，小跑过来把钥匙递给鲨鱼。与此同时阿Ken也出乎意料迅速地回来了，怀里抱着一箱干粮、一箱水和少许衣服杂物，向鲨鱼拘束地一低头："老板。"

鲨鱼说："放车里去。"

阿Ken略带迟疑地一瞅吴雩。

果然，吴雩无动于衷："放下吧，你的干粮我不会入口的。"

"……"

鲨鱼似乎也挺为难，盯着他丝毫没有血色的干裂的嘴唇，沉吟片刻后问："你是因为味觉和嗅觉受到了影响，怕我在食物里动手脚，所以在过去的三天里才几乎不肯吃东西的，对吗？"

这倒很容易理解，因为市面上无色无味的毒药毕竟是少数，但凡动了手脚的食物和饮用水，大部分总会有刺激性的气味，所以在失去味觉的同时也就失去了辨别绝大多数毒物的能力——这对专业卧底来说几乎是致命的缺陷。

"你既然这么想，行吧。"鲨鱼叹了口气，站在那里想了想，转而一拍那箱水，"不过干净的饮用水你一定要带上。你的水分摄入量已经少到非常危险的地步了，再这样下去不出半天就可能会脱水，而喝山里的生水是非常不安全的，我们也没有多余的过滤设备了！"

受过专业训练的人可以超过七十二个小时不吃东西保持体力，脱水却会造成非常严重的后果，直接饮用野外水源跟自残无异。吴雩似有所动，视线在阿Ken怀里那箱矿泉水上一定，但少顷却一摇头："不用了，谢谢。"

鲨鱼倍感荒唐："你不会怀疑我在水里下了毒吧？"

吴雩不置可否。

"哈！"鲨鱼简直不可思议般发出一声冷笑，这下真有点恼火了，随手撕开塑料膜，从一箱二十四瓶水里随机抽出一瓶，拧开盖自己喝了一大口，摊开手问："怎么样？！要我亲自给你一瓶一瓶试过去吗？！"

"……"

吴雩拒人于千里之外的神情终于发生了细微变化，鲨鱼扬手把车钥匙和那瓶水扔给他，语气已经带上了难以掩饰的不悦："我必须提醒你一件事，画师。我要是真想弄死你，何必在吃喝上做手脚，你根本不可能从我这么多人的包围中走出去！"

啪一声吴雩接住钥匙和水，似乎想答什么，但又什么都没有说，舔了舔干裂出血的嘴唇，终于拧开水瓶盖——

就在那瞬间，秦川视线钉在他森白的侧颊上，突然心头如冰雪浇下，打了个激灵，升起一个非常荒谬的猜测。

难道他的打算是……

但怎么……但怎么可能？

连秦川自己的第一反应都是难以置信，错愕的视线在鲨鱼和画师之间转了个来回，紧接着事情的发展却如他猜想的那样，吴雩仰头往嘴里倒了一大口水，分量跟鲨鱼刚喝的差不多，静待数秒后大概因为实在干渴到了极限，忍不住又灌了好几口——

他拧上瓶盖，拿着钥匙向越野车走去，没走两步便身子一晃！

"你……"

吴雩剧烈眩晕，眼前所有景物都出现了重影，痉挛的咽喉里只挤出一个字。他大概是想转过身，但迅速发挥的药力已经攫取了他最后剩余的力气，甚至连侧过脸都来不及，便颓然软了下去！

最近两个保镖冲上来，一把架住了他。

直到这时鲨鱼终于松开了一直死死咬紧的牙关，发着抖放开手心，指甲已经把掌心皮肉活生生掐出了血，借由刺痛才能勉强保持刚才毫无异状的站姿和表情。阿Ken迅速冲上来给他打了解药，毒枭眩晕着靠了好一会儿才恢复，摆手示意自己无妨。

他喘息着站起身走上前，注视着吴雩熟睡的面孔。

可能是全身黑衣的缘故，吴雩脸色显得格外苍白，眼圈和鼻翼都有着淡淡的青影，连睡着时唇角都是往下的，像是时刻在拒绝什么一样。

鲨鱼瞅着他，口气虽然很惋惜，眼底却渐渐浮起一丝戏谑："我是不是说过，味觉和嗅觉障碍必须早治，不然可能会造成严重的后果？"

吴雩人事不省，呼吸平缓深长。

"老板？"阿Ken拿着另一支解药，打了个请示的手势。

"算了，让他睡吧。"鲨鱼沉吟片刻后却摇了摇头，"不知道他抗药性怎么样，万一一针下去立刻醒了也不好收拾。"

保镖也心有余悸，赶紧架着这黑衣杀神走了。秦川目送着他们经过自己身边，银边镜片后的眼神一时难以言表，不知是佩服还是唏嘘地轻微摇了摇头。

阿Ken压低声音问："接下来怎么办，老板？"

鲨鱼回头扫视空地上的保镖装备，眼神有些阴鸷。三天前那个深夜对他的打击堪称惨重，大半人马都折在了工厂里，即便有侥幸没死的也都被警方一网打尽。如果不是事先在这条必经之道上埋下了后备人马，现在他连顺利逃出境可能都有些困难。

这已经是他在境内埋伏下的最后一点人手了，如果接下来再遇到任何阻碍，可怎么办呢？

"从这座山出去，绕过一座城镇，再翻过另一座山头……在冬季人迹罕至的深山里，藏着我们此行也许能收获的最大财富。"鲨鱼眯起眼睛，远处铅灰天穹倒映在他眼底，让瞳孔显出一种让人不寒而栗的色泽，"但外面现在一定是天罗地网，警方不会放过我们。如果没有足够多的火力装备，下次再遭遇警方时，我们就不会有三天前那样的侥幸了。"

阿Ken并不知道"最大的财富"具体地点在哪里，事实上除了鲨鱼和万长文，连秦川都只知道大概方向罢了。但每个人心里都非常清楚此行的风险有多大，阿Ken也有点忧虑："那我们现在还能怎么——"

鲨鱼转身拍拍手下的肩："画师醒来的时候告诉我。"

"是！"

"我听说人在缺觉的时候脾气会特别暴躁，醒来后就会好很多，不知道在画师身上适不适用。希望他醒来以后能更加平心静气地接受现实吧。"

鲨鱼双手插在口袋里，从断崖上向村庄走去。阿Ken紧跟在他身后，想了想忍不住问："那如果……我是说如果画师还是咬死牙关，不愿意帮我们呢？"

鲨鱼背对着他，但从气息听来应该是笑了起来，语气里有些复杂的味道，然后他干净利落做了个斩草除根的手势："还用我教你吗？"

阿 Ken 心神一凛，点头应是，两人一前一后穿过空地，向寒冷的山村走去。

——津海市第一人民医院，特殊监护病房。

"万长文带在身边的一共四个制毒师，其中两人因为毒气泄漏当场死亡，一人疑似被秦川带走，还有一个虽然被顺利抓捕归案，但现在人还躺在 ICU。"廖刚轻车熟路地大步往前走，尽管再三克制但还是无法掩饰，从紧皱的眉头和眼纹中露出了忧心忡忡，"鲨鱼的保镖马仔落网了九个，这几天审讯专家轮班突审，其中五个地位太低根本说不出核心机密，两个大脑受损神志不清，还有两个深度昏迷，今早凌晨'挂'了一个，剩下一个刚下了病危通知书。"

整层病房已经被津海市公安局清空封禁了，每条走廊、每个转弯口都有武警重兵把守，森严程度可见一斑。安静的走廊上只回荡着他们几个人急促的脚步声，严峋皱眉道："也就是说现在唯一有希望撬开的只有万长文的嘴？"

"对。"廖刚站定脚步，望向不远处一扇紧闭的病房门，浓眉间压着一层层忧虑，"但我跟杨成栋他们轮班值守了三天，里面一丝消息都没传出来，姓万的宁死都不肯跟专案组张嘴。"

走廊顿时安静下来，隐约只听病房门后正飘出人声，那是扭曲到极致、像秃鹫一样嘶哑绝望的冷笑："鲨鱼？鲨鱼是谁我怎么不知道？别跟我一个快死的人扯那没用的，我不信！"

审讯员不知道说了什么，听语调非常沉稳，有压迫力，但无奈没说完就被万长文更尖厉的声音打断了："别扯那没用的！没用！你去找公安部部长，你去找最高法院，你有种签保证书不判我死刑啊！你判死刑你就休想从老子嘴里掏出一个字，别做梦！做梦——！"

那变调的尾音像刮骨利刀，外面几个人脸色都变得极不好看。

不会有人给他签保证书，万长文其实非常清楚这一点。被中国警方抓住的那一瞬间他就知道自己完了，贩毒只有死路一条。

"步支队……"廖刚求助般望向步重华。

他自己都没发现那其实是出于一种本能，每当遇到难以解决的案子、濒临绝境的难题，他们支队都会下意识把希望寄托在无所不能、无所不会、永远疏离冷淡但又坚实可靠的支队长身上，那是无数次困境中一点一滴铸造出来的信任。

"步支队，小吴他……会不会已经……"

步重华沉定地打断了他："吴零没走远，他在等我们。"

廖刚眼底布满血丝，这段时间高压、高危、高机密的轮班倒已经让他熬得心力交瘁，任何一丝希望都像溺水浮木让他恨不能紧紧抓住。
　　"放心，"步重华平静地说，"我不相信这世上有撬不开嘴的犯罪分子。"
　　他走上前叩了叩门，步伐极稳，然后他推门走进了审讯病房。

第 14 章

万长文被铐在病床上，短短几天时间头发就全白了，青灰的脸上瞪着两只血红混浊的眼睛，皱纹一层层从嘴角耷拉下来，整张脸上似乎笼罩着一层阴冷的气——那是死气。

那是死神把镰刀钩在行将就木的人脖子上，反射出的狰狞灰影。

步重华推门而入，对墙角几位专案组领导点头致意，宋平正背着手站在窗边，见他竟然赶来，眉毛顿时不赞同地一皱。

万长文那被毒品浸染多年的眼珠子突然瞅见步重华，陡然一顿。

室内安静得就像被人按了静音键，万长文眼珠子直勾勾盯着步重华，所有人都望了过来。

步重华不动声色，负手站在病床前，琥珀色的双眼生冷无情。

"是你，就是你。"过了不知多久，万长文"嘿嘿嘿"地一声声冷笑响起，充满了迷乱和神经质，"你就是那个小崽子，是二十年前那个漏网的小崽子……命啊，这真是命啊。早知道我就不该放过你，我真不该放过你。"

最后几个字已经堪称咬牙切齿，但那却是万长文从昨晚以来最清醒最有逻辑的几句话，在这之前他不是怒吼咆哮就是胡言乱语，对以前的罪行根本只字不提。

几个督查领导同时精神一振，审讯员当机立断向步重华打了个隐蔽的手势。

"是啊，"步重华居高临下望着毒贩，平淡的声音后藏着一丝讥刺，"被警察的儿子亲手抓住的感觉如何，万老板？"

万长文像被毒针蜇了一下，那瞬间他被冰毒改造过的大脑充满了血，五官都恨毒地扭曲起来："你知道我本来是打算怎么弄死你爹妈的吗，小崽子？"

步重华面无表情地盯着他。

窗边的宋平却脸色一变。

"我本来是要把那两个警察吊起来，慢慢地放血……或者如果我当时知道你也在那里，我会让人先把你给抓起来，当着你娘老子的面剖开肚子……"

宋平双手在身侧发抖，猛地上前一步，被左右两个公安部专员同时死死架住了。

"让他们看着你嗷嗷叫。"万长文脸上泛着病态的红晕，每一个字都浸透了毒液，"听说你观赏了你爹妈被折磨死的全过程，你也认为他们死得太简单了，是不是？"

哐当！

宋平满眼通红，牙关死咬，挣扎时重重撞上了窗框，翁书记指着万长文拍案而起："够了！你——"

审讯专家霍然起身挡住勃然大怒的翁书记，一个劲拼命使眼色。

"那又怎么样呢？"就在这剑拔弩张的躁动中，只见步重华居高临下盯着万长文，轻飘飘地道，"他们是死了，但他们有我啊。"

万长文猛一张嘴，却像是喉咙里被塞了个滚烫的鸡蛋。

"他们死了有我摔盆哭丧，他们的墓有我每年去扫，他们的香火有我继承绵延——我步家可没绝户啊。你看，不正是我为他们报仇才把你给抓住了吗？有个香火正根多重要啊，是不是，万老板？"

万长文张着的嘴不住战栗，步重华却在他的瞪视中讥讽地笑了一下："而你老万家呢，绝户了，香火断绝了，你的骨灰只能撒进下水道里，连扫都没人扫了。你可怎么面对地下的列祖列宗啊？那些毒贩这些年没少指着你老万家的脊梁骨笑话你家绝户绝种吧？等你死了他们该笑话得更痛快了吧？"

"你！你！你——"

万长文果然被刺中了最大的痛处，胸脯像急剧胀气般可怕地鼓起来，审讯专家却从各个角度紧紧盯着他，不放过他脸上每一个最细微的表情变化，包括怒吼时扭作一团的法令纹。他喊道："你住口！你懂什么！你懂什么！"

步重华颇为愉快地道："真可怜，以后你金三角的那些竞争对手该怎么笑话你啊，被警察抓住喂了枪子还不算，还没儿子，也没孙子，你瞧瞧别人……"

"闭嘴！闭嘴！"万长文把金属手铐挣得哗哗响，仇恨淹没了一切，让他再也无法掩饰自己内心最绝望真实的那一面，"没人跟我姓万了你们是不是很得意？很得意？别高兴得太早！

"老子要拖着你们一起死！我老万家没人了，你们也别做梦破案领赏！我们一起死！——"

凄厉的嘶吼久久回荡，步重华却猛地从那字里行间察觉出什么，一眼瞟向审讯专家，正碰上了老专家若有所悟的目光。

五分钟后，病房外。
"你是怎么想到用这种方式刺激他的？"翁书记沉声问。
步重华道了声谢，接过审讯专家递来的火，一边点烟一边声音沙哑道："我曾经看过很多部里针对万长文的调查资料。万长文痴迷于生儿子，但可能吸毒造成了一定影响，这么多年来他在缅甸找的女人不是怀不上，就是生不下来。八九年前他抱养了一个据说八字相合的男婴，长到几岁大出意外死了，后来又抱了一个，但没过多久竟然也得病死了。"
几位部里来的专家领导都站在周围，神情凝重严肃，步重华在香烟袅袅中嘲讽地笑了一下。
"很多重男轻女却生不出儿子的蠢货最终都会去买男婴，既然万长文也这样，说明他已经到了走火入魔的地步，也就是说彭宛三岁的儿子陶泽对他来说其实是有极大吸引力的。"
翁书记皱眉道："可是没有用。我们已经想到了这一点，从昨晚到现在来回试探了万长文几次，他始终没有表现出对陶泽的任何兴趣，导致现在局面很被动……"
"那是因为陶泽是'外'孙。"步重华打断了他。
翁书记表情骤变，随即被无数事情牵扯的脑子陡然反应过来！
"对。"这时审讯专家出声道，立刻吸引了所有人殷切的目光，"步警官点中了关键。
"嫌疑人极其仇视警方，所以从昨晚到现在一直用大量吼叫、咒骂等无意义的发泄方式来掩盖自己内心真正的诉求，这对我们来说是致命的。但刚才步警官的特殊身份和绝妙的谈话角度，却对他产生了震撼性的心理刺激，让他终于在激愤中暴露出了最强烈的欲望——'没人跟我姓万了'。"
连审讯专家都不乏嘲讽地摇了摇头，摘下老花镜擦了擦："因为'我老万家没人了'，所以'你们也别做梦破案领赏'，你们注意到没有？在万长文的潜意识里这两者是因果关系。"
翁书记不可思议道："所以他真正的心理诉求其实是……"
"不是免除死刑，他知道自己必死无疑。"步重华冷冷道，"他是想求外孙认祖归宗。"
所有人面面相觑，紧接着翁书记反应过来，语调控制不住地变了："这件事可以谈！不管用什么办法，只要能撬开姓万的嘴！老欧、老欧——"

市局欧秘书飞奔而至，翁书记看了一眼表："现在还有一点时间，立刻打电话找陶正庆！找陶家人配合！不管他家提出什么条件，立刻报上来让我批，我批不了的送市委走流程特批，快！"

　　"是！"

　　欧秘书边往外走边急急忙忙拨通号码，却被步重华拦住了："没用，我们现在的时间已经不够走流程了。"

　　欧秘书一愣："可是……"

　　"你们不了解陶家人。"步重华摸出手机迅速拨了个号码，头也不抬地说，"让我来。"

　　嘟嘟嘟——

　　电话很快接通了，对面传来一个衰老的男声，陶父充满疑惑地说："喂？"

　　"你好，陶先生，我是市公安局刑侦支队步重华。"

　　听筒那边一愣，紧接着毫不意外地爆发了，半条走廊都能听见手机中的声音："你们——你们警察还有脸联系我家？我好好的儿媳妇说没就没了，凶手抓到了吗？判了吗？赔偿呢？要不是你们插手，事情会变成那样吗？我这个情况是可以申请赔偿的我告诉你们！……"

　　步重华俊美的五官线条纹丝不动，所有人眼睁睁看着他转身走到窗前，一手掐灭了烟，从裤袋里掏出自己的手机操作了片刻，然后终于在对面愤怒的叱骂声间隙中不失时机地开了口，一句话把陶父镇住了："二百万够不够？"

　　"你你你……你说什么？"

　　"当初绑匪要赎金四十万元，你不舍得，现在我给你加四倍，买你孙子陶泽的改名权。同意的话一小时内会有人带着现金支票领你儿子去公证处办材料。"

　　陶父像是被当头拍了张定身符，难以置信地愣在那里。

　　步重华的声音冷静而直接："我给你十分钟时间考虑，回答我之前先查查你的银行账户，看看是不是多了二十万元定金。"

　　时钟指针在墙上一圈圈转动，窗外天幕由亮转暗，所有人都聚在走廊上屏声静气等待着结果。

　　来往请示的市公安局、外围机动组、摸排调查组、各辖区技侦组的人员……脚步匆匆来回，电话此起彼伏。无数线报和消息如雪片般从四面八方传来，所有专案组领导专家都陪着轮班熬，医院专门辟出的会议室里充满了过夜方便面汤和香烟混合的味道。

宋平站在敞开的窗前，突然肩上一沉，是步重华从身后给他搭了件大衣，手里还夹着根烟："宋叔叔。"

　　宋平静静打量他半响，目光仿佛穿透他，望见了更悠远泛黄的岁月，良久伤感地笑了笑："你还不戒烟啊？趁着瘾不深，赶紧戒了吧！"

　　步重华说："等吴零回来了就戒。"

　　宋平点点头，低声问："跟陶家人谈得怎么样了？"

　　"同意了。一百九十万。"

　　"怎么还少了？"宋平的第一反应是诧异，紧接着却反应过来，意外而赞许道，"不错，你做得很对！"

　　"一味加价只会让对方拖延，适当降价反而能推进速度，对不同的谈判对手要采取不同的策略。"步重华淡淡地扯了一下嘴角，"陶正庆急欲再婚，他爸视财如命，他妈并没有多少主见。当初办绑架案时我注意观察过他家每个人的性格状态，果然全家人的心理弱点都一击可中。"

　　步重华能在这个年龄当上刑侦支队实权一把手，他的刑侦本能让他几乎随时随地都在收集信息、快速分析、积累储存、果断出击，大脑就像一台精密仪器，防水防震高效运转，永远都不被任何困境甚至绝境所打倒。

　　宋平转身用力按了按步重华的肩膀，布满血丝的眼眶看上去微微发红："如果你父母在天有灵，一定会为你感到骄傲的！"

　　"如果我父母在天有灵，一定也会为你感到骄傲，宋叔叔。"步重华平静地说，"不用在意姓万的说了什么，他注定要上刑场，枪决那天他们会在天上和咱们一起观刑。"

　　宋平伤感地笑了起来："是，你说得没错！"

　　"翁书记！宋局！"

　　这时会议室外传来急匆匆的脚步声，紧接着门呼一声被推开了，只见欧秘书跑得气喘吁吁，连声音都变了调："公证手续到位了，廖副带着公证书半小时内就到！"

　　啪！

　　审讯员把一个淡黄色封皮的公证书扔在病床上，万长文瞪着角落里被民警牵着的那个三岁奶娃娃，眼一下直了，嘴唇哆哆嗦嗦说不出话来。

　　疑虑、疯狂、怨恨、不甘、心动、渴望……种种复杂情绪全数涌上脑顶，这是他被捕后第一次在民警面前露出这么难以控制的表情。

　　"把鲨鱼跟你商量过的所有事情统统告诉警方，你的配合程度将决定我们什么时候在这张公证书上盖章。"步重华俯视着软泥般瘫倒的老毒枭,声音一字字清晰冷静,甚至到了残忍的地步,"知道吗,我刚花一百九十万元,只要你有一个字撒谎,你猜我会怎么做?"

他略俯下身,注视着万长文剧烈震颤的眼珠,微笑道:"我会在你的死刑刑场上把他的姓改成'步',把你的骨灰倒进马桶,让你老万家唯一的亲外孙为我父母摔盆哭灵——想不想看到那一幕,万老板?"

每一秒指针的嘀嗒声都像是响在众人心上,病房门里不断传来各种动静,谈话、威胁、利诱、怒吼、哭号……足足一个小时后,门终于被猛地打开了,所有人腾的一下站起身。

步重华大步流星走出来,大衣下摆在空气中划出一道利落的弧线:"万长文交代了。"

翁书记失声:"什么?"

"有一处蓝金生产窝点藏在他情妇老家H省陂塘镇望家坡附近的深山里,鲨鱼曾经刻意打听过具体路线,极可能是毒贩的下一个目标。"步重华停下脚步,眉宇深刻尖锐,有种不容否定的坚决,"如果鲨鱼的车队经过肯定会留下痕迹,我申请即刻出发进行勘查!"

走廊里顿时一片欢腾,很多人同时如释重负地向后倒去,有几个轮班刑警甚至精疲力尽地一屁股坐在了地上。

"快去!这就去!"连翁书记的第一反应都是拔脚往外奔,一迭声吼道,"现在就出发!"

——我这是在哪里?

一条黑暗漫长的山路在眼前铺开,周围树影憧憧,身后火光冲天。吴雩仿佛突然变得非常小,踩着崎岖石路跌跌撞撞地往前跑,身后传来混乱的叫骂和车声,间或一声声狗吠。

"别放跑了他们!""追!""快追!""在那里在那里!"……

我这是在做什么?他心里恍惚浮现出这个念头,但紧接着重复无数次的噩梦就让他回忆起来。

——是二十多年前那个血腥深夜的后续,是他把那个白嫩嫩的"城里孩子"往树坑里藏好,然后迎着歹徒跑出去之后所发生的一切。

充满血腥的风在耳边呼呼向后刮,浓烟中似乎藏着无数惨叫哀号,犹如怨灵忽近忽远。他不记得自己摔倒了多少次,又连滚带爬地起身多少次,所有求生意识都凝聚在那双不断奔跑的小脚脚底,连被尖锐的石块割得鲜血淋漓都没发现。

跑,往前跑。

被毒贩抓到就完了,被抓到会比死还难过。

"看到他了!""放狗追!追!!"

身后急促的狗叫顺风传来,小孩发疯狂奔,面前突然出现了一条山体裂隙!

吴雩知道在这之后发生了什么事情。

他毫不犹豫地跳下山谷,有一瞬间以为自己会摔得粉身碎骨,但命运却在那一刻眷顾了他。一根不知从何处伸出的枝杈在半空中钩住了小孩的衣服,茂密的枝叶挡住了毒贩的手电光,将他在半空中整整悬吊了一夜。直至第二天蒙蒙亮,他才挪动满是伤痕的身体,借着天光慢慢从枝杈上爬下来,已经忘记了自己怎样一步一步地顺着山路回到村子。

那曾经是他唯一可能逃出地狱的机会,从那天深夜过后,所有命运都被无声改写,仿佛他在向深渊跃下的那一刻,便扑向了没有光明的结局。

"汪汪汪汪汪!"

就像梦中曾经重复过千万次的那样,狂吠迅速由远而近,风中传来巨犬的吐息,獠牙与尖爪当空扑来——

吴雩睁大眼睛,用尽全力向漆黑的山谷一跃而下!

下一秒,跟重复演绎过千万次的梦境与现实都不同,他撞进了一个坚实有力的怀抱。

毒贩怒骂和狗吠都倏地退去,呼啸山风在此刻化作静默无声。小小的吴雩发着抖抬起头,他看见头顶那张熟悉的脸正紧紧注视着自己,琥珀色的眼睛还是那么好看,虽然因为眼眶满是血丝而微微发红。

他穿着深蓝色制服,一手握着枪,一手把当年十一岁的小吴雩抱在怀里,低声道:"让我来保护你。"

我会千里迢迢、披星戴月地赶来带你走。

这一次换成我来保护你。

吴雩闭上眼睛,喉咙里像是哽住了酸热的东西,天旋地转迎面砸来,眩晕感攫取了全部神志。不知过了多久,他猛一睁眼,身体冲向前,骤然发出干呕!

"喀喀喀!……"

麻痹到极点的意识终于缓缓恢复,但咽喉痉挛半天,却什么都没吐出来,只听身侧传来含笑的声音,不仅抱歉还挺殷勤:"醒了?"

一瓶水递到嘴边,吴雩却喘息着把头一偏。

他的视线一点点聚焦,终于发现自己正坐在行驶中不断颠簸的车后座,右手腕被吊起来,铐在车顶把手上,前座保镖虎视眈眈,而身侧拿着矿泉水瓶的赫然是鲨鱼!

第 15 章

"喝点水。"鲨鱼把吴雩的头扶过来,笑着给他喂了两口水,"没事,我以上天和我亲妈的名义发誓这瓶没下药,而且你睡着时已经喝这么多了,要死早死了,不用等到现在。"

吴雩昏昏沉沉喝了几口,靠在椅背上微微喘息,半晌睁开眼睛声音沙哑地问:"你想干什么?这是要上哪儿去?"

以毒枭的疑心而言,换作旁人问这句话,可能立刻就会被鲨鱼放进死亡名单,或是当场就摸枪出来一击毙命以绝后患了。但当吴雩问出口时,毒枭却明显很欣慰,甚至露出风度翩翩的讶异表情:"你终于愿意对我的行程抱有一点兴趣了吗,画师?"

车窗两侧是起伏的山野,前方如浓墨般伸手不见五指,除了数米以外被黑暗吞没的车灯,连一丝微茫的天光都不见。

"我们要去万老板的工厂提取一些反应残留物,最好能反推出化合过程和配方。"鲨鱼在车辆颠簸中微笑道,蓝色的眼睛在阴影中闪着锐利的精光,"天亮时我们能出这座山,在山下的陂塘镇给车辆加油和补充物资,然后绕过望家坡,尽快进到下一座叫作七龙塘的山里。根据万老板之前提供的航拍图,他曾经在那里建立过一条临时生产线,虽然现在已经废弃了,但仍然隐藏着蓝金价值连城的秘密。"

吴雩细长细瘦的右手被铐在车顶上,倚靠在真皮后座里,侧脸苍白,一声不吭。

但鲨鱼不介意他的冷淡,甚至语气还更温柔热切了:"你愿意陪我一起去吗,画师?"

毒枭这话已经把自己的底牌都掀了,如果画师再咬死不肯帮忙,那没有任何异议,只有立刻杀死他这一条路可以走,毕竟死人的嘴才是最保险的。

司机从后视镜里不断向这边紧张打量，副驾驶位上的保镖掌心也沁出了冷汗，紧握着怀里的枪，空气中仿佛有一根无形的弦渐渐绷紧——

"你给我活着说'不'的权利了吗？"吴雩终于冷淡地问。

鲨鱼看着他垂落的眼帘，乌黑的眼睫随着车辆行驶而细微颤动，心里也动了一下，深吸一口气温言道："不是这样，画师。我知道你……"

说时迟那时快，吴雩右手骨骼咯咯一响，竟然以一个非常刁钻的形状瞬间从手铐间抽了出去！

扑通——

鲨鱼脸色剧变，但根本连躲避都来不及，迎面劲风呼啸巨响，后脑重重撞在了车窗上！

"住手！""住手！！"

司机在尖厉的摩擦声中急刹，保镖竭力探身用枪口顶住吴雩，混乱中前后好几辆车同时停下，呼啦啦十多个人狂奔而来："怎么了怎么了？""保护老板！保护老板！！"

"……"

鲨鱼背部紧贴车门，被吴雩迎面摁住，两人距离近到面对面逼视彼此，吴雩右手被手铐剧烈摩擦破皮，锋利的指尖正悬在蓝眼睛前，优美劲瘦的手指如刀刃般反出远处车灯一线弧光。

"没事，别大惊小怪。"鲨鱼胸膛剧烈起伏，少顷脸上竟然慢慢浮现出笑容来，"画师跟你们开个玩笑而已，他认真的话我已经死了。"

那笑容疯狂又嗜血，眼神深处又闪烁着迷醉的光，像沉溺在某种让他目眩神迷的事物里。他就这样一眨不眨地注视着吴雩，从车门边坐起身，吴雩也终于缓缓抬起手坐了回去。

前座保镖惊疑不定，车外的人也不敢动弹，足足僵持了好几分钟才谨慎地一步步散开，片刻后都退回了前后车上。

"气消了吗？"鲨鱼问。

吴雩近在咫尺冷冷地盯着他。

"知道吗，你身上的矛盾性有时会让我联想起年轻时的我自己。你用了半辈子的时间追求权威，你的初衷其实和我一样，都是用这种看似截然相反的方式寻求自我内心的自由。我们都是在不断挣扎和寻找的人。"

吴雩似有所动，但随即略偏过了视线。

这细节让鲨鱼瞳孔深处浮现出了些微胜利的神色，不过一闪就被隐藏起来了。

"我不相信你在针对暗网的过程中没有被它吸引，事实上，针对它的各国警方、特工都曾经或多或少被它的去制度化和去中心化所吸引，你不是唯一的，也不是最后一个，否则也不会有那么多暗网志愿者在地球的各个角落提供中转节点了。那些志愿者都是坏人吗？显然不是，他们只是在贯彻自己对于网络自由的理解，就像你我一样。"

鲨鱼握住吴雯的右手，那手腕、关节和指骨突起处都被手铐刮得大片破皮，血丝正一点点渗出来。

"跟我走吧，画师。"鲨鱼清清楚楚感觉到那指尖似乎在微微颤抖，颤抖的频率让他更愉悦了，但他表面上却更加柔和诚恳，"即便你不再信任我，你也该相信自由的未来，否则难道你能单枪匹马逃出这里，躲开警方的天罗地网吗？"

仿佛某种尖锐的东西正从吴雯身体表面一点点颓然衰败下去，直至完全消失。车还在一望无垠的黑夜中向前行驶，前车尾灯透过玻璃，映出他半侧纸一样雪白的脸，眼睫终于无声无息地重重合拢。

"你给我多少钱？"半响，他终于声音嘶哑地问。

坐前排的司机和保镖一时都没反应过来——钱？

钱似乎是画师最不在意的东西，在这当口他怎么会突然问钱？

然而这话一出口，就像某个机关被砰地打开，鲨鱼眼底猝然亮起两簇幽森的火苗，他知道自己终于触动了画师心底最深的东西："只要从万长文工厂里得到蓝金配方，未来一年内所有净利润你拿三成。"

"……"

"我还附赠你一样东西，是其他任何人都不会为你想到的——我会为你的家乡修一条路和一座学校。"鲨鱼紧盯吴雯颤动的眼睫，"那曾经是你非常努力去达到的目标，对吗？除了我之外，这世上应该没有任何警察曾经认真思考过你想要什么，他们也不会帮你实现任何梦想，是不是？"

吴雯合拢的眼睫因为用力紧闭而纠缠在一起，他俯下身，手肘搭在双膝上，把脸用力埋在掌心里。

时间仿佛一曲悠长的挽歌，从呼啸的寒风中刮向茫茫山林，消失在苍茫邈远的天际。

"我不知道是否应该这么做，但我想选择一条对自己最有利的路……我几乎从来没做过只对自己有利的事……"

他终于长长吸了口气，就着这个姿势偏过头，自下而上盯着鲨鱼，这个角度让他眉梢眼角如剑一般上挑，露出了眼底密布的红血丝，他终于说："好，我答应你。"

车里无形的钢弦骤然一松，前排司机和保镖同时向后倒去，双双竭力掩饰地呼出一口气。

鲨鱼终于真正笑了起来，唏嘘地拍拍他的背，肌肉削薄悍利但肩胛骨突起得硌手。

"你目前的打算也许是等出境之后就跟我钱货两讫，然后拿着钱远走高飞，不过到那时也许你已经改变了对我的看法。所以到那时再重新考虑你的算盘，好吗？"

吴雯愣怔望着鲨鱼递到自己眼前的手，不知过了多久，终于伸出自己伤痕累累的右手，与他紧紧地握了握，艰难地吐出一个字："好。"

鲨鱼看着他，笑容加深了，蓝色的眼眸里闪烁着志得意满。

五辆越野车首尾相连，在苍茫深山间冲向前方，消失在盘旋崎岖的山路上。远处乌黑的夜空尽头正渐渐泛起青蓝，在那片天幕之下，山林浓雾间闪现出隐约车影，是毒贩的目的地陂塘镇。

谁也不知道，从陂塘镇往南眺望，此刻数百里外的津海市，无数红蓝警灯和尖锐警笛正趁夜风驰电掣，犹如一柄出鞘利剑，向连绵群山当空劈来！

第 16 章

翌日，七龙塘深山。

"就——就是这里了，各位领导同志。"镇派出所民警艰难地爬上坡，上气不接下气地扶着膝盖，"前面山谷全——全是废弃矿坑，大概六七个，八——八九百亩吧，大概。"

杨成栋正一手抓绳一手抓石头，用尽全力爬上近九十度的陡峭山崖，闻言当场眼前一黑，差点儿没掉下去。

幸好这时从头顶上伸来一只结实有力的手，闪电般把他一拉，几乎硬拽着给他拖了上去——是步重华。

"呼、呼、呼……"杨成栋趴在杂草丛生的地上喘了半天，才两脚发软地站起来比了个大拇指，"步兄你可真是个铁人！"

步重华的警用冲锋衣和战术靴跟所有人一样沾满了枯枝泥土，他人也在不住喘息，一言不发地抹了把汗站起身。

十多名刑警接二连三爬上山崖，只见眼前是冬季萧瑟狭长的山谷，山谷底部的植被掩映着好几个巨坑，呈纵深排列，裸露的岩石几乎形成垂直绝壁，仿佛大地上无数星罗棋布的裂口。

向南面极目眺望，矿坑背靠着郁郁葱葱的原始森林，根本没有人烟，巍峨的巨山矗立在灰白天穹下，一眼望不到尽头。

杨成栋嘴唇颤抖半晌。

"这里以前是个采矿场，大概三四年前废弃了，很多矿井底部已经积水甚至形成了水潭，地形复杂而且人迹罕至，最近的村子离这里有几十里路。"镇派出所的带路民警往远处一指，"那边山头上的森林资源都还没开发，连打猎采药的都很少去，要是犯了事往深山老林里一跑，十几年都不一定有人能发现！"

"那姓万的怎么这么会找地方啊？"杨成栋简直要疯了，"我说这些制毒贩毒的能不能别跟偷猎似的整天往深山老林里钻，都那么有钱了，整天窝在这连订个外卖都要翻山越岭的破地方，赚那么多钱是图啥啊？！"

这话简直说出了所有人的心声，连远处的特警大队长都无语凝噎。

"矿坑地形隐蔽，而且因为非常深，制毒时产生的浓烟不会被周边村民发现，废水也可以直接排矿井里。"步重华放下望远镜，沉声说，"这附近一定有路，否则万长文的生产设备绝不是靠人力马驮就能运进去的，只是我们还没找到——老汪！"

特警大队长："唉！"

"汇报指挥中心，一边继续逼问万长文一边必须立刻展开全面搜索，务必在目标进山前抢先找到制毒窝点，全面埋伏布控！"

"是！"

汪大队长匆匆而去，杨成栋忧心忡忡，忍不住问："还来得及吗？"

万长文只说在山谷矿坑里，可没说矿坑居然这么大，而且复杂崎岖的地形增加了搜索难度。大规模搜索耗时耗力，哪怕多耽误一分钟都是多一分风险。

现在离秦川携鲨鱼逃走已经过了四天半，没人知道毒枭的车队现在到哪里了，万一他手里有详细路线图，他很可能在警方前面找到制毒工厂！

步重华剑眉压得极紧，低声道："要是能联系上吴零就好了。"

杨成栋望着他消沉的背影，心里微微一动："唉，是啊，也不知道小吴还安不安全……"

步重华转身走下陡坡。

这时各作战单位都在向这边深山集结，远处天穹山野寂寥，铅灰云层漫天一色，无数黑压压的鸟禽从群山另一边掠过原始森林，转瞬消失不见了。

步重华若有所思地眯起了眼睛。

"哎不好意思。"他随手把刚才那带路的当地民警招来，问，"你们这儿是不是要下雪了？"

"哟，还真是，昨晚上天气预报没说啊。"民警顺着他手指的方向一望天色，又抽抽鼻子仔细一闻，"这味儿已经起来了，估计今晚雪就得下来，您可得赶紧告诉他们动作快点儿。"

"……"

民警小心地挥挥手："领导？"

步重华置若罔闻，愣怔望着天空，似乎突然捕捉到了什么——

山里要下雪了。

他那无时无刻不高速运转的大脑中闪现出几帧零碎画面：四天前码头的黑

夜，用枪指着"请"他上车的毒贩，雪亮的车前灯和沥青路面，疾驰中溅起水花的越野车轮胎……

轮胎。

记忆仿佛图像检索器，将脑海中定格的画面扩大，再扩大，直至每个细节都纤毫毕现，步重华脑海中陡然滑过一道亮光！

"我想到追踪他们的办法了。"

杨成栋刚追上来，闻言愣住："什么？追踪什么？有什么办法？！"

步重华顾不上回答，转身一把拽住那个当地民警，劈头盖脸问："你们镇上有哪些地方卖橡胶钉胎？"

民警莫名其妙："钉胎？"

——扑棱棱！

远方鸟群掠过天际，消失在铅灰色的苍穹下，吴雩收回目光扒了口饭。

陂塘镇郊公路边，几辆刚加满油的越野车围成一个圈，正在做进山前最后的准备。吴雩坐在敞开的车门边，有意无意把盒饭里的几块红烧肉撇到边上，只把炒豆腐混合着饭粒扒进口，突然头顶传来鲨鱼含笑的声音："怎么不吃肉，是不合口味吗？"

吴雩动作微顿，然后尾调上扬地"哦"了一声："没有啊。"

他的语气十分寻常，鲨鱼提起裤脚坐下了，随意道："其实也没什么，只是我突然想起第一次遇见你的时候，你也是把炒饭里的肉单独挑出来喂猫了，我那时还以为你是个素食主义者呢。"

吴雩失笑道："没有吧。"

鲨鱼点点头，似乎感觉很有趣，突然说："我之前去你家乡'探访'时听到过一个传闻，不知道是不是真的。"

"什么传闻？"

"当年坤沙知道你们掸邦对自己统治不满，于是决定立威。他让人去各个村子里找被藏匿起来的士兵，找到后烧一锅水，把活生生还会惨叫的人放进去，要求那些参与藏匿的村民排着队，拿着碗……"

"是吗？"吴雩沉静地说，"有这回事？"

他与毒枭目光相对，这个距离连脸上最细微的表情变化都无所遁隐，鲨鱼深深看着面前这双黑白分明的眼睛，微笑道："是啊，据说很多人从此落下一生的心理阴影，毕竟这世上的绝大多数人是有道德感、正义感，愿意守住内心原则的……你觉得呢？你当时应该还很小吧？"

吴雩"嗯"了一声："应该吧。"

不远处带枪的保镖走来走去，几个人凑在一起看卫星地图，尖锐的北风穿过人群掠向群山。

时间仿佛漫长到静止，鲨鱼目光落在吴雩饭盒里的那几块肉上，但只定格了一瞬间。

"真惨。"吴雩夹起一块肉，垂下眼帘说，"幸好我没什么印象了。"

鲨鱼的视线落在他的筷子上，只见他把那块红烧肉送进口中，慢条斯理咀嚼了十来下，才咽了下去。

吴雩从下颌到脖颈的线条流畅修长，喉结随着吞咽的动作滑了一下，隐约可见淡青色的血管隐没进锁骨里。鲨鱼灰霾的瞳孔不易发觉地张大了，仔细盯着他的每一个动作甚至每一丝反应，仿佛能剖开眼前这人的皮肤肌骨，直到看见那块肉顺着食道滑进胃里。

他终于真正笑了起来，眼底闪烁着难以用语言形容的光彩。

"你没有印象了，这是件好事。"他就带着这样的笑容站起身，口气里不知是欣喜还是鼓励，"慢慢吃，待会儿休整完毕我们就起程进山。"

鲨鱼转身向人群走去，这时突然只听身后："Phillip 先生！"

"怎么？"

他一回头，看见吴雩向天上示意："要下雪了。"

刚才还只在天边的铅灰云层已经扩散开来，形成了连绵云带，向人头顶低低地压过来。风速气流变得不太稳定，扑簌簌吹得远处的树枝乱晃，本来冰寒刺骨的气温却仿佛突然没有那么冷了。

鲨鱼脸色顿时一变，猝然望向每辆越野车的车胎！

吴雩三两口扒完饭，把空盒塞给路过的保镖，上前半跪在车胎边熟练地一压一掐："不行，已经硬了，你必须换胎。"

保镖手足无措："上一次换胎是我们刚到北方的时候……"

"你们是不是在墨西哥待太久了？北方冬天山里一旦下雪，普通冬季胎是不够的，必须镶橡胶钉，否则这么难走的山路危险性太大了。还有时间吗？"

鲨鱼看了看表，又扭头望向陂塘镇的方向，有点犹豫。

"不行，你们必须换钉胎。车载重本来就大，深山一旦打滑会把被前后车全撞下去，不能冒这个险！"吴雩一拍车胎，语气坚决，"把车一辆辆开进镇上换胎来不及了，你得立刻叫人去镇上的汽修厂买轮胎回来我们自己换，最多一个小时，还来得及！"

远处阿 Ken 迅速在平板电脑上查了一下最新卫星云图，快步上前给鲨鱼一看，两人脸色同时微变。

吴雩没说错，确实要下雪了。北方深山老林的气候变化不像墨西哥城，万一车轮打滑，后果不堪设想！

"去两辆车，别从一个地方买。"鲨鱼终于低沉地做出了决定，"目标不要太大，买十五到二十条，运回来我们自己装。"

"明白！"

阿Ken利索地点了两三个人，正准备分头上两辆车，吴雩却在这时出了声："让秦老板跟你们一起去吧，他好歹对此地熟。"

空地不远处，秦川正在吃饭，闻言愣了愣。

其实是应该让他去的，秦川虽然也不是北方人，但起码在北方生活过，比这些外来的保镖更容易潜入城镇人群。然而鲨鱼视线落在秦川身上，却微微眯起眼睛，刹那间不知道转过了什么念头："还是画师去吧。"

吴雩没反应过来似的，好像没想到他为什么突然不太信任秦川了，有点愣怔。

"你们两个陪画师一起去。"鲨鱼也没多解释，点了阿Ken和另外一名心腹，若无其事笑道，"虽然津海警方的通缉不一定能发到这小镇上来，但你们还是小心点，别让画师接触太多人，另外一定要快去快回。"

"是！"

阿Ken打了个"请"的手势，吴雩还挺莫名其妙似的，但像平常那样也不会多嘴去问，只一点头上了车。

"……"

不远处秦川注视着他的背影，鼻腔里几乎无声地一哂，低头继续扒了口饭。

陂塘镇是个矿业镇，因此越到年关越冷清，尤其在大雪将至时街道更加灰败萧瑟。越野车驶过十字路口，吴雩的视线落在马路边的公共电话亭上，但面上却没有一丝表情，瞬间便轻轻收回了目光。

"一口价总共一万二，二位今天就要？"

"现在就要。"吴雩带着津海口音，环顾这家琳琅满目的店铺，"有样货吗？拿来我们看看，没问题的话我们带回去自己换。"

镇上的汽修厂轮胎店总共就那么几家，这临街铺子已经是最大的一家了。老板本来正坐在店里抠脚，一副正打算提前关门歇业回家喝酒的样子，没想到却突然有生意上门，不由得喜笑颜开："行！行！您等着，我上后边仓库给你们拿个样货就回来！"

"哎等等。"吴雩突然问，"您有洗手间吗？"

老板说："有啊，仓库后边！"

"那我去方便一下，水喝多了。"

老板不以为意，示意他跟自己来。谁知吴雩脚步刚动，紧跟在他身后的阿Ken也动了："我也去。"

吴雩眉角不易察觉地一跳。

但他还没来得及说什么，老板面露难色地止住了脚步，冲阿Ken赔笑："啊？帅哥要不你等等？"

"为什么？"

"我后面可就一个坑，而且你进去我这店里就没人看了，帮我守一会儿呗。要是有人进来你就帮忙说一声，老板在后边仓库调货，几分钟就回来！"

阿Ken一迟疑，只见吴雩顺手就把鲨鱼给他的那部手机塞给了他："等我一下。"然后吴雩举步向后走去。

阿Ken不想引起任何注意和怀疑，又见吴雩主动把手机塞过来，便犹豫着停住了脚步——就在那一错间，吴雩已经跟着那裹着羊羔毛棉袄的老板闪身进了后堂，消失在了通往仓库的过道小门后。

咔嗒！

门刚关，老板脸上的笑容立刻就消失了，他机警地向仓库深处快走了几步，同时伸手去拉吴雩："你……"

"卫生间在哪里？"吴雩一抬手挡住老板，仔细看的话会发现他面上终于显出了一丝痛苦之色。

老板没想到他是真要用卫生间，当即傻了，忙不迭地引他推开另一扇门："就是这儿，你这是……"

话音未落，吴雩疾步上前弯下腰，一手掐着咽喉一手伸进嘴里，紧接着："哇——"

这一吐简直翻江倒海，开始他还能站稳，到后来只能用手肘撑在马桶边缘，简直要把整个胃都搅碎了从咽喉里喷出来。

原来我还是忍不住，他昏昏沉沉地想。

太懦弱了。

"找到后烧一锅水，把活生生还会惨叫的人放进去，要求那些参与藏匿的村民排着队，拿着碗……"

还未消化的食物喷涌而出，被抽水马桶冲走，然后一拨又一拨胃液混杂着胆汁呕吐出来，最后是带着丝丝血色的水。

"据说很多人从此落下一生的心理阴影，毕竟这世上的绝大多数人是有道德感、正义感，愿意守住内心原则的……"

明明已经没有味觉了，可舌根却有种黏腻的苦涩感，仿佛要把这身体里积沉的所有苦难、怨恨、罪恶和脏污都一并混着鲜血吐出口，最终连五脏六腑都化为血水，呕吐干净，这躯壳内空空荡荡，什么也不剩。

——我太懦弱了，掩盖不了也克制不住，我太害怕了。

真的太害怕了。

身后似乎传来脚步声和人声，但昏沉和抽搐让吴雩连站都站不起来。他埋着头，剧烈颤抖着抬手去按冲水键，下一刻有人已经帮他按了下去，紧接着一只温暖结实的手把他搀扶了起来，用热毛巾擦他狼狈不堪的脸。

"没事了，放松点，没事了……"仿佛做梦般，他听见那个熟悉的声音在耳边一遍遍重复，"没事了……"

这是幻觉吗？

吴雩不断战栗，胸腔剧烈起伏，涣散的视线终于一点点聚焦起来，难以置信望着近在咫尺的面孔。

步重华眼眶微微发红，不断摩挲他被冷汗浸透的鬓发。

"没关系，别怕。"他声音嘶哑地轻轻道，"追到你了。"

第 17 章

"鲨鱼在镇外准备进山搜万长文的制毒工厂，他们有各种冲锋枪和土制手榴弹，必须立刻安排抓捕……为什么你会在这里？"吴雩刚呕吐过的嗓子非常哑，声音还带着急促的喘息，"大部队呢？武警呢？你不该来的，太危险了！"

洗手间狭小破败，昏黄灯光下只有他们，外面寒风呼呼地吹动窗框。

洗手间门被轻轻拍了两下，然后开了，宋平探进头。

步重华一使劲拉吴雩站了起来，跟宋平快步走出卫生间，穿过仓库一排排堆满各种零件的货架，转过拐角只见一道布帘，掀开后赫然见几位专案组成员及便衣特警，那个穿羊羔毛大衣的汽配店"老板"也赫然在座，正一脸严峻地调试技侦设备，见他们进来，立刻端起手边刚整出来的一大杯温盐水示意吴雩喝了："时间很紧，外面拖不了多久，情况怎么样？"

这是吴雩连夜逃出津海后第一次和这么多公安局的人站在一起，刹那间有点本能的瑟缩，心想：他们这么信任我吗？

但这时候已经没时间让他多想了，吴雩边喝温盐水边把鲨鱼的人员、装备、火力情况简单清晰叙述一遍，包括另一辆车已经出发分头去买钉胎的事。当他说这些的时候边上所有人都在埋头迅速录音做笔记，间或有人匆匆出去压低声音打电话，应该是在紧急安排特警前去鲨鱼藏身的地方进行抓捕。

宋平问："你知道万长文的工厂到底藏在矿坑的什么方位吗？"

吴雩摇摇头："鲨鱼有详细路线图，但他防着不让我看，整个团伙中只有他一人知道到底在哪儿。"

几个专案组成员互相凝重对视，都知道这是什么意思——以吴雩的专业能力，连他都无法偷看路线图，可见鲨鱼藏得有多严实了。

放虎归山再难抓，决不能冒让毒贩进山的风险，必须赶在鲨鱼得到钉胎、出发之前就把他抓起来！

"没事，我们立刻派特警去你刚才说的地点对鲨鱼实施紧急抓捕。"宋平看了一眼表，"另外这镇上所有轮胎店汽配厂我们都已经派人潜伏布控，只要看到你刚才提供的车牌号，就立刻想办法拖住他买钉胎的手下，为抓捕鲨鱼争取时间。"

宋平面朝吴雩，揶揄地冲步重华一努嘴："还是多亏了步支队想到这一点，他为了早点定位到你……为了早点定位到毒贩，也真是拼了，从昨天早上到现在就没见他睡过觉！"

步重华不知从哪里找了两支葡萄糖和几块巧克力，正低着头往吴雩裤兜里塞，两人同样满是擦伤、冻疮和枪茧的手在衣摆后紧紧握了一下。

这时一名特警匆匆而入："报告！抓捕组已出发，二十分钟后抵达鲨鱼的藏身点！"

"宋局！宋局！"另一名技侦员蓦然抬头，"明光路汽配店潜伏点传来消息，目标车牌已进入视野，三名毒贩驾车前来买钉胎，两名已经进店！"

专案组霍然起身，宋平当机立断："通知伪装人员，尽一切力量拖住他们，快！"

简陋的仓库角落瞬间陷入紧张忙碌，步重华拉着吴雩退了几步，退出布帘外，两个人面对面站在堆满了轮胎的货架下。这个角度能让他们随时注意到专案组那边的动静，但又不会被人听见他们的话音，吴雩张了张口却又没说出话。

局势是这么诡谲不明：受命抓捕鲨鱼的特警还夺命疾驰在路上，几公里外另一组警察正竭力拖住买钉胎的保镖，从他"上厕所"进来到现在少说也过去十分钟了，外面店里的阿 Ken 肯定已经起了疑心……所有人都在全力以赴，每一秒钟都珍贵紧张，如同倒计时的定时炸弹悬在头顶嘀嗒作响。

吴雩知道自己现在应该说什么，但他看着步重华，听见自己小声说出口的却是："我昨晚梦见你了……"

"梦见我什么？"步重华低声问，"梦见你拉着我从那栋着火的房子里拼命往外跑，把我藏在那个树洞里，叫我一定要活下去吗？"

刹那间吴雩以为自己听错了，紧接着从那双好看的琥珀色眼睛里看见了自己表情空白的脸："你怎么——"

"你在我父母墓碑前说我是你见过最完美的人，其实不是这样，你才是我平生见过的，最完美、最英勇、最高不可攀的人。"

吴雩呆呆地望着他，好像突然丧失了听懂语言的能力。

"我俩在丰源村调查部家被人放火的那次，我呆站在火场里，整个人几乎废了，是你砸开门去拔锁、护着平民奔上楼、当头一耳光把我打醒叫我跑，那天晚上被邪教围攻时也是你挡在前面叫我先走，你来断后。那个时候我看着你的背影，觉得这世上怎么会有人那么神勇，真的就像战神一样。"

步重华看着他，尽管因为连日奔波而满身风尘，但眼底却满是敬佩和信任。

"所以你是我同仇敌忾的战友、并肩作战的知己、生死相托的伙伴……"

吴雪嗫嚅道："我也……没有那么……"

步重华伤感地笑起来，问："还记得你把我藏在树丛里，自己迎着歹徒往树林里跑的那个夜晚吗？"

当然记得，那血泊中的夫妇、滚滚烈焰的黑烟、走投无路时突然出现在眼前的悬崖山谷，曾经无数次出现在他的噩梦里。

那是年幼的阿归第一次纵身扑向死亡，也就是从那一次起，他的整个人生都在不断向着那深渊坠落，向死而生。

"我看着你跳出树坑，全身鲜血，拼命冲向那些毒贩追来的树林，一下就消失在了伸手不见五指的黑夜里……从那天晚上起我就一直追着你的脚印往前跑，像是不断追逐火种，一刻也不敢停。"

吴雪好像是做梦一般，他听见步重华声音有些奇怪的哽咽，每个字都好像直接敲在他酸楚的心尖上："我追了二十年，才终于追上你。

"不管多危险我都会来接你，你都在梦里叫我了，我怎么能不来？"

就在这个时候，远处通向店铺的仓库门被哐哐拍响了，隐约传来大声喊叫的动静——是阿Ken！

吴雪整个人触电般一颤，步重华立刻握住他的手，用眼神示意他不慌。

与此同时，专案组也通过监控看到了前面店堂里的情景，布帘后一阵骚动，那个汽配店"老板"风一般卷出来，神情严肃紧绷："那保镖起疑心了！快！他要砸门了！"

步重华迅速压低声音："抓捕组情况如何？"

"步支队快去，特警刚从目标藏身地传来现场指挥。"老板一把抓住吴雪，"跟我来！"

哐哐哐！哐哐哐！

"喂！吴哥！"阿Ken用力拍打那扇破旧的木头门，脸色惊疑不定，竭力装作若无其事的语气却一声比一声急，"吴哥你在哪儿？你好了吗？你再不出来我就——"

咔嗒一声门开了，阿Ken砸门的手一下挥空。

吴雪脸上手上都湿漉漉的，像是刚用冷水洗过，他边抹鼻端下的水珠边皱眉问："怎么了？我在跟老板看货。"紧接着他便转身向仓库货架走去。

老板正抱着一个轮胎蹲在地上，皱眉苦脸说："真的不是翻新货啦，你看看这个牌子，这个质量，这个光滑度……"

"你没事吧，吴哥？"阿 Ken 紧追在吴雩身后，狐疑地眯起眼睛，"怎么去了这么久？你吃坏肚子了？"

吴雩说："没事，冬天太干刚流了点鼻血，你看这不洗了脸嘛！"

说着他也不再理阿 Ken，蹲下用指甲抠了一下钉胎上的花纹，皱眉道："你这不像是新胎，胎毛都快没了，刀槽看着也不对劲。你这生产年份的钢印是打了重新贴的吧？别动！是重新贴的吧？"

老板不干了："干吗？干吗！你去镇上问我们店是不是有名的诚实守信老字号，怎么可能是翻新胎？这镇上还有哪家做我们家德国——马牌！……"

阿 Ken 频繁看表，眼看着时间一分一秒过去，窗外天色也越来越暗，终于忍不住低声催促："吴哥，我看要不就拿下吧。时间已经不早了，老板那边毕竟还等着……"

"不行。"吴雩冷冷道，"翻新胎容易爆，走山路会非常危险，出事是我担着还是你担着？"

阿 Ken 登时一噎。

他知道鲨鱼对这个几乎弄死过"马里亚纳海沟"的传奇卧底是有一定容忍度的——但现在这都不是重点。重点是如果待会儿在山路上真的翻新胎爆了，不仅鲨鱼不会放过他，眼前这个画师也一定会趁机把他弄死！

"你看嘛、你看嘛！"老板也急了，从货架上噼里啪啦滚下来十来条崭新的轮胎，一股脑全砸在地上，"这不都是货真价实的新胎？哪条是翻新的你说！你说？！"

阿 Ken 站在边上，眼神里隐约的狐疑和焦躁越来越掩饰不住，这时冷不防手臂被人一拉，只见是汽修店老板脸红脖子粗地把他拉住了，一副不说清楚决不罢休的架势："帅哥，你别光站着，你来评评理——我这轮胎哪里像翻新的了？啊？你来评评理！"

与此同时，四十公里外，镇郊旷野。

一支二十人的特警行动组借着地形掩盖，从各个方向分散埋伏，向远处山脚下隐约晃动的目标迅速推进。

"指挥中心指挥中心，这里是抓捕组第一观察分队。"廖刚匍匐在地，在草丛中对着无线电低声汇报，"我们已经赶到现场，后面十六支特警分队正全速赶来，目标尚待确认，完毕。"

频道那边刺啦几声，宋平的回话也不太清楚："目标应有三辆越野车，毒贩三十四名，配备高机动性火力！你方随时汇报情况，完毕！"

不远处杨成栋咬牙低低骂了一句："真会躲，这大旷野空地的，待会儿怎么发动围剿？"

这会儿天色还不够暗，附近一马平川的地势又不像城市高楼，光秃秃连个掩体都没有。连这支二十人的观察小组都是靠匍匐前进上千米才勉强靠近到这个距离的，待会儿大批特警赶到，怎么可能不被远处的鲨鱼发现？

廖刚沉思片刻，一咬牙抓起无线电："指挥中心指挥中心，这里是观察小组廖刚，附近地形极不利于大部队赶来围剿，可能必须发动夜袭。现在天色还太亮了，后方能拖到什么时候？"

通话另一端，专案组所有人脸色骤变，同时望向窗外——

此时是下午四点二十分。

冬季天黑得早，但荒郊旷野没有光照遮挡，起码要到五点半后才能满足夜袭条件。算上毒贩买完钉胎开出镇的时间，两个汽配店里的伪装人员都起码要再拖半小时！

步重华面沉如水，抬手示意戴着指挥耳麦的专案组成员不要出声，然后摸出手机迅速输入一条文字信息："钉胎调货艰难，务必将交易拖到五点，不可惊到顾客。"

他点击发送，收信人孟昭。

与此同时，数公里外，明光路汽配店。

嗡！

带着"娘家妹妹"边烤火边守店的"老板娘"看了一眼新消息提示，不动声色收起手机，笑着撩了把头发："所以您二位是要橡胶钉胎，是吗？"

其实这家汽配店规模很小，门牌也相对破旧，三条街外就有一家更新更大的轮胎店正促销营业，是专案组和特警重点布控的目标。

但谁想到十分钟前，毒贩的车在那家店门口绕了一圈，竟然又折回了这家柜台后只坐着两个女人的小店铺，其原因不言而喻。

"是，照着我刚才给你的规格要十二条，现在就要。"

一个穿褐色夹克、理平头、脸上有道疤的男子往柜台上扔了一沓钞票，面相阴森凶悍，冷冷道："十分钟内给我搬上车，动作快。"

第 18 章

"明光路汽配店有多少警力？"

"不多，那个店仓库布局藏不了人。"宋平脸色不太好看，"专案组派特警潜伏布控的重点是一公里以外的金寨路轮胎总店，更大更全而且在搞促销，早知道让她俩去那边了！"

宋平明显有点关心则乱了，步重华却很清醒："不，她俩去那边也没用。那么大的促销店只有两个女人守着太可疑了，毒贩照样不会进去的，最终还是会选择明光路那个小店。"

宋平狠狠"嘿呀"一声，吩咐技侦员："紧急调遣 8 号行动组撤出金寨路，转去明光路潜伏点布控，务必不能打草惊蛇！快！"

"是！"

"十二条啊？行。"孟昭冲着那疤脸男笑容满面地答应了，把钞票丢给蹲在柜台后玩手机的"娘家妹妹"："妹，你帮我守一下啊。待会儿要是有客人来，就说我在后边给两位老板查个货，两分钟就回！"

"娘家妹妹"专注手机上劲歌热舞的韩国"爱豆"，头也不抬"嗯"了一声，熟练地弹开收银机把钞票扔进去："姐，你快点啊，我这儿忙着呢！"

"你还看、你还看，整天就知道看这个，油头粉面有啥好看的？"孟昭忍不住回头数落，"这么大的女娃不知道赶紧找个对象，给明星花钱，他能娶你不？"

"你倒是给我介绍个好的呀！不然怎么样？嫁了人吃苦受罪伺候老的小的去啊？"

"那也比你这整天不务正业的好！"

"什么不务正业？""妹妹"不干了，一摔手机要吵，"我不管，在我心里我已经跟'爱豆'结婚了！"

"喀喀！"

眼看这姐妹俩竟然要吵起来，疤脸男不耐烦地咳了两声，孟昭立刻回过神来，赶紧赔笑："不好意思不好意思，您稍等啊，我去去就回。"说着她一猫腰钻进后堂去了。

店里只剩下疤脸男和那个戴棒球帽的同伙，两人对视一眼，棒球帽向后门方向瞟了一眼，意思是没问题吧？

疤脸男瞅瞅玻璃柜台后那个一心盯着手机、不吭声的小妹，眯起眼睛沉思片刻，故意咳了一声，从后腰摸出匕首来慢条斯理剔了剔指甲。

果然那小妹循声望来，这才看清他脸上的疤和手上把玩的寒光闪闪的刀锋，脸一下就白了，躲躲闪闪，不敢与这俩男的对视，赶紧把板凳往柜台里面又挪了挪。

鲨鱼这帮手下都不是新手了，杀人越货贩毒的事情一干多，眼力和警惕性自然会磨得更敏锐。疤脸男一眼就看出那小妹挪板凳时连小手指都在哆嗦，神态、表情、身体蜷缩起来的形状都完全不似假装，确实是没经过什么事的丫头被结结实实吓住了。

疤脸男视线溜向同伙，微不可察地点了点头，示意放心。

"黄毛丫头。"棒球帽小声嘀咕一句，站在店门边抽起了烟。

"妹！"这时脚步声去而复返，孟昭从后门探出头，"那箱子卡住了，帮我过来搬个东西！"

小妹求之不得，立马抓着手机"哎"了一声，在两名毒贩的密切注视中急急忙忙钻进了后门。

哐当，门一关，孟昭压低声音："怎么样？"

十来平方米见方的仓库里除了孟昭只有两个男警察，"娘家妹妹"宋卉终于绷不住了，一脸泫然欲泣："孟孟孟姐，我我我怕……"

"怕就对了，就是要你本色出演，要是让别人来假装害怕那一眼就被看穿了。"孟昭看了一眼时间，"必须把他们再拖上四十分钟，待会儿我出去想办法，你藏在仓库里别动。"

宋卉忧心忡忡问："不能想个理由把他们支到其他店吗？"

"可以是可以，但不方便。"技侦员耳朵上戴着无线耳麦，明显也有点紧张，"外面街上有特警，8号便衣组已经到位了，就怕待会儿目标驾车离开时发现异常。另外一旦目标进入视线最好别轻易放走，否则从离开这里到进入下一家店中间会产生监控缺失，终归是……不好！他要打电话了！"

监控屏幕上，外面的疤脸男似乎有些不耐烦，从口袋里拿出手机——

四双眼睛同时紧紧盯住屏幕，却见疤脸男只是看了一眼时间，又把手机放回怀里，所有人同时松了口气。

"不行，我得出去了。"孟昭起身绾起头发，按住特警扛过来的轮胎，"他们催得非常急，我能拖多久拖多久。实在不行的话，还是让他们去别家店，不方便归不方便，总比万一发生意外的好。"

技侦员跟特警都点头赞同，孟昭拍拍宋卉："你的任务已经完成了，待会儿外面危险，藏在后面别出来，明白了吗？"

宋卉不由得恐惧地喊："孟姐……"

孟昭却已经推着轮胎走向后门，回头向她一笑，打了两个熟悉的手势——不要出声，原地埋伏。

那天深夜暴雨河滩上搜索被绑架的彭宛时，她也回头打过同样的手势，然后像一头警觉矫健的母狮，眨眼便持枪冲向了树丛下绑匪的车。

宋卉咬着嘴唇站在了原地，两手紧捏着身侧衣角，眼睁睁望着她推开门走进店堂，少顷前面传来她爽朗的声音："就是这个吧？看看我们家的货，绝不是翻新胎，外面上哪儿找我们这么低的价格？……"

四点半，镇郊入山口。

天色渐渐灰暗，风掠过旷野时吹动枯黄的草滩，发出窸窸窣窣声，掩盖了远处匍匐在地的特警。

"呼叫指挥中心、呼叫指挥中心，这里是第一抓捕现场。"特警汪大队长整个人隐蔽在一棵手腕细光秃秃的小树后，一手持枪一手按步话机，"抓捕组已与观察哨会合，距离目标直线距离八百米，正在确认目标，完毕。"

通信频道对面刺啦作响，随即只听宋平问："满足突袭条件吗？"

汪队长迟疑一瞬，还是实话实说了："不满足。"

隔着步话机，他都能感觉到对面专案组沉重的气氛。

"天色太亮，目标周围地势平坦缺少掩护，一旦发动围剿势必导致激烈交火。我方火力可以完成全歼，但可能会有伤亡，更关键的是，"汪队长为难道，"可能无法保证生擒匪首。"

——无法保证生擒匪首。

确实，在这么平坦的旷野上太难靠近目标了，稍微一动就有可能打草惊蛇。如果不趁夜靠近再发动奇袭，就只有依仗高火力强行推进这么一条路可以走，而有着冲锋枪和土制手榴弹的鲨鱼是绝对不会束手就擒的，他很可能会在激烈交火中被击毙。

但死的鲨鱼没有价值,"马里亚纳海沟"服务器中储存着全球无数毒品、军火、色情等违禁交易买卖数据,必须先撬开鲨鱼的嘴,才能把罪恶的帝国一网打尽!

"后方会帮你们尽力拖延时间。"对面终于传来宋平凝肃的声音,"不惜一切代价,鲨鱼一定要抓活的,听清楚了吗?"

汪队长心神一紧:"是,明白!"

就在这时,对讲机里刺啦两声,另一个频道接了进来,赫然是前方二百米外的杨成栋:"呼叫指挥中心,呼叫抓捕组,这里是观察哨,我们好像发现了情况不对。"

宋平:"怎么回事?!"

汪队长心里一沉。

他当了七八年特警,经历过无数种大小抓捕围剿,也见过很多惨烈的事故现场。他知道很多突发变故和惨痛牺牲,最初都是从观察哨一句"好像情况不对"开始的。

果然下一刻,耳机那边只听杨成栋充满狐疑地问:"线人确定目标是三辆大车、三十四名毒贩吗?我们好像只数出二十七八个人和两辆车……"

连宋平都愣了一下。

"而且,"杨成栋在望远镜后皱起眉,说,"我们至今没找到鲨鱼。"

同一时刻,四十公里外。

陂塘镇明光路。

一辆换了牌照的越野车停在路边,巧妙隐藏在挤挤攘攘的车位里。街道两侧所有来去匆匆的车辆和行人都透过单面可视玻璃,尽数映在鲨鱼冰冷的蓝色眼底。

前后座上满是荷枪实弹的保镖,后备厢里还装着几箱土制手榴弹。司机收回警惕观察周围的目光,低声请示:"好像没什么异常,我们现在去另一个汽配店吗,老板?"

人行道上的小树被北风刮得簌簌作响,很多商店已经关了,远处街角那家不大的轮胎店却还亮着白炽灯光。店门口台阶下停着一辆越野车——那是他们的人,司机正守在车里,等待进去买钉胎的两个同伴从里面出来。

偶尔路过的行人无一不拢着厚厚的围巾羽绒服,路边摆摊的小贩正哆哆嗦嗦搓着手,远处年终促销的服装店正有气无力地重复播放:"走过路过,不要错过，机会难得，实惠多多……"

一切都是那么萧瑟冷清，没有任何异常。

鲨鱼终于沉沉地点了一下头："走。"

司机依言发动汽车，这时远处街角有两个结伴而行的男子经过轮胎店门口，似乎被打折招牌吸引，稍微放缓脚步往里瞅去。

鲨鱼的视线蓦然定住了："等等。"

司机疑惑道："老板？"

鲨鱼没回答，他的视线穿过车前窗，直勾勾望向上百米外那两个背对着自己的男子，数秒后眼皮一跳，陡然望向街角、商店、红绿灯下所有的商贩行人，紧接着脸色剧变！

"我们被发现了，附近有警察布控。"

所有保镖瞬间神情大变，司机失声："什么？！"

"那两人和红绿灯下那小贩穿着一样的裤子，对面那发传单的跟蹬三轮的穿着一样的鞋。不可能那么巧，应该是摘了标志的制服，他们是便衣。"鲨鱼小声道，"慢慢开出去，不要引起任何注意，通知营地那些人立刻出发进山！"

"是！"

前排保镖双手发抖，立刻打电话给郊外旷野上等候的那两辆车，司机迅速倒出成排满满的停车位。鲨鱼沉着脸在手机上输入一条文字消息，这时什么都顾不上了，直接点击群发出去——

"已暴露，迅速撤离进山。"

嗡！

手机振动的同时，阿Ken正张开口，第四次徒劳地尝试插进吴雩和汽配店老板的争执。这时新消息来了，他眼角余光一瞟，刹那间表情微变。

"怎么了？"

阿Ken猝然抬头，正对上吴雩疑惑的注视，电光石火间，他心里转过好几个念头，但紧接着稳住了自己的语气："没什么，'朋友'说他已经买到轮胎了。"

正蹲在地上检查轮胎的吴雩愣了一下，穿羊羔皮大衣的"汽配店老板"也呆住了，竟然结巴起来："什……什么？你们不买了？"

"对，不买了。"阿Ken目光隐含警惕和探究，似乎要穿透眼窝看进吴雩的大脑里去，看清他此时每一丝心理活动，"'朋友'叫我们立刻走。"

仓库角落布帘后，紧盯着监控屏幕的专案组吃了一惊，步重华霍然起身。

"……"

吴雪慢慢站起来,脑子里不知道在想什么,面上却恰到好处地露出了惊诧和迟疑:"你……你确定?"

这一刻仿佛被凝固住了,空气中无数尖针密密麻麻扎着所有人的皮肤和神经。

就在那僵持中,阿 Ken 一手探进怀里,同时向仓库门方向退了半步,紧盯着吴雪:"我确定,现在就走。"

"什么?"孟昭扶着地上的轮胎唰地站起身,"你们不买了?怎么说不买就不买了?"

疤脸男和棒球帽互相使了个眼色,二话不说就往外走。孟昭岂能轻易放他们离开,立刻扑上去抓住店门把手:"两位老板,两位大哥,你看看我们到底是货不合适还是价不合适,如果您想再便宜点儿的话……"

到底是哪里不对?难道他们发现了?四十公里外的抓捕现场是不是出了意外?!

孟昭的思考速度如闪电,焦虑、疑问、紧张和戒备同时冲上脑顶,但脸上却丝毫不显出来,一味殷勤地赔着笑:"您看我们这两个女人操持小本生意,天寒地冻的,也不容易,要不我们再便宜三百块钱?五百?五百怎么样?"

疤脸男冷冷道:"不用,我们朋友已经买到轮胎了,下回再光顾你家吧。"

"可是……"

"让开!"

孟昭闪身挡在玻璃门前:"大哥,您朋友是在哪儿买的轮胎?不管什么价格,我这里都给您便宜两千,真的,我们是整个镇上最低价了……"

疤脸男怒吼:"我叫你让开!"

——话音刚落,技侦员从柜台后的侧门口冒险探出身,在两名毒贩身后焦急地比画,那意思是情况有变,让他们走!

孟昭终于退开半步,边让还边软语哀求:"大哥,您看我们这小本生意是真的不容易……"

两名毒贩心急火燎,狠狠把她一推,大步冲出了店门!

稀里哗啦几声,孟昭被推得撞上了玻璃柜,顾不得起身便焦急地望向技侦员:"怎么回事?"

技侦员一脸惊慌:"不知道,'总店'那边人也要溜,难道是打草惊蛇了?!"

——打草惊蛇意味着来不及对鲨鱼发动突袭,也就意味着毒贩可能会逃进深山,再抓捕的难度要添十倍!

紧急关头来不及商量,孟昭一眼瞟见柜台下的折扣宣传册,一个极其惊险豪赌的念头突然滑过脑海，她登时紧咬住牙："等等，我有办法。"

"孟——"

技侦员来不及阻止，孟昭已经迅速拆出自己手机背面一个硬币大小的微型定位器，然后抓起宣传册塞进塑料袋，转身狂奔出店，风一样追上了正打开门要上车的疤脸男！

"老板、老板你看，"孟昭跑得气喘吁吁，强行把塑料袋塞进疤脸男手里，毫无惧色面对车上三个惊怒交加的毒贩满脸赔笑，"买卖不成仁义在，这些都是我们店最近打折的产品，您拿回去看看吧？啊？拿回去看看吧？"

第 19 章

"观察点呼叫指挥中心！观察点呼叫指挥中心！"通信频道中突然传来杨成栋急促的叫喊，"抓捕现场情况突变，目标突然开始收拾拔营，好像现在就要进山！"

如果说刚才是几滴水掉进热油里，那现在就是一瓢冰水泼进了专案组的炸锅，宋平失声道："什么？"

——苍茫天幕下，远处旷野上的二十多个毒贩突然纷纷奔上车，随即车子发动、掉头、远光灯亮起，通过望远镜映在杨成栋惊怒的眼底。

"来不及等夜袭，他们要进山了！"杨成栋再顾不得压低声音，几乎是脱口嘶吼起来，"必须立刻采取行动，指挥中心回话！指挥中心快回话！！"

就在这时，一只手突然按住宋平，步重华凝声问："你们确认鲨鱼了吗？"

杨成栋触电般一僵，下意识撇过头，正撞上不远处草丛中廖刚同样惊疑不定的目光——没有，营地里没找到鲨鱼的踪影。

鲨鱼呢？

毒枭到底是藏在这两辆车上，还是已经开着第三辆车走了？！

局势已经决不能再拖哪怕一分一秒了。专案组几个人飞快交换眼神，宋平心一横，按着蓝牙耳机刚要开口下令，却被步重华一把拉住："不行！"

"你……"

"还没确认鲨鱼在哪儿，发动围剿没用，我们还没找到制毒厂的具体位置！"

其实步重华说得不无道理，万一鲨鱼不在营地里，贸然发动围剿便会丢失目标。到时候这边特警哐哐抓了两车保镖，那边鲨鱼却开着第三辆车进了深山溜之大吉，那岂不成了天大的笑话？

"报告！"技侦员猛地扭头，"抓捕现场传来消息，目标两辆车已驶向入山口！紧急请求指示！"

宋平一把抽出被步重华按着的手,什么都顾不得了,冲着蓝牙耳机喝道:"第一抓捕现场注意!绝不能让目标逃逸,立刻开始行动!"

　　四十公里外,镇郊入山口,特警汪大队长一把拔出枪,向后比了个凌厉的手势——行动!

　　不用指挥部多一个字废话,就在两辆毒贩车驶下公路冲向入山口的那一瞬,远处突然嘭嘭嘭亮起无数警灯警笛。紧接着,二十多辆特警车雪光如剑,就像亮出利爪的狮群,从四面八方向毒贩的两辆大车包抄而来!

　　"警察!""有警察!!"

　　惊慌失措的毒贩把车窗降下,十多把冲锋枪枪口同时伸了出来。与此同时,无数黑衣特警从草丛中一跃而出,闪电般蹲上经过身侧的警车,风驰电掣,瞬间近前,激烈的交火声眨眼间响彻了整片旷野。

　　"快快快冲出去,快!"

　　"冲不出去,前面有条子包围!"

　　轰隆巨响伴随气浪,一辆疯狂冲向特警的毒贩车被狙击子弹击中油箱,整辆车爆炸开来,尖号惨叫声眨眼就被火光吞没了。另一辆毒贩车仿佛被陷入狮群包围的猎物,保镖在枪林弹雨和剧烈颠簸中打通手机,绝望大吼:"老板老板!我们被包围了!现在怎么办?怎么办?!"

　　同一时刻,陂塘镇金寨路。鲨鱼靠在后座上,听着手机那边传来的激烈交火、爆炸和吼叫声,神情冰冷,纹丝不动,然后轻轻摁断了通话。

　　前排副驾驶座上的秦川一瞟后视镜,然后不动声色收回了目光。

　　倒是司机十分不安:"老……老板?营地那边的情况……"

　　"营地被警方包围,不用回去了。"鲨鱼语调冷静,毫无波动,吩咐道,"直接进山吧。"

　　满车手下神情紧绷,无一人提出异议。福特大车挟着改装后的强劲引擎声冲下公路,向着暗沉天幕下苍茫群山飞驰而去。

　　"现在怎么办?"临时指挥部里,步重华指着技侦屏幕,"鲨鱼不可能在那营地里,万一他已经进了山,我们还怎么追踪——"

　　"你以为留着那两车保镖,就能跟踪他们进山?"宋平一语道破他心中所想,劈头盖脸训斥,"没用!鲨鱼已经醒了!那两车人是他的弃子!"

　　步重华一愣。

"鲨鱼不会告诉他们制毒厂的路线，更不会让那两车人成为警方追踪的饵，而且我跟你打赌，要是鲨鱼开着第三辆车走了，他一定会把所有重火力全带在自己身边，营地那两辆车上连个手榴弹都不会有！"宋平一指头用力戳着步重华肩窝，疾言厉色呵斥，"不要用你正常人的思维揣测毒枭，要代入毒枭的心理猜他会怎么做——身为指挥官，要懂得顾全战局里每个人的心理和立场，明白了吗？！"

步重华脸色忽变，终于点点头："明白了。"

"老宋！"这时一名专案组成员拿着手机快步上前，脸色很不好看，压低声音问，"上边问如果毒枭不在营地里怎么办，现在还有办法追踪鲨鱼吗？"

专案组忙成一团，电波将一道道最新情况和反馈指令传向四面八方，但这一小块空间却仿佛凝固住了。

宋平站在桌边，一手垂在身侧紧握成拳，脸上掠过无数难以言表的复杂和艰涩，半晌终于扭头往汽配店仓库的方向看去，从牙关里迸出一个字："有。"

那个专案组领导还没明白他的意思，但步重华瞬间懂了，霎时脸色铁青："不行，这简直——"

这简直太危险了，几乎是注定去送死！

但局势发展到这一步，好像也没其他办法了，难道还有别的路可走吗？

"步重华，"宋平叫着面前年轻支队长的名字，声音沙哑地一字一顿道，"吴零他跟你一样，他是个战士。"

步重华像僵住了似的站在那里，面孔毫无血色。

"老梁，这里是指挥部。"宋平转身按着蓝牙耳机，每一个字都低沉决然，传进此刻仓库里那个穿羊羔皮大衣的"汽配店老板"耳中，"情况紧急，放目标走，让画师回到鲨鱼身边。"

——什么，让画师回去找毒枭？！

"老板"身体一震，简直怀疑自己的耳朵，然后不由自主抬头看向吴零，心里冒出一个冰凉恐怖的念头：这个年轻人完了。

如果不是画师提供路线，特警根本摸不到郊外旷野上毒贩的营地。也就是说只要鲨鱼不傻，他怀疑的对象除了吴零没第二个人，他随时会打电话让手下把吴零杀了！

专案组竟然不立刻把画师保护起来，而是让他回去找鲨鱼？！

"……"

"老板"定定看着吴零，嘴唇不住发抖，但这么多年缉毒生涯让他明白命令就是命令，尤其是在眼下这么危急的时候。他强迫自己打开仓库门，退后两步，甚至还强撑着从鼻腔里哼了声："不……不买就不买，跟你们说了我家的价格全镇最低，不信就算了。"

阿Ken怀疑地瞅着眼前这个汽配店老板，但一个字也没多说，只冷冷向吴雯一点头："走。"他说着大步冲出仓库走向店门。

吴雯落后半步，神情苍白平静。他收回眼角望向仓库深处的目光，然后尾随阿Ken而去，擦肩而过时正对上"老板"欲言又止的眼神，竟然还笑了一下。

"不好意思了啊。"他伸手拍拍"老板"那胖腰，举步走出了汽配店。

"老板"站在原地，眼睁睁看着画师瘦削挺拔的背影走出大门外，转瞬被寒风吞得没影无踪，一股极度的愤怒、痛楚和绝望霎时冲上喉头。

他怎么走得那么平静！他知不知道自己是去送死？

为什么每一克毒品背后的贪欲，都要用那么多年轻滚热的鲜血甚至生命去填平？

老梁深深呼出一口酸楚滚烫的气，就在这时身后传来急促的脚步声，只见步重华疾步冲上来，一把抓住他，二话不说就向他怀里掏。

老梁一愣："你……"

"你少东西了吗？！"

老梁条件反射一摸怀里，手碰到刚才吴雯拍过的地方，瞬间醍醐灌顶——他带定位的手机没了！

"技侦人员立刻定位号码，快！"步重华拔腿就向指挥所狂奔，"吴雯带走了定位器，现在就开始追踪，随时安排救援！"

呼——

越野车冲出镇公路，仪表盘上时速一点点逼向一百八，冲向远方越来越暗的暮色。

阿Ken坐在副驾驶座上，手机里传来鲨鱼沉沉的声音："你们安全出来了吗？"

"是，我们已经开出镇中心了。"

"后面有没有盯梢？"

阿Ken从后视镜向灰蒙蒙的公路望了一眼，几辆私家车和小货车速度都很慢，转眼被远远抛在了身后："应该没有，目前看不出任何异常。"

鲨鱼"唔"了一声，阿Ken瞄向后座上面沉如水的吴雯，忍不住轻声问："老板，我们怎么会暴露了？难道……"

余下的话他没说，但所有人都心照不宣。

警方怎么会知道他们在陂塘镇七龙塘山，特警怎么会摸到他们在郊外营地的方位——除了画师之外，难道还有第二个可疑人选？

没想到通话对面的鲨鱼顿了顿才轻描淡写道："没什么。我待会儿给你发一张路线图，咱们进山后见面，把画师带来。"

阿 Ken 勉强按捺住内心的惊疑："是！"

鲨鱼挂了电话，这时边上保镖递来一部手机，低声说："老板，明光路那边被绊住了。"

鲨鱼眉头一皱："绊住了？"

"对，说轮胎店那女的拦着不让他们走，非要给他们什么打折宣传册，然后又纠缠叫他们买轮胎……"

鲨鱼接过手机，脸色阴晴不定，只听对面果然传来隐约嘈杂的争执声，仔细听是自己的手下和另一道模糊急切的女声："老板真不再考虑考虑？我们家轮胎是真的全镇价格最低了，找不到比我们家更实惠的了，别家卖的那都是翻新胎……"

"你别跟我扯，让开！"

疤脸男屡次想一把推开这碍事的娘们儿，但无奈她声音大，又能缠，整个人挡在车头前，一个劲把那个装了宣传册的塑料袋往他怀里塞："老板拿着吧，老板带回去看看，以后有什么需要再找我家好吗？好吗？"

两人只不过站在车门外纠缠了不到两分钟，周围行人的目光已经被纷纷吸引了过来，有几个男的竟然还往他们这边走了两步，隐隐要把这辆车围起来的架势。

疤脸男又气又急，心说"要不我先把这鬼宣传册拿了，待会儿上车再扔路边"，于是一把夺过塑料袋，把老板娘劈手一推："行行行，我拿走了！你赶紧让开，别挡路！"

"啊！"

孟昭被推得一弯腰，趔趄半步，袖口那个微型定位器已经无声无息滑进了左掌心。

——就是现在。

疤脸男扭头要上车，刹那间，孟昭却扑上去，右手死死拉住他："等等，你别走！你干吗打人啊！你给我站住！……"

手机另一头，鲨鱼在喧杂声中叹了口气，似乎有点惋惜："别跟她纠缠了，她是个女警。"

戴棒球帽的保镖霎时色变,从前排车座一扭头望向孟昭,只听对面传来鲨鱼的命令:"杀了她吧。"

所有变故都发生在同一时间。

疤脸男破口大骂,强行抽手爬上车,与孟昭错身之际,没人看见女警左手向车座下一抛——

下一刻,棒球帽拔枪,孟昭圆睁的眼里映出了凌空飞来的子弹。

砰!

时间被无限拉长,仿佛镜头里的慢动作,只见子弹从孟昭前腹贯入、后背穿出,带起一弧血箭,定位器脱手而出,无声落在毒贩的车厢角落。

仿佛过了很久很久,才传来一声身躯倒地声:扑通!

街道上的"行人"纷纷失声吼了起来,毒贩车发疯似的发动驶出,远处响起急促的警笛……然而孟昭已经听不见了。世界是那么安静,她仰躺在地上,只感觉到滚烫的血从腹部汩汩而出,意识迅速开始模糊。

高空是铅灰色的云层,恍惚有洁白的精灵从高处向她飞舞,那是第一片雪。

我要死了吗?她不由自主地想。

可是答应了过年带儿子跟他爸去旅游的事怎么办?

身侧无数脚步跑动,有人想抱起她,有人徒劳地按住出血口,还有人在歇斯底里地哭。她动了动嘴唇,想安慰他们别哭了,但用尽全力都发不出声音,朦胧间只感觉有人死死拉着自己的手,那嘶喊一声声仿佛含着血:"孟姐!孟姐你别睡!你看看我啊孟姐!!"

是宋卉。

真奇怪,明明已经看不清楚什么东西了,但小姑娘平时那泫然欲泣的、可怜巴巴的面孔却浮现在眼前,活灵活现地,让她不由得恍惚地笑了一下。

别哭,她心想,别哭。

从此你就是支队里年纪最大的女外勤了,不可以再哭了。

大雪温柔覆盖尘世,远处响起了急促的救护车鸣笛声。

孟昭就在那漫天洁白中缓缓闭上眼睛,坠入了黑甜的梦乡。

第 20 章

"我们这是要上哪里去？"

雪越来越大了，越野车在崎岖的山路上颠簸行驶，远光灯映照出前方山谷空洞的黑暗。阿 Ken 视线离开手机上鲨鱼刚发来的路线图，从后视镜看了吴雩一眼，谨慎地说："到了你就知道了。"

吴雩向车外望去，语气闲聊般漫不经心："万长文竟然把制毒工厂藏在这种深山里，也不怕出货不方便？"

"蓝金不是需要大量出货的东西，厂子放哪儿都可以。"

吴雩点点头，突然说："你好像挺防着我。"

两人视线在后视镜里一碰，阿 Ken 心跳漏了半拍，心说：你待会儿十有八九就要死了，我为什么要防一个死人？

但他表面上还是毫无异常，说："没有，你多心了。"

吴雩似乎笑了一下，没再纠缠这个问题，视线转向了车窗外茫茫起伏的山川。

宋平不可能毫无准备地叫他回去找鲨鱼，半路上确实安排了一支特警各种变装换车追踪，但毒贩车行驶到半山腰之后就没法跟太紧了。刚过傍晚五点半，深山已如黑夜，附近连一丁点人烟都没有，所有希望只能寄托于他口袋里那个微型定位器和特警的紧急救援速度，可谓险之又险。

车在山林间穿梭前进，阿 Ken 和司机之间仅用最简短的对话来交流方向和路线，大概颠簸了一个半小时之久，终于前方出现了隐约灯光，但根本不是什么工厂。

——是一座破败的守林人小屋！

吴雩心下一沉。

屋前的空地上停着一辆车，三四个保镖在等，但不见鲨鱼。越野车嘀嘀两声停在小屋前，立刻有保镖上前打开了车门，打了个手势示意吴雩下去，言简意赅道："请您进屋。"

周围毒贩投来神色不善的打量，但吴雩脸上毫无表情，只有一点苍白，线条优美的嘴唇紧紧抿着，他一手拢着衣襟钻出车门，可能因为不安，在雪上稍微踉跄了一下。

但紧接着，他就在所有人的目光中挺直脊梁，面色平静，稳步上前推开那亮着灯光的小木屋门——

呼！

风雪一拥而入，桌上蜡烛猛晃几下，屋里几个人同时回过头，正中间的赫然是鲨鱼！

秦川站在鲨鱼面前，只露出一道背影，不知为何从肩背线条来看似乎有些紧绷。鲨鱼倒很正常甚至是平静，视线越过秦川肩头看向吴雩，上下打量了他一圈："来了？"

吴雩走进屋，不动声色地"嗯"了一声。

"外面冷吗？"

"冷得都要哆嗦了。"

他自然的语调让鲨鱼脸上似乎浮现出一丝笑意，然后招招手示意他来到近前，视线在他和秦川两人身上游移了一圈："现在你俩都在这里，我终于可以问了……"

吴雩眼皮微微一跳，下一刻果然只听毒枭含着笑开了口，只吐出三个字："谁干的？"

他果然怀疑秦川！

吴雩一瞟，正撞上秦川毫不犹豫的眼神："不是我，是你！"

吴雩意外地指着自己："我干什么了？"

"我们在镇外的两辆车和二十个人被特警全歼了，另一辆去买钉胎的车被便衣盯得严严实实，有人向警方泄露了我们此行的目标和方位。"鲨鱼无奈地一摊手，"所以我们只能中途停在这里，只有排除了内奸，才能继续往工厂走……画师，你还有什么话说吗？"

陈旧破败的木屋里到处都是灰尘，寒风挟雪呼啸，将桌上那支蜡烛吹得不住晃动。身后传来咯吱咯吱的脚步声，那是外面的保镖进来了，在屋子四周围成一圈，冲锋枪在烛火中反射出沉默铮亮的光。

吴雩微微眯起了眼。

——这里还不算真正的深山，最多拖延四十分钟，特警就能赶来救他。

哪怕拖不了那么久，半个小时也够特警赶来包围鲨鱼，运气好说不定还能抢到他的全尸！

"你觉得是我把买轮胎的事泄露给警方的？"吴雩终于感觉到一丝无稽似的，转向鲨鱼冷笑起来，"我手机是你的，走哪里都有你的人监视，我哪来的机会跟警方通消息？警方凭什么相信我？"

话音刚落，秦川怒道："是你提出买轮胎的，如果不是你我们两个小时以前就进了山！"

"两个小时够把警方从津海招来陂塘镇？！"

"你——"

鲨鱼拦住了脸色铁青的秦川，问吴雩："这话怎么说？"

"陂塘镇处于津海和H省交界，附近多山，地理偏僻，没有县级以上公安机关，也就不可能有特警大队。你刚才说镇外的两辆车和二十来个人被特警全歼，这么大的阵仗连一般地级市公安局都无法独立组织，而最近的省级公安机关从津海开过来，最大的可能性是昨天晚上就出发了。"吴雩直视着鲨鱼，抬高了声音，"昨天晚上我醒来后才知道陂塘镇这个具体地点，之后我一直坐在你身侧，别说向外界传递消息了，连跟人说句话都在你眼皮底下。是谁把陂塘镇这个地点告诉警方的？"

秦川眼皮重重一跳："你想说我？我也一直跟着车队，根本没有机会……"

吴雩打断他："你有。"

空气仿佛凝滞了一瞬，吴雩俊秀的面孔在烛火中光影分明，他一字一句道："因为万长文被警方抓住了，他根本没死！"

轰然一下人人变色，鲨鱼脸色直接沉了下来："这是怎么回事？"

秦川难以置信般看着吴雩，半响终于挤出一句话："你真的想让我把那天晚上的经过都说出来？！"

那瞬间，鲨鱼森寒的视线像刀锋一样划向吴雩，但吴雩的回答又快又决绝，甚至没有给秦川一丝一毫插嘴的机会："说，尽管说，如果有任何细节记不清楚的话我还能帮你回忆。那天你赶到的时候我刚给Phillip先生做完心肺复苏，心跳呼吸才恢复，你立刻让所有人把他送到外面车上进行进一步急救，周围除了你、我、步重华和昏迷不醒的万长文四个人之外谁都没留，我说错了吗？"

"那是因为我必须确保Phillip老板的安全……"

"其实当时有个手下给万长文紧急注射了解毒药纳洛酮，虽然万长文人没有醒，但呼吸心跳是已经恢复了的，手下急忙问你怎么办，你叫他出去由你来处理，是不是有这回事？"

"我……"

鲨鱼环顾木屋一圈,沉声问:"当时是谁?"

一个其貌不扬的保镖往前站了半步:"老板,是我。"

"你走的时候万老板有没有心跳呼吸?"

保镖犹豫了一下,点点头说:"好像有。"

秦川的脸色一下变得特别难看。

"秦老板说万长文死了,但据我所知陂塘镇七龙塘山这个地点只有Phillip先生和万长文两个人知道——那么问题来了。"吴零唇角一勾,"究竟是我昨晚神通广大到当着Phillip先生的面把消息传给了警方,还是落到警方手里的万长文根本就没死?"

秦川在鲨鱼的灰蓝色眼眸中哑口无言,冷汗一丝丝渗透了鬓发。

吴零讥诮地挑起眉:"或者说,作为在黑白两道都游刃有余的情报掮客,万长文只是秦老板你留给警方的一份投名状?"

对峙仿佛被冻结,时间一分一秒流逝,远处狂风刮动树梢的簌簌声响一清二楚,将这死寂反衬得更加可怕。

八分钟了,吴零大脑里仿佛有一个无声的秒表在精确计时。

秦川不会坐以待毙,照这个局势下去完全可以再拖半小时,哪怕十分钟都有可能给特警留下足够的线索!

"你说得没错,我确实没法否认自己那天晚上的做法留下了破绽……"果然秦川吸了口气,说,"但这并不能证明你的清白,画师,因为你身上还有一个最关键的疑点。"

吴零不动声色:"哦?"

秦川缓缓道:"最后一个跟万老板独处的人不是我,是你。"

鲨鱼眉头一皱:"什么?"

"那天晚上画师想要跟步警官告别,于是我给他留了六十秒,所有人都能证明我离开厂房上车后又过了一分钟画师才匆匆追出来。"秦川冷笑一声,镜片后雪亮的视线对上吴零,"如果他真的清白没嫌疑,为什么当初没对我的做法提出任何异议?如果他真的不想让我们的行动有风险,为什么到现在才把万长文没死的事给揭出来?!"

这简直是杀敌一千自损八百,四周顿时纷纷投来目光,然而只见吴零那雪一样白的面孔在烛影中微微一动,像是笑了起来。

他轻松地回答:"这还用问吗?"

连鲨鱼都没想到他会说这话，当即愣住了。

"欺骗利用我的人是警察，害死解行的人是公安特情组，步重华自己可没有对不起我的地方——而步警官这辈子最大的执念就是亲手把万长文送上刑场。所以我不想当着他的面杀了姓万的，这难道很奇怪？"

四下里一片静寂，吴雩唇角的笑容更明显了。他在长相上确实天生很有优势，尽管所有人都经常忽略这一点，但此时此刻那双明珠般流转的眼睛却让人移不开视线："如果将来见面他非要逮捕我，我也只好狠下心来永绝后患，但那毕竟是后话了。现在我没有任何理由让自己成为他下半辈子最恨的人，是不是，秦老板？"

"再说了，秦老板一直深受 Phillip 先生信任，我怎么也想不到他把万长文活着送给警方是为了今天。"吴雩眼底笑意加深，一字一句道，"就像我想不到秦老板亲自监车的十六箱蓝金，怎么会突然就翻倒在了公路上一样。"

仿佛在岌岌可危的天平上加了最后一块砝码，轰然塌向一方，在虚空中发出重响！

秦川猛地闭上眼睛，不知过了多久，终于睁开眼喘着粗气道："Phillip 老板，我现在确实说不清楚，但你还要靠我走出西南边境线……"

"我也可以。"吴雩猝然打断他，"你别忘了一件事，秦川。的确你偷渡越境过好几次，但我才是真正在云滇边境活动了三十年的人，你真以为你对边防的熟悉程度比得上我？"

"你！"

对峙堪称剑拔弩张，秦川脸色微微扭曲，陡然转向鲨鱼咬牙道："你能听出他刚才的话只是强词夺理对吧？你不会因为这区区几句话就被他迷惑住对吧？！"

"……"

鲨鱼的神情在阴影中晦暗不清，半晌终于像下定了决心似的，长长呼了口气，众目睽睽之下走上前，抓起吴雩的手握了握。

他温和地说："画师。"

呼——呼——

专案组倾巢而出，一辆辆警用越野车在山林间飞驰。步重华把着方向盘呼啸掠过急弯，步话机中正传来各个频道杂乱匆忙的汇报："D18 观察点已就位！重复一遍，D18 观察点已就位！""抓捕组已到达目标矿坑区！""C11 组准备跟进！C11 组准备跟进！"……

"还差多远距离？"

后座上一堆电线连接仪器，设备荧光幽幽映着林烃的脸："精确经纬度已经发到所有特警车导航上了，爬上这座山坡就到，二十分钟到半个小时之间。"

步重华向后座一瞥，后视镜映出他阴霾的双眼："准吗？"

"这次借用的是军方定位频道，就算国外改装的屏蔽器也干扰不了，放心！"

"……"

步重华收回视线，神情阴郁锐利，突然手臂被重重一拍，是后座上的林烃。

"没事的，步支队。"他紧紧盯着屏幕，连头都顾不上抬，"画师是我见过最果断、最心狠、智商也最高的人，应付过很多极度危险又孤立无援的局面，最终都能靠自己搏出一线生机，他一定会咬着牙坚持下去等到我们的。"

无边夜色向后疾退，无数嘈杂汇报和飞驰的引擎声随飓风散去，步重华终于从牙缝里声音沙哑地说："我知道。"

"而且上头已经下令给全体专案组，抢救卧底和生擒毒枭同样重要，这次不会再有人放弃他了。"林烃抬眼冲后视镜一笑，"他会得救的。"

那在地底埋葬了十年的名字，终会被一双双手接力拉出黑暗，重见天日。

遍布山林的警车队扬起漫天雪尘，汇聚成披荆斩棘的战戟，向大山上冲刺而去。

"画师。"鲨鱼又唤了一声。

白人毒枭是纯正的金发碧眼血统，从轮廓上看可能有点日耳曼人血统，个头非常高，比先天不足的吴零高半个头。但他俩这样面对面站着的时候，旁人很难一眼注意到身高上的差别，因为吴零那碾压式的冷静、沉着和存在感实在太强烈了。

"你曾经很想杀我，如果不是人算不如天算，那次差点儿就成功了。这么多年来你是唯一曾让我无限逼近死亡的人，所以我相信那天深夜，当我躺在地上心脏骤停呼吸衰竭时，如果你不想救我，也一定有很多种办法。"

"但你偏偏救了。"鲨鱼温情地看着他，说，"当毒气泄漏出来的那一刻，秦老板的反应是立刻拿走防毒面罩撤退，而你冲进遍布毒气的厂房里救了我。"

秦川瞳孔急速放大。

"当你和我一起拿到蓝金合成方式之后，一定会得到非常丰厚的报酬，你会看到此生从未见过的金钱、自由和真正的人生……到那时你会感谢自己在那天深夜的英勇和明智，感谢我们俩能和平融洽地生活在同一块土地上。"

鲨鱼定定看着吴零，笑意从蔚蓝的眼睛深处一层层泛开，然后他终于松开吴零的手，轻描淡写地向秦川一扬头："拉出去吧。"

吴雩霎时以为自己听错了，什么？

这么快？！

不仅吴雩，连鲨鱼自己的心腹保镖都没想到他竟然几分钟内就做出了决定，所有人齐齐一愣。

"你怎么能——"

秦川的怒斥戛然而止，因为紧接着，三四个保镖同时冲上去拉住他，硬生生把他拖出木屋，挣扎中只发出人体撞在门框上沉闷的重响！

沉闷不清的怒骂叫喊声在簌簌大雪中急速拉远，鲨鱼不以为意，亲手拉着吴雩走出了门。

外面大雪纷飞，阿Ken已经打开了车门，看着吴雩的表情简直难以言表。

"必须赶快动身了。"鲨鱼看了一眼时间，"我们在这里耽误了十五分钟，现在开过去可能还要再绕一段……怎么了？"

没人能看见吴雩瞳孔深处的错愕和战栗，只见远处几个人挣扎扭斗数秒，然后秦川踉踉跄跄跑了几步，砰！

枪声平地炸起，秦川身前的雪地上溅出血花，然后他倒在地上不动了。

"没什么，"吴雩声音沙哑道，"就是没想到这么……这么快。"

"没时间了，工厂在一个矿坑里，万一大雪封山，行路会很困难，而且我们没有钉胎。"鲨鱼一边言简意赅地解释一边钻进车门，然后向车外的吴雩一招手，微笑道，"来，上车。让我带你去见识这世界上最危险也最暴利的工厂。"

第 21 章

　　一辆大型越野车掀起雪雾，发出刺耳的刹车声，直直停在守林人小木屋前。宋平不用人搀扶便敏捷地跳下车，疾步穿过空地周围忙碌的特警和技侦员，劈头盖脸问："怎么回事？"

　　步重华从雪地上站起身，手里拎着个透明物证袋，里面赫然是"汽配店老板"老梁副主任被摸走的那个手机！

　　"这、这从哪儿找到的？"

　　"雪坑里。我们来迟了。"步重华一晃物证袋，说不清他的脸色和此时的天色哪一个更阴沉，"定位显示载着吴雩的车在这里停了，应该是保镖带他来面对鲨鱼的诘问。结合脚印、行车轨迹、手机埋在雪里的形态来看，最大的可能是吴雩下车时假装脚滑了一下，为了防止鲨鱼搜身，趁机把手机插在了车身与草坑之间。"

　　宋平愣怔地望向虚空，随着步重华的示意，眼前仿佛浮现出了半小时前这空地上的一幕幕画面——

　　毒贩们不怀好意地注视着画师走下车，在他们眼里，这个前卧底已经与死人无异，无非是一枪爆头保留全尸还是摔进山涧尸骨无存的区别。吴雩脸色苍白平静，只是下车时不知因为腿软还是恐惧，在湿滑的雪上踉跄了一下，那瞬间没人看见一部手机被闪电般插进了草坑……

　　看似简单的一个动作，背后却是魔术师一般高妙的手法，和多少年生死淬炼出的胆量。

　　"现在唯一的希望是这个。"步重华把物证袋反过来，示意宋平看光秃秃的手机壳，"手机背后的纽扣定位器不见了，从痕迹看是被指甲硬抠下来的，目前不知去向，林炡他们还在紧急追查。"

　　手机目标太大容易搜到，但区区一枚纽扣定位器就好隐藏多了，宋平条件反射立刻问："有没有可能小吴骗过了毒枭，让鲨鱼以为他是清白的，然后带着纽扣定位器上山去了？"

这话刚出口，其他专案组领导的表情都有点复杂，连宋平自己都悻悻地沉默下来。

"鲨鱼在绝大多数时候都比鬼还精明，否则他不会成为画师手下唯一漏网的毒枭。"步重华深吸一口气，声音沙哑道，"我想不通这次吴雩还能有什么办法骗过他……或者，根本就没能骗过他。"

这时雪地上一个人连滚带爬狂奔而来，竟然是亲自带现勘的王九龄："宋局！宋局！"

"怎么了？"

"那边树林发现异常情况，大片雪地有被铲过形成的痕迹。"王九龄扶着膝盖喘了几下，才直起身望向专案组，脸色不同寻常地苍白，"现勘在那痕迹边缘提取出了……几滴血。"

宋平失声道："你说什么？！"

哗哗！

两辆车依次停在茫茫黑夜中，紧接着七八个人依次跳下车，鲨鱼收起卫星地图："就是这里了。"

这里已经是真正的深山了，再往后便是大片人迹罕至的原始丛林。毒贩们训练有素地打起狼眼手电，好几束光在黑暗中穿梭，映出他们脚下赫然是一片断崖，崖下深涧黑不见底，从光束穿透的距离推测有四五层楼深，散发出阵阵令人不寒而栗的气息。

这是一片巨大的矿坑！

"知道为什么要选择在这里吗？"鲨鱼含笑扭头问。

保镖的手电光正映出前方不远处固定在树桩上的绳梯，尾端消失在伸手不见五指的深渊里，活像通往十八层地狱的不归路。

吴雩从车里下来，他穿着利落的黑色长裤，防滑高帮靴咯吱一脚踩在雪地上，身形矫健，腿又极长，就像一把修长得不可思议的刀，他上前往深渊里望了一眼。

"因为合成时产生的毒气和废水能就地排走？"

"对，而且这座矿山里类似的矿坑有十多个，除非把万长文亲自绑来带路，否则仅凭口供根本说不清路线，够警方搜上好几天了。"鲨鱼向他一挑眉，"这都是经验，如果你拿到蓝金合成方式以后想建立自己的生产线，这些都用得上。"

以鲨鱼在毒品世界中的地位而言，一般人这时都会为他的指点而非常感激甚至荣幸，但吴零却多少有些意兴阑珊："再说吧，谁知道我以后会做什么。"

"Phillip 先生！"这时保镖已经试好了绳梯的安全性和结实程度，阿 Ken 疾步上前，"可以下去了！"

"虽然你不知道自己将来会做什么，但我却知道你以后会去哪里……"鲨鱼望着脚下狰狞的大地裂口，突然向吴零悠悠地道，"你看你脚下的情景，像不像书里说的地狱？"

寒风瞬间凝固，所有人同时一愣。

最靠近的阿 Ken 瞟向吴零，条件反射摸上了冲锋枪！

"地狱？"

如果此时此刻不是画师，哪怕是换作吃了熊心豹子胆的勇士，恐怕都得吓得当场一软，扑通跪下来。

吴零的脸在大雪中森白沉静，头发和眼珠犹如点漆，嘴角淡淡地向上提了一下："你这么问是什么意思，想让我打头阵下去吗？"

鲨鱼定定地瞅着他，然后脸上竟然浮现出笑意，紧接着就变成了特别愉快的哈哈笑声。

"不不，不是那个意思。我刚才只是在想，自从认识你以后我经常有种以后自己可能要下地狱的错觉，但我知道你死后肯定会上天堂，尽管你并没有见过天堂。"

他拍拍吴零的肩，笑着叹道："这么一想，你我之间的缘分还真挺奇妙的。"

一圈人眼睁睁看着他们，连旁边的心腹都不明所以。

鲨鱼终于意犹未尽地止住笑，对吴零打了个"跟我来"的手势，然后一马当先，顺着绳梯爬了下去。

"血在哪里？！"

所有人跟王九龄匆匆走进树林，有个年纪最大的公安部专员差点儿因冰雪滑一跤，幸亏一把抓住宋局才站稳。但这时所有人都顾不得了，顺着现勘指引的方向快步上前，只见雪地上果然一片脚印狼藉，像是好几个人在这里徘徊争斗过，中间雪地上被压出来一个浅坑，赫然是个人形！

染了血的雪被七零八落几铲子弄走了，但边缘还留下一两滴飞溅形血迹，在茫茫大雪中无比鲜烈刺眼。

周围死寂得可怕，只听见寒风吹着哨子掠过树梢，但没有一个人动，甚至没有一个人还能呼吸。

"吴警官他……"过了半晌,那公安部专员终于艰难地挤出声音,"吴警官他……"

宋平茫然回过头,望向步重华。这个动作是下意识的,但紧接着他就看见步重华摇摇晃晃走上前,扑通单膝半跪在地,颤抖着手去碰了碰那血迹。

下一刻,他脸色突然剧变,像是从噩梦中一下惊醒,霍然起身咬牙切齿起来。

"怎么了?""步支队怎么了?""步支队?!"

"林烂呢?把林烂叫来!"步重华根本顾不上解释,猛地回头怒吼,"来不及了!快!"

王九龄二话不说,连滚带爬跑向远处,连狂风掀了他的假发套都顾不上捡,宋平急问:"到底怎么回事?!"

"我知道这里曾经发生过什么了。事情根本不是我们想的那样。"步重华大脑急速转动,顾不上组织起详细语言,从牙缝里喘息着挤出一句,"必须尽快行动,吴雩现在非常危险!"

呼——

暴风雪越来越急,一行人在强劲的北风中爬了半天才慢慢挪到底,狼眼手电的光束穿透力变得非常微弱,根本无法探知矿坑底部面积究竟有多大。全副武装的保镖与其说是在走,不如说是在坑底极度崎岖尖锐的巨大石块上攀爬,双手双脚都必须用上才能勉强保持平衡。

黑暗中只听见周围越来越粗重的喘息声,走了半个小时,打头阵的一个缅甸人终于跟踉跄跄转回来:"老板!我们到了!"

手电光束在黑暗中隐约映出建筑物的轮廓,竟然是一排靠山脚的铝合金强化篷房!

鲨鱼快步上前,亲手把门重重一推,然后反手拉住吴雩,从大雪中把他推进了室内。

嘭!

发电机竟然还能运作,四下强光灯一打,整座厂房登时灯火通明。

反应釜、储料桶、发生装置等等一连串流水线设备尽入眼底,鲨鱼示意一部分人在外面守着,只带阿Ken和另两个据说有制毒背景的手下进了厂房,那两人立刻熟练地从登山包中拿出设备箱,开始提取生产线上各个环节的残留物和墙角还剩个底的原料桶。

鲨鱼口中最危险也最暴利的工厂竟然就是这样,完全看不出这里曾经创造出多么惊人的、血腥的财富。

吴雩似乎有点好奇地走到生产线前,仔细观察了片刻:"你这样就能推测出蓝金的反应式？"

"不能，但我可以把提取物带回北美去，花重金请人帮忙做化合还原。"鲨鱼答得很轻松，"你知道吗？只要美金花到位，我甚至能请到名校博士和业内卓有声望的专家，因为这世界上愿意为金钱折腰的人毕竟是多数，而像……"

他话音戛然停住。

"你想说我是个不为金钱折腰的反例吗？"吴雩在他仿佛有点遗憾似的目光中耸了耸肩，"或许只是因为我没见识过钱的好处吧！"

"不，你在我心中一直是座金矿，但跟世俗意义上的物质和财富都没有关系。"鲨鱼话锋突然一转，问，"你听过那句诗吗？——'人不是活一辈子，不是活几年几月几天，而是活那么几个瞬间。'"

吴雩自嘲道："我哪有那时间去读诗？"

鲨鱼却很坚持："你总有那些瞬间吧？"

可能是等待技师提取残留物需要时间，否则谁也没法解释毒枭此刻异乎寻常的谈兴。吴雩想了想，慢慢地说："也许曾经有吧，第一次冒充解行走进大学校园的时候，第一次听说张博明愿意帮我洗白身份，甚至可能让我当一名警察的时候……但解行死后，那些我都忘记了，现在想想看，其实我一直就没怎么认真活过。你呢？"

"我曾经有很多。"鲨鱼说，"马里亚纳海沟网站正式上线的那天，在墨西哥被几个黑帮联手围剿的那天，在圣地亚哥撞死了几个缉毒警被通缉，还有一次被对手烧了整整七千五百万美金现钞……你那是什么表情，很奇怪？"

吴雩笑起来："没什么，只是觉得听起来好像都不太愉快。"

"对，因为并不是只有愉快的经历才能让人感觉到活着，有时恰恰相反。比如你知道我这一年来最常回忆的是哪一个场景吗？"

吴雩疑惑地挑起眉。

他们两人并肩站在生产流水线前，鲨鱼近距离看着面前黑白分明的眼睛，轻声说："是你当初从十六楼上跳下来，一刀剁向我头顶的瞬间。"

"……"

"每当想起那个画面，我整个大脑都会因为恐惧和激动而发抖。从来没有人让我那么逼近死亡，同时让我那么强烈地感觉到自己活着，像这世上每一个蝼蚁般平庸的凡人。"

鲨鱼伸出手，吴雩的头条件反射向后微微一仰，毒枭的指尖从半空中滑了过去。

"我活着的很多瞬间都与你有关，唯独那一刻永远不会褪色。"鲨鱼垂下手，站在那里笑了一下,"看,今天能站在这里跟你聊这些,其实我真的非常高兴。"

他用不着强调,那双蔚蓝眼底欣喜的光芒从心底里流露出来,甚至都掩盖不住。

——但不知道为什么,那真真切切的愉悦和欣慰却让吴雩突然生出一种说不出来的古怪。

似乎眼前有哪里是"违和"的,但具体是哪里又说不出来。

"Phillip 先生!"就在这时,突然有人推门而入,只见是个墨西哥裔保镖,三步并作两步奔上前,"外面情况不对!"

情况不对?

吴雩眯起眼睛,贴身藏起的那个纽扣定位器触感突然格外鲜明起来,肩背肌肉不由得紧绷,只听鲨鱼好似不太高兴被打扰:"怎么回事?"

保镖看了吴雩一眼,表情欲言又止。

鲨鱼更加不悦:"到底怎么回事?"

"……"

保镖咬了咬牙,终于贴在他老板耳边用英文低声说了句什么,霎时鲨鱼神情一变,脱口而出:"怎么可能!"

吴雩目光平静,眼皮却也重重一跳——因为他听懂了那句英文说的是什么。

第 22 章

"老板,那缅甸人毒瘾犯了,怎么办?"

什么?犯毒瘾?

现在?

鲨鱼似乎也没想到有这么巧,狐疑回头一看,只听门外正传来隐约的挣扎碰撞和痛叫声,似乎有好几个手下正帮忙按着那个缅甸人。

"我下次不会再带这种人出来了。"鲨鱼皱眉不满道,然后转向吴雯,"你在这里等我,我去处理一下……哦对了。"

吴雯第一反应就是拔脚要跟,但这时鲨鱼又向背对着他们的那两个技师一扬下巴,回头轻声叮嘱:"你盯着他们,要小心。"

——他怕自己的手下私藏化合残留物!

吴雯心念电转,站住脚步答了声"好",只见鲨鱼匆匆走出厂房,声音消失在了门板后:"到底怎么回事?"……

吴雯在原地站了十来秒,无声无息走到门前,透过缝隙向外望去。

外面一片漆黑,交错的手电筒光在到处晃动,隐约映出纷纷大雪中鲨鱼的背影。他戴着个防风帽,半跪在地上不知道在干什么,可能是在给人打针,间或指挥手下跑开去拿东西,越来越大的寒风淹没了所有人声和脚步声。

灯光明晃晃的,强化 PVC 篷布被劲风刮得微微鼓动,身后两个毒贩还在生产线飞快提取各种器皿里的残留物。

配方还在这里,毒枭是跑不了的。

但不知为何吴雯心头总有种微微的异样感,像是一根细丝不住勒着心头。

是什么呢?

"人不是活一辈子,不是活几年几月几天,而是活那么几个瞬间。"

"我活着的很多瞬间都与你有关……"

"看，今天能站在这里跟你聊这些，其实我真的非常高兴。"

…………

吴雩瞳孔微微张大了，眼前突然浮现出鲨鱼那双蔚蓝色笑吟吟还闪着光的眼睛，闪电般意识到自己刚才的异样感来自哪里——鲨鱼在享受他的"瞬间"。

刚才那平平无奇的谈话，对他来说却是可以跟"马里亚纳海沟"上线、被墨西哥黑帮围剿、被画师从十六楼跃下当头索命相提并论的重要"瞬间"之一！

但毒枭怎么会有那种想法？！

"哎？"这时身后一个忙着搬原料桶的技师突然退了两步，盯着地面，"这是什么？"

吴雩刚要循声回头，但门缝外发生的情景，却让他猝然凝固了动作。

——高处断崖顶上，突然隐约亮起光，紧接着由远及近、团团散开，从四面八方包围了大半座矿坑，黑夜中红蓝交错、密密麻麻的旋光映亮了纷纷雪幕。

那赫然是一大片警灯！

吴雩的第一反应是：警方就这么来了？

完全不潜入、不伏击，光明正大，根本不顾卧底还陷在里面的危险，就这么大张旗鼓跑来了？

难以置信和果然如此这两种情绪重重相撞，让吴雩心神一散，但下一刻画面又让他视线再度凝住——只见门外不远处的鲨鱼迎着满世界警灯，霍然起身，紧接着头也不回就向远处拔腿狂奔。他身侧那五六个手下不知何时已经消失了，灯光从厂房门缝中穿透出去，一下照出毒枭的背影，同时清清楚楚映亮了他的鞋。

吴雩刹那间注意到，那不是鲨鱼刚才走出厂房时的鞋！

狂风掀开防风帽，露出满头黑发，那根本不是鲨鱼！

吴雩条件反射伸手推门，谁知一推之下竟然不动，再推便只听门板外传来哗啦哗啦的链条声，门外把手果然已经被铁链锁了个结结实实。

一个恐怖的猜测冲上他心头，所有疑惑都在这一刻轰然瓦解——木屋中鲨鱼为什么轻信他的说辞，为什么干净利落处死秦川，一路上种种诡异的表现，刚才那难以掩饰的欣喜和享受……因为那全是鲨鱼精心布下的连环套！

——鲨鱼既然已经识破，为什么还要把他带来这里，难道是为了诱来警方？

难道他不要蓝金的化合式了？

此刻已经来不及细想，吴雩倒退两步，眼神狞厉，正欲伸手抓来技师夺枪开门，谁知身后却平地炸起："啊啊啊啊——"

技师的惨叫伴随一股灼热气流直扑脑后，吴雩一回头，当场脸色剧变！

嗖——嗖——

一个个身穿黑衣的特警从高空攀绳一跃而下，敏捷落地，紧接着响起喊声："不准动！""站住！"

嗒嗒嗒嗒！嗒嗒嗒嗒！

几个毒贩尚未组织起有效攻击，便被如狼似虎的特警几梭子冲锋枪子弹扫倒。那个穿着鲨鱼上衣做伪装的保镖牙一咬心一横，从怀里掏出手榴弹一拉，还没来得及狠狠扔向持盾冲来的特警，便只觉身后劲风来袭，紧接着被人一头重重摁倒在地，咔嗒卸掉肘关节，劈手夺走手榴弹，呼地奋力远远抛开，整套动作不过半秒。

轰！

手榴弹撞在断崖边爆炸了，漫天碎石暴雨而下，当场泼了他们一头一脸！

"步支队！""步支队没事吧！"

几名特警冲过来扶起夺走手榴弹的人，赫然是穿着防弹背心的步重华。

保镖刚才拿手榴弹的那条胳膊反方向扭曲，在地上痛得打滚惨叫。特警汪大队长亲自带人扑上去把他拽起来，全身装备卸除，死死按在地上，却只见步重华顾不得擦擦额角滚滚而下的血，上前一把拎起那保镖衣领："画师呢？"

"啊啊啊、啊啊啊啊啊……"

步重华一把扭住保镖已经脱臼的手肘："我问你画师呢！"

保镖哆哆嗦嗦，根本一个字都说不出来。步重华英俊的眉宇浸透血迹后极其暴戾，战术靴一脚踩住他膝盖，眼看就要发力踩碎，保镖终于在极端的恐惧中脱口而出："不！不不，在、在那儿！在那儿！关在那儿！"

几个人顺着他手指的方向望去，是座灯火通明的厂房。

汪大队长按着无线步话机："报告指挥部报告指挥部，救援小队初步确认目标，救援小队初步确认目标。"然后他打了个干脆利落的战术手势，示意左右："上！"

变故就在此刻发生。

漫天大雪之下，铝合金强化篷房突然光芒大亮，辉映四方，然后呼地燃起了一团熊熊大火！

漫天火光映在吴雩眼底，照亮了他紧缩如针的瞳孔。

刚才毒贩搬开的原料桶下，地上竟然有一个黑黢黢的通风洞，此刻洞里毫无预兆地喷出火舌，眨眼间就把那个倒霉技师烧成了火人。

紧接着，火舌随着氧气流直撞房顶，瞬间就沿着PVC篷布墙面向四面八方蜿蜒，形成数条熊熊燃烧的火龙，眨眼间将厂房围成了恐怖的火场！

"这是怎么回事？"汪大队长失声怒吼，"啊？这是怎么回事？！"

"风筒……送氧……是矿井……"保镖喘息着断断续续，"安……安排好的……"这厂房下面竟然连通着矿井？

故意把画师带到这里，把警方力量都集中起来，然后一把火烧了整座厂房，原来这全是鲨鱼精心安排好的，只要特警早来一步，现在就全陷进去了！

汪大队长整个人差点儿当场疯了，立刻按着无线耳麦："请求支援！紧急支援！现场燃起大火，把外面的消防力量调上来！快快快快快！！"

数百米外的指挥车上，所有人都不敢相信自己的耳朵，翁书记勃然变色，宋平哐当撞翻了保温杯。

紧接着，还没来得及切断的频道里传来汪大队长惊慌的声音："等等步支队，步支队你干什么？！"

步重华拎着那保镖的头发，一字一句从牙缝里问："你刚才说，画师被'关在'里面？"

保镖近距离面对这张煞神似的脸，剧痛和恐惧让他面无人色，只一个劲点头。

"……"

步重华站起身，摇摇晃晃退后两步，绝望的眼神投向厂房，紧接着狠狠一咬牙，解下自己的防弹背心摔在地上，拔腿就向火场冲去！

"拦住他！"

如果说刚才汪大队长还只是差点儿疯了，那现在就是真疯了。几个特警竟然生生没拦住，汪大队长跺脚大骂一声，扑进雪里打了几个滚，尾随步重华一头冲进了燃烧的厂房。

——轰隆！

一根燃烧的横梁摔下地面，滚滚黑烟遮挡了全部视线。那个没死的技师颤抖着双腿四处乱奔，突然脖颈被人从后一勒，紧接着怀里的M9自动手枪就被夺走了，是画师！

吴雩砸了枪，那张森白缺少血色的脸在火光映照下越发凌厉，光影硝烟乱七八糟打在他脸上，有种狰狞而俊美的张力。技师简直要瘫软倒在地上，第一反应是画师要杀他，但紧接着只见吴雩举枪对准远处的篷布，咔嗒咔嗒——

果不其然，没子弹。

鲨鱼城府极深，每个细节都有后手，在选择手下陪葬的时候就已经把他们的子弹卸走了!

哐当一声重响,吴雩劈手一枪托砸在技师脑后,那毒贩当场倒地。

厂房四面熊熊燃烧,黑烟中根本看不清出路。

难道就这么结束了?

吴雩一步步向后退去,喘息着望向周围,用粗糙的掌心用力搓了把脸,咽喉痉挛几乎窒息。

他曾经设想过很多次死亡,从来没有像这次这样满怀留恋和不舍。这辈子曾经希望过追求过那些东西,自由、亲情、尊严、归处、复仇、清白……都在这噼啪燃烧的烈焰中化为灰烟,随着寒风与大雪呼啸而去。

真遗憾,他想。

要是被挟持离开汽配店的时候,能再回头看一眼步重华就好了。

哪怕只是短短一刻,他都能凭空添出无数的勇气,独自走向最黑暗冰冷、一去不返的深渊。

"吴雩……"

"吴雩!……"

"吴警官!"

浓烟深处隐隐传来怒吼,刹那间吴雩还以为是幻觉,随即愕然起身,就在这时——哐当!

厂房上空成排的通气管道当空坠下,致命的黑烟顿时从吴雩咽喉呛进气管,熊熊火星劈头盖脸,令他踉跄倒退数步,剧咳起来!

"咳咳咳!咳咳咳!!"

步重华几乎是全凭本能才躲过当头砸下的烈焰,裹着火苗倒退数步,被身后尾随而来的汪大队长拼命一拽,两人踉踉跄跄奔出火场,守在外面的特警立刻扑上来拼命扑打他们身上燃烧的火。

"别进去了!救不出来了!"汪大队长绝望地抓着步重华,眉毛都被烧焦了,嘶吼声带着哽咽,"都是命!认了吧!都是命啊!"

步重华俯在雪地上剧烈喘息,额角上的血已经被火舌舔得干涸了,突然咬牙挤出几个字:"我不认这个命。"说着他爬起来就往里冲!

"你干什么!这么大厂房你根本找不到人在哪儿!"汪大队长飞扑上去,连滚带爬抓住他,"不行,不能去!你会死的!你会死!!"

步重华被他一拽跪倒在雪地上,喘息着回过头。灰烟、尘土、血迹让他那张英俊的脸看上去狼狈不堪,但眼睛里却闪动着灼热瘆人的光亮,他笑了一下:"警汪。"

汪大队长条件反射:"告诉过你们多少次了,别那么叫我,我……"

"里面那个人对我很重要,死在火里是我愿意的。"

汪大队长一下顿住,张着嘴反应不过来,烧焦的头发在风中一抖一抖。

步重华拍拍他的肩,声音沙哑道:"警汪,你别进去了,你的任务已经完成了。"

"哎你!"

汪大队长如梦初醒,一伸手没拉住,只见步重华摇摇晃晃爬起来,头也不回冲进了熊熊燃烧的大火里!

"你……"汪大队长口不择言,甩开拦着他的手下,趔趄着要往里奔,这时却听见头顶夜空传来直升机巨大的风响,喜极而泣的狂呼远远随风传来:"消防!""消防来了!"

汪大队长一回头。

三架红色直升机由远而至,团团包围矿坑上方,紧接着机上抛出滑索,无数凌厉人影如神兵天降,制服上闪光条六个字熠熠发亮:中国森林消防!

"吴雩,喀喀喀喀……"步重华嗓子里满是烟灰,声音粗哑尖厉,每一声竭力呼喊都仿佛要撕裂出血,"吴雩、吴雩!你在哪儿!"

轰一声闷响传来,应该是厂房北面的篷布被烧塌了,新鲜氧气一拥而入,熊熊烈焰顿时飞蹿而起!

"喀喀喀喀喀、喀喀喀……"

步重华已经感觉不到自己在走了,极度高温让他丧失了大部分感觉,连自己何时半跪在地的都不知道。他眼前发黑,耳朵里轰轰作响,一口口咳出血沫,但出口瞬间就被蒸发成了暗色的星星点点。

我会跟你死在一起吗?

你能感觉到自己不是孤身一人走向死亡的,你会回头看我吗?

步重华闭上眼睛,最后用尽全部的力量撑起双膝,就在这时他隐约感觉到一抹冰凉——仿佛是有只无形的手拉了自己一把,有人在耳边轻声说:"起来。"

步重华下意识咳出几个字:"吴雩?吴——"

没有人。

熊熊烈焰周围根本什么都没有。

燃烧爆响充斥耳际,步重华仿佛坠入幻觉,茫然四顾搜寻,突然前方不远处，滚滚黑烟中恍惚有什么一闪!

"等等!"

步重华像是突然被打了一针强心剂，不顾一切追过去，连狠狠摔倒再爬起都浑然不觉。顺着刚才幻觉出现的方向绕过一道火墙，浓烟中隐隐传来剧烈呛咳声。

刹那间，全身血液直冲四肢百骸，步重华脱口而出："吴雩！"

吴雩背靠在角落里，难以置信地抬起头，目光穿越火海，与步重华遥遥相望。

"……"

狂喜、悲哀、绝望和酸楚汇聚成洪流，冲刷着每一寸骨髓，但这时已经什么都顾不上了。步重华冲上去一把扛起吴雩，重量让他虚脱的身体猝然跪在地上，膝盖血肉在上百摄氏度的地面上活生生刺啦一声响。

但他已经感觉不到痛了，那铁钳般的手死死支撑着吴雩，一步步往外挪。

"鲨……鲨鱼跑……跑了……"吴雩断断续续挤出几个字，"放……放开……"

步重华似乎是笑了一下，尽管他连动一动嘴角都很吃力了："你还能跑吗？"

吴雩愣住了。

"要活下去，活下去才能报仇。"

"……"

时空在火光中迤逦而至，映出二十多年前一幕幕相同的画卷，在虚空中熠熠生光。毒贩的脚步声和叫骂声在丛林中四散逼近，隐蔽的树坑里，十一岁的小阿归咬牙把九岁的小步重华拽起来："你还能跑吗？"

小步重华号啕大哭："我们是不是要死了？怎么办？我们要死了，我们——"

"要活下去。"

"不、不……"

"活下去才能报仇。"阿归鲜血淋漓的掌心在小步重华脸上一抹，发着抖重复，"活下去才能报仇。"

二十多年后，地狱火海般的制毒工厂里，步重华那沾满黑泥血痂的手竭力抬起，抚过吴雩侧颊，留下一抹滚热的血迹。

"在那儿……""在那里……""快快快！来人！"

硝烟中闪现出好几道身影，大火映出他们制服上明亮的反光条和消防队徽。紧接着，几双手同时紧紧抓住了他们俩，最前面两个消防战士摘下自己的呼吸面罩，哐哐摁在他俩脸上，毫不犹豫一把扣死，拉着他们就往外飞奔。

"找到了、找到了！"

"出来了！人出来了！！"

…………

新鲜的风扑面而来，夹杂着周围狂喜的欢呼。不远处恍惚有很多人在喊，在拍手，汪大队长一边对步话机狂吼一边精疲力尽向后倒去，一屁股坐进了雪堆里。

刺刺——刺——消防战士劈头盖脸冲步重华和吴霁喷泡沫，眨眼间熄灭了他们身上的火，又有人冲过来给他们做紧急检查和处理伤口。

"快……快去找专案组。"吴霁神志昏沉，本能地紧抓着一名消防战士，"鲨鱼杀了秦川，人已经跑了，告诉他们必须立刻追……"

小战士不明所以，但一听这还了得，跳起来就撒腿狂喊班长，被步重华一把拉住喘息道："没事、没事，都知道，已经知道了。"

吴霁失声问："什么时候？"

小战士一脸疑问，被班长招呼着抄起灭火器赶紧奔远了。

周围人来人往，叫喊着，脚步匆忙，远处火光映得大片雪地通红。步重华接过消防班长扔过来的一瓶水，拧开盖喂了吴霁两口，自己也喝了两口，才勉强恢复一点正常嗓音："因为发现了血迹迸溅形态有问题，秦川没死。"

——秦川没死。

就这么短短四个字，吴霁却瞬间心中雪亮，不顾虚脱猛地坐起身："鲨鱼派秦川抄小道去了另一个工厂？！"

第 23 章

吴雩问："所以说万长文其实在这片矿坑里建立了一真一假两个厂？"

急救车在黑暗的山路上奔驰，外面警灯连天，呼啸不绝于耳。步重华半靠在担架上被队医做初步紧急治疗，但头一直扭着，眼睛一眨不眨盯着身侧的吴雩，视线自始至终锁定着他，不离开分毫："是，基本已经确定了。专案组赶到那个守林人小屋的时候发现了雪地上的两滴血，但迸溅形态与应有的滴落角度不成相应比例，说明液面张力较正常血液更小，初步化验后果然发现是假血。

"当时我就想，鲨鱼到底在这里做了什么才会留下假血，难道假行刑了？做假行刑给他自己的保镖看没有意义，那么观众只有你，但为什么要取得你的信任呢？答案呼之欲出，最大的可能是想稳住你这个诱饵，好把你身后的大批警力调虎离山。所以我立刻让远在津海的蔡麟亲自急报公安部再审万长文，同时把他外孙带到病床前，用了不少办法，总算从姓万的嘴里又挤出了一点牙膏：原来他曾经利用这矿山下面四通八达的废弃矿井，弄了一真一假两个据点。"

万长文虽然吸了三十年毒，已经把绝大部分智商给生理性地吸坏了，但在这件事上却显示出了惊人的狡猾——也可能是早年跟毒帮打仗时学来的经验。

吴雩凝神片刻，哑然失笑："我说为什么鲨鱼这一路上对我那么客气，敢情是怕我身上藏着装备，可以随时向专案组示警？"

他脸上的灰烟血迹并没有完全擦干净，但五官深邃精细，乌黑的眉梢、眼角由深入浅，有种象牙雕塑般光润沉静的神气。

步重华看着他，欲言又止，最终只笑了笑："应该是吧！"

如果不是在第一时间发现血有问题，全部警力就会跟着吴雩的定位器赶到假制毒厂，火一烧上来，虽然不至于立刻造成人员伤亡，但会在极大程度上绊住警方的机动速度。到时候即便再发现真制毒厂，精锐特警也很难在第一时间火速赶到了。

这样的深山地形、大雪黑夜，哪怕专案组晚到十分钟结果都大为不同；鲨鱼这般苦心谋算，就是为了要警方被大火绊住脚的时间差！

"发现这一点的时候专案组立刻慌了，我们知道你会发现鲨鱼的异常，但绝对无法看穿他的布置——因为在整条环环相扣的信息链上，你缺少最关键的一环。"步重华顿了顿，说，"明光路汽配店的那辆毒贩车没落在警方手里，它冲出了陂塘镇。"

"……"

吴雩顿时掐住鼻根，半响才长长叹了口气："鲨鱼从头到尾藏着那辆车，用它接上了秦川的'尸体'，对吧？"

"没错。如果你知道这件事，那么在小木屋发现只有两辆车的时候，就会立刻识破他杀秦川这件事背后有鬼……问题是你根本没机会知道，而鲨鱼也推测出了你不知道。那消失的第三辆车在木屋外的树林里接上了秦川，现勘已经紧急出动确认了车辙路线。在鲨鱼把你带来这个假工厂的同时，秦川抄近路去了另一座矿坑里的真工厂，按时间推测现在已经提取出蓝金的残留物了。"

车窗外大片警灯急促闪烁，映得吴雩森白面孔格外冷峻沉默，半响他低声说："要是我能再想想办法就好了。"

"不可能的。"步重华温和地回答，"专案组根本没机会把第三辆车的事告诉你，也没法配合你——当鲨鱼算出这一点时，局面就已经完了。承认吧，吴雩，你有一大半心魔都源于对自己的变态苛求，你总是在质问自己为什么不能跑快一点更快一点、救下更多的人、挽回更不可收拾的局面……但实际上再厉害的卧底也只是卧底。所以十几年前的画师身后必须有解行、林烃、张博明、胡良安，有一整个特情组随时调动边防武警冲锋陷阵；十几年后的你身后必须有我，有宋局和专案组协调技侦、网侦、整个特警大队和森林消防来做后援。"

"……"

车里安静良久，吴雩终于叹了口气承认："你说得对！"

然后他顿了顿，才苦笑道："职业习惯而已，不用管我。"

步重华知道他这种思维方式是十多年命悬刀尖形成的职业病，因此也不多劝："所以现在知道刚才为什么这么多警车大张旗鼓包围矿坑了吗？不是为了抓鲨鱼，是专门来救你的。"他从担架上俯身靠近，在吴雩耳边低声含笑问，"当时是不是觉得自己又被牺牲了？有没有一瞬间觉得'果然如此'？"

吴雩一下差点儿被自己的口水噎着。

"到底有没有？"

吴雩面上有些发热，不自在地向车窗边挤了挤，小声说："没有。"

步重华逼近:"真没有?"

几步之距的车前座,队医已经把伤口处理完毕,正背对着他们慢条斯理收拾器械。

吴雩不吭声。

"你有那么多战友,不用太苛求自己。"步重华看着他的眼睛,轻轻地说,"这次我们一定能抓住他。"

"那现在还怎么跟踪?"半晌吴雩才开了口,在颠簸和警笛声中小声问,"你刚才说第三辆车在特警眼皮底下逃出了陂塘镇,难道是因为上面有……"

"对,有定位器,林烨他们正尝试把定位范围精确到米。"

步重华突然沉默下来,定定望着晃动的车厢,少顷喉结用力上下一滚。

吴雩敏锐地问:"怎么了?"

"……"

"步重华?"

步重华张了张口,望着自己发黑皲裂的手,终于声音沙哑道:"是孟昭中弹前扔进去的。"

吴雩眼睛一点点睁大,失声怒道:"孟姐怎么样了?!"

"直升机送回津海抢救,还不知道结果,那边医院是严娜在守。"步重华指指自己腹部,"前腹射进后背穿出,贯穿伤,已经……已经通知了她的家人。"

每一个字都仿佛回荡了很久才传进耳膜,轰轰震荡着脑神经。吴雩手指紧紧掐住掌心,指骨发白泛青,指甲缝间的裂口渗出一丝丝鲜血,浸透了掌纹中的泥土和硝烟。

"你看人家是伤病号,坐着睡多辛苦啊。小吴你醒醒,上值班室沙发那儿睡去。"

"小吴爱吃鱼,今儿咱们队夜宵订楼下鱼排档,来来来后勤统计一下……"

"孟姐就爱看脸!""是啊,就偏爱吴小雩怎么啦?"

…………

"吴雩?"步重华用力按住他的手。

"没事。"吴雩闭上眼睛,神情平淡冷静,脑海中闪电般一个个浮现出去明光路汽配店买钉胎的那三个毒贩的脸和名字,低声说,"我没事。"

"步支队!"这时急救车前排副驾驶位上的特警猫腰疾步而来,递过蓝牙耳麦,"是林科。"

步重华立刻接过耳麦别上:"怎么了?"

"上指挥车。"林烨在频道另一头简洁地回答,"先头特警已经展开埋伏,五分钟后我们将抵达二号抓捕现场。"

哐当!

厂房大门推开,风雪穿堂直入,站在反应设备前的秦川回过头:"Phillip老板!"

鲨鱼、阿Ken和几个手下匆匆而入,所有人都风尘仆仆,脸上身上裹着大火浓烟熏出的灰黑,毒枭面上全是不加掩饰的冷峻:"你们这边好了?"

"您来得正巧,刚刚才好。"秦川反手拎起试剂储存箱,向鲨鱼打开一亮,"已经全部妥当了,这就可以走。"

不论谁来到真厂房,都会被万长文这个三十年老毒贩的心计和手笔所震动——因为这里的一切布置、建材、生产线都跟那座假工厂的一模一样,连储存原料的地方都别无二致。

唯一不同的是,这座真厂房里的各种残留物种类、分量远比假工厂更多,只有真正知道怎么合成蓝金的技师才能辨出真假。

之前去明光路汽配店的三个手下——刀疤脸、棒球帽和等在车上的光头司机个个戴着化工手套,防毒面具都挡不住他们不住往外望的惊恐神情,显然已经听到了刚才夜色深处传来的爆炸和警笛声,好几公里以外一号坑熊熊燃烧的烈焰,冲天火光连在这里都隐约可见。

真厂房电力有限,灯光昏暗,鲨鱼望着储存箱的眼神微微闪烁不明:"有件事我一直想问你,秦老板。"

"什么事?"

鲨鱼身后,阿Ken反手摸向后腰,无声而隐蔽地拔出了枪。

——与此同时,厂房上空。

一根根滑索沿着矿坑岩壁当空而下,随即无数黑衣特警借着黑夜的掩护飞身直降。连天飞雪簌簌作响,盖住了急促行进的脚步声,荒草中,乱石后,雪堆里……一支支精锐特警队伍按视线观察哨通报的方位,埋伏在了厂房周围。

汪大队长一打手势,四面八方倏尔静止,唯见漫天大雪纷纷扬扬而下,落在每一尊石像般严峻的特警肩头上。

电波将简短清晰的指令传向山谷的每一个角落:

"各组各人,准备行动。"

秦川:"嗯?什么事?"

鲨鱼意味不明地盯着他，似乎沉吟了片刻才向不远处自己那三个手下示意，低声问："他们几个手脚干净吗？"

"干净啊，放心，我都盯着呢。"

"全部都提取完了？"

"提取完了啊。"

鲨鱼点点头，在秦川茫然的视线中伸手翻了翻试剂箱里的各种中间反应残留物。

阿 Ken 紧紧盯着毒枭的每一个动作，耳边回响起五分钟前推门而入时，鲨鱼突然拦住他，在耳边轻声交代的话——

"秦川这个人，我本来以为已经完全看透了他，但现在看来这小子的心思还是太深了。待会儿进去后我会检查残留物储存箱，一旦发现有问题，不要听解释，立刻杀了他，偷渡的事等逃出去再想办法。"

阿 Ken 面上掠过一丝凶狠："明白！"

"我原先担心秦老板看到蓝金的残留物，会忍不住有些想法，看来是我多心了。"昏暗的厂房反应釜边，鲨鱼终于翻检完那储存箱，笑吟吟道，"对不住了，秦老板。"

"什么，担心我？"刹那间秦川似乎一愣，紧接着苦笑起来，"实不相瞒，Phillip 先生，如果你把蓝金的化合方式交给我保管，说不定我真会产生不少想法……但你这是中间反应的残留物啊。即便我想一夜暴富，我上哪儿找一堆专家反推化合过程去？"

鲨鱼语调长长地"喔"了一声，秦川诚恳地拍拍他的肩："别担心，老板。就算我对你有二心，那也得等到脱离了警方的天罗地网以后再说。这世上宁死也不愿意坐牢的通缉犯千千万，但如果我认了第二，还有人敢认第一吗？"

鲨鱼紧盯着秦川镜片后的眼睛，有那么几秒间毒枭的眼神就像毒蛇般阴冷，紧接着他笑了起来，手在身侧不易察觉地向后打了个手势。

阿 Ken 肌肉松懈下来，放回了枪。

"是的，秦老板。"他愉快地说，"当务之急是逃出去，之后的事情以后再说，我们快走吧。"

秦川嘴角在阴影中动了一下，那仿佛是个短暂的上翘，但没人能看见，然后他漫不经心地摘下眼镜擦了擦："说起这个，现在只有接我来的那辆车有备用汽油，你们那两辆车油应该不多了吧。不如我们就……"

"等等。"

鲨鱼蓦然顿住脚步，手一抬。所有人同时静下来，只听室内呼吸彼此交错，外面大雪簌簌压在厂房篷顶上，鲨鱼耳梢轻微地动了动。

"不好，外面有人。"

所有人猝然色变，秦川擦镜片的手僵在半空，鲨鱼二话不说从保镖怀里夺走一枚手榴弹——

门外，两队警力分头守在左右两侧，一名手持破门阀的特警深吸一口气，只见汪大队长无声地比出手势，三、二、一。

鲨鱼脸色铁青，拉开引线甩手一扔。

——轰！

手榴弹落地爆炸，余波将门板震飞，外面拿破门阀的特警措手不及，一下被冲出去几步远！

秦川猛地戴上自己的眼镜，内心感受简直无以言表，只见硝烟滚滚中，特警已经闪电般冲了进来："举起手来！不准动！""警察！"

嗒嗒嗒、嗒嗒嗒，所有冲锋枪几乎在同一时间开始喷吐火舌。鲨鱼闪电般扔出去两枚手榴弹，毫不犹豫拔腿向厂房深处狂奔："跟我来！"

爆炸巨响震耳欲聋，负隅顽抗的保镖被打倒在地。秦川勉强藏在反应釜后，脱口而出："去哪里？！"

都这种时候了，还能往哪儿跑？！

急救车稳稳停在断崖边缘，立刻有两个民警冲上前打开门。吴雩裹着一件冲锋衣跳下车，脚刚踩在地上，突然好像感觉到什么，皱眉往脚下一看。

这时步重华也钻出车门，只见翁书记亲自带着林烶从指挥车上迎下来，当着所有人的面，三步并作两步赶上前，一手拉住步重华一手拉住吴雩："老宋在上面指挥，叫我下来迎接你们。这一次你们都干得很好，组织为你们感到骄傲和——"

吴雩突然抬手，示意翁书记噤声，然后往前走了几步。

翁书记下意识心惊胆战起来："小吴警官？"

指挥车周围各单位、各大队的所有警察都眼睁睁看着他，不敢吱声也不敢动。众目睽睽之下，只见吴雩走到一块积雪尚未覆盖的巨石边，单膝半跪，在石块和地面的缝隙中抠了点油黑的土，放手上一搓。

步重华疾步上前，低声问："怎么回事？"

吴雩不答，把那点土放在嘴里仔细尝了尝："你挖过矿吗？"

"没有，怎么？"

"我挖过，几年前混进缅甸一座煤矿干了六个月。"吴雩低头"呸"地吐出那点土，起身接过翁书记递来的手帕擦了擦，问："这底下有矿井吧？"

翁书记："有哇！"

"离地面很浅吧？"

"是是，不深！"

吴霁绕过翁书记，向林烶一伸手。

林烶好歹在情报工作上配合过画师近十年，已经在平板上调出了专案组事先准备好的地下矿井图，吴霁接过来看了片刻，轻声说："坏事了。"

——这三个字从别人嘴里出来倒也罢了，从吴霁嘴里出来，翁书记整个人登时一惊："不、不可能！我们已经事先探测过瓦斯残留和有毒气体，确保万无一失，绝对确保……"

"我不是说瓦斯，我是说回风巷。"

"回风巷？"

吴霁扭头望向远处的厂房，这个时候他脸色已经不是很好看了，但语气还是很沉定的："去通知抓捕组，万长文不是随便选厂址的，厂房内可能藏有一口废弃通风井，经攀爬可以逃往井下。立刻去！"

林烶拔腿就往指挥车跑，人还没上车，差点儿迎面撞上王九龄："翁书记！不好了！——抓捕现场传来急报，匪首经厂内一通风口向井下潜逃，汪大队长申请立刻下井抓捕！！"

翁书记双眼猛地一闭，心脏重重下沉，却只见吴霁劈手拿过身侧特警的JS冲锋枪："不行，驳回。"

"什么？"

吴霁大步向警车走去，身影如雪豹，快得掀起一阵风雪："告诉他们绝对不能尾随下井，跟我来。"

第 24 章

爆炸和扫射声渐渐在头顶远去，秦川一松手，顺着铁梯当空掉下废弃风井底部，立刻被第一个跳下来的鲨鱼拉住向后一推，紧接着手榴弹当空扔上去，轰隆！

风井中段炸塌，乱石如暴雨坍塌而下，彻底堵住了特警从围剿现场追下来的唯一路径。

"呼、呼……"

仅剩的最后几个人都在惊魂未定粗喘，阿 Ken 一把揪住秦川怒吼："是你！肯定是你！"

秦川险些破口骂娘，这时鲨鱼却拉住了阿 Ken："不是他。"

"那难道……"

"是那个女警。"鲨鱼向自己最后几个手下——奉命去明光路汽配店那辆车上的刀疤脸、棒球帽和缅甸司机三人一扬下巴，"你们说那女警曾经在车门边纠缠，非要让你们拿什么宣传册，是不是？"

刀疤脸在汽配店里满面凶横，这时却吓得哆嗦了："是……是，但老板我没拿，我真的什么都没敢拿……"

"你拿不拿都无所谓，宣传册只是幌子，跟踪器一定是在你们纠缠的时候扔进车里。"鲨鱼从牙缝间狠狠咬牙骂道，"赶着来送死！"

他这话也不知道是在说孟昭还是说他们自己，几个毒贩都困兽犹斗地红了眼，阿 Ken 急问："老板，现在怎么办？！"

"……"

这里离地面上的制毒工厂已经有好几层楼深了，急促警笛和鼎沸人声都被完全隔绝，黑暗中只有他们几支手电发着抖扫来扫去，映出远处幽深、阴冷的回风巷。

"这里二氧化碳浓度高，不能久留，必须马上跑。"鲨鱼阴冷地说，"底部采区车场有一条巷道通往进风井，万长文挖了条出去的路——走！"

"井田采用中央分列式通风，犯罪分子进入后不敢在有害气体沉淀的回风巷多待，极可能会经由工作面在进风井会合。因此下去后首要任务是高强火力堵住进风井，全面搜索每一条巷道、硐室，凡经风门务必两人以上火力把守！明白了？"

"明白了！""明白！"

紧急下井口边，步重华亲自带着各组刑警，汪大队长带着手下精锐特警，只见人群正中的吴雩穿着紧身黑色特警冲锋衣和防水胶靴，背上挎着一把JS轻型冲锋枪，戴着黑色露指手套的二指并拢，干净利落："下！"

精悍警力一批接着一批，从升降机迅速降入深不见底的大地岩层，仿佛前方不是诡谲险恶的深井和手持强火力的毒贩，而是义无反顾的光明与未来。

远处，一个娇小单薄的身影摇摇晃晃地走近几步，又停下了。

——是宋卉。

小姑娘身上没有受伤，但是面孔和双手指缝里却残留着血迹。那烧灼骨髓的热血已经在她皲裂的皮肤上凝固成了暗红，混合着灰尘泥土，映在她空白的瞳底。

指挥车周围忙成一团，所有人都在奔走狂喊，无数指令调动纷沓来去。没有人注意到她正一动不动地站在那儿，梦游般直勾勾盯着自己血泥交错的掌心，几个小时前人行道边孟昭一点点失却的体温仿佛还残留在指缝里。

过了不知多久，她终于用力把脸埋在掌心里，发出一声带着哭腔、愤怒又不甘的低吼。

井下。

数不清的脚步沿错综复杂的甬道分散开，冲锋衣背后的反光条们迅速隐没进了黑暗的深井。

"N24井田走向长度小于四公里，基本是一米以下的薄煤层，就算现在设备都撤走了，进去也得弯腰，所以毒贩跑路的首选应该是厚煤层开采面。"吴雩脚步不停，头也不回，在汪大队长手里的图纸上示意了几条路线，满头雾水的汪大队长登时发出似懂非懂的长长一声"哦"，只听他继续道，"高度两米以下的运输巷先不用看了，这边！"

如果汪大队长真是个"汪"的话，现在已经连耳朵尾巴都立起来了："是！"

几个人脚步匆匆奔向甬道深处，吴雩边走边忍不住回头瞅了一眼，汪大队长立刻道："您还有什么吩咐？"

"没事。"吴雪犹豫了一下才说,"……你一大队长这么跟我说话,我不太习惯,咱们还是按照正常的来吧。"

汪大队长峻容:"不不不不,应该的应该的。下来前专案组说咱们这组的首要任务就是保护小吴警官你!"

后面几个人同时:"是是是是!""没错没错!"

吴雪:"……"

四周安静无声,除了通信频道对面步重华他们那一组哗哗涉水的脚步声外,只有彼此错落而紧张的呼吸,良久只见吴雪慢慢举起手电——

头顶处几条积满了煤灰油垢的缆绳,此刻正不易察觉地微微晃动,通向深不见底的矿道远处。

"在前面!"特警脱口而出,"追!"

"报告指挥所!报告指挥所!S1360-4巷发现目标!"汪大队长一边贴墙狂奔一边对步话机怒吼,"重复一遍,S1360-4巷发现目标,请求支援!"

——就在这时,前方黑暗中骨碌碌丢来一枚手榴弹,紧接着:轰隆!

前方矿道顶部巨石发生塌方,所有人在震荡中被迫退后,矿道被结结实实堵住了!

"S1360-4巷发生交火!""紧急求援!紧急求援!""隧道发生局部塌方!重复一遍隧道发生局部塌方!"……

杂乱人声平地炸起,汪大队长正一边狂咳一边紧急准备定点爆破,突然余光瞟见什么,失声:"小吴警官——"

吴雪如利箭般脱弦而出,侧身一脚贴地疾滑,那身影就像冰上花滑一般敏捷鬼魅,瞬间消失在了塌方巨石前的黑暗里!

有那么一瞬间汪大队长真产生了一种"这人该不会是鬼吧"的不寒而栗感,紧接着他疾步冲上前,手电筒一扫,愕然发现脚下地上竟然有个圆形的深洞,一眼望不到底,散发出无穷无尽的阴湿森寒。

"汪队!""汪队!指挥车问小吴警官人呢?!"

"……"汪大队长手电照着脚下漆黑幽深的矿洞,一股寒意顺脊椎蹿起,连自己都不敢相信,"他、他跳下去了。"

与此同时,塌方段另一侧。

矿道地面震荡不绝,无数大小石块当空簌簌砸下。所有人都抱着头狼狈不堪,被狭窄空间内近距离的爆炸骇得脸色发青,只有扔出手榴弹的鲨鱼面色冷厉:"警察马上就会爆破追上来,快跑!"

阿 Ken 一回头，刚要夺路狂奔，视线猛地定住："什、什么？！"

鲨鱼循声望去。

狼眼手电穿透终年沉积的黑雾，只见前方矿道尽头，一道全身黑衣的背影迎着他们回过头，露出了苍白冰冷的、无比熟悉的面容。

"是……是鬼……"阿 Ken 跟跄后退，寒意直上脑顶，"你是鬼……"

鲨鱼表情难以言喻，眼底闪动着震愕、畏惧、绝望和亢奋混杂起来的光，回头一瞟身后堵得严严实实的塌方隧道，再一瞟前方缓缓走来的身影，终于挤出一声声音沙哑扭曲的冷笑。

"鬼是不会利用运输井从地底冒出来的，能做到这一点的只有画师……尽管跟索命厉鬼也没什么两样了，是不是？"

吴雩站住脚步，与毒贩相距不过三十余米，他的皮肤在黑暗中有种透明的白，反衬得头发和眼珠都异常深黑，语调非常沉静："第一个问题。"

几个人鸦雀无声，只听他缓缓问："向女警察开枪的人是谁？"

"……"最后一个字音落地，周遭仿佛凝固住了，只有缅甸司机下意识向棒球帽瞟了一眼。

吴雩黑白琉璃般的眼珠一转，定在了棒球帽身上，吐出一个字："好。"

"你、你想干什么？别过来！别过来！！"棒球帽全身颤抖如筛，被死亡盯住的恐惧彻底崩溃了神志，突然一把拽过冲锋枪，"啊啊啊啊啊，别过来！！"

枪火喷吐、子弹乱飞，弹壳石屑在狭窄的矿道中叮当飞迸，打得人睁不开眼睛。鲨鱼大骂一声，贴地一滚，扑向"非"字形矿道的一条斜坡岔道，起身怒吼："还不快跑！"

嗒嗒嗒嗒、嗒嗒嗒嗒，冲锋枪声震耳欲聋，在这种歇斯底里的火力倾泻之下别说吴雩血肉之躯，连铁石做的人都能被活生生打成齑粉！

倏尔子弹打空枪声一停，杀红了眼的棒球帽还要换弹匣，这时却只见眼前缓缓弥漫的硝烟一顿，紧接着利箭破空而来——

吴雩在矿道顶部的电缆间穿梭，一脚钩绳，长身倒立，霎时与棒球帽来了个眼对眼。随即在毒贩难以置信的瞳孔中，他拧身当空而下，凌空屈膝重踹在棒球帽后，当场把人踹得横飞出去，一头撞在了岩壁上！

咔嚓！

颅骨碎裂的脆响清晰可闻。

棒球帽倒在血泊中，朦胧中只看见画师的脚步远远而来，停在他面前，然后俯下身。

吴雩一脚踹中棒球帽后膝窝，同时反手拔匕掷出，连头都没回——

呼呼打旋的刀光飞出去十余米，瞬间把角落里鬼鬼祟祟的刀疤脸钉在了墙上！

"那个警察的名字叫孟昭。"吴雩没管刀疤脸断断续续的哀号，在棒球帽耳边轻轻道。

然后他从腰间拔出手枪，抵着棒球帽后脑勺，平静地按住了扳机。

砰！

吴雩握着枪转身，一步步走向蜷缩在墙角里的刀疤脸，在对方混合着尖锐喘息的痛叫声中一抬脚，踩住了他肩上的刀柄。

"啊啊啊啊——啊啊啊啊——"

"第二个问题，"吴雩在那他惨烈瘆人的哭号中问，"Phillip打算走哪条路？"

"求求你求求你，啊啊啊求求你……"

吴雩战术靴底一歪，刀刃绞了半圈，但语气却没有丝毫变化："Phillip打算走哪条路？"

"啊啊啊啊啊啊！！底部采、采区车场，进风、进风井，求求你放——啊啊啊！！"

吴雩维持着那一脚踩住刀柄的姿势不动，按住了蓝牙耳麦："报告指挥中心，匪首鲨鱼、阿Ken、秦川及一名代号'大古'的缅甸人共四名逃出S1360-4巷往底部采区车场方向去了，配有手枪、冲锋枪及手榴弹等高火力，请立刻安排抓捕。"

电波把他的声音带向矿井的每一个角落——塌方段后的汪大队长喜形于色，指挥车边的宋卉抬起头，卫星监控边心急如焚的专案组成员终于各自长长出了口气……宋局一边疯狂打手势调动警力，一边扭头冲着耳麦急问："你那边情况怎么样？没出事吧？"

"击毙一人，击伤一人。"吴雩向轰轰作响的塌方段望了一眼，"汪队他们应该已经快赶过来了。"

这时另一个频道插了进来，是步重华："我在采场底部附近，现在立刻出发拦截！"

这时吴雩脚下的匕首连刀柄都陷进了血肉里，刀疤脸一个劲抽搐，连声都发不出来了。吴雩终于抬脚放开了毒贩，向周围瞟了两眼，小声说："步重华。"

"怎么？"

"我枪决了一个人。"

步重华带着杨成栋和几名特警匆匆穿过矿道，电光石火间明白了他指的是谁："弹壳保留好，回去送孟昭。"

吴雩"嗯"了一声："鲨鱼可能会沿传送带下去，你们下边动作要快点。"

312

第 25 章

"E3200-17 巷未发现目标！""W3050 大巷未发现目标！"……

一组组特警的身影贴墙而过，渐渐在黑暗的井底织就一张天罗地网。井底运输大巷角落，鲨鱼猛地一抬手，身后所有人立刻站住脚步，只见远处隧道尽头，几名特警正闪电般隐进黑暗里。

秦川低声道："得有个人去引开他们，否则我们出不去！"

所有人心里都知道确实如此，鲨鱼向后一瞟，视线落在缅甸人身上："你——"

缅甸人两手死死抓着冲锋枪，能听出他语调有点抖："老……老板，我一人恐怕……不太……"

秦川目光在自己和阿 Ken 之间飞速一掠，似乎犹豫了几秒，才心一横咬牙问："要不我跟他一起去吧？"

他话音刚落，便迎面撞上了鲨鱼不动声色的打量。毒枭森寒灰蓝的瞳孔阴晴不定，不知道在转动着什么念头，半响才在秦川恳切、焦急的目光中挪开视线，冲缅甸人扬了扬下巴："保护好秦老板，咱们回去的路上还需要他，待会儿我会在进风井等你们一起走。"

缅甸人还以为自己是被当成炮灰鱼饵丢出去的，后半句话不啻给他吃了颗定心丸，当即喜出望外："是！"

鲨鱼拍拍秦川的肩，没说什么，秦川苦笑着摘下眼镜揉了揉眉心，示意自己明白，然后打了个手势示意缅甸人跟着自己，匆匆走向了隧道的另一个方向。

整个井田走向不超过四公里，井底运输大巷离车场已经不远了。秦川紧贴在分岔路口的拐角，探头确认特警暂时还没搜到这里，才示意缅甸人跟上，快步穿过错综复杂的地底空间。

"秦、秦老板，"缅甸人心惊胆战地尾随在他身后，终于忍不住问，"我们不是要替老板引开警察吗，现在到底是……"

"等等。"

"等什么？"

缅甸人一愣，内心油然升起疑惑，却只见秦川终于站住脚步，略微回过头，镜片后那双线条凌厉的眼睛略微上挑，浮出一丝似笑非笑："等声音。"

——声音？

什么声音？

鲨鱼眯起眼睛目送秦川闪进伸手不见五指的羊肠小道，然后才带着阿Ken疾步往前，大概拐了两个弯后，突然心中一沉，猛地停下："不对。"

"老板？"

鲨鱼连回答都来不及，一手握枪一手迅速检查自己全身装备，阿Ken边下意识照做边愕然问："难道少了东西？姓秦的顺走了什……"随即他突然摸到自己口袋里一个冰凉的硬物，话音戛然而止，摸出来一看。

是秦川的手机。

不是少了，是多了！

鲨鱼心念电转，一把抓起那手机一看，上面的闹钟倒计时瞬间映在他眼底，赫然只剩三秒、两秒、一秒——

世界在此刻静止，如同突然按下了静音键，只见鲨鱼夺过手机，奋力远远扔出。

下一瞬，闹铃疯狂震响，传遍四面八方！

——丁零零！！

"什么声音？""E3050运输巷！""有人！"

特警的脚步从四面八方响起，鲨鱼脸色森寒，脱口怒吼："跑！！"

百余米外，秦川扭头微微一笑："就是等这个声音。"

秦老板长相一直是斯文雅痞的，但那个明明很温柔的笑容映在缅甸人眼底，却好似一柄染透了鲜血的镰刀。如梦初醒的缅甸人还没来得及后退举枪，下一秒眼前掠过雪光，紧接着冰凉刀锋直直捅透了咽喉。

"咯、咯……"

可怜那保镖连出声都来不及，只来得及发出几声喉骨摩擦的声响，秦川拔匕，一把扶住尸体，将其无声地靠在墙角，逆着周围巷道中不断向鲨鱼狂奔而去的特警，毫不犹豫冲向了无人的车场！

"紧急报告，E3050 发现目标两人！现已展开交火！""火力后援！火力后援！""目标向运输平硐方向撤退！！"……

步话机里的冲锋枪响如疾风暴雨，杨成栋向后一打手势，拔腿就往运输大巷冲，却被步重华一把拦住："等等，这事不对。"

"怎么不对？"

"所有警力都去 E3050 方向包抄了？"

"那肯定是啊，难道……"杨成栋醍醐灌顶，"调虎离山？！"

步重华当机立断，一把夺过他手上的矿井巷道图，手指直接滑到 E3050 的反方向——井底车场下通过一片密密麻麻的瓦斯巷道，尽头是传送带连接的——

步重华剑眉一挑，吐出两个字："副井。"

脚步在空荡荡的地底久久回响，秦川疾步穿过甬道，面前陡然出现一片石顶穹窿，顶部漆黑电缆密布，犹如巨蟒巢穴。

交火短促激烈，大批精悍特警已经尾随鲨鱼迅速远去了。手电映出前方坎坷不平的地面，破碎的头盔、指示牌、废弃工字钢、脚手架钢网……触目所见，一切都覆盖着厚厚的煤渣，脚步经过时扬起令人呛咳的黑雾。

穹窿与石壁交接的边缘，顶部悬挂着一口烟囱似的深井——副矿井。

它的顶部通向地面。

秦川站住脚步，轻轻呼了口气，眼底终于浮现出了微许轻松和自嘲。他漫不经心把刚杀过人的匕首正反两面血迹一抹，反插进后腰刀鞘，刚抬脚走上木方，就在这时，脚下突然——

砰！

子弹擦脚而过，在地上溅起一溜火星，秦川猝然回头拔枪而出："谁？！"

长长的平硐尽头，几道荷枪实弹的身影不知何时已经堵住了唯一的出口，正中间那警察身形精悍、个头极高，右手握着尚在袅袅冒烟的枪，那张俊美的面孔常年不苟言笑，此刻嘴角却挂着一丝毫不掩饰的揶揄："举起手来，秦副队，你被捕了。"

秦川："……"

气氛一下变得特别诡异，秦川镜片后的眼皮狂跳起来，看到不远处好几挺冲锋枪枪口对着自己，半晌终于认输了，把枪啪嗒一声扔在地上，无奈地叹了口气。

"我早该想到自己命里跟你们公安犯冲，而你真不愧是严峫那头大尾巴狼的亲表弟……上次在码头验货时不该帮你兜底的，步支队，是我失算了。"

谁知步重华却淡淡道："不，即便时间倒流重来一次，你还是会一样选择掩护警方卧底。"

秦川仿佛听见了这世上最荒唐的笑话："为了让你今天亲手来抓我吗？"

"为了坚持，你就是这样的人。"

秦川眨巴眨巴眼睛，这次他真的笑了起来："你又知道我是怎样的人了？"

步重华定定地盯着他，似乎在反复地斟酌和思考什么，半晌终于说道："有一件事你大概还不知道，秦副队。警方已经在接你来制毒工厂的那辆车底盘下，发现了一枚共频炸弹。"

连他身侧的杨成栋都举着枪愣了一下："共频炸弹？"

"那是一个利用无绳电话共频系统来进行触发的远程可控炸弹，只要拨打特定号码，短路电板就会迸溅出电火花，点燃引爆器，从而引发高爆塑性炸药的爆炸。这个东西不常见，但当年黑桃K闻劭教你使用过，所以我一听说专案组在车里搜出了这玩意，就立刻想到了你。"步重华在秦川难以言表的目光中挑起眉梢，"如果我没猜错的话，你应该是这么对鲨鱼说的：'你们那两辆车上油不多了，只有接我来的那辆车上有备用汽油，不如我们都坐那一辆车，火力集中起来也好突围。'——是不是？"

"……"

"然后中途你随便找个理由下车探路，只要拨个电话，引发共频系统短路，暗网毒枭就会跟着整辆车一起炸上天——与之一起粉身碎骨的还有那个装着蓝金中间物残留的手提箱。如此一来，鲨鱼死了，蓝金也彻底消失，你孤身一人溜出北方并不困难；只要日后回了缅甸，从此再也不会有人能抓住你一根汗毛，反正天大地大，哪儿都是家。"

秦川站在那里，表情越来越一言难尽，镜片后眼皮一个劲地跳。步重华唏嘘地叹了口气："整个计划堪称完美，唯一不妥的是……我们这帮专门'坏人好事'的警察，竟然抢先一步包围了真制毒厂，把你跟鲨鱼一块儿包了饺子。秦副队费尽九牛二虎之力安排好的杀人大计，也就跟着饺子汤一起付诸东流了。"

周遭一片死寂，半晌，秦川用力搓了把脸，终于扶额长叹："人算不如天算啊！"

杨成栋愕然道："等、等等，可是姓秦的为什么要这么做？！"

"秦副队不想这么做，掮客最重要的是声誉，而他已经接连搞死了闻劭和万长文两个主顾，再亲手弄死鲨鱼的话，以后八成要落个升官发财死老板的嫌疑，在道上就很难混了。"步重华礼貌地一摊手，"但再不想，他又不得不这么干，因为他原本打算诱进局里当刀的张志兴成事不足败事有余，费老大劲绑架

316

了彭宛，结果不仅没钓出万长文，也没能弄死'马里亚纳海沟'，最终还被警方给抓住了……"

"什么？张志兴策划绑架彭宛是秦川背后怂恿的？"杨成栋大惊失色。

"是。秦副队原本的计划确实是一盘大局，一边弄死万长文让蓝金失传，另一边又借'茶马古道'打击'马里亚纳海沟'，让两大暗网电商自相残杀——何止是一石二鸟？一箭杀双虎还差不多。"

秦川苦笑拱手："过奖、过奖……"

"但非常可惜的是，秦副队高估了张志兴作为棋子的能力，又低估了警方作为对手的本事；'茶马古道'还没来得及对'马里亚纳海沟'发动致命打击，张志兴就被我们给抓去坐牢了。"步重华一笑，"秦副队眼睁睁看着鲨鱼将要带着蓝金的分子式跑出中国大陆，万般无奈之下，只得亲自动手，冒着以后被暗网报复的风险亲自往老板的车上装炸药……我猜他这么干的时候，一定在心里痛骂我们警方的祖宗十八代吧！"

周遭一片安静，人人都目瞪口呆。杨成栋惊疑不定的视线在秦川身上打了几个来回，终于结结巴巴问："可……可是他为什么要这么做呢？他不是……他不是跟毒贩一伙的吗？"

"是啊，"步重华淡淡道，"为什么呢，秦副队？"

秦川一言不发。

"'我志愿成为一名中华人民共和国警察……秉公执法，清正廉洁；恪尽职守，不怕牺牲……为实现自己的誓言而努力奋斗！'……"步重华的声音缓缓飘散在黑暗地底的空气里，像是一声叹息，"有些谎言重复一千次，就连自己都会当真，那么最开始是真是假也就不重要了吧。是不是，秦副队？"

"我更希望你叫我'秦老板'。"沉默良久后，秦川终于无声地叹了口气，说，"这样马上我拒捕逃跑的时候，起码感情上能更入戏一点。"

杨成栋心中一凛，立刻打了个手势，几名特警端起冲锋枪不动声色地渐渐靠近。

然而秦川却像是没看见似的，站在那里声音沙哑地笑了一下："步支队，你的心思怕是要白费了。"

"哦？"

"你故意在这么多人面前说这些，恐怕不仅是希望我束手就擒，也是希望把我的事情坐实，以后移交检方时好争取酌情的余地……但有一件事你说错了。谎言重复一千次也还是谎言，所以故事永远都只是故事。"

秦川望着他们，缓缓摇头，脚步向身后的山壁退去。

杨成栋心里猛然腾起不安的预感："你想干什么？站住！"

"这世上的事情一旦有了虚假的开始，就注定不得善终，你我当不当真其实都无关紧要。"秦川紧靠着地底穹隆的边缘站住，仿佛完全没有在意越来越逼近的特警，嘴角微微一勾，"后会有期了，各位。"

就在他话音落地的瞬间，步重华猛然发现了什么——秦川一手撑着山壁，脚底站立的姿态非常虚，难道他不是站在地上？

"别动！"

步重华身子快如离弦之箭，但秦川的动作却比他还快，脚下猛地一踩，轰隆！

仅靠一层煤炭泥土堵住的排水口轰然塌陷，灰泥煤尘乍然腾起，秦川整个人一下子掉了进去。步重华闪电般贴地而至，但伸手只来得及抓到他衣襟，紧接着他便消失得无影无踪！

杨成栋："姓步的，你小……姓步的，你干什么？！"

年久失修的排水管曲折幽深、黑不见底，下面直通整个矿井最深处迷宫般的瓦斯巷。步重华毫不犹豫把装备一脱，一跃而下："追！"

如果用摄像机来记录的话，那么这将是非常奇妙的一幕：秦川整个人在近乎垂直的排水管中急速下坠，竭力抱膝护头，每遇到管道拐弯或凸起节点时必然砰地巨响撞上，头破血流，冲势一缓，然后顺着下一段管道继续跌跌撞撞往下坠。两秒钟后，步重华以同样的姿态狠狠撞上同样的管道节点，泥土、尘沙、黑炭粉末充斥了整条管道；身后杨成栋和所有特警毫无例外，全都连滚带爬狼狈不堪，如同裹了满身芝麻粉的饺子一样哐当哐当挨个掉进瓦斯巷里。

扑通！

步重华半空落地，就势一滚起身，一捂额角满手鲜血，连擦一把都来不及："站住！"

一条条瓦斯巷长而弯曲，如蛛网般密密麻麻布在矿井最底层，很多地方低矮曲折到只能躬身勉强穿过。秦川就像一头在暗夜中疾奔的狼，呼地俯冲跃下一人多高的平台，落地后刚翻滚起身，只觉身后劲风半空来袭，随即被紧追不舍的步重华当头扑倒，两人同时摔在了满地拳头大的碎石堆中！

秦川闪电般问候了步家祖宗十八代，咬牙起身拔匕，步重华本能疾退，两道弧形刀光紧贴咽喉一划而过，霎时几乎削断了汗毛。正当步重华重心后仰来不及回转的同一瞬间，秦川跃起抓住隧道顶部的支撑钢网，势大力沉，飞脚前蹬，当场把他蹬飞了出去！

嘭一声闷响，步重华倒地，冲锋枪当场就打着旋贴地而出，稀里哗啦摔在了黑暗的巷道深处。他根本来不及爬起来去捡枪，猛一偏头躲过了凌空而下的森寒刀锋，刀尖贴着鼻梁瞬间没进地面足足半寸。

下一秒，他啪地抓住秦川右臂，二话不说，发力反撞，咔嚓！

手肘在脆响中生生脱臼，歪成了可怕的形状！

秦川痛得牙关咯嘣一响，还没来得及骂出声，步重华仰躺在地，屈膝狠蹬——那反应、速度和力量都不是开玩笑的，重达上百公斤的大腿蹬力闪电般撞上秦川胸骨，简直跟解放大卡车迎面撞来没什么两样，当场把秦川踹得喷血倒退数步，哕一声喷出了满口血沫。

"喀喀喀……"秦川不住呛咳，咬牙咔嚓正了自己的手肘关节，怒吼："你没完了是吧？！"

两人就像不死不休的雄兽一般隔着十余米隧道对峙，步重华也是满头满脸血，狼狈不堪地摇摇晃晃爬起来，喘息道："你今天绝对跑不掉了，秦川，束手就擒吧。"

秦川无可奈何抹了把脸，指着头顶漆黑的隧道问："你知道这上面是什么人吗？"

步重华向上瞅了一眼，矿道里隐约传来沉闷而激烈的枪声："鲨鱼？"

"鲨鱼，本名科兹莫·菲利普，暗网当前最大的电商运营者、'马里亚纳海沟'创始人、国际刑警三道红色通缉令要犯，同时是吴雩这辈子血海深仇的头号死敌。"秦川食指从头顶移向自己，满脸一言难尽，"你躲在这地底下跟我死磕，请问你是脑子出了毛病吗，步支队长？"

步重华摇头笑起来，呼出一口滚烫的血气，往上一扬下巴："你知道这上面除了鲨鱼，还有什么让所有人追逐的东西吗？"

"蓝金？"

"蓝金，新世纪芬太尼之王，足以控制全球毒品价格命脉。而你毫不犹豫把装着它残留物的箱子给了鲨鱼，还想在半路上把它和毒贩一起炸上天，请问你是脑子出了毛病吗，建宁市公安局禁毒支队秦副支队长？"

"……"

"现在回头还来得及，秦副队。"步重华在秦川难以形容的瞠视中站直，从腰侧拔出战术短刀，平静地道，"你的路还没走绝，不要让它在今天走到尽头。"

秦川镜片后的眼睛眯了起来，瞳孔中闪动着幽深的光，半晌缓缓道："你说得很有道理……但只忽视了一点。"

"哪一点？"

"我不想蹲监狱。"

步重华眉角一跳，空气在僵持中无声凝住，只见秦川慢慢将右手的匕首换到左手："你也许忽视了我这句话的认真程度。"

仿佛虚空中的引线渐渐燃至尽头，杀机一触即发，就在这时——

砰砰砰砰砰砰！！

冲锋枪响激烈而沉闷，数不清的泥土煤尘从头顶簌簌掉落。步重华和秦川同时抬头，只见头顶隧道震动越来越大、越来越急促，大块大块碎石冰雹似的撒在地上。

地震？还是塌方？

不，是有人拿枪对着自己脚下的地面疯狂开火！

步重华脸色剧变，根本来不及考虑，飞身扑了上去："小心！"

秦川猝不及防被迎面一推，就在此刻头顶轰然塌陷，无数巨石紧贴面门砸在了地上！

扑通一声他俩摔倒在地，这时候顾不上你死我活了，两人同时愕然回头。

——只见他们原本对峙的地方，坑道顶部的土方石块已经被高强度火力活生生打碎，整段完全坍塌下来，白人毒枭裹着暴雨般的碎石当空落地、单膝一跪，单手咔嚓换了弹匣。

然后他一抬头，那双灰蓝森冷的瞳孔正正对上了他俩。

秦川："……"

步重华："……"

哐当！又一道身影从上层坑道中跳下来，竟然是满身鲜血的阿 Ken，他难以置信的目光在秦川和步重华之间来回一扫，勃然暴怒："是你！"

"……"

空气唰然静止，秦川表情凝固，下一秒他死死拽住了现场唯一能当垫背的步重华。

"Phillip 先生，你还活着！"秦川热泪盈眶，动情地道，"我已经帮你引走了绝大部分警察，还挟持了这姓步的，趁现在咱们赶紧走！！"

第 26 章

姓步的沉默一瞬，低声问："秦老板，你这也太藐视敌人了吧？"

秦川怒道："嘘！有用没用总要试试，万一你的命好使呢？"

事实证明步重华作为工具人并不好使，阿 Ken 怒不择言，大骂一句，抄起枪怒吼："你们都给我见上帝去——"

再用不着丝毫犹豫，秦川步重华两人齐刷刷地鲤鱼打挺，一骨碌爬起来，正拔腿要跑，突然鲨鱼一把拉住阿 Ken，紧接着远处平地炸起："不准动！放下枪！"

纵横交叉的瓦斯巷里，杨成栋终于带着特警连滚带爬赶到，个个都在伸手不见五指的羊肠巷道里摔得狼狈不堪，咔嚓咔嚓，子弹上膛："放下枪！你们被捕了！""报告指挥中心报告指挥中心，瓦斯巷内发现目标三人！""举起手来，快！！"

秦川紧急刹车，脚底打滑，步重华险些一头撞上他后脑壳。

情势突然一下变得特别荒唐：步重华身后顶着阿 Ken 黑洞洞的冲锋枪枪口，眼前堵着秦川的后脑勺，而秦川面前三十米处是严阵以待的杨成栋和特警。巷道宽度仅容一人能过，这三明治一般的枪口跟人层层夹叠的阵势简直恐怖，杨成栋定睛一看步重华的位置，瞬间慌了："双手抱头！不准乱来！让开让步支队过来！！"

秦川身前身后都是枪，僵在原地不敢动："开什么玩笑，我让他过去了我一个人当枪靶？！"

步重华从牙缝里低声质问："你要是早点束手就擒还有现在这事吗？！"

秦川悲愤莫名："这种时候你就闭嘴吧！"

"能不能从后面绕过去堵住他们？"杨成栋不敢回头，轻声问特警。

特警答："专案组找了当年矿上的专家，说后面是死路！"

死路？杨成栋心里咯噔一下。

万一鲨鱼发现自己走投无路，会不会劫持步重华要求跟警方谈判？万一他意识到根本没有谈判余地，会不会丧心病狂把步重华打成肉泥？该如何稳住局势？该怎样拖延时间？要是这里坍塌，外面来不来得及救援……不对，等等！

——刚才看矿井图明明没标出死路啊，难道是后来形成的？难道里面曾经塌方过？！

短短数秒间杨成栋脑子里已经掠去了十几种可能，越想越心惊、越想越胆寒，就在这千钧一发之时，突然耳机里听到一个极其轻微又非常清晰的声音，说："别动。"

是吴雩！

杨成栋如同绝处逢生，然而还没来得及欣喜若狂，只听耳机那头吴雩的声音轻而紧绷："鲨鱼知道专案组想要活口，不会活着等你们来抓。他怀里有一排手榴弹，随时准备同归于尽，务必不能把他逼上死路。"

杨成栋两眼一黑，尽量小声地从嘴角里问："您老人家猫在哪儿呢？！"

吴雩没有回答。

"喂喂？"

杨成栋不明所以，正心焦如焚间，视线偶然顺着甬道依次越过秦川、步重华、阿Ken，猛地看清了最远处毒枭异乎寻常的神态——

从刚才到现在，他一直微仰着头，双手持枪，全神贯注戒备塌陷后的上层巷道，仿佛在空荡荡的黑暗中不停搜寻，从头到尾不曾把多余的目光分给秦川、步重华或其他任何人。

那瞬间杨成栋醍醐灌顶，终于明白了是什么逼着鲨鱼硬生生炸穿地板跳下来，也明白了是什么迫使鲨鱼刚才没敢立刻开枪当场把步重华打成肉泥。

"老板？"阿Ken的汗顺着鬓角慢慢渗了出来。

短短几秒却像几个小时一样漫长，鲨鱼灰霾的眼一直紧盯头顶，刹那间不知道转去了多少个矛盾的念头，终于仿佛做出了某种决定般，向后缓缓退了半步。

——这半步就好似某种信号，刹那间杨成栋心中警铃大作，身后越聚越多的特警同时一个激灵："站住！""站住不准动——"

吼声落地的同一刹那，鲨鱼毫不犹豫抬起冲锋枪，火力向头顶狂扫，用英语吼道："抓住他！"

阿Ken早明白了他老板想要劫持人质的意图，在枪声响起的瞬间便毫不犹豫扑向步重华；同时密集的冲锋枪子弹向头顶倾泻，上层巷道被打得火光直溅，特警闪电般扑上去抓住吴雩，不要命地把他硬扯了回来。

"不能跳！"汪大队长在枪林弹雨中对着吴雪的耳朵破口大骂,"你会死的！"

嗒嗒嗒嗒、嗒嗒嗒嗒,下层甬道中迸溅的弹壳让人连眼睛都睁不开。步重华心一沉,知道不好,眨眼间只见阿Ken持枪扑了上来,在如此狭窄的空间内根本避无可避,当一声响,刀刃撞上枪管,震得他虎口发麻。

杨成栋再无选择:"上！"

被迫夹在步重华和一帮特警中间的秦川吃了一惊。

砰砰砰——阿Ken冲锋枪枪口被战术短刀硬生生一别,瞬间向上走火,子弹贴着步重华头顶在岩壁上溅起一溜火花。这保镖反应跟速度都是闪电级别的,顺势反手一枪托,吭当砸得步重华眉骨开裂,紧接着哐哐两记又沉又狠的窝心拳,打得他差点儿把肺从喉咙里喷出来。

杨成栋大怒,飞身直扑秦川:"让开！"

——然而狭窄的甬道让后面的特警根本上不来,杨副支队长孤身一人,根本不是秦川的对手。秦川半个字废话没有,当场接住杨成栋的拳头咔嚓一扭、悍然翻摔,一把拧下他的枪,然后飞脚把人直踹出去,反手把枪递向身后的步重华,吼道:"接着！"

嘭！

步重华被当胸一枪托,满脸是血,踉跄退后,两人的手半空一错,竟然没接住,混乱中手枪啪嗒掉在了地上！

阿Ken喘息着死盯着步重华,从大腿外侧的皮套里拔出三棱刺,阴冷道:"给老子过来——"

步重华咬牙挥匕,叮！

三棱刺与战术短刀撞击发出亮响,两人在区区不满四十厘米的甬道中生死相搏,金属刀刃交击犹如暴雨打梨花。步重华额角汩汩鲜血不断蒙住眼睛,唰地一抹血,大骂一声,顺势屈膝、上身后仰,三棱刺尖在毫厘间擦脸而过,他精准稳狠一脚飞踹上阿Ken肩膀,三点式冲锋枪枪带应声而断！

呼——

冲锋枪在巨大的冲力作用下打着旋飞出去,砸在了远处的石壁上！

哐当！

保镖的冲锋枪如废铁般落地,正巧鲨鱼一发弹匣打空,眼角余光瞥见这一幕,面色微变。

阿Ken肩膀骨头咔嚓脆响,痛得大骂一声,三棱刺唰唰猛挥,被步重华短刀勉强架住。就在这最混乱的千分之一秒间,鲨鱼对情势做出了最冷血也最精确的判断，咔地迅速换上新弹匣，然后丝毫不恋战，闪电般退向了黑暗的甬道深处。

所有人都不相信自己的眼睛，他竟然跑了？！

杨成栋失声："他跑了、他跑了！"

——其实用不着他说，鲨鱼的高火力扫射刚停，硝烟尚在弥漫，上层巷道中便鬼魅般闪现出一道劲瘦敏捷的身影，特警交错的手电光束映出他苍白冷静的面容，是吴雩！

他黑白分明的眼睛闪电般向步重华一瞟，仿佛是为了确认他还活着。步重华铛的一下狠狠打开阿 Ken 的三棱刺，厉声道："别管我这边！去追！"

吴雩一点头，飞身跃下，当空落地，脚底几乎不发出丝毫声音，眨眼间便尾随鲨鱼逃走的方向消失在了黑暗里。

"你老板跑了，但前面是死路。"步重华刀刃死死卡着三棱刺尖，在角力中不断呼出血腥的气，向阿 Ken 充满恶意地一挑嘴角，"你还能怎么办，嗯？"

特警再无掣肘，枪口哗啦哗啦全举了起来："不准动！"

秦川往前一望，再往后一瞅，毫不犹豫举起双手，一脸认命兼牙疼的表情。

阿 Ken 脸色极度扭曲，牙关死死咬着，胸腔剧烈起伏半晌后终于猛一闭眼睛，刺啦一声，短刀与三棱刺尖滑开，发出金属摩擦令人牙酸的尖响，然后他发着抖倒退了一大步。

所有人如释重负，杨成栋立刻打了个手势，特警迅速上前示意秦川走开，枪口越过步重华肩头指向阿 Ken："放下武器举起手来，快！双手抱头蹲下，蹲到墙边……"

就在这时，只见阿 Ken 脸上陡然掠过一丝古怪的表情，猛地从后腰拽出个东西，一拉引线。

那是枚手雷。

时间仿佛突然静止，慢镜头被无限拉长，定在步重华、秦川、杨成栋……所有人凝固的表情上。

就在那漫长毫无止境的死寂中，终于渗出杨成栋的失声大吼："拦住他——"

步重华飞身扑去，但那注定迟了半步，宣告死亡的圆球已从毒贩掌心脱出。

——呼！

所有变故都在接下来的四秒内发生：

手雷犹如飞翔的精灵，在半空中划出一道圆弧，映在每个人的瞳底。

特警用尽全身力量扣下扳机，阿 Ken 前胸爆出血花，整梭子弹把尸体推得向后飞去。

啪嗒！手雷落地，掉在了秦川脚边的空地上。

秦川的怒吼响彻矿道："快跑！"

没有丝毫犹豫或挣扎，因为连最后千分之一秒的机会都没有了，只见他扑上去抓起手雷，竭尽全力向上抛出！

——轰！！

其实是很响的，但爆炸的余波却让人耳鼓极度震荡，什么都听不见，什么都感觉不到，甚至分不清自己是不是已经被抛到了半空中。

…………

我还活着吗？

还是已经死了？

…………

过了不知多久，不知是几秒还是几分钟，步重华终于从剧烈眩晕中一点一点恢复意识，本能地摇摇晃晃爬起来，猛然喷出一口热血。

五脏六腑甚至每个毛孔都在叫嚣着疼痛，有好几秒的时间里他还以为自己瞎了，但随即意识到那只是因为周围一片漆黑，没有丝毫亮光。他咽喉像是被血块堵住了似的发不出声音，也没法叫人，颤抖着手不住摸索，终于发现自己面前是一堵大大小小、错乱无章的石墙。

因为局部塌方了。

幸亏鲨鱼之前打穿了更上层的巷道，爆炸波才有往上而不是往四周延伸的空间，竟然成了不幸之中的万幸。多少年来松动的土方和岩石从上层巷道整块落下来，但还好没造成更大面积的塌陷，应该是土制手榴弹火药杂质多、威力小，冲击相对有限的原因。

杨成栋跟其他特警应该是被塌方隔绝在隧道另一边了，他们怎么样了？他们还活着吗？

秦川呢？

"秦……喀喀喀！"步重华呛咳起来，满口苦涩血腥，竭力发出嘶哑的声音，"秦川你在……你在哪儿……喀喀喀喀！"

他的手不断四下摸索，突然迟钝地感觉到什么，触电般僵住了。

是液体。

是黏腻微热的液体，正从地上一具躯体中汨汨不断流淌出来。

"秦川……"步重华耳朵轰轰作响，听不见自己在说什么，"你别吓我，你听见没？"

黑暗中没有传来回答。

"你还好吧？你先醒醒，秦副队你……秦川！有人吗？快来人！快来个人！秦川！！"

步重华失声咆哮起来，尾音变调到发出更激烈的呛咳，简直要把堵塞气管的血块都一股脑咳出咽喉。正当他跟跟跄跄爬起来想去搬石块叫人的时候，地上那人终于勉强动了动，传来气若游丝的话："快走……"

那是秦川的声音。

步重华仿佛被抽空了所有力气，颓然跪坐在地，脑海一片空白。

他看不到秦川现在的模样，甚至连嗅觉和触感都变得十分模糊，爆炸造成的冲击让他产生了轻微脑震荡，仿佛坠在一个混沌恍惚、无边无际的噩梦里。

"你看……"他听见秦川断断续续，喘了两口，似乎还十分虚弱、勉强地幽幽笑了一下。

"我说注定不得善终，现在你相信了吧？"

第 27 章

"你先别说话了，先别说了……"步重华机械地重复着，其实根本不知道自己在说什么，"你在这里等着，我去叫人，总有办法，一定会有办法……"

其实没有办法，他的耳机早不知道飞去了哪里，爆炸把杨成栋和特警都堵死在了塌方段之后，而汪大队长他们已经尾随鲨鱼追了很远。

一时半刻，根本不可能找到任何人。

"没用的，我已经被压在石块下面了……快走吧。"秦川声音嘶哑喘息着，用尽全身力气催促，"别看老子这么狼狈的样子，快走……画师指不定在跟鲨鱼玩命，你怎么能……待在这里……"

可能是失血过多的原因，这么短短一会儿工夫他已经迅速虚弱了下去，连声音都变得沙哑难辨。步重华的大脑仿佛被割裂成了两部分，一部分牵扯着、提醒着他前方更紧急危险的抓捕行动，另一部分却仿佛被千万片利刃绞碎凌迟，剧痛让他连站起身来的力气都没有。

"我答应过严峫把你活着抓回去坐牢，我答应过他……"

秦川喃喃道："是吗？真可惜。"

步重华把脸重重埋进掌心里，咽喉剧烈痉挛，发不出声音。

"好好立个功，回去见你哥，一定要抓到鲨鱼。"秦川又开始咳嗽，嘴里弥漫出淡淡的血锈味，每一个字都极其缓慢、嘶哑又尽量清晰，"蓝金不能流到外面，务必要在境内抓住鲨鱼……你哥还在等你，活着回去，听到了吗？"

步重华战栗着点头。

"听到了吗？"秦川又重复。

"听到了……"

秦川终于像卸下千斤重担似的闭上眼睛，开始轻微抽气，随即越来越大声。

步重华完全看不见发生了什么，徒劳地想堵住出血口，但地底完全的黑暗中根本做不到，同时脑震荡造成的眩晕一阵阵冲击着他的神经和脑髓，让他翻江倒海地想干呕，又什么都呕不出来。

"一定要……抓住……鲨鱼……"

步重华十指死死抓着岩石，发着抖站起身。

"快去，快……快……"

秦川嘶哑的抽气一声声回响在步重华耳鼓里，如同雷鸣重锤，震得他站立不稳。仿佛过了好几个小时，又或者只是区区几秒钟，那急促的抽气终于像一根钢丝抛上天际，血淋淋贯穿耳鼓，拔高到了极致，如同濒死的尖啸——

随即戛然中止，再无气息。

黑暗中一片安静，步重华呆呆站在那里，终于在空白和茫然中掠过一个念头：他死了？

他就这么死了？！

"……"

步重华头晕目眩金星直冒，甚至不记得自己是怎么伸手去探的鼻息，下一刻他终于猛喷出一口血沫，随即爆发出撕心裂肺的、仿佛要把整个气管血淋淋喷出来的呛咳！

——五分钟前。

轰隆一声沉闷不清的爆响从远处传来，吴雩猛然站住脚步，错愕回头，眼底只映出无穷无尽的黑暗和偶尔掠过的特警手电光。

"汪队？"吴雩用力拍拍耳麦，频道里正传出磕碰后接触不良的干扰声，电流嗡嗡作响，"后面怎么回事？塌方了？"

刺啦刺啦！

吴雩眼皮一跳，劈手摘下耳麦。就在这个时候，细微风动掠过发丝，轻得几乎就像错觉，但吴雩却在刹那间转身一让，刀锋紧贴面颊而下——是鲨鱼！

吴雩闪电般拧身屈膝，白人毒枭唰唰唰躲过了上中下三道横踢，脸色铁青，咬牙重刺，被吴雩啪地抓住手臂咔嚓一拧，短刀叮当掉地。黑暗中的交手无声而急促，鲨鱼在近身格斗这块也不是吃素的，脚尖一挑刀柄直上，然而他还没来得及劈手抓住，吴雩动作和反应却比他更快，半空中一肘生生打飞短刀，寒光呼呼旋转飞出数米，啪的一声死死钉进了墙壁里！

吴雩扬声厉喝："来人！他在这儿！"

这时候已经顾不得枪响是否会引来特警了，鲨鱼抓起冲锋枪，啪啪啪，子弹倾泻而出，霎时弹壳叮当狂进！

"有人开枪！""在那儿！""站住！"

分散在无数条曲折岔巷中苦苦搜寻的特警闻声怒吼，鲨鱼咬牙打完整整一发弹匣，在硝烟弥漫中伸手进兜，空的。

弹匣打光了？

就在这千钧一发之时，身后劲风呼啸而至，吴雩如鬼魅般从天而降，足尖倒挂上鲨鱼脖颈，闪电般一记剪刀铰，两人同时重重落地，鲨鱼的冲锋枪哐当摔飞了出去！

吴雩一骨碌爬起身，这时手肘稀里哗啦一下压到了重物，是鲨鱼身侧的那个战术包。毒枭脸色剧变，伸手要抢，但刹那间吴雩已经意识到了那包里装着的是什么，咬牙一拳砸下去，里面不知道多少支试剂管挤压发出致命的碎裂声，与鲨鱼的怒吼同时响起——蓝金的中间反应残留物！

鲨鱼那阴蓝的眼眸霎时全灰，衬着他血丝密布的眼底，恶鬼般可怕，他翻身拽住吴雩后领往地上重重一掼，嘭！

嘭！

嘭！！

头骨与地面发出沉闷可怖的撞击，吴雩眼角迅速被鲜血浸透了，但他仍然咬牙去够那个包，在混乱中不计一切代价去砸它，直到战术包被生生撕裂，不知道多少种化学物质碎裂后搅在一起，彻底毁损后再也分不清种类。

——嘭！！！

吴雩就着这个被疾风暴雨般压着打的姿势，拧身用尽全部力气屈膝狠蹬，终于一脚把鲨鱼踉跄踹翻！

"呼、呼、呼……"

吴雩喘着粗气爬起来，一把抹掉半边额头上汩汩直冒的鲜血，只见身后特警狂奔而至："不许动！把手举起来！"

几个黑洞洞的枪口同时对准了鲨鱼，只见毒枭在十余米外摇摇晃晃站起身，胸腔剧烈起伏，死死盯着他们，突然笑了起来："开枪啊！"

特警谨慎逼近，但不敢轻举妄动："你已经被包围了，赶快投降吧，主动配合有机会争取宽大处理……"

"我不配合，你敢开枪吗？"鲨鱼嘲讽的笑意更深了，他那张典型的高加索面孔眉骨高耸、五官立体，这么多年亡命的生涯让他始终有种令人不寒而栗的气质，瞳孔深处仿佛闪烁着一丝寒光，"即便我死在这里，'马里亚纳海沟'仍然存在，暗网平台还是会照常运行……有本事你就开枪啊！"

特警牙关咯嘣一紧，紧接着枪管被吴雪伸手按住了，只见他另一手捂着流血的额角，声音沙哑地低声道："小心他身上有手榴弹。"

特警脸色微变。

鲨鱼静静盯着地上那个稀巴烂的战术包，少顷移到吴雪身旁："画师——"

两名特警立刻各自隐蔽地挪了半步，把吴雪挡在身后，只听鲨鱼稍微顿了顿，又唧叹般呼了口气："我真没想到今天的局面啊，画师。"

"是吗？"吴雪淡淡道，"我以为一年前云滇围剿时，我叫你下地狱去陪解行的时候，你就应该料到这一天总会来临呢。"

后面的特警在迅速联系指挥中心并通报具体方位，很快这里将赶来更多特警，但鲨鱼却像是完全没有感觉似的，笑看着吴雪摇了摇头："不，我的意思是我一直以为恩怨的结局不是你死，就是我死，却从没想到过有一天会是我们死在一起……这大概真是命运的安排吧。"

吴雪眼皮一跳："什么意思？"

"你说，到了那个世界之后，有没有可能我也升上天堂呢？"鲨鱼意犹未尽地舔了舔嘴唇，说，"其实也是有可能的吧，毕竟我曾经为这个世界创造过不少财富与自由！"

最前面一个年轻的特警忍不住呵斥："少故弄玄虚！什么你死我死的，明明你已经——"

"我问你什么意思！"吴雪突然打断，紧盯着鲨鱼厉声喝问。

"……"

鲨鱼看着他，一字一句问："你知道这后面是死路吗？"

几个特警同时一愣——他们当然知道，刚才指挥中心已经通报过了，但鲨鱼怎么也知道？

如果是当初万长文给他矿井地图时提到过，那他掉进瓦斯巷后为什么不立刻束手就擒，还一个劲往这边跑？

鲨鱼从众人的表情中已经看出了答案，他那双疯狂而残忍的灰色眼睛里盛满了笑容，缓缓问："那你知道死路的后面是什么吗？"

一个难以置信的猜测突然闪过吴雪心头，让他脸色难以遏制地变了。

鲨鱼摇着头，向后退了一步，紧接着又是一步，带着笑容温和地说："我在那里等你。"

"站住——""不许动！"

鲨鱼猛地掉头，速度奇快，瞬间冲进了前方的黑暗，几名年轻特警立刻拔腿要追，突然被吴雪一把拦住："等等！"

"吴警官？！"

吴雯的面孔在手电映照中格外苍白，隐隐露出一丝惊疑犹豫，紧接着迅速做出了决定，低声吩咐："待在这里别动，随时做好后撤的准备，我跟过去看看。"

"哎，您！"

吴雯一拍特警的肩，抽出他的手枪，动作干净利落不容抗拒，然后仿佛离弦的箭冲了出去，尾随鲨鱼消失的方向急转过弯，飞身抓住头顶的粗缆借力一荡，落地一滚，起身掠过拐弯，数百米巷道被风驰电掣抛在身后，眼前豁然开朗。

一大片穹隆空间扑面而来，满地富含金属颗粒的矸石在矿灯的照耀下亮晶晶反光，犹如星辰铺就的长毯。

吴雯不由得站住脚步，突然身后传来一声："画师。"

他猛地回头，只见鲨鱼站在十余米外，身影介于光影交界间，神情悠然，似笑非笑。

吴雯眯起眼睛："你刚才说这死路的后面还有什么？"

地底穹隆安静得可怕，多少年累积沉淀的黑暗几乎要吞没一切温度和声音。鲨鱼就站在那儿静静地、一动不动地看着他，半响才反问："你想知道？"

一根冰凉的铁丝骤然勒紧了吴雯的心脏，但他还没来得及反应，只见鲨鱼微微一笑："那后面是我们共同的命运。"

毒枭隐没在黑暗中的那半侧身体终于动了，反手向身后轻轻扔出一物，弧线映在吴雯猝不及防极度扩张的瞳底——

那是一枚手雷。

"是、是，我明白了，现在立刻带人过去查看情况！"

汪大队长一边按断通信，一边带人在纵横交叉的羊肠小道里疾步奔走："指挥部传来消息，杨成栋副支队汇报发生爆炸，目前情况不明，急需确定塌方段状况和步支队的安危，另外关于通缉犯秦川……什么人在那儿？"

几个人同时警觉抬枪，汪大队长厉声："出来！"

只见前方通道交叉处，特警手电和头盔灯光映照出一道踉踉跄跄的身影，全身浴血、狼狈不堪，新鲜的血珠不断从鬓角汩汩流下脸颊——赫然是步重华！

汪大队长大惊失声："老步你怎么了！"

"咯咯咯——"

步重华刚才一直处在完全的黑暗中，乍然被几道手电一晃，登时条件反射干呕起来，不断呛出星星点点的血丝。特警飞奔上去扶住他，汪大队长一瞅这阵势立刻有数了，掏急救纱布捂住他头上的出血点，又扭头一叠声："快快快，拿水来！"

特警拿水让步重华勉强喝了两口，汪大队长急问："脑震荡了吧？赶紧让他坐下不要乱动……报告指挥中心报告指挥中心，我们找到步支队了！我现在立刻让人护送他上地面！……"

"秦川死了。"步重华喘息着喃喃道。

七嘴八舌的人声响彻周围，没人听见他在说什么。

他贴着墙慢慢地坐下去，仰头靠在地底冰冷的岩壁上，精疲力竭地捂住眼睛："为保护我们而死了。"

杂乱的喧嚣就像旋涡，把他的灵魂绞碎卷进深海，沉浸在针扎般的窒息和剧痛里。汪大队长想把他拉起来扶出矿井，他摆手示意不要，但这个意思被众人误解了，他们又想齐心合力把他抬起来，有人脱下冲锋衣裹在他身上，有人在急切地对步话机喊叫。

"没事……我没事。"步重华放下挡着眼睛的手，声音沙哑道，"吴雯那边怎么样了？有多少警力保护他？老汪把前边的情况汇报给我一下……"

他的声音戛然而停。

步重华直勾勾盯着自己的手，只见掌心中鲜血淋漓，但他知道那不是自己的血，是因为刚才摸到了秦川。

"步队？"汪大队长察觉到不对，"你怎么了？"

"……"

"步队？步重华？"

汪大队长还以为他真被摔傻了，顿时头皮一炸，然而还没来得及开始哆嗦，只见步重华脸色铁青地嗅了嗅自己手上的血，紧接着仔细一尝。

一股难以言喻的、玉米淀粉夹杂着食用色素的味道顿时弥漫开来。

"……"

"没用的……快走吧。""画师指不定在跟鲨鱼玩命，你怎么能……待在这里……""一定要抓住鲨鱼……快去，快……快……"

几个小时前木屋外雪坑边的两滴"血迹"，几分钟前爆炸那一瞬的种种细节，以及刚才黑暗中秦川濒死而逼真的、情真意切的声声催促，如同走马灯似的在步重华眼前一幕幕交错重叠，让他牙关咯吱咯吱响了起来："秦川……"

"秦、秦川怎么了？"汪大队长心惊胆战。

"他……"

汪大队长不明所以。

332

众人面面相觑，只见步重华瞳孔发颤，双手哆嗦，一股热血顺脊椎唰地贯穿头顶，他霍然起身，拔腿就跑，特警登时慌了："步队你上哪儿去！""回来回来！"

"让开！"步重华的怒吼几乎破了音，"老子去扒了那姓秦的皮！！"

汪大队长丈二和尚摸不着头脑，忙不迭带人跟上他，但还没跑出多远，突然远处——轰隆！

沉闷不清的震响久久不绝，似乎这庞大的地底迷宫中又有哪里塌陷了。步重华脚步一下站住，心里掠过非常不妙的预感，回头正撞上了汪大队长惊疑不定的脸色。

是鲨鱼？

都这时候了他还敢点爆手雷？

"等……等等，你们听，"突然一名小特警战战兢兢指向后方，"好、好像有声音。"

众人汗毛倒竖，顺着他手指的方向望去，果然刚才爆炸震动的方向传来类似打鼓一般隐约、低沉、有规律的动静，在这封闭的地底似乎预兆着某种危险和不祥，然后由轻变重、由远而近，越来越急促，越来越清晰。

咕咚，咕咚，咕咚——

所有视线同时聚焦在一处。

下一刻，前方一股及脚深的水流哗然冲到弯道尽头，然后顺着甬道奔涌而来，转眼冲到众人面前，暴涨没过了他们的小腿！

"跑，快跑！"汪大队长颤抖着退后数步，紧接着爆发出前所未有的狂吼，"井下透水了！快跑！！"

"步支队！！"

特警拼命伸手没抓住，只见步重华不顾一切地蹚着水，脸色冰寒，向刚才爆炸传来的方向踉跄冲去！

第 28 章

"透水？！"

宋平、林烒、许局、翁书记、公安部特派专员……所有人齐刷刷扭头，只见当年矿上的负责人——一个微秃的中年人哭丧着脸："是，这个问题非常复杂，一句两句也说不清……"

翁书记大怒："简单说！"

"是、是这样的，以前这山上你也采、我也采，搞得矿井叠着矿井，采空区叠着采空区，治理手段技术都不到位，塌陷下沉后造成了很多裂隙，还有私营矿主偷偷往采空区里注废水……"

宋平和翁书记对视一眼，两人脸色都微微发白。

为了防止地面沉陷，可以把矿井涌水处理后通过特定钻孔回注地下水层，但那成本较高，非正规开采的矿井里不可能用到这项技术。早年很多私采矿区废弃后很快就自然塌陷了，还有的干脆就用废水进行回填，其他矿区工作面一旦挖穿这些废弃区域，老窿水倒灌而出，就会造成严重的透水事故。

特警下井抓人的这块井田倒还没塌，但紧挨着另一处灌注了废水的采空区。鲨鱼一枚手雷爆穿了两处矿坑，猝不及防引发了井下透水，这简直是拉着警方跟他一道自杀的亡命做法！

各个频道里的吼叫、仪器警报和此起彼伏的电话铃声乱成一锅粥，却反衬出了弥漫在上空的死寂，每个人的眼底都映出了周遭一张张表情空白的脸。

过了不知多久，宋平终于从嘴角挤出声音来："去……去查矿道内水量，想办法去查水量，能不能调抽水泵……"

"不用查，领导。"那负责人瘫软坐在椅子上，脸上的笑比哭还难看，"我不知道地下老窿水积了多少，但我知道，足够淹死人。"

哗哗哗——

水一开始是股，随后漫延成片，甚至分不清具体是从哪儿冒出来的，源源不断冲击着人的脚踝、小腿、膝盖、大腿……吴雳猝不及防被水流推得退去数步，混乱中一把抓住墙壁岩石，还没勉强站稳便感觉到迎面劲风，鲨鱼的刀刃贴着脸一擦而过！

"我走不了，你也走不了啦。"毒枭这辈子都没这么狼狈过，他已经脱了一切装备，上身只一件短袖T恤，大概因为血液高速流动，竟然也不感到寒冷，就像头被困在井底的猛兽，随喘息不断呼出白气："来吧，画师，让我们一起死在这里，这结局也算不错了，是不是？"

远处哗哗水声中传来特警尖锐的哨鸣，所有人都在紧急撤离。吴雳喘息着向后退了半步，鲨鱼充满威胁意味的身影立刻往前逼近，刀刃在若隐若现的矿灯照耀下反射出一弧寒光。

他想死在这里。

——他想拉着自己一道死在这里。

"不……我不会死，你也不会。"吴雳反手紧紧握住匕首，用力到指骨变色，缓缓把它从腰侧刀鞘拔了出来，"我会带着解行的遗愿从地底回到阳光下，而你会活着走上审判席，眼睁睁看着你的'马里亚纳海沟'、你的暗网电商帝国……"

铿锵！

金属重重相撞，刀弧映出他们两人彼此逼视的眼睛，吴雳一字一顿道："还有你所谓的自由理念……"

角力中刀刃剧烈擦刮，发出令人耳膜战栗的锐响，吴雳猛一使力，逼得鲨鱼踉跄半步，劈手一刀剁下！

"都吃枪子去吧！"

毒枭趔趄后仰，匕首顺着左肩到右胸泼出血光，剧痛中被吴雳反肘重击在耳，霎时耳鼓尖鸣，天旋地转间，眼前一黑，被吴雳重重摁进了水里！

"咕噜噜噜……"鲨鱼呛出一长串气，疯狂扭打挣扎，双手死死掐住吴雳的手腕。他练过多年拳击，体格比吴雳健壮剽悍了何止一圈，那手臂肌肉突起、青筋暴凸，难以想象的巨力硬生生把吴雳腕骨攥出咯吱声，然后咔嚓！

剧痛随手腕直上肩膀，吴雳牙缝里迸出无声的痛喊，触电般抽手却已经来不及。鲨鱼在水底猛地横踹他脚踝，两人同时失去平衡，双双栽进了齐胸深的湍急洪流中，眼耳口鼻皆尽淹没。下一刻只见在水底阴影中，无数大大小小的阴影正飞速逼近——

是石块。

穹隆顶上脱落的岩石、砖块、工字钢筋等等尖锐杂物，被恐怖的水压裹挟，劈头盖脸向他们冲来！

"吴雩！你在哪儿！"

纵横交错的矿道已经被彻底淹没，到处都是水，轰轰不绝的水，根本辨不清是从哪儿涌出来的。步重华在湍急水流中死死抓住墙边的金属网，借此才能勉强稳住平衡，抓起哨子用力吹了两声，声音已经完全嘶哑："吴雩！！出来，是我！！"

"在那边！""步支队！"

步重华猛地扭头，只见远处矿灯频闪，是一组特警正按序紧急撤离，听到这边的动静后立刻冒险涉水而来，个个全身湿透："步支队到那边去！""这边太危险了，快！"

"毒贩抓到了吗？"

特警一个劲摇头想把他拉过来："马上就要彻底淹了，快走快走快走！"

那就是没抓到的意思，步重华心里一沉："你们看见吴雩了吗？人呢？！"

"应该已经上去了！""肯定上去了，快快快！！"

不、不可能。步重华在极度恐惧中掠过这个冰凉清醒的念头。

鲨鱼没抓到，吴雩不会甘心自己先走。更关键的是鲨鱼可能不会放人，他知道自己一旦被捕就是死到临头，他会拉着画师这个宿敌一起死！

步重华抹了把满脸水，逆着水流一步不停地向前跋涉，特警简直急疯了，一边跟在后面狂吼："前面真的已经淹了！""快回来快回来！"一边竭力去拉他，却被他用力甩开，步重华不容拒绝喝道："走！你们快走！立刻撤退！"

"可是你……"

"别管我！快走！走！"步重华声色俱厉，"告诉指挥所立刻安排救援，吴雩还困在井下！快！！"

大水在甬道中挤压岩石，四面八方都怪异而响亮地咝咝作响。轰隆一声，急浪打来，步重华的耳朵一下被水流完全堵住，连自己的哨音都变得模糊不清。

吴雩可能会在哪里？刚才手榴弹爆炸的地方在哪里？

别人在这生死一瞬时可能会情绪失控，可能会大脑空白，但步重华的思维却前所未有地清晰。洪流如同一张缓缓张开的巨口迎面冲来，他却在被吞噬的前一刻闭上眼睛，脑海中清清楚楚浮现出一张完整的矿井瓦斯巷分布图，一根无形的红线画出路线，直指前方死路的尽头——

轰！

顶板破裂，泥沙俱下。步重华在那瞬间猛地睁开眼，迎着前方的水牢地狱踉跄冲去！

嘭——

嘭——

洪流中无数钢筋石块接踵而至，错落无章地狠狠撞在头上、身上，就像被早高峰车流排队碾轧。吴雩竭力抓住墙壁凸出的石块，用手臂护住头脸，然而那根本没用。他体重比寻常人轻，连日奔波厮杀和累累伤痛又耗尽了最后的体力，终于在水流的冲击下彻底失去最后一丝平衡，发白的手指一松。

大水轰隆巨响，把他整个人推出数十米，重重拍在了矿道壁上！

一股腥甜冲上咽喉，吴雩自己都没意识到，便咳出了满口鲜血。下一刻阴影当头而来，他脖颈突然被重重掐住了，鲨鱼咚的一下把他后脑顶在墙上，居高临下问："你想看我上审判席，谁配审判我，法律？！"

他们两人全身湿透，胸膛以下都在水里，吴雩面孔苍白发青，死死抓着鲨鱼的手。

"几个小时以后，你我的死讯会传遍深海的每一个角落，变成暗网永远的传说……"毒枭头颅、鼻翼、脖颈全是血，眼睛却精亮瘆人，他在吴雩耳边咬牙道，"所有人都会记住，我们曾经一个追逐着另一个，最后死在了一起。"

"我从来……没有……追逐你……"吴雩一寸寸把他铁铸般的手指掰开，每个字都带着胸腔里腥甜的血气，"是你一直挡在我面前，挡着我……去追逐……"

被冲塌的顶板呼啸落下，吴雩在千钧一发之时竭力埋头进水，而鲨鱼措手不及被碎砖砸中，不由自主松手，紧接着被吴雩一拳重重打得后仰！

砰！砰！！

水流裹着两人急转，头顶碎石暴雨般落下，而吴雩全然不避，不要命地抓着毒枭的领子一拳接着一拳，拳头指骨皮开肉绽，在鲨鱼眉骨、牙弓、下颌上留下血肉模糊的印记，毒枭剧痛，怒吼着蜷缩了起来。

轰隆——就在这时，一股新的突流从破裂的顶板上汹涌而下，水位立马没过头顶，一下从鼻腔、咽喉涌进了气管！

吴雩确确实实已经到极限了，这雪上加霜的变故顿时把他压进水里，口鼻中涌出的血丝在水中哗然散开。他竭力挣扎着往水面上浮，鲜血淋漓的手指在身后石壁上留下了长长的血痕，正当这时却被打红了眼的鲨鱼抓住往水底一按，紧接着重重砸上了水流卷来的浮木。

"挡着你去追逐什么，嗯？"鲨鱼满头满脸是血，被打得凶性大起，一把拎起吴雩的头发，"搞搞清楚，这里只有你跟我！"

吴雩剧烈呛咳，全身痉挛，喷出星星点点的血沫。

"你杀了我，我也杀了你。"鲨鱼顶着他的头咬牙切齿，"到最后你也没有赢我，是我们打了平手。"

咕噜咕噜的水泡飘起，吴雩被他活生生按进水底，玩命挣扎却无济于事，致命的窒息感很快让他眼前发黑。

我会死在这里吗？就在那极度缺氧的空白中，吴雩心里不由得升起了这个念头。

十年前南方边境爆炸坍塌、余震不绝的红山刑房，与十年后北方平原冰冷刺骨、水位暴涨的井底矿道，这两个无比相似又截然相反的场景，就仿佛命运最恶劣荒唐的玩笑，绕了个巨大的圈，又将他钉死在了原点。

"你不能留下……"解行濒死的声音在耳边响起，当时他已经到最后一刻了，"只要你用我的名字活下去……只要你永远别回头，往前走——"

吴雩再也憋不住，蓦然吐出了肺里的最后一口气，精疲力尽向下沉去。

一道闪着光的温柔白影从黑暗深处向他迎来，张开了双手。

是阿行来接我了吗？他想。

我把最大的那个毒枭也带下去见你了，这次不算丢脸吧？

我还有很多故事想告诉你，想向你介绍很多很好的人。我想特别介绍一个非常优秀、非常英俊、总是板着个脸讲大道理的学院派精英……吴雩沉沉闭上眼睛，感觉到那白影转瞬来到身前，紧接着被其用力渡过来一口气。

哗啦水花四溅，他在极度眩晕中被一双手提出水面，听见有人怒吼："吴雩！"

——是步重华！

鲨鱼简直不敢相信自己的眼睛，下一秒，步重华泅水冲来当头一拳，打得毒枭口鼻喷血！

步重华脸色铁青，勃然暴怒，从后腰解下金属手铐哐的一下重重砸在鲨鱼头上，鲜血顿时涌了出来。鲨鱼大骂一声悍然还击，两人就像两头疯狂的猛兽般扭打在一起，随着洪流的推力辗转冲突，每一拳都发出沉闷可怖的内脏骨骼挤压声，溅起飞迸的血星。

"你……"毒枭也快到了极限，刚才被吴雩重重肘击的耳朵不断冒血，从牙缝里挤出几个字，"你找死……"

咚一声步重华把他狠砸上墙，干净利落一扭手铐链条，哗啦绞住他咽喉："以为我不会来？以为你能拉他下地狱？你问过我没有？！"

那手铐是旧款的精钢链，步重华不管不顾猛一发力，毒枭反击掐他脖子的手顿时软了下去，喉骨发出清脆的"咯咯"声，毒枭再也说不出一个字。

　　步重华逼视他已完全变成赤红的眼睛，冷笑一声："我说不行！"

　　咔一下链条死命拉紧——与此同时有人从身后抄石块发狂一砸，嘭！

　　毒枭所有亡命挣扎一僵，随即身体向后软倒，是吴雩！

　　"呼、呼、呼……"吴雩虚脱地松开石块，脸上已经几乎看不出人色了，断断续续说，"你不……不该……进来……"

　　步重华咔嚓一下铐住昏迷的毒枭，另一端铐在自己左手腕上，右手一把抱住吴雩载浮载沉的身体："快走！"

　　"已经出不去了，你怎么能……"

　　"闭嘴，能出去。"

　　越来越高、越来越急的水流推着他们沿巷道向前漂，身后——轰隆！

　　那简直就是地狱里才能看见的景象，远处地底穹隆完全倒塌，无数巨石飞扬而下，高耸的瀑布如巨龙般从天而降，顷刻间涌向各条巷道，水位暴涨没过了头顶。

　　连声音都来不及发出，步重华死死拉着吴雩，整个被卷进了铺天盖地的混浊洪水里！

第 29 章

宋平踩着崎岖的山路大步流星,手电筒光束随步伐晃动,不断照出他脚边拳头大的松动碎石掉进深渊,连个回声都不带响。大半个专案组没人能跟上他矫健如飞的脚步,翁书记被警卫员搀扶着气喘吁吁追在后面:"老、老宋,你确定这个办法行吗?"

"不行也得行,且不说现在根本无法确定被困人员精确位置,就说这黑天暴雪的上哪儿去调抽水泵?最大功率的钻机钻下去也得好几个小时,等救上来人都泡发了。"宋平冷着脸道,"非常时期非常做法,听天由命吧!——林烓!"

前方深夜中,无数手电光束晃动交织,只见一道身影闻声回头,正是裹着满身风雪的林烓:"翁书记,宋局!"

"情况怎么样了?"

"初步图纸测量应该是可行的,具体情况不好说,已经找了个会冬泳的特警下水勘察实况去了。"林烓一指前方,翁书记顺着光束望去,只见不远处赫然是一片深不见底、幽深漆黑的矿坑,就像山谷裂隙一般贯穿在众人脚下,形成了陡峭的断崖,底部隐隐传来水声。

"从纸面资料上看,这座编号为 N26 的矿坑和老窿水倒灌的废弃矿井一度相连,但后来随地面沉陷、淤泥堆积、水仓堵住等原因,两者之间应该是暂时断流了。矿坑底部积蓄了雨水和地下水,目前已经形成天然水潭——我们刚才紧急调查时发现了一个极其幸运的关键点。"林烓就着平板电脑幽幽的荧光示意翁书记看图纸,"水潭水平面高度,比废弃矿井下的涌水口要低。"

人往高处走,水往低处流,翁书记反应很快:"所以如果这个水潭能跟矿井重新连通,老窿水就会倒灌进海拔更低的水潭,从而降低井底的水平面?"

林烓说:"我是这么猜测的。"

翁书记血压没有立马蹿上一百八,那真是因为他涵养好:"猜测?!"

"对。因为倒灌进矿井的虽然算老窿水，年代还不太久，应该不太分散，但积水边缘和形状却是无迹可寻的，也就是说存在炸通水潭也无济于事的风险。待会儿勘察人员上来，如果证明操作可行，我就立刻亲自下去，在水潭和矿井之间安放炸弹做定点爆破。"

"你亲自下去？"翁书记惊问。

"嗯，这里只有我有潜水证。"林炡收起平板电脑，手指关节已经冻得发红，语气却平稳迅速，"不管怎么样都要试试，现在只能死马当作活马医，尽管我内心其实已经做好写烈士追悼会致辞的准备了。"

翁书记久久瞪着林炡那张平静的脸，半晌嘴角抽搐道："我还以为你在云滇是搞技术的，没想到小伙子爱好还挺时髦……"

"您过奖了，不是爱好。"林炡苦笑一声，"这年头犯罪形式花样翻新，我们这行没点技能傍身怎么行？实不相瞒我还有拖拉机驾驶证和电焊工二级证呢。"

"林科！林科！"就在这时，前面有人跌跌撞撞奔来，"勘察的人上来了，情况不太好！"

宋平声调几乎破了音："怎么不好？为什么不好？水潭已经是通的了，还是没法做定点爆破？！"

那民警扶着膝盖不住疾喘："不是，都不是，可以爆破。"

"那是因为什么？！"

民警一抬头，周围所有人的心都随之咯噔一下，只见他脸色青白："勘察的人上来说，水潭跟矿井相连的地方不是平面，是个斜井。"

"那斜井最窄的地方，直径可能还不到三十厘米。"

周围安静了一瞬，空气仿佛被凝固住了，连林炡表情都一下变得铁青。

三十厘米，仅仅一张A4纸的长度，那根本不是成年男子能屏住呼吸把自己硬塞进去的直径，更何况还要戴水肺、呼吸管、爆破雷管等各种装备！

黑不见底的矿坑深处隐约传来水声，风从山林间呼啸而过，尖锐地撕扯着每个人的面皮。大量警车停在不远处，人来人往呼喊喧杂，矿坑边这一方寸之地却被反衬得格外沉寂。

"怎么办老宋？"半晌寒风中终于响起翁书记不稳的声音，"森林公安的直升机还没飞走，要不我们下山紧急征调水鬼？"

宋平阴着脸："您觉得现在还来得及吗？"

"那……那找个小孩来？你们有没有警校没毕业的小孩，瘦一点小一点……"

宋平脸色更难看了："上哪儿找去？警校毕业的一个个都练得如狼似虎，三十厘米直径指不定走一半就得卡在那儿了，除非——"

他语调陡然顿住。

"老宋？"

众目睽睽之下，只见宋平脸色忽青忽白，嘴唇微微发抖，突然声音沙哑道："可……可能有一个。"

翁书记既惊且喜："在哪儿？"

宋平直勾勾望着前方黑暗的矿坑，久久没有任何反应。他那怪异而僵硬的神情逼得周围人都不敢出声，半晌翁书记终于强忍焦急："老宋，你这到底是……"

咕咚！

宋平衰老的脖颈上，喉骨猛地上下一滑，像是随着唾沫狠狠咽下了某个酸痛的硬块，然后转身大步走向远处那排警车。

所有人不明所以地赶紧跟了上去，只见宋平挥退了迎上前的秘书和手下，走到一辆技侦车前呼地拉开门，后排一个文秀的身影抬起头，肩上披着军大衣，脸颊、鬓发和交叉的细瘦十指上还沾着血迹，眼眶湿润通红。

是宋卉。

雪亮的车灯将空地映得通明，父女俩隔空对视，匆匆赶来的众人都愣住了。

轰隆——

无数碎石随洪流铺天盖地，那阵势简直就跟把人扔进巨型洗衣机里差不多。步重华脸上、手上、身上迸出无数血口，天旋地转间他只有一个念头，就是死死拉住吴雩，眨眼间他们被冲走了不知道多远，哐当！

巨力把他拍在墙顶上，步重华眼前发黑，一口鲜血混着水从鼻腔、嘴里喷涌而出！

"喀喀喀喀！"步重华背抵着墙，呛得几乎连血都出来了，"喀喀喀——吴、吴雩——你喀喀喀喀……"

即便到了这个时候，他二人还紧紧抓住彼此，两只鲜血淋漓的手上青筋暴起。吴雩整个身体不住发着抖，食指、小指甲盖都齐根翻了，他浮在水面上紧紧抱住步重华。

"没事了，别担心。"吴雩精疲力竭地喃喃道，"很快就不会有事了。"

他话里有种难以言喻的悲凉，步重华喘息着抬头一看，瞳孔顿时紧缩，明白了那是什么意思——

他们头上赫然是巷道石顶。

如果水位不退，很快就会完全淹没瓦斯巷，他们将完完全全、彻彻底底无路可逃！

黑暗里看不清周围的环境，只能感觉出这是一块三角形的岔道口，两侧都是乌黑的墙。步重华呼出一口气，左手竭力抓着巷道顶部的粗缆，把人事不省的毒枭挂在电线缆绳之间，确保他不至于沉在水下淹死，右手紧紧抱着吴雩揽在身侧，声音沙哑地笑了一声。

　　"早知道别管这鬼佬，把我跟你铐一块儿就好了。死后咱们还能漂在一起，你往东我就往东，你往西我就往西。"

　　吴雩声音轻而含混："你这个……"

　　"我这个什么？"

　　吴雩不答。

　　"问你话呢。"

　　"你这个没下过地的学院派，让人眼红又讨厌的精英，板着一张脸的道德标兵……我第一次见到你的时候就是这么想的。"吴雩似乎是轻轻地、长长地叹了口气，尽管几乎听不清，"要是你没有这么好就好了。"

　　——如果你没有这么好，就不会冒着生命危险蹚水过来，也不会被困在这里面临这十死无生的绝境。

　　这样当我奔赴另一个世界时，至少安心一点。

　　"知道我第一次见到你的时候是怎么想的吗？"步重华问。

　　"怎么？"

　　"这小子一脸窝窝囊囊的真让人来气，反应迟钝，连话都说不清楚，全身上下唯一的优点大概只有这张脸吧。"

　　吴雩失笑。

　　"也就脸还长得挺好看。"步重华柔和地看着他，说，"我可真肤浅。"

　　吴雩笑得呛咳起来，断断续续说："是吗？那待会儿要是我先走一步，你可千万别为我哭……人死后脸可就不好看了，万一肿起来怎么办？"

　　他只要一笑，胸腔膈膜就急促痉挛，血沫不断从咽喉溢上嘴角。

　　"我开玩笑的，我们都不会死，外面一定在想办法救我们了。"步重华声音沙哑地一遍遍重复，"他们会想办法，我们会得救的，我们都不会死……再坚持一下，我们都不会死。"

　　就在这时隧道深处再度传来空洞的震荡声，轰隆——

　　又一片顶板在水压下颓然坍塌，新的洪流冲向四面八方各条巷道，步重华咬牙抱着吴雩，两人同时被上涨的水位拍到了石顶上！

　　哗啦——哗啦——

水声粼粼,深不见底,散发出融合各种废矿重金属元素后难闻的气味。宋卉胸膛急促起伏,穿着不合身的潜水服站在岩石上,头上戴着潜水镜,身侧挂着氧气瓶,步话机里传来宋平稳定沉着的声音:"待会儿下去以后,听从林警官的指令,进入斜井后步行距离 12.8 米,固定雷管,确认装备,拉动牵引绳,林警官会把你拉出斜井,再带你浮上来。所有步骤都记清楚了吗?"

　　宋卉声音十分细弱:"记清楚了。"

　　宋平一点头,虽然在频道那头根本看不见,淡淡道:"下去吧。"然后他按断了通信。

　　宋卉把步话机交给跟下来做辅助的特警,深呼吸一口,往死里一咬牙,戴上了潜水镜。林炡最后一次帮她检查侧挂水肺装置,和气地问:"我听宋局说你每年冬泳?"

　　宋卉脸色苍白发青,可能是因为紧张:"嗯。因为步队喜欢冬泳,而我想黏着他。"

　　林炡这个人,对局里所有细枝末节的小事都心中一本清账,闻言只温和道:"那待会儿把步队救上来之后,他一定会对你刮目相看的。"

　　谁知宋卉拿着呼吸管凑在嘴边,摇了摇头。

　　"怎么?"

　　"……"

　　宋卉站在那儿,低头望了眼自己的掌心。有那么一瞬间林炡觉得她好像是在凝视自己怀中抱着的什么人,但随即她收回了留恋的目光,扭头向他一笑:"我真正想让她看到的人,可能已经不在了。"

　　林炡一愣。

　　"但没关系。"宋卉一按自己心口,低声说,"她交给我的所有东西,都会永远在这里。"

　　年轻的小女警向后摇摇晃晃退了一步,转过身,咬着呼吸管,闭眼一跃!

　　咕噜噜噜——

　　步重华在水底吐出一连串气泡,竭力浮起呼一大口气,随即被上涌的水面淹没,不由自主地松手向下坠去。

　　突然身侧传来一股力道,是吴雩紧握着他的那只手,在下一波水流涌来时借力濒死向上,哗啦一下把步重华重新提出了水面!

　　"喀喀喀,喀喀喀——"步重华抓住头顶上的电缆,不断呛出水,咳得眼前发黑,朦胧中只感觉吴雩反手紧紧抱住了他的脖颈。

"别怕、别怕。"步重华在剧烈的眩晕和昏沉中紧抱住吴雪的背,"我还没走,我还在这里,别怕……"

水位在涨,他从来没有像现在这样清晰地、无法回避地意识到这一点。

水位一寸接着一寸、一厘米接着一厘米地逼近隧道石顶,他们能够容身的空间已经非常小,氧气被急速耗空,甚至连鼻端都快贴在岩石上了。

水一分一分埋过他们的脖颈和咽喉,吴雪恍惚地笑了一下,尽管只是略微牵动伤痕累累的唇角,然后小声问:"你准备好了吗?"

"你准备好了吗?!"

水潭下一片漆黑,只有矿灯隐约照出林烶用力比画的手势。宋卉头晕眼花,根本看不清,条件反射地拼命点头。

咕噜噜一阵水泡,宋卉险些呛了水,赶紧扒住砖块往斜井里玩命爬,碍于空间狭窄不得不侧挂的气瓶叮当叮当撞击井壁,但她其实什么都听不见。

令人窒息的黑暗伴随臭味一下吞没了她,可怕的水底幽闭空间就像口棺材。在即将被活埋的、铺天盖地的惊惧中,只有腰上的牵引绳紧勒着,给予她清晰而真实的痛觉。

12.8米。

那么漫长、艰难、相隔生死的井道,其实也就短短十步距离而已。

只要往前走过这十步距离,她就能穿上那身衣服而问心无愧,就能救出绝境中濒死的兄弟和战友!

——扑通!

宋卉半边身体撞上井壁,气瓶一下子卡在砖缝间,意识到自己已经来到了最狭窄的接口。她用力吸气闭住呼吸,正面根本挤不进去,又侧身变换各种角度挤,还是挤不进去,强忍着号啕大哭的欲望往全身上下一摸,摸到了林烶的潜水刀,拔出来用力凿进井壁上的砖头,使出吃奶的劲一撬!

铿!

水流随动作向四面八方涌去,龟裂的砖头显出缝隙,宋卉的眼泪在潜水镜里夺眶而出。

铿!

水流似乎一震,矿坑里,步重华同样声音嘶哑道:"我准备好了。"

铿!!

半块碎砖顺水抛出,反作用力让宋卉咕咚一下狠狠挤进井道!

眼前金星直迸，宋卉两腿软得就跟面条一样站不起来，哆嗦着从装备里拿出雷管，固定在淤泥下，头昏脑涨向后退了一步。

然后她发着抖抬起手，就像年长的女刑警在那片暴雨河滩向小女实习生下达的命令那样，就像前辈奔赴险境前最后一次对后辈所做的那样，如同对虚空中的某个自己彻底告别，做了两个熟悉的手势——

保持安静、原地埋伏！

然后她咬牙决然回头，挤出井道，用力拉动牵引绳，下一秒被等候在外的林烓重重拉出斜井口！

哗啦一下水花四溅，宋卉几乎失去了意识，恍惚中被林烓迅速推向水潭边，紧接着被无数双手拉了上去。

"怎么样怎么样？""放进去了吗？！固定住了吗？！""人没事吧人没事吧？！"……

"立刻引爆！准备营救！"林烓的厉吼在她耳朵里像是隔了层水似的模糊不清，"勘测组去观察井下水位！救援准备有没有就位！快！"

人声鼎沸，脚步杂乱，数不清的人影在雪亮的车灯中走来走去，紧接着身后水潭深处，突然传来一声——

嘭！

那闷响仿佛一把槌子闷闷地落在了鼓面上，最开始几秒毫无动静，紧接着黑潭深处传来越来越响亮的咝咝声，轰鸣如巨龙长啸，直上山涧！

——有动静。

足足过了好几秒，步重华模糊的神志才迟钝地感觉到。

他身侧的水流似乎在动，一波接一波，动荡越来越大。开始他以为是最终的决堤终于要来临了，但当他不顾一切抓紧吴雩冰凉的手准备迎接时，却突然发现水流在反涌！

水在向着刚才涌来的方向，迅速地退回去！

如果有无人机摄像头的话，应该能拍摄到这一幕惊人的场景：水潭底部的排水井爆出上百吨淤泥尘沙，井道轰然炸裂，打通了废弃多年的采空矿；矿坑内积蓄的巨量老窿水终于找到了决堤口，不顾一切喷薄而出，甚至吞没了水潭口。

与此同时，矿井巷道底部。水位在即将彻底淹没的前一瞬突然静止，然后从四面八方无数条瓦斯巷疯狂回涌，发出气势磅礴的呼啸，致命的水位急剧下降！

"吴雩……"步重华难以置信地喃喃道，随即在巨响中发出听不见的嘶吼，"醒醒！吴雩！"

空气飞速回流，在空空的巷道中发出哨子似的尖啸，但吴雯却一动不动。步重华已经感觉不到他的手上传来任何力气了，只能死死扣着他的五指，徒劳地用身体保护住他。

碎石、木块和沙砾随着退去的洪流，砰砰咣咣打在步重华头上、身上，但他的意识越来越恍惚。

我们要获救了，他想。

求求你再坚持一下，只要再坚持一下，我们就可以回到地面了。

"步队！""吴警官！""步重华！"……

远处隐约传来廖刚的嘶吼和尖锐哨声，矿灯的光交错闪烁，无数脚步纷沓踩在齐膝深的水中。

"吴警官！""你们在哪儿！"……

步重华闭上眼睛，他仅剩的最后一点意识能感觉到自己还僵硬地扣着吴雯的手，然后仿佛陷入了无边无际的黑暗，柔和的光亮渐渐拂面而来。

他仿佛变得很小，变回了当年那个九岁的孩童，在那个深夜突然被惊醒，睁开眼睛时看见漫天星光，年轻的父母微笑着守在床边上望着他，眼底充满了怀恋和爱意。

还有一个清瘦的少年一手捂着他的嘴，另一手将食指竖在唇边："嘘，不要出声。"

屋外传来毒贩的脚步声，他们正要闯进屋。

——是那个梦吗？他模糊地想。

又要重复全家灭门那个深夜血腥的梦了吗？

但他没想到的是这次不一样，他没有被少年匆匆推进衣柜，父母也没有被毒贩的枪堵在外屋；步重华如坠梦中，感觉自己被懵懵懂懂地拉了起来，少年敏捷地从窗台跳出屋外，在星空下招手："快，跟我来！"

他的父亲拉着母亲，母亲拉着他，神情充满了温柔熟悉的鼓励："等你好久了，跟我们来！"

——你们要带我到哪里去呢？

步重华闭上眼睛，听见风在耳边呼啸作响，远方边境线传来轰隆的炮声和机关枪声。他的手一直被父母牵着，穿过纷飞战火与滚滚硝烟，再睁开时发现场景已经忽然变换，自己正站在一条半塌陷的、尘烟弥漫的隧道里。

外面炮声隐约震动，摇撼着四周墙壁和地面。远处隧道角落有两道身影彼此相依，一人全身浴血，濒死，还有一个年轻人跪在地上，只露出一道熟悉的背影，发出仿佛要把五脏六腑都撕裂的、困兽般痛苦的号哭。

步重华一生从没经历过这场景，但瞬间突然明白了这是什么地方——

是红山刑房。

十年前真相交错、命运扭曲的原点。

第 30 章

这是梦还是现实呢？步重华站在被轰炸过后硝烟滚滚的隧道里想。

如果是现实，他为什么会来到这里？

如果是梦，为什么那一声声痛哭又如此真实清晰？

"步队，步队你醒醒！小吴，你别吓我啊小吴……""我哥怎么样了？我哥怎么样了？哥！！""小宋别哭了，快快快，来个人把她搀下去……""抬上去抬上去！津海市医院通知到位了吗？抢救准备做好没有？！"

人声鼎沸，车灯刺眼。恐惧的哭声随风飘向四面八方，甚至盖住了螺旋桨掀起的呼啸旋风。

昏迷的步重华和吴雾被接力抬出矿井，特警抬着担架狂奔，一路送上直升机，随即在茫茫夜空中向津海市的方向飞去。

"这么伤心吗？"步重华在恍惚中心想。

一股难以言喻的刺痛由心底升起，让他不由自主沿着塌陷过后狼藉崎岖的地面走上前，只见十年前那消瘦、熟悉的身影佝偻着，紧紧拥抱着怀里的人，全身都在剧烈颤抖，额角的鲜血顺鼻翼流淌下来，混合着滚热的泪水，一滴滴打在地面上。

"不要……不要让我走，我没地方去了……"

隧道地面在炮火中摇撼，头顶尘土簌簌而下，拳头大的碎石砰咣掉在他们脚边，地道眼见岌岌可危。

"就让我待在这里，我们就可以一起……去到那个世界……一起回家……"

步重华半跪在他身边，颤抖着手在吴雾脸颊上用力摩挲，抹去他滚珠般断了线的热泪："你不能待在这里，知道吗？"

吴雾全身发抖，慢慢抬起涣散的目光。

"你要从这里走出去，要一个人走上十年，经历很多险象环生的困境，抓捕很多穷凶极恶的毒贩，在这片大地留下无数的鲜血、功勋和传说，最终带着一身伤痕远离故土……然后才能在遥远的北方遇到我，知道吗？"

"……"

步重华看着他，仿佛唯恐惊动梦境，声音轻而温和，尾音却带着奇怪的哽咽："我带你出去好不好？"

铁轮在急救走道上飞速滑动，前方领路的护士飞奔撞开抢救室大门，两副急救担架接连而入。

"这是我们南城区分局支队的领导和同事，在抓捕中遇到井下透水事故，吸进了有毒气体……"

"通知血室备血！血氧饱和度还在往下掉！"

"同意书呢？我是他们家属，东西拿过来我签字！"

…………

大门还没来得及关上，便亮起了抢救中的红灯。

"出去。"吴雩喃喃道。

十年前的他远比步重华想象中的还要年轻，眼角光洁，肤色很白，脸颊因为还有点肉而显得线条柔和，一片片沾染了黑烟的鲜血干结在额头和侧颊。

"可是我出不去了……"他梦游般小声说，"外面好乱啊，这世道不是给我们这样的人活的，已经没处可去了……"

步重华用力扳过他冰凉的脸："不是这样的，吴雩，你听我说。外面没有人放弃你，现在所发生的一切其实都是错的，只要挺过这一关就再也没有人能阻拦你、伤害你，那些作恶的人会恐惧你的名字如鬼神。十年后你将在一个矿井里亲手逮捕眼下这一切的罪魁祸首，你会好好活着把罪犯送上审判席，把自己真正的名字和解行的灵魂一起带回故土……你不想看到未来发生吗？啊？阿归？"

阿归的眉眼轮廓非常优美清晰，眼梢深而长，眼珠黑白分明，有种因为曾经对未来怀有希望，而从心底里渗透而出的光。

但现在那光亮已经被硝烟所吞没，黑暗而浓郁，半融进了地道深处的阴影里。

"算了吧……"不知过了多久，他终于轻轻地说。

步重华紧按在他脸颊上的手一下落了空，僵在半空中，只见他低头抱紧了怀里早已冰冷僵硬的遗体。

"我真的太累了，我走得好疼啊……"

"就这样吧……"

步重华愣怔地跪在那里，虚空中无数焦急人声和设备嘀嗒声从远方传来，无数只手拼命拉着他，迫使他站起身，不由自主向后退去。

"这一个有心跳了！""血压85/55！""血氧在回升！"

……………

"那我呢？"一股不知从何而来的痛苦刺穿了心脏，步重华挣扎着站住脚步，他听见自己的声音在炮火轰隆声中发抖："你把我从火里救出来，把我藏在那个树坑里，让我等了你二十多年，现在你就这么擅自往地下一躲让我一个人走了？！"

阿归似乎动了动。

他好像并不理解步重华在说什么，从自己脆弱的壳里探出头，疑惑又迷茫地望着这个男人。

"我们一起查案，一起抓人，线索断绝的时候头对头熬到天亮，生死攸关的时候背抵背杀出重围，不是你自己亲口说我是你的战友吗？"

仿佛触动了某根沉睡的神经，阿归神情微微发生了变化。

十年风雨中踽踽独行的他、站在津海市公安局门前竭力仰望那警徽的他、在红蓝光芒交织中恐惧躲在黑暗中的他、第一次为了查找线索而彻夜通宵的他……

"浴乎沂，风乎舞雩，咏而归——"一个温柔和蔼的女声在耳边逐字念道，然后解释，"就是在安逸太平的人世间吹着微风、唱着歌，开开心心回家的意思。"

"她没能等到亲眼看见战火平息的那一天。没过多久她就去世了，癌症复发。但妈妈直到过世都没有忘记你，阿归。她把照片留给了我……"解行眼眶通红，"她说如果有天我能找到你，一定要想办法把你带回来，从罂粟田的那一边带回到这人世间。"

"你就是新来的吴雩吧？我是津海市公安局南城区分局刑侦支队支队长步重华。从今以后我是你的领导，希望你爱岗敬业，融入集体，把支队当作自己的家。"

……………

刑侦支队大楼台阶上，那个年轻英俊、气场凌厉的精英主动伸出手来，那场景与眼前这个半跪在地执着伸手的男子重合，阿归在他噙着泪光的眼底看见了自己的倒影。

"你真的要带我走吗？"他终于茫然地问。

步重华紧盯着他，目光分毫不移，点了点头。

"可是我走不动了……"他低下头，嗫嚅道，"我伤得太重了，真的……真的好疼啊。"

那些鲜血淋漓的伤疤、青紫交错的伤痕，终于在此时从他身上浮现出来，映在了步重华战栗的瞳底。他的眼角破了，眉骨上的血汇聚在下颌，滴答落进滚烫的地面；他的手臂、胸骨都有着可怕的塌陷，指甲翻开露出焦黑的肉，每说一个字就有浓重的血气从鼻腔、咽喉中呼出来。

他溺水之后肺部积液，呼吸微弱而艰难，全身伤口因为被矿井里的水浸泡过久而感染发白。

"没关系，你可以交给我。"步重华发着抖探身，在他冰冷的耳边不断重复，"我们一起走出去，没有关系，你可以依靠我……"

吴雩被他带着，身不由己地站了起来，怀里紧紧搂着的解行的遗体被步重华接了过去，扛在自己肩上，然后步重华用力拉住了他指甲翻起、伤痕累累的手。

"我要把你的名字带回到地面上，把解行的灵魂从异国带回故乡……"

大大小小的土块从地道顶上塌下来，红山刑房飘来的血腥味越来越远，吴雩跟着手上传来的力道跌跌撞撞前进，剧痛让他忍不住想独自往回缩，但每一次都被更加坚定不移的力量硬拉了回去。

"让所有人都知道你来自哪里，经历过什么，付出过多少，让那些企图从地狱里榨取利润的人知道他们将付出什么代价……"

步重华一步步踩着震荡的地面，到最后他几乎是在死命地拉着吴雩往前拖，前方渐渐渗透出光芒，地道外枪炮震天，爆炸掀起的硝烟和尘土掩盖了天穹。

"我要让你和解行都亲眼看到所有缺憾填平、夙愿成真，那些付出过血汗的人都如愿以偿……"他的声音艰难喘息，头顶震动越来越强烈，却无法阻挡那颤抖的一个个字传进吴雩脑海，"我要让地狱里的花从此开在地面上。"

就在这时炮弹闷响从他们身后传来，轰隆——

四面墙壁剧烈晃动，地道一段段塌陷，岩石土方铺天盖地而下！

"我们会全力以赴，同时请家属做好心理准备……"

"什么意思？"严䴖霍然起身，"两个都不好了？我弟弟血氧刚才不是上来了吗？怎么回事？！"

抢救室外灯光雪亮，极度的焦虑和紧张笼罩在所有人脸上，护士长满面汗水："因为失血和肺部感染引发的急性左心衰竭，氧合不能维持，血氧饱和度已经低至百分之四十。情况是突然转坏的，急救过程中确实会出现极好或极坏的反复，所以现在只能……"

"护士长！护士长！"这时门内一名年轻急救医生狂奔而出，"找家属签知情书，主任说开通气道，穿刺插入主动脉球囊反搏！"

岩板焦土如暴雨般砸下，刹那间步重华唯一的意识是转身紧紧抱住吴雩，闭上眼睛，大脑一片空白。

——旋即就在那瞬间，一股无形的力道从身后急推而来，带着他们硬生生冲破无数层阻碍；紧接着仿佛有无数双手抓着他们猛拽了上去，外界的光亮扑面而来！

"谢谢你，"步重华听到一个非常耳熟的声音突然响起，带着笑意和喜悦，"谢谢你终于来了。"

是谁？

步重华半跪在地，怀里紧搂着人事不省的吴雩，紧接着意识到他听过这个声音，猝然抬起头——

少年解行神采奕奕，眼神明亮，笑起来的时候眼梢弯成月牙。他不再遍体鳞伤，那些可怖的血迹和惨重的伤痕都消失了，从上到下给了步重华和吴雩一个紧紧的、带着阳光和青草味道的拥抱。

那是个充满了留恋的告别。

"总有一天会再相见的，我们要走啦！"

你们要走了？步重华在极度恍惚中想。

他徒劳地伸出手，但只触到了一片温柔的风。挥着手的解行、眼底含笑的张博明、他的父亲步同光、母亲曾微……许许多多曾经长眠于这片土地上的英魂向着远方飞去，炮火将他们脚下无边无际的罂粟田付之一炬。

所有离乱、动荡、奴役、罪恶，所有白粉凝聚的财富和血泪浇铸的尸骨，都在滚滚硝烟中化为飞灰，缓缓飘落在中缅边境的广阔土地上。

历史悄然覆盖红土，漫山遍野的枝头发出了新芽。

长风呼啸奔向天际，将写满了痛苦、绝望、悲欢离合与累累传奇的岁月远远抛在身后。步重华右手环着吴雩重伤虚弱的身体，左手拉着他。

远方的津海市在黑夜中沉睡，第一缕天光破晓，映亮了高楼大厦与千家万户，映在他们的瞳孔中。

"你准备好了吗？"步重华低声道。

吴雩神志昏沉而半梦半醒，愣怔地望着他，衰弱到极致的心跳一点点从胸腔里复苏，许久，他终于将涣散的视线移到他们紧握的手上，那天生向下的唇角微微浮现出一丝笑意："你要带我回家吗？"

"不，我不用带你。"步重华回答，"你在的地方就是家。"

"有心跳了！""血压恢复100/85！"
"这一个也开始恢复生命体征了！"
"立刻通知安排手术，准备送监护室！"
…………

仿佛把抽空的氧气猛然灌回来，抢救室外人人如释重负，严峫猛然虚脱地向后倒去，被江停一把扶住，两个人都踉跄着跌坐回了长椅上。

窗外，第一缕天光正从地平线上亮起，一寸寸映亮北方平原，驱散了黎明前最后的黑暗。

英灵如同长风万里，掠过山涧与长河，越过青翠的重岩叠嶂和巍峨的中缅界碑，飞向魂牵梦萦的故土；抢救室担架上，吴雩缓缓睁开眼睛，听见抢救室外如潮的欢呼和痛哭声。

归来的灵魂在这一刻回到了家乡。

第 31 章

那天深夜后续情况之紧急、处理之复杂，令整个专案组所有人在后来相当长一段时间内都焦头烂额，宋平甚至觉得自己这辈子的头发都要在那天晚上掉光了。

廖刚带人从井下扛出步重华和吴雩，随后汪大队长亲手押出了昏迷的鲨鱼。三人都被直升机送往津海市第一人民医院实施抢救，伤势最轻的毒枭不出所料第一个脱离危险，随即被押运进了公安部指定的、一天二十四小时武警持枪看守的特殊监护病房。

凌晨五点半，麻药过后的孟昭在重症监护室里恢复了意识。她刚上初中的儿子跟宋卉两人蹲在监护室门外，同时"嗷"的一声抱头大哭，她先生在边上语无伦次地打电话给父母家人、亲戚朋友，激动得人都站不起来了。当时市局紧急派了辆车去孟昭老家接她父母，两个老人接到电话才知道发生了什么，差点吓瘫在了来津海的路上。

十二个小时后，步重华在严密监护下醒来，生命体征平稳，得以拔除气管导管，由 ICU 转入独立病房继续观察。他那十多年如一日严苛自律、健康饮食所打下的良好体质基础在此刻发挥了很大作用，数日后就可以不需助力而自己坐起身，恢复状况良好稳定，医生表示只要他自己不作死，肺部溺液和轻微脑震荡也不会留下长久的后遗症。

唯一让人担心的是吴雩。

吴雩的情况正跟步重华相反，他是个高需求病人，在抢救当晚还没来得及做手术的时候就醒了一下，手术麻药过后又醒了一下，此后大概每过几个小时就要醒一下。每次醒来都是一番人仰马翻、吆喝折腾，然而每次他都只是睁着眼睛茫然望着 ICU 的天花板，等几秒钟或几分钟后，仿佛勉强确定了自己身在何处，然后才如释重负把头一歪，再次陷入了昏睡。

连医生都没法解释这奇特的现象，只能说他大脑里有种类似警铃一样的条件反射，让他在陌生的环境下无法安心让自己失去意识——也许是十多年生死经历，让他的身体形成了这种非常奇异的警戒机制。

整整半个月后，直到步重华不仅能自己颤巍巍下床，还能迫使他骂骂咧咧的表哥严郦帮他洗澡剪头刮胡子，甚至能焕然一新回到病床上开支队视频会议给大家布置工作的时候，吴雯才终于把这小半年来所有的伤痛和亏虚都补足，彻底清醒过来。

ICU护士长热泪盈眶，轮班护士相拥而泣。

…………

为了避免比特币市场及世界毒品链仓促动荡，公安部下令暂时将"马里亚纳海沟"创始人落网的消息列为机密，只通报了国际相关部门，一夜之间把国际刑警和世界禁毒组织炸了个遍。

这个消息就像被压在深海的重磅核弹，余波轰然震塌海沟，甚至撼动了貌似风平浪静的广袤海面。鲨鱼落网后的几个小时内，全球各个角落里有多少消息灵敏的大毒枭为此而恐惧、紧张、兴奋、仓皇逃窜或摩拳擦掌……这一晚上紧张忙碌的专案组尚不得而知。

很快，公安部将开始对毒枭进行全方位审讯，紧锣密鼓地做准备，打响粉碎暗网电商平台的第一枪。

…………

"所以秦川呢？"严郦不满地问。

秦川又跑了。

所有人都对他到底如何从爆炸、塌方、透水的矿井中顺利脱身，并且从深山老林逃之夭夭这件事充满了好奇，专案组甚至一度怀疑他已经死了。但后来对案发现场的彻底搜查却没发现他的尸体，甚至没发现能够证明他已经丧命的足量血迹，手榴弹爆炸现场只有那一摊红色的玉米淀粉，无声地刺激着步支队长脆弱的神经。

这个世纪谜团直到案发一个月后才解开，原因是当地乡镇派出所报上来丢失了一辆摩托车。醍醐灌顶的步重华立刻让人查了当天晚上出警的所有车辆，终于从一辆特警依维柯的行车记录仪中发现了某个高度疑似秦川的身影——他顺着一道通风斜井爬出矿道，摘下眼镜，理理头发，甚至还拍了拍裤脚上的灰。

当时因为井下突发矿难，附近乡镇、村头派出所都赶来了，在乱糟糟的黑夜中连凭衣服认人都做不到，遑论认脸；这姓秦的小子于是操着以假乱真的方言，吆喝指挥几个当地协警实施救援，又骂走了两个走神看热闹的实习生，最后神态自若地推走一辆乡村派出所摩托车，油门一轰，就这么嘟嘟嘟地开走了。

摩托车最后的痕迹出现在荒山深处一片原始丛林里，之后再无踪迹，没有人知道他将怎样跋涉山林、横跨北方，再神不知鬼不觉地从国境线脱身。

这头狡猾的猛兽再一次消失在了茫茫人海间，他所留下的最后一句话是实习生转述的，这俩人因为姓秦的而被处分了，连惊带吓带害怕，至今情绪都非常不稳定："他他他……他叹了口气说……'老天保佑我，这辈子千万别再遇见坑爹的画师了'……"

步重华从病床上挣扎爬起来之后的第一件事，就是亲手签署了对秦川的通缉申请。虽然他拒绝对任何人坦承自己在手雷爆炸塌方后和"濒死"的秦川有过什么交谈，但后来据吴雯偷偷对严娜的形容：秦川宛如一个感情骗子，骗走了步重华作为一个人民警察的二百斤悲痛欲绝和五百斤感激涕零，然后站起来拍拍屁股就跑了。

严娜从建宁大老远跑来就是为了抓秦川，结果忙乎半天，还赔了一辆迈凯伦，却啥都没抓着，内心之悲伤可想而知。那天下午他在医院病房里跟步重华一起骂了秦川一下午，两人情绪都非常激动，还争相安慰了对方很久，之前严娜被迫帮步重华洗澡理发的仇就此一笔勾销，生动形象地体现了什么叫兄弟联手抓毒贩，兄弟感情靠秦川。

"不对啊——"吴雯靠在病床上，拿着半袋榨菜咯吱咯吱地吃，突然眉头一皱，"他说不想再见到我是什么意思？我什么时候得罪过秦老板？"

步重华正起身送严娜出去，闻声一回头，劈手就要抢那半袋榨菜："你今天的零食份额早上就吃完了！这是谁又偷偷给你的？"

只听一阵"噔噔噔噔"，严娜赶紧贴着医院走道的墙跑了。

吴雯上次车祸后味觉消失，这次手术大输血后，也不知道是不是把半个身体的血都换了一遍的原因，对味道的感知能力有所恢复，对极咸、极辣、极酸的食物开始有了轻微的反应。这就造成了让步重华非常焦虑的情况：吴雯每天、每时、每刻都想吃零食，包括但不限于榨菜、辣条、辣腐乳、咸鸭蛋、腌酸菜……

开始步重华跟他住在同一间双人病房里，还能用劝诱、说教甚至武力镇压等手段稍微管着他点，但一个月后步重华就出院了。从那天后吴雯就像一只扑通掉进了鱼缸的猫，宋卉蔡麟张小栎甚至小桂法医他们每次来探望都会忍不住给他塞点吃的，连隔壁病房的孟昭都抵挡不住吴雯充满渴望的眼神，给他吃过半块腌带鱼。

"全是苯甲酸和亚硝酸盐,不准吃了!"步重华大理石似的俊脸生冷无情,他高高举起榨菜,仗着身高让躺在床上的吴雯够不着,"医生说彻底恢复前必须饮食清淡,叫你多吃蔬菜水果,别成天躲在被子里啃辣条,你以为那天江停在病房里煮自热火锅还偷偷分给你吃的事我不知道吗?"

吴雯低声下气:"我没吃多少,只吃了两片竹笋和一筷子魔芋丝……"

"我们明明说好想吃自热火锅就要拿三杯牛奶来换,你喝牛奶了吗?!"

吴雯:"……"

两人面面相觑,空气安静无声,步重华一只手高举榨菜,而吴雯眼巴巴望着。

步重华衬衣西裤皮鞋,精英风度非凡,居高临下微微一笑,露出一排洁白整齐的牙齿。

"从今天开始,凡是给你带零食的,扫厕所一星期,给你吃辣条的,倒垃圾一个月,带蔬菜沙拉和清炖鱼汤来探病的奖励。我倒要看看谁还敢顶风作案,从今天开始这世上没有一根辣条能进这间病房的门,不信你试试?"

——咚咚咚!

呼的一声虚掩的病房门开了,翁书记和宋平两人站在门外,前者手里拎着鲜花水果,后者手里拎着辣条,身后是几位眼神游移的市委市局领导,每个人都不约而同地研究着病房的天花板。

步重华招呼几位领导:"您几位今天来是上面出了对小吴警官的处理结果吗?还是——"

病房里根本没有能坐的地方,因为步重华之前为了防止蔡麟、小桂、张小栎他们几个偷偷跑来找吴雯聚众打游戏,让人搬走了所有的椅子和沙发。所以宋平和其他市委领导都站着,翁书记半边屁股坐在另一张空病床上,说:"哦,这倒不是,小吴警官的事我们还在帮他争取,主要是科兹莫·菲利普——就是那个暗网的鲨鱼——要出院进看守所了。

"罪犯想在接受审讯之前,再见画师一面。"

第 32 章

"什么——Phillip 先生想要见吴雩？"

吴雩在绝大多数时候都木讷温顺不多话，接受什么样的任务和安排也都无所谓，你要见那就见吧。

他出院那天天气回春，草长莺飞，一树一树的桃花在津海市城郊两侧路边盛放，车辆驶过时纷纷扬扬直上天穹。然而看守所铁门却仿佛打开了另一个世界，高高的铁窗将灰白天光切割成几块，大楼昏暗走廊曲折，远处除了镣铐和铁链哗哗的声响外一片死寂，连空气都化作了凝滞的胶状物，沉沉压在每个人的肺里。

"这边，"带路的狱警十分客气，"您请。"

狱警一回头，只见那黑衣的年轻人正站在走廊上，抬头怔怔望着冰冷的铁窗。逆光让他俊秀的五官投下一层阴影，仿佛盖住了许多难以告人的往事和秘密，唯有眼梢在昏暗中微微闪着一点光。

狱警不由得一愣。

"没什么。"吴雩收回目光，抬头走进了会见区，低声说，"谢谢。"

门咔嗒打开，鲨鱼蓦然抬头。

一道他非常熟悉的身影在狱警的护送下走进屋，拉开椅子坐在对面，平静地望着他："Phillip 先生，别来无恙？"

吴雩明显重伤未愈，清瘦了很多，穿一套非常合身的黑色西装，外套没有扣，袖口露出白衬衣绲边。这简单、调和的素色搭配非常适合他，看起来非常精神，头发又有一点长长了，发梢扫在耳梢，衬托出脸色有种透明疏远的冷白。

那是他们第一次见面时的装束。

鲨鱼定定地看着他，蓝眼睛里的瞳孔灰到几乎发白，半响慢慢笑了起来："刚才等你来的时候，我一直在琢磨一件事。"

"什么事？"

尽管知道此刻摄像头对面有很多双眼睛正牢牢盯着自己的一举一动，但毒枭并不在乎，笑容甚至还加深了："你刚才穿过监狱的一路上在想什么？"

"你看到这镣铐、铁窗、冰冷的砖头、不见天日的墙壁……你脑子里在想什么？有没有感觉到自己这辈子都出不去了？"

"他在胡说八道什——"监控后一名主任刚要起身，被林烶一把拦住了，使眼色叫他坐下。

"有没有感觉到自己将要被溺死在这深海里，嗯？"鲨鱼上半身向前，几乎面对面地盯着吴雩，"阿归？"

监控后的人群有一瞬间沉默，人人神情各异，没有半点声音。

"我来之前曾经猜过你为什么想见我，原来是想来看我后悔的。"吴雩坐在那里，半晌才哂然呼了口气，"你对我可能有一点误解，Phillip先生。"

监控中传来他的声音，因为伤情而有些沙哑，但在安静的监室里还是非常平稳清晰："从解行走后到现在困住我的始终都是往事，而并非现状，因为仅从现状中逃离对我来说是非常容易的，不论是为特情组工作还是来到津海以后，甚至是为你工作的那段时间。"

鲨鱼紧盯着他："是吗？那你为什么从来没走过呢？"

吴雩没有立刻回答，想了想问："你知道我今天在来之前，宋局对我说了什么吗？"

"……"

"他说我之前攒的三十多万元现金已经捐到我家乡去了，步重华又添了点，可以初步盖起一座小学校。"

听到"步重华"三个字的时候鲨鱼冷冷地眯起了眼睛，但吴雩没有在意这一点。

"你曾经许诺过要给我自由，但你和那些跟你干着相同事情的人选择性无视了最关键的一点：彻底、无边际的放纵最终只会导致犯罪，普罗大众追求的其实是风筝底下的那根线、倦鸟晚归后的那个巢。我也是如此。"

"我曾经的那根线被塞耶那帮人烧毁了，现在我找到了新的归巢。在你眼里看来它是束缚，在我眼里看来它是最终自由的基础。"吴雩笑了笑，站起身说，"Phillip先生，我们对自由的看法从一开始就是相反的，你招揽了我那么久，可惜从来没看清这一点。"

椅子在地上摩擦发出一声锐响，他转身走向门口，这时身后哐当一声，不知道鲨鱼撞上了什么，他猝然脱口怒吼："愚蠢！"

武警神经高度紧绷，话刚出口，几乎立刻就弹了起来，却见吴雩一摆手。

"即便没有我，也还是会有'马里亚纳海沟'，1.0版本倒下了还有2.0，就算有一天'海沟'彻底关站，AlphaBay、梦想市场、暗网华尔街也仍然在运营！只要匿名通信技术还在，欲望就不会消失，你会被永远困在这里！你会在这个死循环里熬到死！！"

监控照不到吴雩的脸，只见他对着门，清瘦挺拔的背影几乎要消融在监室终年不散的阴影里，过了不知多久他才终于回过头："亚瑟·霍奇森死刑前也说过同样的话。"

"欲望不会消失，战争也不会停止。你说得没错，我确实会在这个循环里待到死，就像我身前一代代先辈、身后一批批新人，总有一天我们会去同一个地方再度相见。"吴雩笑了一下，尽管那笑纹很淡，"我也不知道自己会不会有如你所愿后悔的那一天，Phillip先生，但你肯定是看不到了。如果将来有一天你想邀请我观看你的死刑，我会同意的，但那之前我们应该不用再见面了。"

他在鲨鱼难以形容的目光中点了点头，打开门，平静地走了出去，身后传来暴怒的"哐当"重砸声和武警的厉声喝止。

吴雩出去的脚步比进来快，签字离开看守所时，外面的日头已经正午了。林烓坐在监狱大楼外的台阶上抽烟，见他出来便起身拍了拍裤腿，递给他一支烟，吴雩边点火边向后一示意："不会给你们的审讯增加难度吧？"

"不会，整个华北的审讯专家都上了，你这点刺激几乎可以忽略不计。"林烓吐了口烟雾，抬眸一笑，"我有两个好消息要告诉你。"

吴雩动作一顿，似已有所预感，果然林烓说："解行的烈士资格批下来了，在云滇立碑下葬。"

解行是铁板钉钉的烈士，但他的牺牲时间、讣告碑文却和吴雩将来的命运息息相关。只要确定了他牺牲在十年前，那就等于是上边承认了吴雩的名字和功勋，这也正是这段时间冯厅、林烓他们向上头积极争取的重点。

打火机在吴雩垂落的视线中映出幽幽两点火光，良久他才"唔"了一声："你们怎么跟上头说的？"

"我请示了冯厅，冯厅指示，把十三年前的你划到了特情组名下，算是为老胡填上了这十年巨坑。其实认真说来，硬要从逻辑上证明你那十年的功勋也并非绝无可能，国际大毒枭落网这件事是最终决定天平的关键砝码。"林烓拍拍吴雩的肩，"所以最后其实还是你自己挣来的，'谢谢'两个字就不用说了。"

吴雩微微一笑："你想多了，我本来就没要说。所以我以后是去云滇还是……"

"冯厅的意思是希望你回去，但我觉得还是省省吧。过几天云滇会把你的新档案补充完整转到津海，等津海把功勋也正式申请下来，你真正的名字就可以大白于天下了。"林烓向吴雩微微一笑，"提前恭喜你晋衔，吴……"

吴雩："没事我无所——"

"归。"

周遭突然安静，空气犹如冻结，吴雩面无表情盯着林烓，数秒后林烓终于爆发出了惊天动地的大笑。

"你要是真敢在我档案上写这个名字……"吴雩在狂笑声中冷冰冰地道，"等着吧，我这就把步支队叫来，他不会放过你的。"

"哈哈哈哈哈哈哈哈——"林烓一手捂嘴一手拍墙，简直连烟都要掉了，"不、不好意思步支队，我不是有意的，你看吴警官他真的只抽了这一支……"

吴雩登时心生不妙，条件反射，四下藏烟头，但销毁罪证的最后机会已经转瞬即逝。一只熟悉的手从身后伸出来，唰一下抽走了他指缝间的烟，毫不留情扔进垃圾箱，随即响起步重华人工智能般冷酷无情的声音："昨晚发誓要戒烟的人是谁？"

吴雩："……"

"偷偷抽烟者罚五百个俯卧撑或一周不准吃零食。下个星期的辣条没有了。"

提供香烟的罪魁祸首林烓简直笑得打跌，捂着烟盒赶紧跑了，差点儿撞上人家看守所值班室的玻璃。

吴雩哭笑不得："你太抠门了，步重华！"

吴雩现在只有一个感觉，就是后悔并且非常后悔，恨不得揣着烟盒打火机转身进监狱去蹲几天。奈何步重华这个养生狂人的手段极其强硬，拎着吴雩的小脖子抖出了他全身的烟盒、散烟、火柴、打火机……叮叮当当全扔进了垃圾桶，一拍手轻描淡写道："好了，回家吧。"

吴雩捂着眼睛无语凝噎："不是说好了你今天去市局开会，晚上才回来吗？"

"等不及，赶着来见你。"步重华唇角一勾，"告诉你刚才林烓没来得及说的第二个好消息。"

那瞬间他的表情很难形容，剑眉略微挑起，眼底笑容闪烁着一丝冰冷，薄唇拉出了一个轻微而锐利的弧度。吴雩下意识站住脚步，心有灵犀般感觉到了什么，只听他就带着那样的笑意淡淡道："万长文的死刑核准下来了。

"下个星期一，死刑立刻执行。"

万长文是枪决的。

死刑核准是快马加鞭下来的。那天清晨万长文被拉出看守所监室，两个法官当面念完判决书，武警上去把他裤脚扎上、系上绳结，然后就左右架着将他拎上了车——真的只能拎，因为当时这条老毒虫已经完全不会走了，脚尖在地上拖出两道长长的痕迹，军车行驶的一路上他始终在全身抽搐，两只混浊的老眼直勾勾盯着空气，连转都不会转。

刑场在津海城郊一片洼地边的芦苇荡里，下车时姓万的整张脸已经完完全全变成了死灰色，真的是那种跟死人毫无差别的灰。刑摄员上来拍照的时候武警一松手，他直接扑通一下趴在了地上，四肢如颠筛般剧烈抽搐。

"万老板——"这时他听见头顶传来一道缓慢而低沉的声音，"你还记得我吗？"

"……"

万长文好半天才发着抖抬起眼睛，涣散的视线映出面前一个方脸浓眉、身形魁梧威严、约莫五十岁的男子，是津海市公安局局长宋平。

宋平居高临下地打量他，那目光非常奇异，不像是仅仅在打量脚边一团腐烂恶臭的垃圾，而是还有些更加深切、更加刻骨，但外人又难以窥见的憎恶与仇恨。

"应该不记得了，不过没关系。"他蹲下来盯着万长文，一字一句说，"我要你像当年的步同光和曾微夫妇一样被枪打死。"宋平眼眶通红，每个字都隐藏着被深深压抑的战栗，"但你不会像他们的英灵一样永远被世人铭记。"

万长文眼珠不受控制地转动，他看见治安员在荒凉的芦苇荡上围出刑场，看见空地边停着的警车、法院车、殡仪馆运尸车。便衣刑警们在空地边围成几圈，每个人的神情都平静而冷漠，隐隐簇拥着最前排中间的一个手里捧着两张黑白遗像的年轻人。

那赫然是步重华。

"对了。"宋平刚起身要走，突然想起什么似的，回头一笑，"还记得你那唯一的孙子陶泽吗？步重华做主，已经把他的姓给改了。"

万长文仿佛被打了一针强心剂，触电般张大眼，下一秒他眼睁睁对上了宋平的目光："随母姓彭，叫彭忆泽。"

宋平转身向警车后去，头也不回，身后传来了万长文愤怒绝望的号叫和以头抢地的撞响。

步重华站在人群最前，吴雯沉默地立在他身后。黑白遗照上步同光和曾微投来微笑，他们是那么年轻、俊美而幸福，宋平眼底酸热的液体终于夺眶而出，随着他蹒跚的每一步掉在土地上。

他从来没有见过活着的步同光和曾微，甚至来不及在最终时刻到来前知晓彼此的姓名。但他一辈子都不会忘记那个血色深夜，他和其他十余个不能排除嫌疑的马仔一起被关在边境一所村庄的祠堂里，大门被重重铁链锁住，火把映照出身边一张张惊恐的脸。万长文坐在前方正中的太师椅上，拿着把匕首慢条斯理地剔指甲，身边挂着一排狰狞生锈的刑具，血腥弥漫在空气中，一层层浸透了祠堂的地砖和墙缝。

等死的每一分、每一秒都漫长得可怕，最开始他想吼叫、想挣扎、想不顾一切撞开那扇门疯狂地跑出去，想付出所有代价穿越回千山万水之外的家乡，哪怕再看一眼年迈的爸妈；但冰冷恐怖的现实是他什么都不能做，只能跟其他人一起直挺挺跪在地上，大脑一片空白，心跳几乎停止，机械等待着漫长、痛苦的死亡最终来临。

死亡并没有来。

天刚明时，祠堂的门终于被人急匆匆推开了。那一刻他就像终于等到了铡刀的死囚，在绝望中闭上眼睛，听见来人疾步奔到万长文身边叫了声"东家"，诚惶诚恐说："办事的人把话传回来了，那两个警察到死都不肯交代画师是谁……"

"什么？！"

"实、实在没办法，最后只能杀掉了事，还放了把火，不知怎么地跑出去两个小崽子……"

哐当一声亮响，万长文劈手摔了匕首，大骂摔桌声和沸腾人声四下传来，但他轰轰作响的耳鼓已经什么都听不见了。

劫后余生的庆幸、随之而来的羞惭、难以置信的错愕、轰然冲顶的暴怒……无数种激烈情绪同时重击在心口，让他整个人向后倒去，倒在了祠堂不知多少年积累下来的血黑泥砖上，失神的眼睛望着晦暗天穹。

那个时候他还年轻，还不叫现在的名字"宋平"，后来的特情组负责人胡良安也没有积劳成疾，当时还是他的单线上级。后来他被边防武警成功解救回来，改名换姓、漫漫北上，身心俱疲、遍体鳞伤，左手只提一个简单的行李包，右手牵着一名同样伤痕累累的稚子。

万长文还在逃，边境贩毒也还在继续。从那时起他永远都不会忘记，是素不相识的战友用尸骨铺平了自己爬出地狱的路，是刻骨铭心的血仇压在肩上，督促着他在这人世间继续前行。

…………

砰！

枪声从身后响起，尸体倒地，一声闷响，法医、刑摄和公证员一拥而上。

宋平在遗像前停下脚步，咽喉痉挛发抖。吴雩接过相框，眼眶通红的步重华张开手，父子俩给了彼此一个紧紧的拥抱。

　　云层低垂，苍穹广袤。风掠过芦苇荡，一圈圈波浪，穿过苍凉宏大的尘世，呼啸着奔向南方。

　　云滇烈士陵园。

　　仪式终于结束，人群渐渐散尽了。林烃背对着阳光，俯身放下一束白花，起身时呼了口气："刚才都在找你，还以为你不来了。"

　　吴雩静静立在旁边新落成的墓碑前，肩上披着一件崭新的警服外套，双手插在裤袋里。阳光投下他斜斜拉长的身影，与一排排灰色碑影平行，一时竟然分不出彼此。

　　"没想到你真的同意了把解行的碑立在这里。"林烃从张博明的墓碑前转过身，"本来冯厅还找我商量，打听你会不会像步重华那样把骨灰迁到北边去，图以后祭拜方便呢。"

　　黑白照片上的解行丰神俊朗、目光明亮，而吴雩眉宇间已经落下了细微的风霜，闻言摇摇头："他没有骨灰，碑立在哪里都一样。"

　　林烃不由得默然。

　　"再说他是在云滇长大的，也许更想跟自己的同伴和战友聚在一起吧，毕竟特情组在这里埋下了很多人。"吴雩向周围望去，"想象一下他们在我们头顶上聚众斗地主，还是挺开心的。"

　　林烃哑然失笑："是，所以我死后也想埋在这里。你呢？"

　　吴雩开始没吭声，林烃揶揄地瞅着他，半晌才听他淡淡道："我跟步重华说了不用埋。找个水边把骨灰一撒，我自己会努力流到海里，随着水蒸气上升云层，雨一下遍布神州大地，就可以在这片国土上到处跑了，说不定还能来找你们打牌呢。"

　　林烃眨巴眨巴眼睛，半晌"嘶"地吸了口气："老年夕阳游啊，看不出你还挺时髦！"

　　吴雩大笑起来。

　　林烃笑着摇头，转身沿着来时的路向陵园出口走去："过段时间公安部组织网侦攻破'马里亚纳海沟'网站服务器，到那时我还要带人去津海，回头记得请我吃饭！走了！"

　　吴雩没有回头，只挥了挥手，两人的身影在灿烂阳光下渐行渐远，山坡下林烃的司机已经抱着他的电脑和厚厚几摞公文资料，等在了车门旁。

风吹过初春的草地，发出窸窸窣窣声，仿佛无数轻声笑语逶迤而去。吴雩站在那里，唇角边笑容渐渐消失，愣怔看着石碑上那张曾经与自己十分相似的笑脸，许久，他半跪，把额头抵在了照片上，深深地、彻底地吐出一口颤抖的气。

这时一只手在他肩上拍了拍，随即有人俯下身，在墓碑前放下一大束郁郁葱葱的浅紫色小花，薄荷清新的香气扑面而来。

"你相信死后的世界吗？"吴雩闭着眼睛问。

步重华的声音从身后传来："相信。你呢？"

吴雩轻轻呼了口气，余韵有些岁月淡去后悠久的苦涩："生离死别过的人才会相信死后还有一个世界。"

春回大地，天空阔远。吴雩睁开眼睛站起身，与步重华并肩而立，阳光穿过斑斓树影映在他们脚下，石碑上英姿勃发的解行、穿制服挺拔的张博明，以及成排或清晰或泛黄的照片和名字，凝固着无数段战火纷飞的岁月和永垂不朽的传说，与他们静默对视。

"我小时候曾经梦想，等长大以后去很多地方，带着相机用脚步丈量辽阔山河，没想到后来却成了用脚步丈量无数个犯罪现场的警察。"步重华笑了笑说，"如果有一天我死了，就把咱俩的骨灰让人一道撒水里吧。等春雨过后万物萌发，漫山遍野的新生命欣欣向荣，那些向死而生的英魂都会相聚在天上，与我们重逢。"

"那时咱俩该多老了？"吴雩不由得笑起来。

步重华沉思片刻："起码得有八十了吧。"

"你表兄说他要活到九十七呢。"

"那我俩也努力一把活到九十九，不能输给别人。"

"可我都不知道我生日是哪一年……"

"今晚回家就给你好好过生日，啊。"

…………

两道彼此扶持的身影顺着长长石径，走向烈士陵园外一望无际的石阶，阳光下盛开着星星点点无数小花。远方的风从淡蓝色群山中来，穿过苍劲松柏与巍峨墓碑，向山下广阔、太平的人世间逶迤而去。

风雪散尽，征程漫长。

深蓝色警服外套随风扬起，两道身影并肩而行，走向烈日苍穹下灿烂的国土与家乡。

番外

TUNHAI 大结局

往年

"我再问你最后一遍,小妞。"

夜店炫光乱舞,卡座一片狼藉。打碟早已停了,周围惊恐的人群不住后退,争相让出一大片撒满碎酒瓶玻璃的空地。

玛银醉醺醺摊在卡座上,皮质小黑裙下露出一大片雪白的肩膀和腿。然而金杰视若无睹,只弯腰直直盯着玛银通红的脸,一字一顿问:"你从我身上顺走的那袋货在哪里?"

玛银无意识地挥了几下手,想搭在金杰肩上,被他略一侧身偏了过去,然后口齿不清地嬉笑起来:"我就……我就不告诉你,哈哈!"

金杰闭了闭眼睛,起身向外走去,头也不回吩咐手下:"搜身,带走。"

训练有素的武装毒贩同时冲上去,瞬间放翻了玛银身后几个缅甸保镖,一把将她拉起来往外推。

"你、你们要干什么?"迟钝的玛银终于在周遭惊叫中意识到不好,踉跄了几步,磕磕绊绊地尖叫起来,"阿归!阿、阿归救我!"

夜店二楼监控室屏幕前,一名十八九岁的年轻人霍然起身,疾步推门而出——

楼下舞池的几个毒贩还没反应过来,一道黑衣人影已裹挟厉风当头而至,半空屈膝,精准踹飞了两人手里的枪,落地瞬间,啪的一声脆响抓住了正掐着玛银脖子的手,猛然发力反拧,毒贩手腕咔嚓骨折,顿时发出了尖厉的惨叫声!

傻笑的玛银软绵绵往后倒,被年轻人一把接住,立刻反推到自己身后。

"站住不准动!"毒贩怒吼纷纷炸起,只听哗啦枪响,三四把黑洞洞的冲锋枪枪口同时指住了挡在玛银身前的年轻人,"蹲下!给老子蹲下!你是什么人?!"

"……"

这个叫阿归的年轻人看上去不满二十岁,黑西装、白衬衣,面相有种冰冷摄人的俊秀——在这见不得光的地下世界里,俊秀得有一点过分了。

他缓缓直起身，挺拔瘦削的身体像一柄长刀，视线逐一扫过每个冲锋枪枪口。

"他们欺负我，还推我！"玛银还没意识到危险，摇摇晃晃地抓着年轻人手臂，口齿不清地嘟囔，"阿、阿归去、去弄死他们，你一定要给我去……"

周围死静得一根针掉在地上都听得见，良久后阿归终于众目睽睽下开了口，声音低沉而稳定："我家大小姐喝多了。她拿了诸位什么东西，我可以做主归还。"

金杰没吭声。他看着阿归的脸，似乎有点疑惑。

几个毒贩伙计彼此对视，又不约而同望向地上那个抱着手痛苦打滚的弟兄。半晌，为首的一个伙计终于重重"呸"了一声："这手欠的姐顺走了我们的样货，你让她怎么拿走的怎么吐出来，就现在！"

"我没拿！"

"你！"

"我没拿！"玛银连站都站不稳，却凭着一股蛮劲发狠，"有本事你动手啊，你来呀！"

这回没人跟她废话了，那人大怒一指："这俩都带走！"

三四个拿枪的伙计同时逼上前，阿归眼睛微微一眯，探手拔匕出鞘——但就在这剑拔弩张的时刻，身侧传来一道迟疑的声音："Kui 哥？是你？"

阿归一回头，正对上了金杰。

手下诧异："杰哥，你们认识？"

"四年前，巴莫山，鬼羊拳场。"金杰似乎也很意外，指了指自己，"咱俩在一个营里待过，还记得吗？"

"……"

阿归紧盯着金杰的脸，半晌终于把眼前这桀骜不驯的青年和记忆中瘦小的男孩挂上了钩："阿杰？"

既然是认识的，事情就好办多了。气氛终于有所缓和，金杰把经过简单叙述了一遍，冲阿归身后的玛银阴冷地扬了扬下巴："我也不知道这姐是吃多了撑的还是手贱，你让她把那袋样货还回来这事就了了，不然只能麻烦你俩都跟我走一趟，行了吧？"

阿归微不可察地松了口气，低声道："大小姐？"

玛银瞪大因为醉酒而糊妆了的眼睛："不——不给！"

"大小姐，塞耶老板以后还是要和草花 A 做生意的，您不能……"

"不——给！"玛银拖长了语调，头昏脑涨地嘻嘻笑起来，撒娇地拉着阿归的手摇晃，"本——本小姐心情不好，去！"

冲锋枪后的几个毒贩脸色都阴沉了。

阿归的神情也微微变了，但还维持着耐心："大小姐，他们人太多了，我们不能——"

"你去不去？去不去！"玛银瞬间变脸怒吼起来，重重一把推在阿归肩上，"为什么平时不理我！就知道叫我'大小姐'！我就要你去！去！"

阿归被她推得退了半步，周围安静得可怕。

一个眼力好的手下偏向金杰，轻声道："J哥，这小子肩上有伤，不如我们……"话音未落，被金杰隐蔽地一抬手打断了。

手下一愣，顺着金杰阴鸷的目光看去。

——阿归终于轻微地、长长地吐出一口气，回头望向他们，叮一声轻响，把手里的匕首扔了。

"我家大小姐喝多了。"他轻声说，在所有人紧张的目光中抬手抽下细长的黑色领带，解开衬衣咽喉处纽扣，把领带的一端往手上一绕，另一端拽住绷紧。

这一切动作都是不疾不徐的，然后当他抬起头时，眼神冷静得没有一点波澜："抱歉耽误你们一点时间。"

金杰一句粗口没爆出来，情势已经转瞬立变——谁也看不清那个叫阿归的年轻人是怎么动的，他就像一道黑色闪电顺地而滑，距离最近的毒贩连扳机都来不及扣下去，那身影便已贴面而来，黑色领带自上而下套住枪管，发力一绞！

砰砰砰砰砰！

毒贩甚至来不及出声，冲锋枪已脱手而出，疯狂走火的子弹倾泻出半片扇形。与此同时，阿归整个人侧身从他脚边贴地滑过，一脚自下而上正中第二名毒贩胸口，那逾百公斤的爆发力把人生生踹飞了出去，轰隆重砸在墙上！

"啊啊啊啊——"

怒吼尖叫炸成沸锅，人群抱着头疯狂往外奔。冲锋枪枪口掉转的速度根本追不上那黑衣死神，阿归几乎是踩着子弹贴地迸溅出的火花凌空而起，柔软的领带在妙到巅峰的巧劲下成了绞索。

下一瞬，惨叫的"肉盾"被阿归发力扔向最后一名持枪毒贩——后者火力被迫一顿，就在那眨眼都不到的空隙间，冲锋枪已被阿归飞起一脚，打旋飞上半空。

——两人一同砸翻吧台，漫天酒杯倾盆而下，海浪般的碎玻璃片瞬间将他们彻底淹没！

啪！阿归飞身接住掉落的冲锋枪，与此同时，咽喉一凉，被鬼魅般出现在身后的金杰一刀顶住："够了。"

"……"

阿归一言不发,平静地展开双臂放弃抵抗,神情没有一点意外。

但金杰并没有看他,只紧紧盯着玛银,冷冰冰问:"东西到底在哪儿?"

夜店早已清空,几个毒贩马仔在地上痛苦打滚,满地是弹壳打出的狼藉。

玛银终于从醉酒中清醒了,妆容精致的脸色惨白,发着抖向她刚才的卡座一指:"随……随便扔……扔了……"

卡座早已被掀翻,酒瓶玻璃压了一地,酒液浸泡的地板上隐约可见几处幽蓝色粉末痕迹。

——这妞是塞耶的独生女,以后还是要做生意的。

金杰深呼一口气,勉强压住暴戾,一手拿刀抵着阿归的咽喉,另一手从他手上夺过冲锋枪,冲着那块残留样品痕迹的地面就是——砰砰砰砰砰砰!

火舌喷吐,弹壳迸溅,整块地板在玛银的尖叫声中轰然塌陷,样品粉末的最后一点痕迹随之化成了齑粉。

咣当一声,金杰把打空的冲锋枪扔了,另一手放开阿归,冷笑一声:"Kui 哥啊。"

那帮毒贩都跟跟跄跄爬起来,个个头破血流、咬牙切齿,但还没来得及发声就被金杰一抬手制住了。

"你能活到现在我也是挺惊讶的,"金杰转向阿归,挑起一边眉毛,"哪天有时间出去喝一杯吧,介绍几个人给你认识,你觉得呢?"

阿归缓缓从地上站起身,细碎额发之下看不清眼神,半晌才听他几乎无声地呼了口气,说:"东家待我有恩。"

金杰足足盯了他好几秒,才靠在他耳边一个字一个字地道:"你总有一天要死在这妞手里。"

"走!"金杰再不看周围一眼,面色桀骜阴沉,大步走出了几近废墟的夜店。

外面已经是深夜了,一辆亚黑色改装越野车停在街角,半开的车窗中露出黑桃 K 的脸。金杰没管后面的手下,大步流星走到车门边低下头,规规矩矩叫了声:"大哥。"

黑桃 K 似乎在跟什么人发短信,手机屏幕的荧光映在他脸上,少顷才头也不抬地问:"那小子什么背景?"

"四年前,我跟他在同一个格斗训练营里待过。"金杰在手下面前的果断阴冷都消失了,终于难以掩饰地露出一丝悻悻,"那小子老天赏饭吃,好几根骨头长得跟常人不一样,反关节技出神入化,徒手爬大山完全不是问题。他一出来我就知道今天这事没法善了。"

金杰顿了顿,低声说:"大哥,那小子除了脑子不清楚之外,为人还不错,您看要不……"

"不用想了。"黑桃K淡淡地打断道,"这种人活不长的。"

他终于回复完最后一条消息,切换掉联系人"秦川"两个字的短信页面,打开另一个界面空白的短信联系人。

——红皇后。

空气沉静片刻,黑桃K按下一行字,发送出去,关掉了手机:"走吧。"

千禧第一个新年前夜,时针渐渐走向零点。

四辆吉普组成的车队依次发动,尾灯血红,消失在了边境幽深的黑夜里。

新年快乐

江停删除信息,摁灭手机,面无表情地推开寝室门。

"江停!江停快来!"电脑前的少年头也不回地招手怒吼,"马上就要将我军了,给我应一着!快!"

江停走上前,在电脑前抱臂看了半晌,一言不发拍拍室友的肩,转身走向洗手间。

"江停?"室友唰地扭身瞪着他,难以置信道,"你竟然眼睁睁看着我输给那个三流院校的混账而不伸出援手,你还是不是人啊?"

门后水声哗哗,少顷,江停冷静的回答终于在刷牙间隙中传来:"那个'三流院校'的混账之前起码出了四手臭棋,就这样还能将军,已经是在让你了,安心上路吧。"

"……"

"另外刑警学院不是'三流院校',人家的刑科吊打全国同类院校三条街,不信你看看桌上那本《血迹形态分析》是谁编的?"

室友深吸一口气,力沉丹田,掷地有声:"你这胳膊肘往外拐的家伙!"

吱呀一声,洗手间门开了条缝,江停探出头,肩上还搭着条洗澡毛巾,心平气和说:"新年快乐,解行。"

解行决绝地把头一扭,恰逢电脑屏幕上出现"CHECKMATE"[①]一行大字,登时惨不忍睹地捂住了眼睛:"啊啊啊啊——"

"走象!走象!吃他的小兵!哎呀,你怎么不听我的!"

严峫懊恼的感叹还没落地,步重华面无表情果断落子,一行"CHECKMATE"

---

① 象棋术语。将死。

顿时闪着光弹了出来。

严娜："……"

严娜顶着一头绷带，咕咚倒回床上，闭着眼睛摆了摆手说："我不跟你玩儿了，没劲。"

步重华说："你想多了表兄。是姨妈非叫我来陪你度过无聊的病中时光，否则我不会无聊到跑去公大匿名棋室虐菜的，又不是没其他事干了。"

"我是伤员，不是病号！"严娜义正词严地指着自己额头上的一圈绷带，"我这是只身追进贼窝、单刀赴会、力拒众敌，一人单挑二十个，为了给派出所争取时间而光荣负的伤！而且表扬已经通报到学校了！你这是赤裸裸的嫉妒和污蔑！"

"九个。嘉奖通报上已经写清匪徒人数了。其中还有四个至今尚在留院观察。"步重华看了一眼时间，从抽屉里拿出药板和水丢到严娜面前，"时间到了，吃药。"

严家大别墅里，所有亲戚齐聚一堂，房门外楼下传来阵阵欢声笑语。

严娜只得就着水咽下药片，探头冲镜子打量片刻，用混合着骄傲、深沉的语气说："我破相了。"

步重华冷静地回答："没什么好可惜的。"

严娜问："你一定要把嫉妒之情表达得那么明显吗？"

步重华反问："不是你自己做完手术当天给我打电话说，虽然你破相了但完全没什么好可惜的，让我是亲兄弟就要学你往脸上划两道，伤疤是男子汉至高无上的勋章，隔壁大队警花看到你心疼得都要哭了吗？"

从严娜的表情来看，他已经完全忘记自己干过什么了——这也很正常，手术全麻刚醒时人往往会下意识干出自己平时不会干的事情。半晌，严娜怀疑地道："你确定我打过这个电话吗？那姑娘腿长连一米二都没有，我怎么可能管她叫警花？"

完了，又来了。

步重华闭上眼睛，平复呼吸，半晌才缓缓开口道："表哥，人家吉尼斯世界纪录的腿长也才一米三三，我们上次已经讨论过这个话题了。"

严娜肯定地说："不可能，网上她们发的自拍腿都很长的。"

"那是P的。"

"不可能所有人都P图，肯定有一部分是真的。"

"都是P的。"

"你对人性的看法太片面了。"

"我对人性的看法很全面，你又要把我们上次对星矢和一辉的争论重演一遍吗？！"

"你对天马流星拳的输出值到底有什么疑问？！"

"一辉才是最强的！！"

"……"

周遭蓦然陷入死寂，战火一点即燃。

表兄弟各自瞪着彼此，突然两个小时前曾翠翠女士语重心长的叮嘱在严娜耳边响了起来："以往每次跨年，你表弟都把自己关在屋里，对着他爹妈的照片枯坐一晚上，一个字都不说，一口饭也不吃……今年你一定要使出浑身解数，让你可怜的表弟感受到家庭的温暖、兄长的关心、亲人的陪伴，干什么都顺着他，说什么都是他对……不然我就把你这臭小子的头拧掉，听见了没有？！"

严娜："……"

"你是我兄弟，你说什么都对。"严娜咬牙挤出彬彬有礼的假笑，"一辉是最强的，你赢了。"

从步重华的表情来看，他大概以为严娜的脑震荡又发作了："你认真的？"

"是的，我认真的。"明天再弄死你。

沉默良久，终于步重华眯起形状锐利的眼睛，敏感地问："你正努力掩盖的那一丝表情叫作不甘，对吧？"

严娜："……"

严娜掀被而起，瞬间大怒："我警告你见好就收吧！别太过分了！"

步重华："我就知道你不是诚心的！来啊，我怕你吗？！"

——嘭！咣！哐当！轰隆！

"血腥"战火一点即燃，床头剧震，水杯打翻，要拼个你死我活的兄弟俩一齐从床上滚到床下，我戳着你的鼻孔你掐着我的脖子，同时墙上的秒针嘀嗒移到了零点。

曾翠翠女士欣喜的叫喊从楼下传来："严娜——阿花——新年到啦！"

步重华屈膝死死抵着严娜，怒吼与窗外的烟花一齐炸开："你这辈子——都别做梦遇上什么长腿警花！"

嗖！

烟花映亮夜空，透过玻璃窗，反射在岳广平的玳瑁镜镜底。

手机不住振动，一条条新信息不断弹出来："岳局新年好！""岳局身体健康，岁岁常青！""祝岳局来年三阳开泰，六六大顺！"……

"谢谢岳老师一直以来的帮助和指导，祝您今后一帆风顺，全家平安。——

林炡。"

"瞧这口气，是谁啊？"身边的老伴不由得失笑。

"刑院刑科老主任新收的弟子，最近在看我出版的论文，写邮件请教过我几个 502 真空熏显手印的问题。"岳广平在手机上回了两句劝勉的话，摇头叹道，"此子心性非池中物，以后说不准是做保密工作的料子，后生可畏啊。"

老伴没有放在心上："明天一堆事，大晚上的你也早点休息，啊。"

岳广平"唔"了一声，没有动。

老伴去睡了，她身体一直不好。

岳广平站在窗前，久久凝视着手机屏幕，眼底浮现出忧伤、感念、愧疚和复杂交织的神情，半晌终于深吸一口气，按下了通信录最顶端的加星联系人。

嘟嘟——嘟嘟——

"您好，您所拨打的用户正忙，请稍后再拨……"

远处夜空缤纷华彩，万家灯火熠熠生光。

阴影中只见岳广平喉结剧烈上下一滑，他似已耗尽了所有勇气，慢慢地垂下了头。

与此同时，小区楼下。

一个身材颀长的年轻人静静立在树丛阴影中，全身裹在灰色立领大衣里，路灯昏黄的光只映出他半边镜片，以及镜片后坚冰般安静深邃的侧脸。

手机终于在他的凝视中停止振动，一切都安静下来。

——嘭！

又一束烟花远远绽开，与无数人家窗后传出的电视机声、欢声笑语一起，盘旋冲上夜空，璀璨犹如星海。

年轻人回过头，最后望了眼远处居民楼里那扇熟悉的窗户，那句无声的呢喃尚未出口便化作白气，被呼啸的北风带向远方："新年快乐，父亲。"

凛冬岑寂，长夜未央。

十八岁的秦川转过身，双手插在大衣口袋里，头也不回走向了缥缈的远方。

今年

"多发性肋骨骨折及肋间肌出血，胸腔积血，心包积血，腹腔积血——你再看看这个心脏破口处大量的增生成纤维细胞，看见没有？典型钝性暴力撞击导致的心脏挫伤。"

严峫啪的一声把现场照片扔在茶几上，向后靠进沙发背里，志在必得地跷起两条长腿："再结合温度、湿度、发现死者时尸表尸僵已缓解等各项特征……案发时间在昨天凌晨三点到三点半间，交通肇事，没跑了。"

"是吗？"步重华穿着居家衬衣长裤，端着半杯果汁站在沙发后，居高临下冷冷道，"我说两点半到三点。"

严峫回头瞅着他，语重心长地问："你这人怎么这么不听长辈的话呢？"

步重华说："因为我才是津海本地警察，我知道昨晚三点以后高速公路津口路段是封锁的，懂了吧？"

"扯淡，封锁又有什么用？你怎么知道没有货车偷偷上路？"

"你有什么证据证明有货车偷偷上路？"

"你这人对现实基层工作怎么这么不了解呢？"

"我才是津海本地警察，我怎么就不了解了？"

"你对人性的看法太片面了！"

"我对人性的看法很全面，你又要把网上那些自拍照腿长到底有没有一米二的争论重演一遍了是吗？！"

"……"

空气陡然安静，战火一触即发。

兄弟俩彼此瞪视半晌，严峫唰地扭头："林烓！告诉他案发时间到底是几点！"

步重华家的大复式里灯光璀璨，暖气融融，电视上正放着跨年晚会前的最后倒计时，厨房里传来阵阵香气。

大餐桌上的火锅、蘸料、酒水饮料已经准备好，只等吴零那神乎其技的刀功把牛羊肉片好，就可以摆盘上桌开餐。

——这偷电缆的倒霉哥们儿到底死在几点钟？

两点半到三点整，还是三点整到三点半？

林烃坐在另一侧沙发上，膝上摊开他那连洗澡睡觉都从不离身的笔记本电脑，屏幕上是刚收到的案发时刻监控画面截图，左上角清清楚楚标记着系统时间——

3:00AM

林烃咽了口唾沫，在这对兄弟灼热的视线中压力山大，半晌含蓄地挪了挪身体："江队，不如你来公布一下答案吧。"

江停正拿着一把干辣椒偷偷往火锅里加，闻言扭头一看，斩钉截铁："凌晨三点〇〇分〇一秒。"

严峫嚣张地拍案而起，与步支队长空白的表情形成了鲜明对比："听见没有？你输了！今天碗全归你洗！"

林烃小声问："江队？这样好吗？"

江停探身叉掉电脑上的监控截图，删除、粉碎，将文件彻底清空，然后眼睛冷冷一横："你想听他俩坐在这里撕到明天早上吗？"

林烃立马就被说服了。

江停用"别乱说话"的眼神警告地一瞥，起身找吴零去了。林烃处理完最后一点工作，正要合上电脑，突然弹出一封来自"建宁市公安局网侦大队"的新邮件，点开却立刻黑屏了，紧接着摄像头自动打开，屏幕上映出了他自己意外的脸。

病毒？

哪个不长眼的黑客敢拔老虎胡须？

手机在这时响起，来电显示一串乱码，林烃皱眉接了："喂？"

对面响起一道斯文从容、不疾不徐的声音："帅哥，别乱说话。"

林烃问："邮件你给我发的？"

"熊猫烧香病毒最新改造升级版，随时可以烧掉D盘，你的整个跨年之夜就要耗在数据恢复上了。现在，听我的指示：把你口袋里另一部加密手机拿出来放到摄像头可以看到的地方，不要尝试联系技术队追踪来电，没有用的。我这是暗网拨号。"

林烃深吸一口气，插在裤兜里的手慢慢把手机拿了出来，放在茶几上。

对面的声音还挺赞许："然后，在不惊动姓江的和步支队的前提下，把电话交给严娜。"

林烃嘴角抽动两下，终于慢慢转身："严队……有人找你。"

步重华正仔细观察大餐桌上的火锅，对汤底里的干辣椒数量有所疑惑，然后他扭头冲厨房方向看了看，确定江停没有注意到这里之后，用汤勺把干辣椒一个个挑出来，不动声色地扔掉了。

严娜的表情变得十分复杂微妙，两指并拢冲林烃一点，那意思是别乱说话，然后拿着手机弯腰溜出了客厅。

林烃善解人意地在嘴上做了个拉拉链的动作。

"你竟敢趁这时候打电话来，知道步支队长刚才就坐我边上吗？"严娜躲在走廊尽头的石柱后，压低声音骂道。

秦川："大过年的不要这么严肃嘛，轻松一点，你表弟还没从玉米淀粉的打击中恢复过来啊？"

"他过去整整一年里没碰跟玉米沾边的任何东西，上个月有个作死骗婚的，用假血装车祸骗受害女生感情，抓捕时步重华那脸色……"

秦川问："不然你再往远点躲躲？"

严娜探头往餐桌方向瞅了瞅，低声问："你小子在哪儿呢？那小破铺子旧电扇，被边境毒蚊子咬得爽吗？"

沙滩上，秦川微微一笑，拿起身侧五彩缤纷的鸡尾酒喝了一口。

阳光明媚，海鸥飞翔。不远处泳装美女走来走去，成群的金发碧眼大长腿，娇笑嬉闹不绝于耳："秦老板来玩呀！""来玩呀！"

秦川充满绅士风度地微笑婉拒，然后对手机郑重道："我正坐在南半球的沙滩上思考人生。"

严娜："……"

"南半球？"吴雪突然从十米外走廊另一端的阳台上探出头，好奇地问，"鲨鱼在澳大利亚有一座私人小岛，他说的是不是那里？"

严娜和秦川同时差点儿摔了手机，秦川冲着话筒怒道："你们就不能带他去看看医生吗？这变态的听力真不是什么病吗？！"

严娜："等等，你跑去鲨鱼的地盘打算干什么？你个混账别作死！"

吴雪懒洋洋缩回阳台，顺手一弹烟灰："听不清了，不过肯定不是在商量什么好事。"

江停一手夹着烟，一手不停地发短信，把某秦姓混账最新来电的消息上报给建宁吕局："是好事就怪了。秦川这个人，危险的时候他最安全，安全的时候他最危险——对了，"他突然想起什么，"步重华那边……"

吴雩说："我懂，我明天再告诉他。火锅不能浪费了！"

江停同意地点了点头。

今晚的九宫格火锅是严支队长拨冗亲自监制的，有江停喜欢的麻辣、藤椒、花椒鸡，有吴雩喜欢的三鲜、番茄、十三香，有为号称自己从云滇来早已练就一副精钢肠胃的林烓准备的见手青和变态辣……甚至在九宫格正中间，还有专门为步重华烧开的一格清水，这样他就可以在大家涮牛肉、羊肉、银鳕鱼和大螯虾的时候，坐在角落里给自己烫清水青菜吃了。

所以今晚津海不能拉响防空警报。不能给步重华任何掀翻饭桌的机会。

"哦还有，"江停突然从手机上抬起头，"我们来的时候伯母给你带了东西，我去给你拿出来。"

吴雩非常意外："给我？"

江停波澜不惊说："是啊，一样特殊、重要、具有标志性纪念意义的物品，我也有啊。"

吴雩受宠若惊："不不不，还是不要了吧，这么破费多不好意思。只要有心意，其他都不重要，伯母自己保重身体才是……这是什么玩意！"

江停嗖地转身，表情无辜，手中唰地展开一物。

——"玉面小战神"的"24K钛合金狗眼"差点儿被闪瞎了。

那是一条红秋裤。

"混不下去就回来自首吧，别撑着了，有兄弟在呢，一口牢饭总少不了你的……喂？喂？又挂了？"

严娜叹了口气摁断手机，内心很是忧愁。

客厅那边正热热闹闹地要开饭，江停那任你风吹浪打我自岿然不动的稳定声线正远远传来："嗯，已经穿上了，我盯着穿的……没事，当事人情绪还算稳定，表情略显屈辱……"

江停静了片刻，大概手机旁边的曾翠翠女士叮嘱了什么，他扭头对吴雩道："伯母让我告诉你，那条秋裤是意大利小羊绒的，六千块。"

五秒钟安静后，江停转回电话："现在一点也不屈辱了。"

桌上菜堆得冒尖，九宫格火锅正嘟嘟地冒着热气。步重华打开自己收藏已久的红酒给每个人都斟上，甚至连二十岁后就滴酒不沾的吴雩都要了个杯底，浅浅啜了一口，脸上浮现出怀念的神色。

"我只有一个问题。"林烃一边往变态辣里下羊肉一边偏头低声问,"为什么秦老板不直接打给你?因为怕你手机被公安部监听吗?"

严峫抻着脖子瞅步重华,见他正弯腰帮吴雩涮一片杏鲍菇,才用同样低的音量小声说:"也不完全是啦。他还怕电话万一被江停接了,会因为猝不及防接触过敏原而产生上呼吸道梗塞反应。"

林烃终于忍不住问:"你知道上一个试图黑我电脑的人被判了十四年吗?"

严峫真诚道:"只要我们抓住那人,无期徒刑不用找了。"

就在这个时候,步重华仿佛突然嗅到了什么,敏感地站起身,怀疑地往周围一扫:"怎么感觉你们好像有事瞒着我?"

空气陡然陷入安静,每个人的动作都定格了,内心同时——

他是怎么发现的??

谁告的密??

江停:不是我,我没干,我们当中谁有出卖队友的前科?

林烃:你们都看我干什么?我平生就出卖过画师一个,别老抓着过去的事情不放!

严峫:小吴警官,你又色令智昏了是不是?小吴警官这一桌饭你不想吃了是不是?

吴雩:我不是,我没有,来不及了,他要发现了!谁快点想个办法!

林烃抬起头来,深吸一口气,铿锵有力道:"那个偷电缆被撞的案发时间是凌晨三点整,监控截图只有分钟,没说是三点〇〇分〇一秒。"

步重华那张俊美的脸瞬间风云突变:"江副教授?你竟然为袒护严峫而黑箱操作?!"

嘭的一声,严峫拍案而起:"胡说八道黑箱操作,你说的案发时间明明是两点半到三点,三点以后就算我赢了!"

"严峫你讲讲道理,三点整怎么不算两点半到三点?"

"秒针缺失的情况下,你怎么知道实际时间不是三点〇〇分五十八秒?五十九秒?!"

"不要强词夺理!"

"你对人性的看法太片面了!"

"我对人性的看法一点也不片面!!"

…………

林烃一手顶着枪林弹雨,一手珍惜地夹了筷羊肉,还没来得及送进嘴里,便迎面撞上了江停锐利森寒的注视，那眼神里清清楚楚写着几个字：你、会、付、出、代、价、的。

——上一个被他这么看过的人是黑桃 K。

林烓顿时心生不妙。

"步队，"江停平静道，"林烓公文包里藏着半条烟，是他刚在楼下买的，是吴雩最喜欢的。"

啪嗒一声，林烓的羊肉掉在了桌上。

下一刻——

"住手！""吴雩你是怎么跟医生保证的？非逼我把你藏床底下的那个打火机没收了是不是？！""步队我错了求求你把我包放下……""而小吴他又做错了什么呢！明明是步重华你从小到大都太偏执了！""住手！你们放开我的包！"……

吴雩瘫软坐在扶手椅上，仰天长叹。

"是啊，"他幽幽道，"而小吴又做错了什么呢。"

火锅热气裹着混战的喧嚣袅袅上升，笼罩了年夜饭"翻车"现场，掠过玻璃架上的步同光、曾微夫妇与阳光下大笑的解行和张博明，模糊了巨大的落地窗。

嗖——

一束烟花升上夜空，火树银花，星河漫天，瞬间映亮了千万灯火。

新的一年在这一刻到来。

图书在版编目（CIP）数据

吞海 . 大结局 / 淮上著 . — 广州：广东旅游出版社，2024.8（2025.7 重印）
ISBN 978-7-5570-3226-5

Ⅰ .①吞… Ⅱ .①淮… Ⅲ .①长篇小说—中国—当代 Ⅳ .① I247.5

中国国家版本馆 CIP 数据核字 (2024) 第 041425 号

吞海 . 大结局
TUN HAI. DA JIE JU

出　版　人：刘志松
责任编辑：梅哲坤
责任技编：冼志良
责任校对：李瑞苑

广东旅游出版社出版发行
地址：广州市荔湾区沙面北街 71 号首、二层
邮编：510130
电话：020-87347732（总编室）　020-87348887（销售热线）
投稿邮箱：2026542779@qq.com
印刷：北京盛通印刷股份有限公司
（地址：北京市北京经济技术开发区经海三路 18 号）
开本：700 毫米 ×980 毫米　1/16
字数：440 千
印张：24.5
版次：2024 年 8 月第 1 版
印次：2025 年 7 月第 3 次印刷
定价：55.00 元

【版权所有 侵权必究】

如发现图书质量问题，可联系调换。质量投诉电话：010-82069336